你是人间辽阔的星河，

是我此生无法绕过的璀璨。

你如星河，此生辽阔

云鲸航美文精选集

云鲸航——著

中国友谊出版公司

图书在版编目（ＣＩＰ）数据

你如星河，此生辽阔 / 云鲸航著 . －－ 北京：中国
友谊出版公司，2023.5

（云鲸航美文精选集）

ISBN 978－7－5057－5593－2

Ⅰ．①你… Ⅱ．①云… Ⅲ．①散文集－中国－当代
Ⅳ．① I267

中国版本图书馆 CIP 数据核字（2022）第 255116 号

书名	你如星河，此生辽阔
作者	云鲸航
出版	中国友谊出版公司
发行	中国友谊出版公司
经销	新华书店
印刷	三河市龙大印装有限公司
规格	787×1092毫米　32开
	9.5印张　152千字
版次	2023年5月第1版
印次	2023年5月第1次印刷
书号	ISBN 978－7－5057－5593－2
定价	78.00 元（全 2 册）
地址	北京市朝阳区西坝河南里17号楼
邮编	100028
电话	（010）64678009

如发现图书质量问题，可联系调换。质量投诉电话：（010）59799930－601

目录 Contents

1

◎ 第二辑　孤独深处，亦有微光 ◎

第一辑 我有所念，皆为星河

住在父亲的心上

高一那一年，我还是个肩膀单薄的少年，离开村子，来到城里，从此开始了一段颠沛流离的岁月，多处辗转。每回陪我搬家的都是父亲。

当时学校宿舍紧张，十二个人挤在一间四十平方米不到的寝室里，像一群被关在狭小笼子里的鸽子每天啄着彼此的羽毛。家里生活拮据，父亲听我说明情况后，立马找了亲戚，安排我住在附近小区的杂物间里。没有床，父亲就拿他们家不要的门板架在结实的桌腿上，给我当作睡觉的地方。

夏夜，天热，屋子闷得像个密闭的盒子。我将风扇开到最大，效果却跟电吹风一样，呼呼地刮出热风来，我只好开门睡觉。那时十六岁的自己，提着一颗心，在紧张、害怕中沉入梦乡。

　　一个月后，我发现自己的后背长满了疙瘩。随后，我又在某天晚上打开蚊帐时看到一只蹦起的老鼠。它体毛黝黑茂盛，体型如养到一岁的猫，跳起半尺高。我至今都记得非常清楚，那天晚上自己哭了，但因为年少倔强，觉得男生吃点苦是很正常的，便没有告诉家里。

　　最后，决定搬出来是父亲提议的。

　　那天亲戚拎了两瓶汽油放在房里，那气味非常刺鼻，人在里面一刻都待不下去，如同在赶我走。我终于忍受不了，跟家里打了一通电话，父亲闻声便坐车来市里看我。他一脸愠色，却也无可奈何。当天，他拨了四五通电话后，跟我说了句："别人既然不想留我们了，我们就走。我已经联系了一个新地方。"

　　父亲所谓的"新地方"，于我而言，也只是一个临时的住所。

　　房主是父亲朋友的儿子，他一边准备考公务员一边在谈对象。房子离学校六百多米，内部还未装修，我每次打开门，都会迎面扑来一股焦灼的水泥味道。房主有个习惯，喜欢把门反锁。我几次放学回来在外面敲门，他都没听见，我又隔着门板大声喊他，他还是没听到。我在秋天的楼道里坐了很久很久，外面有树掉下叶子，飘进来，落到身上，我感觉分外难过，像突然被遗弃在某片陌生荒地上的人，找不到家。

即便如此，我还是厚着脸皮住了一学期。寒假时，父亲突然跟我说，房主要结婚了，打算装修房子，不方便住人，我们再去联系其他地方。我实在不愿父亲太累，也不想过"寄人篱下"的日子，开学时，索性又搬回学校。那会儿因为很多学生都搬到校外住的缘故，学校又调整了宿舍布局，由十二人间改为八人间。我勉强撑过了高二一年。

高三时，为了安心复习，更好地利用时间，我又决定搬到校外。

那时家里条件有所改善，父亲知道我的想法后又第一时间跑来市里给我联系住处。闷夏如笼，口舌笨拙的他不知道走了多少地方、流了多少汗才找到了一间 30 平方米的出租房，500 块钱一个月。父亲当然不会告诉我他背后遭遇过的艰辛，他只是笑着说："这下好了，再也不会有人来打扰你了。"

后来听母亲在电话里讲，父亲当晚很迟才到家，差点赶不上最后一班回乡的巴士。他累坏了，一回来饭都没吃，就直接躺床上昏睡许久。

搬行李的那天，他也起得很早，清晨五点多就从村口坐客车来到学校。他打来电话，问我住在哪栋楼，门号是多少。那时铅灰色的云层不断在空中集聚，天色有些暗，我正在食堂吃早饭，吃完又要赶着去上早自习。我让他先在门卫室里坐一下，等班主任批过假条后再一起搬。过了几分钟，他打来电话，笑着说："刚才有人找我，要办一些事，今天先不搬了。你就不要请假了，自己好好上课。"我听了，"哦"了一声，也没听他说完就挂了电话。

上午第二节做课间操的时候，憋了几个小时的大雨势如破竹地冲刷下来，人群纷乱地逃回教学楼，远处的房屋、草地都陷入一片云雾之中。我在走廊上抖着被淋湿的衣角，有值勤队的朋友跑来跟我说，他在检查宿舍时看见我爸正在搬东西，我听到后疯了似的往寝室跑去。打开门，只见自己的床位空了，行李箱被人扛走了，脸盆、毛巾、牙膏、牙刷都消失了，瓷砖铺的地板上留下了一排印迹很深的脚印，带着一些水花和泥渍。眼睛像被泼了辣椒水，火辣辣地疼，脸上的表情顷刻间塌方。

我趴在空荡荡的书桌上不住地流泪，脑中涌现的是一个老男人在大雨之中肩上扛着重物踽踽独行的背影，越来越远，最终变成雨幕里一个再也无法看见的点。

我不知道自己究竟哭了多久，直到看见室友回来后，我才擦干泪痕。他问我："你是真的要搬出去了啊？"我看着他，脑子里晃过了什么，立即冲出了寝室。"你干吗，外面还在下雨呢，喂……"室友的声音很快就被丢在大雨之外。一路上雨都在磅礴地下着，我没打伞，只朝着租住的那个地方不断奔跑。

推门进去的那一刻，整个世界寂静得如同默片。时间停在了父亲那张苍老、塌陷的脸上，我才发现父亲的眼袋已经那么深，手臂也已不如壮年，搬家途中的磕磕碰碰都像烙印打在上面。他弓着腰，像匹骆驼，见我到来，也无多余的话，只轻声说了句"一切都处理好了"，之后他给我倒了杯热水，催我赶紧回去上课。

我看着杯口腾腾上升的热气，觉得自己真像它们中的任何一缕，只在这人间飘荡，没有丝毫力量。

那是我度过的最为漫长的一个上午，真切感受到自己年少的世界是要靠父亲撑起的。他的脊背是屋檐，臂膀是房梁，替我挡下了风雨，也挡住了贫困的悲哀。

未来，无论我要去多远的地方，要搬多少回家，我知道自己都始终搬不出父亲心上的居所。那里住着的人永远是我。

自己与这间陋室的命运紧紧相连。它清楚我所有的孤独与忧愁，安抚我所有的无助和痛苦，也见证着我从男孩长成男人的点点滴滴。

站在台风里的爸爸

家住沿海，盛夏时节常有台风吹袭而至。

当我回想起小时候，好像很多故事都发生在台风天。龙眼树上的果实掉得满地都是，很多小孩跑出去捡，能捡满一麻袋回家；叔公赶着山羊回来，途中有几只不慎掉进山谷；山上水库放水，村里人兴冲冲赶到河边去捕大鲤鱼；家中的黄狗"飞龙"无故失踪……这些事都在风云莫测的光阴里发生着，然后等待台风过境后，一切又恢复平静。

那时候，我家在观音路4号。那是一座很破的宅子，墙壁是用很大的石板立着围起来的，有很多缝隙，小虫子都喜欢往里钻。有一个后院，长方形，但是特别小，里面栽着一棵番石榴树、一棵栀子树和一地芦荟兰草。我在幼童时期世界只有这般大。

台风过境时，整个宅子有种被大风掀开的感觉。瓦片飞着，相互碰撞，掉到地上变成碎片，院子里的树木花草都使劲摇晃着枝叶，好像一群被苦难折磨的人。父亲头戴橙色的安全帽，披着一件黑色雨衣，爬到屋顶上，用各种材料填补漏雨的地方。父亲那时很瘦，好像风再大一点就能把他吹走一样。但他只神情专注地加固屋顶，像枚图钉钉在艰难的日子里，拔也拔不下来。母亲也试图爬上去，被父亲吼退了。我们在底下看着，母亲两手抓在一起，神情紧张，不断喊着："要小心啊，小心……"父亲在风中低头铺着被吹掉的瓦片，用锤子在木板上敲敲打打。

大风刮着他的身体，雨水湿了他的脸庞。

他忙完后下来，进屋脱下雨衣喝了一碗母亲熬的姜汤后，那张通红而紧绷的脸方才松弛下来。

屋檐滴落着雨水。

我很小的时候爷爷去世了，读高一那年奶奶也不在了。他们离开的时候都在台风天。大风肆意地刮，大雨淋漓地下，父亲站在悲伤中没有眼泪，只想着扛起整个家迈向人生的下一步。

祖辈在世时，家族中的人聚在一个花梗上，各怀各的目的，佯装和睦。当风吹来，花瓣纷纷散落，表面平和的家族也就呈现出诸多问题，迅速解体。

奶奶离开的那个夏末傍晚，天空阴沉，黑暗弥漫。尚且年轻的父亲两鬓平添许多白发，一夜间老了。

因为家中拮据父亲不得已向大姑借了笔钱操办丧事，而大姑生性吝啬，在奶奶刚下葬不久就打来几通电话要钱。接电话的都是母亲，她拿起话筒没说一句话，最后用尽所有力气挂断了电话。在那个瞬间，我第一次真切感觉到贫穷的可怕。

当晚台风过境，风雨大作，门前的番石榴树剧烈摇晃。父亲冒雨出门找工友借钱，深夜归来。我没睡着，见父亲开门时，月光和他疲倦的脚步一起迈进屋子。他一阵咳嗽，飞出的口沫在黑暗中同月光一样白亮。

第二天台风过去了，大姑和表哥来要债。父亲把钱还给他们后什么话也没说，进了屋。

金钱与时间铸造出一把透明却锋利的剪刀，将亲人之间的血缘纽带决绝地剪开，变成细屑，掉落满地。

本以为那些和台风相关的故事可以被时间淡化、消磨掉，直至有天退出我的记忆。但它们断点续传，一点点又连成了线，刀刻般清晰。

读初中以后，我家终于从观音路搬到了池头路。新家很大，是父亲买下家族地皮建的，因为积蓄有限，我们家还欠着叔叔地皮的钱。

入住新家后不久，一场夏天的台风就来了。那个漆黑的傍晚，乌云沉下来，远处山林中的树冠像巨浪一样掀着。叔叔喝醉酒后在自家女人教唆下来我家要钱，父亲说暂时没有。他便从身后亮出一把菜刀冲了过来。

父亲没有退缩。他推开母亲，赤手空拳迎了上去。父亲身手敏捷些，很快夺下叔叔手里的菜刀，一把扔到地上并对着叔叔和围上来看热闹的人群喊道："你放心，我家不会赖别人一分钱！过些天就把钱还你。"

风刮乱了人们的头发。昏暗中，粗大的雨点密集坠落，像石子一样打在我们身上，地面溅起一片雾蒙蒙的水花，雨声响彻世界。

叔叔走了，人群散了。我们一家呆立在门口，像是配合这厄运演出了一幕触目惊心的话剧，落幕后再无一丝力气。窗外，滂沱雨势未曾减弱，柔软的花朵被打落在地，一瓣一瓣，像光阴的死者。

经过父母亲几年起早贪黑的努力，我们家的外债全都还清了。

后来我到重庆读书，这座终日水雾弥漫的城市没有海，也没有台风。这里道路崎岖，草木葱茏，天空总是蒙着一层纱布，让人看不分明。

一天秋夜，刮起大风。我梦见了父亲。

梦境里的一切似乎还是小时候，父亲一点都不老，面带微笑，没有白头发，真年轻。他在旧家门口把我拦住，说台风天不准出门。我对他做了个鬼脸，咯咯地笑起来。然后他竟然把我安在凤凰牌自行车前面的横杆上，把车骑得飞快，带我买了好多零食。我在车上一边吃一边兴奋地喊"爸爸！爸爸！"后来刮来一阵大风，我和父亲连同自行车一道飞了起来，越来越高，底下的房屋、马路、河流都变得很小很小，像玩具模型。

父亲好像骑着云，我坐在云上。我们不断被风推着前进，飘过了闽江，又过了台湾海峡，向着一个发光的出口飘去。

醒来后，我能想起来的只是其中支离破碎的片段，里面有远去的故乡，有父亲终日奔波的身影，有这个男人被时间吸完全部营养后的满头白发。这些都让我眼眶泛红。

我忍受不住思念的潮涌，打电话回家，正好是做工回来的父亲接的。

我说重庆起风的时候好像我们那边的台风。父亲在电话里说："要记得多穿点衣服，平常要吃饱点，别太节省，家里不缺那点钱……"不知道从什么时候开始，他说话像母亲一样絮絮叨叨。我在电话这边点点头，应着"嗯，知道的，放心吧"。

末尾，父亲问起我回家的日期。我说大概一月七八号。父亲没听清又问了我几遍。"是一月，一月七八号！"我提高了音量，对他喊道。

父亲在电话那头小声说着："哦哦，知道了，是一月，最近耳朵不太好了，听不清电话的声音……"

时间，它夺走了父亲年轻的身体，磨损了他的听觉、视觉，直至有天暂停他的心跳。然后父亲就开始一场永远不会醒来的睡眠，在幽深的林间，在黑暗紧闭的尘土之下，在一个冰冷透明的世界。

青春的沙漏翻来覆去计算着时间，我们走过许许多多地方，流连过无数景色，却总是忘记回头看看那道最初的风景。父亲在我的忽视中悄悄地老了。

危地马拉诗人阿斯图里亚斯说："种子用秘密的钥匙把坟墓打开，我的父母永远生活在风、雨和飞鸟的心中。"

有些故事，风是吹不散的。

有些人，风是吹不走的。

我的父亲是活在风雨和飞鸟心中的人。

因为这个人，我知道了生命的韧性，明白了奋斗的可贵，懂得了一种属于男人的责任与爱。

隔着岁月经年，我也不会忘记曾经有个人站在台风深处，于黑暗中，为我擎起人生的光源。

那封信里只写着五个字

母亲一直在抱怨我没给父亲写过一封信。

每次当邮差敲门时，父亲总是欢喜地从他手中接过我寄来的信件，但每次却只从白色的信封上看到收件人写着母亲的名字。明媚的阳光下一行黑色的钢笔水，字迹醒目。

父亲失落得像个没有收到礼物的小孩。

我一直跟母亲解释道：父亲是个大男人，不会在意这些东西。

而事实并非如此。

我应该为自己的辩解感到羞愧，因为这样的解释会让母亲无言，更会让父亲伤心。大人的内心同样栽植着一株敏感的花草，对于孩子的一言一行，他们其实十分在意。

但只怪，父亲的爱太过深沉，往往容易被人忽略。像低处的尘埃，落在路边的缝隙里，每个人走过都毫无察觉。

父亲很普通，也很健壮，年轻时头发旺盛得像一树不透光的叶子。他在南方种水田，不时也会跑去帮人家整修坟墓以赚得一些额外收入。

年幼的遐想里，总觉得父亲还会有其他的职业，比如坐在村委会的一张办公桌前翻看账本，或是身处某个工厂车间里触碰飞扬的火花，抑或在我去学堂的时候会一个人在家里看些诗集然后写诗……

实际上父亲依旧很平凡。他只会种田，做石匠，安分守己。

而我年幼时的奇思怪想，严重地偏向唯美主义，并不触及生活中真正艰辛的人事。

父亲也时常客串一些其他的角色，比如搬运工，帮人搬家，搬砖块，抑或搬棺材。

那些红漆或者黑漆刷上的棺木，像一个长长的盒子，关上的一刻，无尽的哀伤、思念与忏悔都掩盖其中，成为一种难以抬起的重量。

我并不赞同父亲客串这样的角色，因为在年少的时光里，同伴看我的时候，眼里总是灰色。像从空中落下的雾霭，在掌心盘旋，终究留下潮湿的印迹，看不到白昼明亮的光线。

有一次，母亲忙前忙后张罗好了饭菜，叫我等父亲回来再吃。时间干巴巴走了很久之后，父亲才打电话回来："××家有人过世了，今晚就要下葬，我现在正在帮忙，晚点回来。"那晚母亲拖着寂寞的身子回卧室睡去，却不知怎么地把房间的门给锁了。等父亲到家时，已是凌晨两点，他到我房间，没有开灯，只轻轻唤我，让我跟他一起睡。

窗外起风，有些凉意渗透到屋里。父亲捋了捋被角，把多的部分盖到我身上。

幽深的黑暗中，我对他说："爸爸，我不要你经常这样……"

"快睡吧。"父亲只说了这一句，接下来就是沉默。

我能听见他喉结滚动的声音，在这夜中无比清晰。

若用颜色来定义爱的话，曾经的自己喜欢用深红来定义母爱，而父爱，更多的只是浅白。

母亲对红玫瑰的喜爱甚于其他的花卉。我时常见到她一个人站在露台上为自己的爱花喷水、除草。她不时弯下腰，神情专注，像对待自己的恋人或者孩子，无微不至又小心翼翼。

那时母亲若是看到我，便会唤我的小名，直招呼我过去。然后她会把我搂进怀里，吻我的小脸。细长发卷的发丝在清风里起伏，时而会轻柔地飘到脸上，遮挡了视线，在看不分明的世界里，我一直觉得母亲的爱和玫瑰一般香。

"航，妈妈很爱你的，你要听妈妈的话哦。"温润的嘴角上扬到好看的弧度，珍藏在小耳朵的话语，总也不会被岁月偷走。玫瑰欲开欲拢，花苞里包裹着深情，闻到心海里，总能记起母亲和春夏曼妙的景致。

母亲说她的记忆力很好，再久远的事也能想起。这一点我从不怀疑。她总是知道我所喜欢的果汁是什么口味，总会在我快上学的时候把摊在桌上的钥匙放进书包的最里层然后交给我，总会把我搁在床头多时的破损衣物拿去缝补，哪块破了用什么样的方式补，她都记得。

比起母亲，总觉得父亲的脸是一成不变，连纹丝、颤动，都保持一贯的小幅度。雷霆大发时亦是如此。

父亲不抽烟，对于这点我很庆幸。但是他爱喝酒，并且会喝得一脸醉醺醺，走路轻飘，忘乎所以。我不赞同他与酒精的狂热爱恋。

每次当玻璃樽被父亲端起，准备灌入他粗壮的喉管时，我总会替母亲发些牢骚："爸爸，喝酒不好。"

父亲没有理会我，只是鼻翼的肌肉微微颤抖，然后把杯中的酒更快速地倒入嘴中，一饮而尽，我知道他很生气。

我是第一次发觉自己的力量这么微弱，像在雨夜里踉跄行走的小火光，无人在意。

印象中，父亲时常也会拿着竹鞭扬过头顶，又唰地落在我裸露的皮肤上，发红的印迹像斑马线清晰可见。对待稍微犯点错的孩子，这位身材健硕的男人从不姑息，总是严词厉句，然后大打出手。而此时的母亲也敢违抗她所深爱的男人，把我护在她娇弱的身后。

所以幼年起，我爱母亲甚于父亲。

"妈妈，如果爸爸也像你一样不打我就好了！"

母亲笑了："傻孩子，爸爸其实比妈妈更爱你。"

小时候，总也不理解母亲的这句话，就觉得父亲不好。那些疼痛的记忆存放在心中，自己会把它们想成一片苍白，不愿触及，或许这样才能平息对父亲的些许恨意。

其实用白色来定义父亲未免有点草率，对父亲有点不公。父爱亦是有天蓝、草绿，只不过是自己记住的太少。

蓝天下，我时常会坐在离家不远的公园里，玩大象滑梯或者荡秋千。而父亲总会跑来给我送他刚刚做好的番薯糕。盛夏里，汗水从他略微有些发皱的额头泻下来，滑过手中用铁罐盛着的糕点，闪出一丝银亮的光。

我拿过番薯糕，感觉它是那时候最好吃的甜点。

清明时节，细雨微风，在杜鹃花开疯的时候，父亲会牵着我的手上山祭祖。南方的红壤黏性很强，让我生厌。而父亲总是在遇到不好走的路面时把我背上肩头，一边笑着说："长大后要做个有出息的人，否则你也要走这条红泥路。"

那时"出息"对我而言，如同一条平坦洁净的大路，上面铺着光亮的大理石瓷砖，人走在上面能感到幸福。

其实，趴在父亲肩头的我，一直都置身在幸福的中央。

高中毕业以后，每年六月，总会想起高考前后的朝朝暮暮。

在我参加高考的那两天，大雨滂沱，雨水蜇人，苔草在森森的雨势下疯狂生长。

父亲在校门外涌动的人流中，默默等我。

他很少说话，只是一脸憨笑着问我是否饿了，我摇了摇头。他拍着我的肩膀带我去邻近的餐馆吃饭。没等多久，便要匆忙赶到车站去坐最后一班开往郊区的公交。

有时候在路灯下我忍不住叫住父亲，他转身看了看我，做手势让我安心回学校去。此时我眼中的父亲，在昏黄的光线下，身材臃肿，头发日渐发白稀疏，眼神被岁月磨得黯淡。而我不知不觉间也已经长到与他的额头齐平，再也不需要他用手牵用肩背了。

父亲真的老了。

每次想到这里，不管自己现在多少岁，眼圈总会因此泛红。

我对父亲的愧歉实在太多。

填报志愿的时候，父亲建议我待在省内，但我却以一个貌似有力的理由回绝了他："爸，我都长大了，我需要到远方看看。"对于我执意出省的想法，父亲没再说什么，只一脸平淡地回应我："自己看着做就行。"

一去千里，离家甚远，一年里只剩下两次弥足珍贵的相见。其实，我知道，父亲的心头总也放不下我。

记得离开家的那天，父亲又拍着我的肩说："到那边后好好照顾自己。"然后他把脸缓缓地转向一侧，多少不舍在站台上如搁浅的船，默默无声地停泊。

本以为自己离开时会带着微笑，明白自己长大的意义，却终在火车启动的那一刻，满脸的微笑土崩瓦解。想到幼年时自己被送到幼儿园的情景，父母的手瞬间松开。那一刻，快乐的表情再也撑不下去了。

有些爱，会站在时光的门缝里默默看你，不动声色。

而你却不知。

澎湃的情感再也无法深藏。

在大一那年的初夏，父亲节前夕，我终于拿起笔，在信纸上写下一行字。

这是我第一次给父亲写信，第一次。

信件寄出后的第十天，我打电话回家问候。

此时父亲外出，还没回来。接电话的是母亲，电话那头她咯咯地笑着。

"航，你给你爸的信收到了！你不知道他有多高兴，一直盯着信看呢，后来竟然看哭了。你这小子，都在信里写了些什么呢？"

"没什么。"

其实那封信里只写着五个字：

"爸爸，我爱你。"

我要背起你，成为你的全世界

这个夏夜很安静，此刻，耳畔只有空调在微微响动，我没有睡意，除了想你。

老姑娘，你睡了吗？我正在灯下写信给你，若你知道了，可不要像过去那样责备我睡得太晚了。

在记忆的远途中，叶子寄存着阳光的旧址，你身上却寄存了我最美好的光阴。而在我成长的庭院里，满地遍布的是你凋落的花枝，再也无法拾起的芳香，往土壤深处去，往曾经的岁月里去。

二十五年前，我来到这世上，与你初相见。你原本可以更漂亮地出现在我的眼前，但为了我，你剪短了飘逸的长发，关上了安放化妆盒的抽屉，也不再顾及自己日渐走样的身材，你的少女时光再也无法复现，而你却无怨无悔，只求我一生平安。

　　你年轻时是个文艺女青年，是全村第一个敢尝试火钳烫发的人，最喜欢染玫瑰色的头发，穿碎花裙，胸前戴银色的项链，总听不腻的歌是邓丽君的《美酒加咖啡》，最爱的偶像是小虎队，曾在墙上贴满了他们的海报。当你有一天老了，记不清年轻时的自己是什么模样了，就让我告诉你。

　　如果不是家里人硬逼着你回家相亲，你或许又赶潮流去北漂了。过的肯定不是现在这样的生活。

　　你嫁给我爸的那天，眼泪打湿了红盖头，不是因为结婚高兴，也不是因为要跟外公外婆分别，而是你觉得自己的人生就这样坠入崖底，再无青春波澜可言。我爸是个农民，穷得很，长相粗壮，脾气也暴躁。你因此不知咽了多少苦水，走了多少次夜路回娘家，一路上连猫都不敢跟你比哭。到后来，你习惯了这样的生活、这样的人，再也没让眼泪陪自己过夜。

　　你告诉我："命运既然将自己安排到这一步，也没什么好说的了。"即便你语气再淡然，眼中的血丝、暗淡发黄的皮肤都在告诉我，你有过不甘，有过挣扎。后来呢，生活的围墙越砌越高，你也懒得爬了。但你转瞬间脸上又浮现一丝微笑，又跟我说，你总觉得未来不会过得太糟糕，因为有我在。

滚滚红尘，青春似水，你的唇红齿白，你的千里秋波，都葬送给了柴米油盐、家长里短。你嫁的人不是你爱的人，曾经期许过的浪漫爱情已然成为泡影。我时常故意戳你的伤疤，学《大话西游》里的台词问你，如果上天能够再给你一次机会，你会选择活成什么样子？你说，为了我，你仍然会选择现在的样子。只要一想到我，你觉得自己所有的愁苦不堪都能咬牙忍耐，所有的艰辛付出都不算什么。我是你变得坚强、释然的原因，也是你余生的希望。为了我，你毫不犹豫地拒绝了与过去那个年轻、柔弱的自己见面。

记得高三那年，我强撑着熬夜复习到凌晨三点，后来，人都没有知觉了，倒在地上。你听到响声后立刻冲进来，费力地把我拖到床上，并检查我的伤口。我在迷糊中好像看见你哭了。醒来后，我被你骂了一整天。

到现在，那时的情景仍历历在目。成长途中，你总是担心我，即使我对你说了千万次"我长大了"，也都不起作用。

刚进大学时，我每夜忍受不了室友的呼噜声，经常失眠，给你打电话，你告诉我："睡眠对你们学生很重要，睡不好，宿管又不给调的话，就搬出来，不要顾及家里的经济条件，只要有你老妈在，你就不要将就。"我在深夜的阳台上，听到你这么说，心里满是感动，不争气地哭了。

在出版社实习的半年，我每天都要坐一个小时地铁，再转一趟公交，才能到出版大厦。每次从地铁站出来，要横穿车流拥挤的马路，有好几次我停在路中间无所适从，而负责考勤的同事又打来电话，问我在哪儿，叫我快点到岗。日常工作除校对外，我还要填写报表材料，然后从5楼跑到25楼，负责签材料的领导脾气很不好，总是摆着一张臭脸。有几次，他宁可坐在那看报、喝茶，也不想马上给文件签字。你知道我工作并不快乐后，几次打电话过来，叫我辞职。我生性倔强，想再撑撑。

"我只想你过得简单、开心，可不想你去装孙子。妈这辈子看够别人脸色了，可不愿你跟我一样，无论如何，你都不许干这份工作了。妈现在还有点钱，可以养活你，回来吧。"我那时正要出地铁站，听到你这么说，眼眶不知不觉就红了。

研究生即将毕业的那年，我没有听其他人的建议去考博，因为考虑到你和爸年纪已经很大了，觉得是该孝敬你们的时候了，就在一所大学找了一份教职工作。你知道后并不开心，说自己还没老到需要我赡养的地步。

晚间，我躺在床上看书，你轻轻推门进来，把晾干的衣服放在床边，然后从兜里掏出一张银行卡给我，说我汇来的钱都在里面，你和爸都没动。随后，我呆呆看着你离去的背影，才发现独剩一人的房间如此空旷，我的心间突然吹过一阵这个时节的风。

老姑娘，你是我在这世上见到的最美的人，你的一颦一笑、一举一动都是那样动人，任凭岁月洗濯，也丝毫不能磨灭你的光芒与美丽。

我从小就是个内向的男孩，这些话都不曾当面告诉你，跟大部分孩子一样，只把一句简简单单的"我爱你"深埋在心里，从没当面跟你说。

记得孩提时，你常常背着我满大街转，走过了一段又一段的路，你或许在某个时刻感到累了，但都没有把我放下。那时我觉得世界一点都不大，它就在你的背上。

后来我上了初中，个子如拔节的竹子一般往上蹿。有一天我回到家看见你蜷缩着身体，蹲坐在院子里洗衣服。院子变得很小，你也成了小小的人儿，松垮的背部像一座塌掉的青山。我不免一阵心酸，想着等你老了以后啊，我就背起你，成为你的全世界。

老姑娘，我要背起你。

背起你，更爱你。

翠色时光的惦念

在秋天还没到来之前，我异常喜欢榕城的夏天。

那时天空湛蓝，如同没有划痕的蓝玻璃，树叶泛着鲜绿的光泽，日光洒透城市里所有的马路、街道和楼房。中午时分，室外走动的人很少，蝉声在安全网外的某个阴凉枝丫上叫嚷，像清晨耳边听到的小贩沿路豆浆油条的叫卖声。一些孩童会很早起来，拿着搪瓷杯子匆匆下楼，空气中传来杯盘交错、鞋子摩擦地板的声响。

当然，这些场景如今已不多见，形同旧照片一般贴在斑驳的墙角，照片边缘微微卷曲。还有更多遥远的事发生在多年以前这座城市的夏天，比如露天电影、戏台、拉拉车、两毛钱的冰棒、蒲葵扇、对弈、铁窗和玻璃弹珠。

时代以进步的理由拖着城市前行，在文明而淡漠的车水马龙中行走的人，主动也好，被动也罢，都被这个世界无时无刻改变着什么，直到某天一场深睡醒来后自己终于认不出它来了。

而现在的我真的越来越认不出榕城了。它不再像从前我所怀念的那位女子，可心近人，有林徽因那般的音容以及冰心一样清澈的爱。在模型、高架桥、流水线、巨型积木横跨的现代规划中，它和别的城市越来越相像，但细看却又不像任何一座城市。

常常想起过去的榕城，心里安放的这座城市还亦如当初那般素朴清淡，有南方夏日雨水的味道，茉莉的香气和汤面里稀少的葱花。那些炙热而明媚的夏天仿佛只有夜间可以允许我们成为室外游动的鱼群，在靠海袭来的海风中卸下一天厚重的腥味。一些名叫蜉蝣的昆虫，在低空中成群结队，微绿和浅黄的身躯时常闯入眼中。装空调的人家那时极少，暑气在海风吹拂下依旧不减，环绕在厂房和廉租房的间隙中。没有卑微和伟大区别的岁月，乘凉在同一片星空下，扇凉的工具一致用的是稻秆黄的蒲葵。

我们家那时房子小得像个密封的盒子，父亲洗澡时便站在自家门外，准备两个脸盆，光着膀子，下身短裤，然后拎起盆，从头浇到底，英雄一般的形象。晚饭时分，家家户户几乎都会在面前摆上一张小桌子，一家人围着桌子吃饭，吃什么自然都会被邻家看到，他们还会手托着碗筷，在上面放几块香肉、花蛤或者丝瓜片端来端去地招呼。而我总喜欢吃几口饭就看看屋顶，低矮的青砖瓦砾之上，蝙蝠总在几家屋檐之间飞来飞去，不时又朝着高空冲去，不见踪影，像一架架小型的滑翔机。我对飞翔的最初渴望便来自这儿。

　　那时，栀子常开着，瓷白小花若月光点缀在枝杈间，饱满垂下，风中是扑鼻的清香。邻居阿婆是个很慈祥的老人，但讲起故事却常是令人惊悚的那类。邻里的一群小孩和我一样正是处于少年的好奇时期，便常常托着腮帮听阿婆的鬼故事，入迷了，皆紧紧抱团，嘴中唏嘘，更有甚者半夜竟不敢起身如厕。阿婆声音苍老低沉，摇着蒲葵扇说，在城东有片桃园，"文革"时一个女教师在那里上吊了，那女子平日喜欢穿素白旗袍，爱唱闽戏，死后人们从园边走过，常听得风吹草动间传出女子吟唱的细碎戏词，停下一看，见得一白衣女子飘来，一时间撒腿就跑。阿婆中间喝了一口茉莉花茶，脸颊上的皱纹舒展了一下便又聚拢，像星空下岁月流淌的河流，而我们便那样惊心地坐在河流中间的船上，随风轻轻摇动。

母亲饭后若是清闲，就会领上我来到巷口，和一帮姊妹叔舅围圈凑撮儿，聊着彼此家中鸡毛蒜皮的种种事儿，或者围成一桌在昏暗的路灯下打麻将、玩扑克。母亲那时是很时髦的女人，做了一头长卷发，风里一翘一翘的，像一只花猫，不过也招惹来了不少赏花的蚊虫。母亲打牌的时候，我特别希望她能赢钱，这样她就会高兴而大方地带我去路边吃鱼丸、扁肉，或者再到冷饮店里给我买酸奶味的雪糕，我一口一口慢慢舔着，珍惜着母亲来之不易的好运气。因为多半她总是输，头发翘得一把高，血本无归，星光黯淡。

现在很多记忆都被越来越强大、越来看不清楚的现实世界清除殆尽。整日亢奋的大型吊车吊走了很多过去，现代化的大楼、工地、喧嚣、焦躁和冷漠浪潮般席卷而来。以前看一部电影，男主角抱着女主角说我爱你的时候，我觉得自己看到了永恒。而现实里很多事物并不会永恒，或者也只是短暂的表面的永恒。即使哪天我再站在旧地之上，也见不到故人旧景了，榕城都变了。

事隔多年以后，我才想到那个在东城桃园死去的女子一定是寡欢之人。她被俗世误解了一生，死后依旧寂寞得如同高悬的白霜，便也像极了回忆中美丽的榕城，踏着轻纱绿裙渐行渐远。

　　夏天路过了那座城市，年华渐渐路过了我们，只是那些时光中惦念的记忆在心中放也放不下了。它们都还像岁月里那棵满树青翠的榕树，风里招摇着叶子，沙沙地响。

寂夏

好像一觉醒来空气就热起来了，蝉声一阵一阵，被窗外来回穿梭的风带到四处，夹杂着树梢下老人们的掷棋声、婴儿的啼哭、扑打扇子的声音、广播里的歌声……经过空气的层层叠加和打磨，最后融合成几个关于夏天的关键词：喧嚣、烦躁、闷热和抑郁。当然，一场骤雨足以使这些词冷静下来，让世界只发出一种声音，淅淅沥沥。

一整个夏天我都很少出门。我家很大，通风，阴凉，像一个巨大的冰箱。我在夏天所能做的事就是在冰箱里吃西瓜和冰棒，把自己彻底冷冻。我是一个喜欢安静的人，也是一个不喜欢流汗的人，所以做一个居住在冰箱中的人很适合我。幼年未上学时，我可以一个月不出门，只在家里玩耍，摆弄小木偶、画画或者看电视。那时还不知道孤独是什么，应该怎样写。这样的结果是，在我长大后，镇上的人都鲜少知道我是谁家的男孩。我喜欢运动，但我讨厌汗水，准确说是极端厌恶皮肤上冒出的汗粒蒸发完后黏糊糊的感觉，如一条搁浅在滩涂的死鱼。而我一直以来都想做一头鲸，穿过汹涌的人潮，游往海中央。

有时醒过来，觉得是到了第二天，但母亲走出厨房时疲惫地解开围裙的动作却清楚地告诉我这是将吃晚饭的黄昏，而我在窗边看见的也不是日出，而是日落，虽然光辉落在指尖的温度是那么相似。

母亲是个劳苦的女人，张罗好饭菜又得走到房舍前浇花、喂猫。夏天的花草总像没有男人疼的女人，一副蔫巴巴的模样，低垂着头，仿佛被自家喝醉酒的男人揍过一样。母亲自然同情它们，拎起水管一个劲朝着它们加油打气。水花喷溅到四处，灰白的水泥墙壁一下子变得湿漉漉的，像下过雨一样。偶尔会瞥见暮色里的虹光，突然出现，又立即消失，短短的，如同生活里一段无法完整放完的插曲，或者一些悄悄来过又悄悄离开的人。

母亲是个对猫咪特别好的女主人。她从来不会把剩菜残羹倒给猫咪吃，我们家吃大鱼，它就会吃小鱼，我们家要是吃面，母亲会额外给它煮粥。猫咪的进食时间基本与我们同步，有时甚至会先于我们，仿佛它是我的弟弟（我们家的猫是公的），但这厮却不乖。母亲给它喂食时经常都见不到它，唤几声也不见它出来，得用小铁棒敲几下它专属的金属食盆，它这才从别家的花圃里或者高处的屋檐上飞奔回来，异常淘气。而母亲却不生气，见这厮进食时用爪子擦脸的模样，乐不可支，急忙招呼我出来看，而我很少笑。不是因为自己不爱笑，而是当我看见微笑中的母亲眼角有了深刻的皱纹，突然发现四十多岁的她真的已经不年轻了。

岁月伤害了很多人，鱼尾纹出卖了很多女人。

黄昏里，鸽群鸣啭着哨音，隐没于远处的房屋和电线杆之间。一路抖落的羽毛，像剪碎的白色纸花撒向大地。我听到收音机里一个 DJ 的声音，说："夜色终将到来，街角睡了而路灯醒着，泥土睡了而树枝醒着，鸟雀睡了而翅膀醒着，山河睡了而风景醒着……世界睡了而你我醒着。"随后放起凤飞飞的《追梦人》，里面唱着"看我看一眼吧，莫让红颜守空枕，青春无悔不死，永远的爱人……"

时间会刺破美人华丽的额角，我们却无能为力。

黑夜，如约而至。

前段时间去上海参加一个比赛，分在参赛者年龄都较大的组别里，看着其他组别里一个个如花的少年，才发现自己真的老了。

记得临行前，我爸问我："真的要去吗？"我点头。"没奖金，又不安排食宿，车票还只能报火车硬座，你值得这样去吗？"我再次点头。其实我也知道现在的自己或许已经不需要这个比赛的认可，只是中学时遗留下来的梦还紧紧贴在胸口上，时刻会痒起来。我想让自己舒服点，所以选择前往。

去之前，我特地剪短了头发，露出光洁的额头和颧骨，在镜子前看见自己的脸瞬间变得好大，心里嘀咕着应该没有人会认出自己吧。在颁奖典礼上，还是有一些来参赛的中学生认出了我，害羞而拘谨地跑来要签名。他们捧着很精美的笔记本或者有我作品的样书，表情认真而诚恳，好像从前的自己。因为我写字难看，所以碰到这种时刻，我总是异常紧张，表情却又装作很淡然的样子，签了几笔，写了几句祝福的话，便把头低下。

你一直都清楚我是这样的人吧。其实，我一直也在期待你会出现。你说过希望有天我能在西单的图书大厦开一场签售会，我期待某天我要签的下一本就是你递来的书或者笔记本，那时我会抬头看看你，你会一边红着脸躲闪，一边假装不经意地说："好傻咧。"再傻，只要有人喜欢就行。可惜，这样预期的情景并未出现，你像脱轨的冥王星，离我越来越远。生活不断运转的轨道上，太阳走了月亮来了，花开了好几朵，我一直还是一个人。

我很害怕分别，一个人离开了似乎就再也不会回来。或许我不该这样悲观，但看着时间的轮廓逐渐模糊，一些人走了就真的不再出现了，特别是想起那年夏天在南京火车站与你告别，眼泪没有缘由地就出来了。很好笑吧，确实，我一直都是这么可笑的人。

小时候看见爷爷离开，然后又看到奶奶离开，身边的人一个一个少掉，而母亲说他们只是去远行了，去找自己真正幸福的世界了，找到之后就会回来。可我到现在也没见过他们回来，是不是幸福真的很难找到？

幸福只是生者对死者在另外一个世界的希冀。

我极少在朋友面前提及你，当然偶尔说起时你也只是在里面扮演一个普通朋友的角色。我不想告诉他们有关你的一切，怕说完了你就变成光点碎掉了，一点一点消失了。那天你和我坐在深夜的长椅上，身边有来回走过的情侣。我们没有拉手，也没有拥抱，表情很冷，像花丛里滚落的露水。你说我们先做朋友吧。我半晌没说话。你说你会是一个很好的朋友。好啊，我点点头，没有看你的眼睛。做普通的朋友，不挂念彼此，各自经历新的生活，在一起或者不在一起都会变得不再重要，似乎真的很好。所以到现在我也没有更改你的身份，这是你的意愿，我一直记得。

那天夜里回寝室，走着走着，路好像被自己走长了好几段，之后发现，我竟然从 3 号宿舍楼走到了 13 号宿舍楼，你的楼下。一些女生刚洗完澡，她们在阳台上抚弄着湿湿的长发，飘出淡淡的青柠檬味道。一些女生在晾衣服，衣架碰撞的声音比白天小了很多，一阵风吹来，各种颜色的短袖、背心和内裤飞着。当然，我没有认真去看这些场景，因为我的心里还想着你。

到现在，我们已经好久没有见面了，彼此也都没了见面的勇气和期待。时间真的能把一个人漂白，然后变成纸页，放进一本我们似乎从未翻过的空白笔记里。爱情的开关，我们是在哪里什么时候按下"OFF"的？如果你不知道，我不会再问。如果你知道，也不要告诉我。我怕我会难过，又想着重新去按"ON"。

某天还能见到你的话，在喧嚣的街衢或者寂静的公园，我只会问你，最近过得好吗，一切都还顺利吗？

务必快乐！

　　一个月里接连下了好几场雨，空气如同感冒了一样有些微凉。

　　耳朵听着雨水从屋檐上滑落的声响，内心却异常安静。我在思考一些事情时不会学标准的文青那样抽烟或者喝酒，我只会呆呆站着，或者静静坐着。我没有当思想家的潜质，也缺乏哲理家的神经，所以想的问题都很肤浅，比如昨天洗的短裤今天会不会干，家里的西瓜吃完了要不要再去超市抱一个回来，水龙头漏水了但情况好像不严重要找人来修吗，最新的小说还要多久才能写完，女主角和男主角最后死了好还是活着好。还有，柜子里的板蓝根好像少了几包，是不是有谁感冒了……

　　我并不是一个懂得关心和体贴别人的人，对于身边的亲人，也常常如此。从小到大，都过得太自我。

　　父亲因为长期做工，腿脚一直不好，但他还继续整天在外奔波忙碌，恶性循环，骨头越来越脆弱。他一直都不放心我，要我在学校时每周五晚上都得打电话给他，讲最近一周的情况。有时我忘记了，第二天早上他就打来电话。有时我和朋友出去逛街，深夜才回来，想起要给他打电话时已经到了十点多，唯唯诺诺地打回家里，接电话的正是父亲，他竟然没睡，而往常过了九点家里的灯火就暗了。他每次在电话里说的话基本一样，无非是"最近学习怎样""饭要多吃点""有没有生病""外面天冷，自己衣服多买几件穿""钱不够的话也不要自己省着，一定要告诉家里""我们看不到你，你要自己照顾好自己"。日渐苍老的声音透过雨夜里湿冷的空气，传到我的耳膜里，带着些粗哑，像秋日里落叶被人踩碎时发出的声响，而我通常只是回答着"嗯""知道""我会的"这样简短的语气词或者短语。也有几次电话是母亲接的，问的话跟父亲相像，只是结尾她会和我说："你爸最近腿脚又犯病了，在家没歇几天又跑去工地上了，这样下去……你有时间也劝劝他。"我点点头，"噢"了一声，随即挂了电话，但心里明显有个地方痛了，如同玻璃制品碎掉了一地，锋利地扎向全身，而我却无法触摸到那疼痛的具体位置。就像一直以来，我都把父亲的身体情况忽略掉了一样，从未在电话里提起，而他自己也从未向我说过。

高二那年的夏天，我想搬出吵闹的学生宿舍而到外面租房安心复习，父亲早前通过熟人为我联系好了住处。那天要搬寝，他早上五点多就从镇上坐巴士来到我在的市里高中，在校门口站了一会儿后他才打来电话，问我住哪栋楼，门号是多少。那时铅灰色的云层不断在空中集聚，天色有些暗，我正在食堂吃早饭，吃完又要赶着去上早自习，我让他先在门卫室里坐一下，等班主任批下假条后再一起搬。过了几分钟，他打来电话，笑着说："刚才有人找我，要办一些事，今天先不搬了，你不用请假了，自己好好上课。"我听了，"哦"了一声，也没听他说完就挂了电话。上午第二节做课间操的时候，憋了几个小时的大雨畅快淋漓地冲刷下来，人群纷乱地逃回教学楼，远处的房屋、草地都陷入一片云雾之中。我在走廊上抖着被淋湿的衣角，有执勤队的朋友跑来和我说他在检查宿舍时看见父亲正在搬东西，我听到后疯了一样往寝室跑去。打开门，只见自己的床位空了，行李箱被人扛走了，脸盆、毛巾、牙膏、牙刷都消失了，瓷砖铺的地板上留下了一排印迹很深的脚印，带着一些水花和泥渍。眼睛像进了辣椒水，火辣辣地疼，脸上的表情撑不住了，顷刻间塌方。我趴在空荡荡的书桌上不住地流泪，脑中涌现的是一个老男人在大雨之中肩上扛着重物踽踽独行的背影，越来越远，直至变成雨幕里一个再也无法瞥见的点。我不知道自己哭了多久，只是感觉有一个同寝室的同学推门进来了，他问我："你是真的要搬出去了啊？"我看着他，脑子里晃过了什么，立即冲出了宿舍。"你干吗，外面还在下雨呢，喂……"寝室同学的声音很快就被丢在大雨之外。一路上雨都在磅礴地下着，我没打伞，只朝着租住的那个地方不断地跑，不断地跑。我知道比起父亲，我淋的雨还很少，比起他的肩膀，我的还很单薄。

或许每个人只会在某个瞬间，因为一些人、一些事和一些真相，而爆发性地觉悟、理解和成长，然后清楚看见自己的无知和卑微。

青春不应成为自私的借口和理由，对于世界上任何一个沉默而伟大的亲人，我们都应该感到愧疚。

盛夏的暴雨总会浇醒一群沉睡的人。

台风过境时，我正在街上行走。新买的雨伞质量太差，伞面全都被风掀开，像脱离花梗的花瓣，飞往很远的地方。隐形的视线只是一种薄弱的存在，永远无法牵住谁的离开。

狂风肆虐，道行树的根须慢慢被拔出地面，天空披着一件灰色的披风，黑暗的巫师在云端之上嗤笑。我感觉到末日的临近。

巷子变得异常阴暗，老人们都躲在房屋里，安静地坐在窗前，低着头，没有其他动作，如同一帧帧时间的默片。我在楼道里走着，脚下发出的声音比以往更加清晰，不断回荡，好像讲故事的人。天台上有水漏下来，沿着灰白色的楼梯往下直淌，若一道溃烂的伤口。我没回家，而是先向天台跑去，正如自己料想到的那样，有人忘了关上通往天台的门。人们常常遗忘的都是这些事情，看似无关紧要微乎其微，关键时刻却总会变成一些忧伤的源头。

我也常常遗忘。

《致我们终将逝去的青春》上映那天，小甲约我一起去看。在这之前，陪在她身边的一直是阿五。对，他们是恋人。后来一个假期改变了他们的关系，阿五去找他的前任，并在微博上放了两人甜蜜的合照。小甲在那天悲伤地打来电话，和我说："真没想到自己会和他这么快就分了，一直觉得这样的结局应该放到毕业那天，谁知就被这个混蛋提前了……"我听到她哽咽的声音，像个失去玩具的孩子那么伤心。我说："阿五就是个人渣，他配不上你，以后不要去想他了。"她沉默了很久，没有说什么，电话那头风声一阵近，一阵远，像要吹掉些什么却始终没有足够的力气，她挂断了电话。我知道她是难过得不想再说话了，随后我拨了过去，"在吗？你不说话，我也知道你在听。失恋很正常，不用太悲伤。以后，吃饭、看电影就找我吧。"小甲笑了，"你又不是王小贱。""但我是潘云贵啊，是你最好的'哥们儿'。"我答道。"哦，那我记住了。"她暂时止住了忧伤，又笑了几声。

但那天，我因为书稿修改问题，在网上和编辑讨论了很久，后来想起来的时候，发现电影都快放完了。我给小甲发短信，她没回。我打电话给她，手机里传来的是语音台机械的声音："您好，您所拨打的电话已关机。Sorry, the subscriber you dialed is powered off……"我猜她应该是因为自己没等到我所以先进去了，然后关了手机，又或者是她的手机没电了。电脑匆匆关机后，我跑出房间。母亲这时正穿着睡衣在客厅看晚间的电视剧，见我神色慌张，便问我大半夜要去哪里。我说猫咪丢了，我要去附近的花园找它。母亲很疑惑地看着我，说我今天怎么开始关心起它了，之后又笑我傻，说那猫想睡觉的时候自己就会跑回来的。我还是开了门，跑了出去。

夏夜褪去白昼的闷热，江面上吹来一些风，凉凉的，带着点鱼腥味。我跑过几个拐口，远远看见影院后就放慢脚步，一边喘着气一边向前继续走着。夜真的已经深了，长街上人影稀疏，灯下乱舞的蚊虫扑闪着轻薄的翼翅，路灯一盏一盏不痛不痒地亮着，小甲就坐在影院门口的石阶上，长发垂膝，又被途经的风吹得涣散。无人问津的夜色里，是她孤独的身影和大理石冰凉的温度。

"小……"我正想喊她，街上的灯这时突然灭了。

黑暗中，我们能解释清楚所有令人难过的缘由吗？

不能，所以时间便在沉默中走远了。

电影里，郑微说："我们都应该惭愧，我们都爱自己胜过爱爱情。"

的确如此。

雨水终于停了下来。

天空放晴，渐渐有了白光，一面被擦洗得十分干净的蓝玻璃此刻镶嵌在寂静的天幕上。

雨过之后，窗外的花凋落一地，叶子也被浸泡得显出黄色的叶面，房前的几棵槭树枝杈变得稀稀疏疏，像一群受伤的人。

这个夏天很快也要过去了，在这之前，有些话，我还是不敢说出口。

说不出来，也希望你们会懂。

世间滋味，我已太早尝过

友人到来那天，重庆刚好起雾，能见度很低，计程车像失去脾气的人在公路上慢慢踱步。我们被大雾围困，见不到这个世界繁杂的一面，内心倒是得到了暂时的休憩。

车子兜兜转转，在观音桥附近的一家酒吧门前停下。

雾气蒙蒙，他的睫毛上挂着一层细细的水珠，原本憔悴的面颊愈显苍老。这几年，他苦恼于婚姻生计，诸事不顺，一咬牙，索性关掉现实的闸门，四处旅行倒得了心安，回光返照似的享受着内心空荡荡的时光。

"我之前从没来过重庆，因为你在，才觉得这里亲切。如果你不在，这座城市对我来说，也只是我余生漂泊中普通而陌生的一站。"他的声音有些沙哑，细听还有点忧郁，像尘埃落在正转动的唱片机上。

"你其实可以改变的。"为了让他看开点，我面带微笑注视着他，说道。

"改变不了的。"他声音很轻地答道。

"为什么？"我困惑问着。

"因为你不是我。"

他起身，从桌上端起酒杯，喝了一口后，放到我面前，示意我碰杯。

觥筹交错的一刻，他话音一转，双眼直视着我，"其实我很羡慕你，人生坦途，顺风顺水，想考研就考上了，想在大学教书也都如愿了。而我的运气永远没你好，想继续读书，英语不行，找了工作，老板不行，谈个恋爱，对方又嫌东嫌西，太累了，还是觉得一个人生活自在些，这一生或许都将在路上。"

我明白他话里的意思，但我又该与他说什么。窗外雾色灰蒙，很快又落下细雨，观音桥亮起华灯，行人摩肩接踵，在街上、商场间往来穿梭，潮湿的地面上映着倒影，像活在另一个世界的他们。我从友人手中接过酒杯，一饮而尽。

在雨雾中，说世事，是一场虚空。

各家自有苦酒，酿了三年五载、茕茕半生，谁愿意沽取而出任人推杯置盏？我不行。我不擅长与人比较，也不喜欢倾诉苦难。世间滋味万千，只有自己的舌苔是清楚的。

海明威写过一篇小说，《白象似的群山》。被辜负的女子在故事结尾面对男友惺惺作态的一句询问："你觉得好些了？"回答着："我觉得好极了，我又没有什么毛病。我觉得好极了。"受尽男友折磨的她以闭合的姿态结束了故事，也结束了一场爱的旅途。她的答案里藏着不甘、逃离和绝望后的释然。

而我们，与岁月、生活、现实的关系不也如此吗？

世间滋味我太早尝过，以致长大后能够较为淡然地拨开俗世云雾，内心深处是空旷原野与清澈溪流，少有浊物，在生活与处理人际关系上呈现出简单纯粹的一面，而非沧桑老成。如果有人将我此时表现出的这一面归于阅历不深，命途畅达，那其实是对我的不了解，对我的误判。

时间催人前行，人在世事悲欢中既沐清风，又饮烈酒，怎能不成长？

我生于乡村，上高中后才告别父母去往城市求学，生命里保存了十六年的乡土记忆，有生死，有贫穷，有太宰治说的"生而为人我很抱歉"的无奈，也有阿赫玛德·夏姆鲁"失去了最后一块玻璃船板的海员，心中已不再相信春天"的绝望。

八十年代末，父亲的几次创业都以失败告终，赔上了家中所有积蓄后，上山当了石匠。母亲为了偿还债务，开始在街头摆摊卖食杂。我出生以后，记忆是从一张饭桌开始的，两三个小碟子，盛着虾米、咸菜、鱼露、酱油，没有一道荤菜，一家人三餐都如此度过。我哥数次都将虾米、咸菜吃尽，我只好倒些鱼露、酱油到饭里，拌着吃，有时吃着吃着，眼泪就掉下来了，于是幼年的我便知生活的味道咸涩不堪。

我十岁那年，身体瘦弱的母亲由于整日起早贪黑工作、思想负担过重，导致神经紊乱。夜间她回来给我们做饭，择菜时昏厥过去，菜刀滑落，咣当一声，我们立马奔向厨房，万幸刀子没有落到母亲身上。母亲醒来后，神志不清，用力咬着嘴皮，鲜血从嘴角淌下。父亲急忙叫来医生，医生开了安抚的药后，建议父亲带母亲去市里就医。那个秋夜异常冰凉，我跑到院子里，对着满天繁星，哭着祈愿，只要母亲没事，自己甘愿少活几年。

我的旧家是座用石板拼接起来的小宅子，只有一楼，异常破落，每逢台风过境，屋瓦极易被掀翻，屋内漏雨严重，摆满脸盆水桶，叮咚作响。盛夏时节，也常有蛇虫从附近田地溜到房中，父亲抓过几次，我们一家人看得心惊胆战。等我上中学后，父母决定在祖父留下的那块地皮上盖楼房，搬离旧家。父亲找来他弟，商量买他那部分的地皮，叔叔让父亲先盖，不用提钱。结果，我们家刚盖一层，叔叔就醉酒提刀来讨债，我永远忘不了他手上那把菜刀是如何一次次逼近父亲的，那架势俨然已不把父亲当作兄弟手足。在物质金钱面前，一个家族的情感纽带就此被砍断。那年我十三岁，再也没对他喊过"叔"。

回望过去种种不堪，不是为了获得他人同情、怜悯、热泪和拥抱，而是为了寻找未来，在未来颠沛流离时能固守内心城池，使它不易崩塌。

因为年少时已历经遭遭，尝过苦痛，知晓人性，洞悉世情，当我长大后，天南海北闯荡，便也能在狂喜时及时收敛，悲痛时止住哀伤，活得平和，趋于简单。

难以忘记为梦想奔波的时日，几近溃败边缘，如饮烈酒，但幸好又得内心神明照耀，有光到来，打开黑暗，将我解救。

在隆冬的北京，一次次在车程漫长近似无尽的地铁上睡着了，错过了站，又一次次独自蹲在长安街边，看大马路上车来车往，周围人潮一波卷过一波，天色渐晚，高楼亮起灯，像星辰挂在铅色飘浮的低空，我对自己冷嘲道："真是一无所有，连梦想都跟着你受累。"

那时住在一间终年受潮的屋内，墙面如渗了水一般阴冷。空间极其狭窄，只能放张床跟一副桌椅。为了进入自己理想的文化公司，我认真做着他们要求的企划，对食物和睡眠的本能需求降到最低。高考时都没这么努力过。待了两天，出门，看见雪竟然悄悄在化，冬天要过去了。

在出版社工作，有天，我从办公的五楼坐电梯到二十五楼送报表。领导先是不在，我回去等了半小时又过去。这回他在，正一边喝茶一边看报纸，我请他签字，他没看我，只用手指叩了下桌子一角，示意把文件放那儿。下班前一小时，我去取材料，领导还在一边喝茶一边看报。我想他应该签完字了，就问他要文件，他没理我，我就想轻轻地取走报表。结果他厉声问我要干吗？我尴尬解释。他不作声。等我见到表上签字一栏还是为空时，他让我不用把材料再给他了。我顿时哑然无语，真想跟这秃头、大腹便便的男人理论，但还是忍住了气，把表格重新放到他桌上，并挤出笑容赔了不是，孙子一样退了出来，跟条狗似的。那天夜里，我在床上躺了半天也没睡着，后来眼睛矫情地红了。

每日去出版社的途中，必须横穿过一条马路。两边相反的车流，呼啦啦疾驰，扬起一路的尘埃。有好几次，我都困在路的中央，像具被固定造型的玩偶，无所适从看着如齿嚼动的车流，感觉自己就像一条渺小的过江之鲫，随时都有被煎煮啃咬的危险，而负责考勤的同事又常常打来电话，问我在哪儿，催我快点快点。我看着车子前的灯，似乎那就是死神的眼睛，对我对望。我几次都双脚战栗地穿过，拍着胸口，背后一阵发凉。也想过如果自己跑的不是时候，只是在车流间突然停下一秒，死神是不是就要带走我……

梦想辗转数站，直到此刻，当我站在大学讲台上，才得以落定。

如果再给我一次机会，恐怕我还会这样来一回，在每一间红尘客栈都讨壶酒喝，在深夜兑着眼泪饮下风月荏苒。

在电影《爱乐之城》将至结尾处，女主角 Mia 在面试时讲起姑妈的故事。一个女人为了融进塞纳河那绝美的流光溢彩里，不惜在冬日赤足跃入冷冽的河水中。人们问她，如果再给你一次机会，你是否还会跳下。她坚定地回答，会。

梦想与爱一样，都是世间太过迷人的东西，而我们是一群相信梦想的傻瓜。

清早自己温的粥，深夜独自饮的酒，此生悲欢，唯有内心的神明隐隐知晓。

我写下人生路途中的字字句句，关于生活，关于世情，关于梦想，不为怜悯，不为同情，不为展示，不为成为风景，只是为了抵抗遗忘。

岁月渐渐长出刺与光芒，愿你的苦痛、梦想与微笑都不曾遗失。别走太快，生命的土地上需要我们站一会儿，再站一会儿。

许多云飘来，一座座桥在远处，骑马看花，清风是你，烈酒也是你。

只愿在时间中，我们有足够的耐心和毅力，懂得自己，成为单纯的人。

青春是颗忧伤的子弹

黄昏的天台，风声在耳边吹刮成呼啸的海，大朵大朵的流云仿佛是铅笔画好之后又被人一个劲地擦去，世界剩下越来越多的空白。

我已经好久没有这样一个人站在天台上细数时光了，那一路走来的路途中，落日停息了青春的空旷，长满尖刺的少年像风一样远去。

城市混杂着灰尘在自己的节奏里宛若流水逝去，喧嚣、不安与臃肿的人群来回奔波于街衢楼宇之间，行走的道路枝丫般凌乱地伸向没有尽头的远处。

一切都停不下来了吧，手表上转动的分针，路边行人的步履，园中疯长的草木，推小车的老人，风中飘扬的红领巾。为什么一切都那么不快乐呢？被风吹散的叶子，湖水上静默的倒影，找不到归途的车辆，还有我们的青春；像一点一点裂开的子弹，总是没有缘由又理直气壮地飞离自己的内心，对准一个个亲爱的人，射出脾气、无知、叛逆与事过之后的忧伤、责备和不可原谅。

青春是颗忧伤的子弹，这颗子弹有着让人害怕的力量，像磅礴的海水汹涌袭来，一次次漫过别人对自己宽容的言辞、希冀的目光、关怀的臂膀，直至淹没那张沉默的脸颊以及自己心内柔软的领地。

小时候，母亲说："无论何时，我都会这样怀抱你，无论你，是对还是错。"那时我们坐在庭院中，龙舌兰在墙角静静地生长，细长的叶片在盛夏雨水过后发出更加翠绿的光。母亲替我摘下高枝上的白玉兰，佩戴在我耳边，她慈爱地抱起尚且年幼的我，不断用额头抵我的额头。然而十三四岁后，我总让她的心脏承受着愈发沉重的负荷与难过。我不写作业，沉迷在新出的电子玩物中，躲在被窝里打着充电台灯看鸟山明漫画，故意在填写期末成绩单时把地址写到乡下目不识丁的阿嬷家，没事做也不看书，对着天空发呆，看几只飞鸟掠过，一低头，几株鲜艳花草又长出新芽。

母亲说过我数次，刚开始自己并不理会，用一声不吭代替一切答案，而后也开始和她犟嘴，无休止地与她闹矛盾。

母亲说："你越长大，越不懂得是非，迟早会害了自己。"我看到她在和我说话的时候，流泪了，这种泪是她被社会、生活步步紧逼几番数落后也不轻易掉落的泪，是在父亲处事不顺酒后发疯给予她一顿谩骂时也要强忍着不掉下的泪，却在我冷漠而轻狂的言语后滑落在冰冷的地板上，滴答，和时间一起摔成破碎的忧伤。

"我自己知道，不用你管！"碍于面子、脆弱的自尊，那么执拗而不愿回头的少年，是不是很可恶？一句话说出以后，母亲的耳朵有那么一刻冻结在遥远的冬天。我们是冰面上奔跑而过的鹿群，没有留下一刻虔诚的低头。

每回到北方上学时，停留在异乡的火车站旁，自己想起最多的是父亲。

三年前的夏天，下着滂沱的大雨，我站在月台上，拿过他提来的行李箱，只身上了火车，他在窗外随车内的我一步一步前行。在这之前，我们吵过一架。他是一个对世界极少退让的男子，包括对待家人，总是一副严词厉句的做派。

我想逃离父亲的这座城，便在填报高考志愿时与之做了抗衡，我指着地图上那座陌生的北方城市，对他笑了笑。"你非得走那么远吗？"他板下脸来，青得像一道悬崖。我没有回答，依旧指着那个遥远的方位。"不行，你一定要给我待在省内！"他决绝而不容更改地说道。"不行""一定""给我"……我厌恶这样的词汇，握住地图的两端，我在他眼皮之下把这张彩绘的油纸撕成两半。"刺——"纸张碎裂的声响，清楚地在耳畔像飞机的螺旋桨一样轰鸣。那道裂开而弯曲的线条是一道无法愈合的伤口，在风中兀自招摇。

最后的结果是，在这场令人颇感窒息的僵持中，我难得地赢了一次，而父亲却输在了此刻的窗外。他敲击着车窗，张口说话，并一直指着我放置于架子上的包裹和行李箱，像交代什么，但隔着厚厚的玻璃，我什么也听不清，只是看到他努力张开又闭合的口型，像一出默剧，这是我难得看到的一幕。我示意他一切妥当，他却一直站在那里，直到火车开动。我趴在窗口看，他跟着火车在走，然后，终于看不见他的身影。

时间吹熄了那一秒，很多场景都浮现在我的脑中，却又迅速往脑后散去，像极了永远不会落脚的风。我想起幼年时坐在自行车后紧紧牵住他的衣角，想起他在夏天傍晚做好番薯糕四处找我的情景，想起第一次上学时他慢慢松开的大手。大雨下出了心里的一场病，我那幅自以为对父亲足够淡漠的表情撑也撑不住了。窗外是夏末滂沱的雨水，淅淅沥沥地砸来，很难想象的是那道刻在雨中的背影，在时间的深处是不是站成了一匹骆驼？

想起有一阵子看萨冈，内心亦是一阵抽搐，眼泪酸楚得找不到可以盛放的容器。《你好，忧愁》中的塞西尔是那么的任性，又是那么的无知与脆弱。她身上的反叛因子像梦魇里的紫水晶，充盈在青春的风情里。她深爱父亲西蒙，面对即将成为自己继母的安娜，内心的仇恨可想而知。她不想让父亲西蒙接受这个女人，所以想法幼稚而卑劣的塞西尔开始了一系列激烈而恶毒的反抗，设下一个个圈套，让安娜失去了西蒙的爱后出车祸死去。恶意是我们看不到也无法除去的根脉，开出硕大而黝黑的花朵，蔓延在这个世界上。

塞西尔说，我考虑着要过这种卑鄙无耻的生活，这是我的理想，也是我的忧愁。

忧愁的纱布蒙住了太多人的眼睛，我们时常不也如此吗？困兽般深陷其中，让人误会、难过与受伤，却始终拔不出头颅上理智的角。

"我们究竟要这样不知廉耻地伤害别人到什么时候？"我在天台上悲伤地问阿义，他摇了摇头。在青春这场面目不清荒唐到来又草草结束的时光里，我们是一支支随时将被叩响的扳机，洞穿着一个又一个在乎着我们的人。

阿义是常常和我说话的男孩，小平头，身体高高瘦瘦的，像一节青翠的竹子。他时常会给我发短信、打电话，或者直接跑到我身边，拉我到天台上说话。我们聊学校里一个好看的女生，聊给她写情书的男生是不是就那几个，聊班主任班会课上会说多少重复的话、政治老师一天会讲睡多少双顽强抵抗的眼睛，聊没有尽头的考试、遥遥无期的假日，聊脸色越来越难看的父母、心里越来越沉的石头，聊现在的自己为什么会变得像一只随时喷火的怪兽。

"为什么会这样呢？我真的不想伤害他们！"我沮丧地看着阿义。

"小傻瓜，是因为他们不理解我们啊。大人有他们不容更改的想法，却不曾真正想过我们的感受，他们只是一味安排着我们的道路，却不知道我们是否喜欢路前方的风景。"

阿义那时一边说一边用他的小眼睛微笑着，发出比余晖还好看的光。而我抬头看着晚霞铺红的世界，只是点着头，不说话了。

那个夏天的黄昏好长好长，我们靠在天台的栏杆上看斜阳老去，流云翻转，微凉的风俯冲而下，在城市林立的高楼间游荡。在那样静谧得只剩声息的时光里，我忘记自己究竟坐了多久。视野里天空变成翻滚的海，反反复复把如今自己对待世事冰冷而倔强的脸颊冲向记忆的岸堤。我们细数那些被自己伤害过的人，当初是不是把他们伤得很深，此刻他们会不会明白一点而原谅我们。

天台之下，城市是蓝色的，鼻翼间的呼吸有透明的质感，微风阵阵吹过，孤独被一阵子放大，一阵子缩小。那么多没有理智的时刻，那么多明知是错也不承认的时刻，那么多把枪口对准自己最亲近的人的时刻，我们是不是像极了没有去处的子弹，在一次次伤害别人后忧伤得如同愚蠢的飞蛾，在空瓶子的世界中激烈地撞击，却始终找不到真正解脱的出口？

内心茫然时张望世界，日光倾斜，总有几棵古树爬上与你楼顶同高的地方。它们密密匝匝的叶子，在风中摇出银铃的声响。心里瞬间坍塌了一小块，有什么念头也在风中轻轻摇晃。

简嫃说，让懂的人懂，让不懂的人不懂，让世界是世界，我甘心是我的茧。

"可是……有人吗？有人可以看到我们吗？"年少的声音，依然会在多年以后的天台响起。我们用青春的子弹射穿过的层层雾霭和云霄，只见忧伤而微亮的星辰在黑色的梦边溢出暖光。

　　是不是有一天，我们也能把这颗忧伤的子弹、这场黑色的梦悬挂在生命的树梢，让它们在风中吻出年少那不忍回头的风景？

　　亲爱的人，在这场慌乱的青春里，我想和你说声对不起。

远去的墨香

我对墨的最初印象来自祖父收藏的一幅书法。

王羲之的《兰亭集序》，"永和九年，岁在癸丑，暮春之初，会于会稽山阴之兰亭……"洋洋洒洒的长卷后，盖有一方印，四个字，篆体，看得不太明了，朱红的印泥，有模有样。当然还只是赝品。

字是在麻布白的宣纸上写的，黑黝黝的百行字，风吹林动一般秀丽。那黑在白里游弋着，像数百尾黑锦鲤在纸页清塘里游弋着，柔美又自然，让人赏心。

花香时节，祖父常在自家庭院里摆好笔墨纸砚，趁着午后徐徐清风，挥毫一番，游侠剑客般纸上行走，笔风苍劲，一派雄浑风景。祖母常坐于其旁，织织毛衣或者摆弄花草，抑或静静看着祖父，时而竟单纯地笑着，像极了六十年前那个刚刚遇见祖父时一脸娇羞的芳龄少女。偶有几只花猫在园子里扑蝶玩耍，这般时光似能被拂出声响。

幼童时期，自己当然是兜转在长辈们圈定的空间里，安分守己。祖父习字时常叫我取些水来，自己便拿起大搪瓷杯一股脑跑到古井边取水。那水自是幽凉凛冽，沾着花草园中的香气，尝几口，唇舌间亦是清香流溢。

祖父的墨，添水之后依旧浓黑黏稠，那一笔清秀落下，便是千年江南的韵味。而我自小对这墨是惮怕的，鲜丽亮白的衣物，沾染点点，便好似乌羽附着，要想洗净得费下好些功夫。母亲清洗这些衣物时自然是不情愿，每次都得喃喃嘀咕一番，水乡女人的音调是细长而尖厉的。这使我恐惧。祖父见了倒是笑笑，说："墨是应该沾的，不沾怎么读书？"那时，我年少，愣头愣脑的，一边被母亲说，一边还在祖父那儿沾了一身水墨。

记得雨天时，祖父就喜欢把书桌移至庭院的小凉亭里，沏好清茶三杯两盏，放上几瓣祖母采来的茉莉，洁白通透，砚台上滴着从飞檐上落下的雨水，这般景致自然有水墨画的意境，这是祖父一生追求来的惬意。那时祖父教我练字，我多半是跌跌撞撞地学着，运笔跟跄，行文潦草，不堪入目。祖父笑着，依旧昌茂的眉毛耸成柔软的笔画，他耐心握着我的手，一笔一画地书写，一种苍老在我手心里传递着力量。那是来自沧桑人世里的笃定与充沛的情怀。幼时毕竟贪玩，哪能泡在浓得化不开的水墨里过活，便时常糊弄祖父，说身体不适或者功课未做，祖父亦不怪我，让我先把自己的事做好再来习字。每回躲在角落里窃喜的时候，望了望在园中习字的祖父而又有小小的羞愧。欺骗毕竟是种罪过。

那时常写的是一些唐诗宋词，王维、苏轼、李清照，祖父甚爱之，每回都会教我写此等骚人墨客的诗词。"明月松间照，清泉石上流"是王维的闲适笃定，"十年生死两茫茫，不思量，自难忘"是苏东坡的悱恻思愁，"和羞走，倚门回首，却把青梅嗅"是李清照的天真年少……祖父这般调教下来，到小学毕业时自己便已能将往后学习的诗词识记大半。

到了中学期间，在父母每日的叨念里身心都汇聚在了繁重的学习上，跟祖父习字的次数自然是江河日下。祖父常常走到我的房前，犹豫了很长时间才敲了一下房门，见房内半晌没有回应便独自往老书房走去。而当我开门之时，常常看到的只是一个苍老沉默的背影，渐行渐远。时光前行中，我们总会遗失一些物品在最初的路口，包括心情和故事。风来雨去中，墨香也是会淡的。

初三之后，课业更是如猛虎一般袭来，自己基本上已经不碰羊毫了。母亲说这叫回归正道。她和父亲都已经想到要为明天的我铺设一条怎样的康庄大道，而过去那些留在幽幽小径上的芳香景致亦是被他们忽略了。这是大人对待子女特有的脾性，形同高墙一般的保护，那墙外的点点红梅自然是欣赏不到。

一日，祖父特地在我一时清闲下来时把我叫到庭院里，学业询问一番后便和我聊起墨事。老人言语轻柔，充满年老书生般的淡然，"还记得以前教你的那些诗词吗？"我点点头，随即背了出来，"十年生死两茫茫。不思量，自难忘……夜来幽梦忽还乡。小轩窗，正梳妆。相顾无言，惟有泪千行。"背得愈发起劲之时，却被他的一声干咳打断。祖父又问我："还记得怎样写？"我说："毛笔字？"祖父点了一下头。我顿时羞愧难当，因为毛笔字早已经在脑中没有了印象。我说："好长时间不写已经忘了。"祖父听完，没有看我，叹了声气，背过脸去沉默了很久。这应是行走在消逝中的老人所不愿面对的一方残垣，透着时代里愈渐被遗忘的文化隐忧。

风中，树叶沙沙响着，祖父的眼里似乎进了些沙子，他用素白长袖拭了一下眼角，便一个人拖着消瘦嶙峋的背影到书房去了。不久便取来昔日那支他万分珍爱的大羊毫，细细抚摸一番后便在我面前折成了两半，像一段被撕裂的历史再也无法复原。我走向前，看着他，无言以对，只配合着他的沉默始终也没说话。话说得多了，内心渐变得轻浮，有时我们需要这样一种寂然的时刻，让自己清醒并反省。祖父此时神情忧虑，拍着我的肩，说："看来有一天这些东西终究也会和自己一道消失。"这句话落在我的肩上，微薄的肩头刹那间变得沉重而战栗起来，像入秋时节里挂在枝头的叶片摇摇欲坠，一种震撼盈满了心间。

大学的诗词课上，时常会背到曾经终日挂于齿中的诗句，自然又使自己想起幼时习墨之景。庭院花草，凉亭旧井，幽幽的水墨香气似一只只清凉凉的蝌蚪，无形地游进心坎。只是时光再也回不到彼地，少年们都在时光长河中长大。那素素淡淡的宣纸，落着横竖撇捺弯折点，销魂的墨香终究留在了昨日。

突然间又想起了祖父，那样一个仙风道骨般的男子，爱着他的羊毫纸砚朝朝暮暮，那水墨浅浅的，带着祖母一般的好，醉了清寂华裳。江南三月里，祖父过世了，一城竹兰，伴着篱落新雨，淡香入骨。可在临终前他还交代母亲，要把那只折断的毛笔装在桃木盒里，等待某天我求学归来时能够打开。

"永和九年，岁在癸丑，暮春之初，会于会稽山阴之兰亭……"自己再次念道时，泪水禁不住悄悄滴落。

亲爱的小猫

刚工作的那年九月，我搬到了林区旁的房子里。

一周除了有三天需要出门工作外，其余时间我都愿意在房间里活动。读书，写字，给临窗的花卉浇水，看日影从茶几的一端斜到另一端，天色悄然暗下。

当然，由于人天生便是群居动物，一个人待久了，我也会出去走走，见见别人。即使不是人类这样的动物，只要是会动的，还活着的，鸟兽虫鱼也是可以的。

"排骨"就是我在一次出门时遇到的。它毛色黄白相间，非常普通，因为常年没有人为它梳洗的缘故，毛都打着卷儿。我也不知道它究竟在林区待了多久，但能判断出它的生活窘迫寒酸，经常挨饿，因为它实在太瘦了，如果把毛刮掉，它应该只有骨头，不见一点儿肉。

在林中的小路上，我走一步，它也用小短腿跑几步，我停下来回头看它，它就杵在离我约两米的距离。由于瘦的缘故，它的眼珠子格外大，愣愣地盯着我，像认着亲人一样。我们俩一路都保持这样的距离，直到我回到了住处。它在门外窝着，没有跟我进来。

"嘿，排骨，你就这样在树下待着，我到屋里拿点东西给你吃！"我跟它这样说着，并从此唤它"排骨"。它像能听懂一样，站了起来。

我是个脑瓜子简单的人，从不去臆测这些流浪猫的过去。它们怎样出生，有过什么样的主人，从何处来又打算漂泊到哪里，这些都不是我要花时间思考的问题。我只关心它们的现在。

我虽然给了"排骨"一个名字，但我不想确定我们之间的关系。准确点说，我不想成为它的主人。因为一旦确定了关系，就意味着我要负责"排骨"的一切，它的生老病死都将与我有关。

其实在我小时候，家里也养过猫。它是母亲从亲戚家抱回来的。父亲是个三国迷，当时给猫咪取的名字叫"赵云"，希望这小家伙能好好长，英勇又忠诚。

"赵云"也是只黄白色相间的小猫，刚来我家时像个小毛线球，后来被爱猫的母亲喂得圆乎乎的，走起路来很像个大腹便便的官老爷，深得家人喜欢。我们都不舍得它瘦一点，便天天将它喂得饱饱的。

因为整日将"赵云"关在家中，它也不觉得自己胖。只是后来等它大了，却见它开始自己瘦下来，饭吃得不多，总喜欢往人身上和家具上蹭，有时抓坏了沙发，母亲也舍不得打它，只朝它嚷嚷。它好像听懂了，瞬间又变得好乖，下一秒又悄悄溜向阳台。

"是不是病了？"母亲问。

"该放它出去了，毕竟这么大了。"父亲说。

所以"赵云"的活动范围开始扩大到院子里，偶尔听到大门外有猫叫，也耐不住爬墙跳出去，玩得越来越野了，有时母亲唤它吃饭也不回。父亲见它不听话，说："再这样下去这家伙迟早要被别人家的母猫勾了魂去！"他便想阉了"赵云"。

那天我和母亲都不在家，等回来时只见"赵云"躺在地上呜呜哭着，脸上挂着两条泪痕，像要死了一样。

晚上吃饭，母亲责备父亲，嘴边嘟哝一句："这'赵云'是你取的名字，现在却成了'太监'，你也真能狠下心……"父亲脾气并不温和，吃了些酒，开始火爆起来，跟母亲吵了一架。我夹在他们俩中间扒了一口饭，咽了几口菜，假装吃饱，起身回卧室去了。

等父母之间战乱平息，我推开房门想去瞧瞧受伤的"赵云"，却看到母亲已经蹲在"赵云"旁边，哭哭啼啼的，像个小姑娘。

猫咪也不叫了，平常会发光的眼睛失去了光芒，有气无力地强撑着又闭上，闭上又睁开，撑了一会儿又旋即闭上，好累好累的样子。

母亲跟我说："你爸就是这样的人，做事情从来都不跟人商量，把'赵云'变成这样。刚才我一说他，他就跟我急，他进屋前丢下一句话，说要给'赵云'改名。"

"那叫什么？"我问。

"司马迁……"我妈又少女心哭哭啼啼着。

从"赵云"到"司马迁"，只能说父亲太喜欢历史了。

被唤作"司马迁"后，猫咪不知是赌气还是真的没有适应过来，起初一两周，我们叫它，它都跟没有听见一样兀自做着自己的事，不是躺在院子的石板上，就是在屋檐下伸着爪子做洗脸状。它不往外跑了，也不发情了，但半夜碰到耗子竟也不再像从前那样手到擒来，只在一旁干叫着不动手。它的生活过得越来越没有激情。父亲说它越来越没用。

有一年冬天，南方特别冷，许多地方都下雪了。"司马迁"得了一场重感冒，整天一蹶不振，流着眼泪和鼻涕，样子丑丑的，越来越憔悴。眼看着它快不行了，一家人都很着急，也像被传染了感冒似的，没有状态，心里想的都是它。带"司马迁"去村里张兽医那里打针的是我和父亲。母亲连看它打针都不敢，只在家里提着一颗心等待。

张兽医拿着一根大针筒，往"司马迁"身上扎了下去，动作异常熟练，脸上毫无表情。一针下去，"司马迁"像它"受宫刑"那天一样大声叫起来，这样的叫声在它的生命里不会出现第三次。

回来第二天，"司马迁"死了。

全家人都哭坏了。父亲还专门跑到张兽医那里理论，说猫如果不打针还不会这么快死掉，针筒里的药一定有问题。张兽医气呼呼地说有没有问题你打一针试试就知道，说完啪的一声关上了门。父亲受辱似的涨红了脸，捡起一地石子摔得他们家门窗呼啦直响，还打破了一扇窗玻璃。

从此以后，我们家再也没养过猫。

人因为有了过去，便有了影子，总怕未来某天不经意间就看见这些影子。我不想再跟任何一只猫咪建立饲养关系，我怕从它们身上看到以前猫咪的身影。怀念总让人感伤，我想开心点活着。

而且，现在我也只是一个客居他乡的人，无法给"排骨"稳定的生活，如果有一天我要离开这里了，"排骨"又要去哪里，它是不是又要伤心地重新过流浪的生活？我不愿它再难过一次。所以我只当"排骨"是个过客，它可以来，也可以走，我不会要求、限制它做什么。

清晨我还未醒来的时候，"排骨"会从我的窗边走过，脚步很轻。

有时它也会爬到树上，调皮地从一棵树蹦到另一棵树上，等我醒来时，走到窗边，它又倏地跑掉，只剩下被它折磨过的树枝在晃动。

我买回鱼干，自己吃一些，剩下的切成块儿，撒入一个盛着米粥的小碗里，拿到"排骨"经常待的树下，怕它口渴，又到厨房里倒了一碗凉水出来，给它。猫咪天天吃得饱，一下子就胖起来了，像个球滚来滚去。看着"排骨"逐渐肥起来，我很开心。也想去逗它，但后来还是选择和它保持距离。隔着窗户看它在树下打滚，用爪子做洗脸状，像小孩子一样。能这样看着它，自己就已经很满足了。

我发现"排骨"也似乎明白我的心思，它从不黏着我，偶尔跟我打了照面后，它就溜走了，也不知到哪儿耍去。但第二天早上见到它都能把盛着食物的碗舔得干干净净，我就很放心。

由于林区很大，时有飞禽走兽出没。有时三五天见不到"排骨"，我也会担心，在房间里书看不进去，来回踱步，就像担心一个还没回家的弟弟。怕它遇见豹子、老虎、熊、蛇、野猪、狐狸这些强大的敌人，又怕它不小心跌入某个陷阱，或者迷路了回不来。

有一回，天气预报上说有大雨要来。我在林区走着，一边走，一边找寻"排骨"的身影。风刮得有些大，林间的树木呼呼拍打着对方，叶子簌簌落着，如雨已至。

我大声唤着"排骨"，在风里，我的声音像一截震颤的树枝。我越走，心里也越害怕。特别是在树荫浓密的地方，在那阴暗的深处，总觉得会突然出现什么一样。

想起附近的居民曾在林区里见过豹子叼着野兔像一阵风消失在树林深处，行动敏捷，牙齿异常有力。我想象着那幅画面，再面对眼前阴森的道路，双脚战栗，迈不开步子。

山雨欲来风满楼。过了几分钟，雷电也来了，噼里啪啦，轰隆隆响。一颗颗隐形的炸弹把我心里弄得地动山摇。我大喊着"排骨"，瞅着眼泪都藏不住要往外掉了。

这时一团黑影从稍矮的树梢上冲下来，我吓得叫起来。

定睛一看，是"排骨"。这个讨厌的家伙，终于出现了。

　　它当然不知道我在这林中行走，一路是多么担惊受怕。它也不知道我为什么要在这样的天气出门，一定是闲得很。

　　"排骨"像第一次见到我那样愣愣地盯着我。雨还没下，我的眼泪却已代替雨在下。亲爱的小猫，你会知道这些眼泪滚落的原因吗？

　　是你。

　　想到第一次遇见你时的情景，你在这山间流浪，看到我，就像看到了亲人一样，亦步亦趋跟着，一直在我身后。我回头看你，你眼中闪闪发光。

　　每次与你相互凝视，我的内心就格外安静，仿佛是在细数微凉时光中的每份暖意。原来是你在茫茫人海中挑中了我，让我沉寂的生活有了那么一点点变化，极其重要又温暖的变化。

　　因为你，我开始学着打开内心，跟过去的影子告别，开始重新懂得陪伴的意义，不再与孤独为伍。

　　生活就此变得鲜活、有趣，像你挠不完的痒、洗不完的脸。

　　感谢缘分让我们相识，"排骨"，我亲爱的"猫弟弟"。

温故，待春风

年关一过，便是春了。

我也赶着时间的马匹从记忆的山川迅疾驰过，带着旧岁里那些细枝末节上的雪一路往前。雪是一点点地化，又一点点地酿出桃花的红、梨花的白、柳叶的青、迎春的黄，像一个个故人醒来了，在路上与我照面。

年末，放假在家，自己做得最多的事并非跟着母亲大扫除、贴春联或者杀鸡宰鹅，而是一个人在房间里整理旧物。

将它们一件一件翻出，擦拭，看上几眼，再有序放回。在这个过程中，我感觉自己是个与时间对话的人。那些往事深处生长的花朵也都一一在我面前盛开，饱含昨日的光亮与芬芳。

看得最多的无非是从前的相册，卡纸制的硬壳，素淡背景，绘着牡丹芍药图样，里面集着大大小小黑白或彩色的照片，不下百张。多是趁着新年伊始，全家人赶到照相馆拍的，每个人都露出一张满是希望的笑脸。每次翻起，就像故人从时光深处翩跹而来，坐我对面。凝望间，目光成了一杯清茶，向时间那头递去。

有一张照片，是八岁模样的自己跟着阿姐及其一帮闺蜜去拍的。

那时，十二三岁的女孩，拿着积攒下数月的零花钱，去店里挑衣打扮，束发抹粉，一脸娇羞而欢愉，青涩而单纯。朱红丝绣花边的古式嫁衣是常被挑的，女孩们披着红盖头，袖子微微滑落，盼郎归盼郎来的眼神，是够迷人的。我因年纪尚小，身段单薄，店内没有适合的服装，我等待许久，拍照的想法便作罢了。阿姐和众姐妹倒是兴致勃勃，一边交钱一边还不忘问着："一日后可否来取？"那语气里藏着她们少女时期天真的理想。照相师傅是个中年人，许因多在室内的缘由，少经风吹日晒，师傅肤白而体态微胖，面色和气回道："需两日。"送客时，他也不忘声声道着："新年好。"

那时照相馆的名字取得相当素淡平实，叫一些"新华""光明""良记"来着，不像现在的"今生有约""巴黎春天""罗马假日"等店名满街挂之。而照相馆的照相设备也比较简易，冲洗照片自然要费些时候，不像如今照相之事如此轻易简单，人们往往私下拿着高档手机自拍后，就自顾自地对着屏幕欣赏，满意的便留，不满意的就删。再无从前的等待与激动、缓慢与快乐。心情总是随着岁月和物质而微变，最后到巨变。我们在科技改造生活的日子里，都不怎么真心实意地笑了。

也从众多五颜六色的衣服堆里找见幼时穿的衣裳，想起过去，若不是过年，母亲是不会为我买新衣的，我平日所穿的几乎都是由哥哥那里改小所得的衣物。所以过年是我特别盼望的时刻，又想着自己要换套新衣了，就分外开心。未进千禧年之前，每逢新春穿的大都是由母亲买来料子请店里阿姨裁制的服装，鲜红嫩绿的尼龙布料，触手而有流苏的质感，笨拙的花边款式单一，但穿在身上倒也妥帖自在。

记得母亲还会买来许多樟脑丸子置于剩下的衣料里面。母亲那时见我年小，千叮万嘱，这货防潮防虫咬，切忌食用。那香气自是诱人，飘飘然，有风过处粉荷微荡起的清甜，萦绕鼻尖，闻过几遍也不觉得腻烦。我将其从衣柜里抽出几颗，捧在手心，像上了瘾的猥琐分子般把玩着。日光下，樟脑丸是晶莹透彻的，在空气里混着细小尘埃，一只只动着，这静谧的时光也跟着缓缓动着。

千禧年之后，世道全换了新颜。无论是平日还是节庆，男男女女，老老少少，皆在纷繁的物质社会里感受日新月异。轻松便利的网商平台不断激发人们的消费欲望。所有人对于穿着，不再有那么多的仪式感，一天换一套服饰，款式日渐花哨，色彩上花绿成片。那穿衣的感觉由欢欢喜喜到平平常常，自然没有当初那副岁末迎新时的欢欣模样。

谁有心记得曾经怎样穿着新衣满街疯跑，遇到一些还未身着新装的小孩眨巴眨巴看着自己时的情景？那股冲向春天的得意劲儿，如今还有人再说起吗？只是放在衣柜里的樟脑丸还如昔时那般飘香，但香味下的心情却不一样了。

至今还一样的，是母亲备好盆、碗、菜刀、砧板唤我过去搭手宰鸭的场景。从我记事起，年年除夕前母亲就会从外婆家提回一只鸭子。那鸭子被外婆养得肥肥大大，装在网线袋里，嘎嘎叫。它羽毛如雪般洁白，橘色的嘴巴又长又扁，与我对望时，我发现它像是对这世界什么都不懂的孩子那样无知、傻气。幼时，我真想把它当宠物养起来。

我第一回帮着母亲宰鸭，毫无经验，闹了笑话。除夕一早，母亲将我叫到身旁，让我抓住鸭子的翅膀。她亮出刚磨好的刀子，准备去抹鸭脖。恐惧突然之间席卷了十岁的我，我闭着眼睛，手颤颤巍巍的，没抓牢；被母亲抹到一半脖子的鸭子疯狂挣脱着，跳起来，拼命叫着，嘎嘎嘎，这声音不再像之前那样好听，显得无比悲怆。它的血满屋子飞溅，像死亡在作画。我退到墙角，呆呆看着，耳边任由母亲骂着什么，自己全然不知，像个傻子，面对这个世界的鲜血淋漓，那么手足无措，又无可躲藏。

母亲每次一将这旧事拎出，我自己也会笑起来，是笑自己的胆小吗，还是笑专属于孩子的单纯和善良？我也不知道了。

这一两年，母亲常说外婆年事已高，以后我们家估计要到大街上买鸭了。"那些鸭都是饲养场里'速成'的，没几日就长得肥了，说实话，我都不好意思拿它们献给祖先呐。"母亲略显抱怨的腔调，背后的无奈也是多数人都在遭遇的无奈。年味淡去，或许也有这些缘故。

在一年的尽头温习旧物、旧事，岁月的纷繁肌理在重新梳理后又得到顺畅再现。虽然人事成风，旧时亭榭已迁，但在怀念里芳草如初，我们用影子重回昔日路口，与尘埃擦肩，与人事重逢。这是时间沉淀下的暖意，亦是绚烂春熙。

温故光阴中最美的刹那，我们的目光仍在期待未来的光亮。等凛冬过去，雪融草青，花红柳绿，一切所遇皆可期。

我们珍重，待春风。

寻猫记

Agony 失踪了，我一直在寻找这只猫。它有黄白色相间的柔软毛皮，慵懒不屑的似乎永远耷拉着的眼皮，喜欢在屋檐、阳台和小巷中走自己的步调，很像青春里的我们。

Agony 失踪的时候，我还在花园里修整昨天晚上被雨水浸泡过的花草。潮湿的水光从一片叶尖跳起，又蹦到另外一片叶尖，滴滴答答地响着。铁线蕨和藓草在墙角又蔓延了一些长度，像翠绿色缠绕的梦境，偶有一些小虫从草叶间跳出，又很快地从视线中溜过，时光的杯子在静默中被一次次反复擦洗。我以为 Agony 也只是如往常一样从我眼底溜走，过了一会儿说不定又会从哪条巷子里钻出来，甩甩尾巴，朝我喵喵叫着。而这次，我在清晨的时光里等了许久也不见它出现，我有些担心了，害怕它会迷路，会和其他的猫咪调情，或者被另外一个人给带走，然后进行洗脑而很快忘记我。

我害怕被人遗忘的滋味，像自己顷刻间透明了一样，或者像自己被隔绝在另外一个世界里，终日与孤独相伴，做寂寞的僧人。这让我痛苦，我不想住进一个人孤单的寺庙，所以我准备出门去找我心爱的 Agony，那只淘气的小猫。

Agony 最早是从祖母家抱来的，它应该是去看它最初的主人了。

记得年少时父母亲因工作无暇照顾我，便把我送到祖母那里住了很长一段时间。祖母家有一个很大的庭院，种着柿子、石榴、无花果树，秋天的时候会结出硕大的果实，黄色的，红色的，满满串串地挂在枝杈间，像一个个好看的灯笼。那时在南方，天还未冷，夜间我常常与祖母坐在庭院里，靠着院角很安静地坐着，晚风吹起我们的头发，像溪水一样流淌，薄荷草的清香会淡淡地融入鼻腔。祖母时常会在石桌上放置一台录音机，播经典的戏曲，有《牡丹亭》《春闺梦》《锁鳞囊》等等。她苍老的唇间不时也会动弹几下，飘出一些唱词，"去时陌上花如锦，今日楼头柳又新""听画鼓报四声愈添凄冷，看娇儿正酣睡恐被风侵"……那些江南柔婉的词句在夜色里沾着露水一点一点下沉，附着到小虫的翅膀上，轻轻抖动起来。我则在一旁稀薄的灯光下翻看从老屋书箱里找出的书籍，很多都是线装的，散发出江南古老的霉味。祖母说这些都是祖父和父亲看过的，现在轮到我了。

时光如风，四五十年前梳着羊角辫、脸颊红晕的女孩不知觉间在我面前已经快走到容颜的尽头，剩下满园风雨年年依旧。祖母家门外有河流与古桥，在烟雨里墨色一般铺着，穿桥而过的船桨声沿着水流慢慢地飘荡，桥上有来来往往的行人闲坐着说话、抽烟、吃话梅，黄昏里那渐渐西下的落日投下几丝阴冷，洒在栏杆上那些石狮子身上，是一种镀金的沉默与静谧。一些货郎挑着肩头的商品向着灯火燃起的地方渐行渐远。

老屋在祖父母过世后，便很少有人到来。庭院深锁着，朱红的门面很快掉光了漆，像一面破损的时光。我在门前喊了几声 Agony，始终没有听到任何细微的反应。小家伙是不是猜到我会来，便跑走了？我背对着老屋，向另外一个方向走去。

不得不说 Agony 精明得很，这只小猫并没有继承主人身上安静温和的脾性，一身的狡猾、敏感与叛逆倒是不知从哪学得的。有时在饭食中少放了几只小鱼它都知道，闹着脾气在那干叫着，非得让你再多放几条鱼不可。给它洗澡时还得轻轻地摸着它，然后再轻轻地把水洒在它的身上，像喷香水那样的轻柔，力度一大，这小家伙非得从你手中挣脱开不可。这样的娇柔、倔强，仿佛青春里的少男少女，只依着自己的脾气去辨认世界。

母亲说 Agony 与我相像。我摇了摇头，不是的。细细想来，或许成长期里的我们骨子里注定有不安分的物质存在，它们集聚、燃烧，到最后的归于寂静，太像一场花事的开始与结束。

明亮如熙的青春里，我们都是以花的姿态面对着这个偌大的世界，一味地享受微风细雨，不断靠近自认为是离阳光最近的地方，很少注意过根须驻扎的那片泥土。可以在和父母亲激烈顶撞后还觉得自己受了莫大委屈似的躲在被窝里失声痛哭，可以平日坚持不看语文老师讲破脑浆要自己必读的经典名著而在考试时随感觉杜撰一通，可以在学校夜间自习时趁班主任提前离开而攀爬围墙回家，可以偷偷溜进教师办公室翻箱倒柜地找自己在课上被老师没收的小说、零食、手机，可以上线和陌生的朋友无聊地说上一整晚，直到双眼不自觉地垂下，手指按得出现凹陷的红肿。可以固执而顽强地对这世界摇头，喊出自己的鬼哭狼嚎，走自己所设想的美好道路。

青春里，我们真的都太自以为是，一意孤行，义无反顾，就像 Agony，这只不听话的猫咪。

我朝着以前自己就读的中学走去。

那些发白的教学楼、图书馆、体育场、宿舍还是保持着离开时的样子，一些碰巧遇上的老师倒也还认得自己，只是穿白衬衫坐在教室里听课、看小说、玩手机的人群中不再有我，道旁的樟树长得更加繁茂，枝叶间依旧有鼎沸的鸟鸣，依旧发出清香的味道，像一块块含在少年口中嚼不完的口香糖。我规规矩矩地长大，规规矩矩地被时间的洪流淹没，沦为失梦的鱼群，然后又探出脑袋，上岸，成为成人庞大队伍中的一员。我怀念和 Agony 泡在学校里的那段日子。

那时我们常在校园松散地走着，身边还有一些朋友陪伴。游荡在草地上，穿过层层叠叠的水雾和花朵，看落叶铺满小湖，看建筑的檐角在水中浮动的影子。那些曲折的楼道回廊，稍不留神就已爬满厚厚的一层爬山虎，布满碧绿的叶子。教学楼的玻璃通透，墙角边长着一排很整齐的芭蕉树。风中阳光似乎也在动弹，在阴影的缝隙里自由穿梭。那时我们常常从教室里搬出椅子三三两两地坐在芭蕉下乘凉，说话、唱歌，或者吃零食。我说："如果时光一直停在我们的掌心不曾老去该多好。"友人拍击着叶子，欢快地笑了数声，回答："还是快点结束吧，这样的时光真难熬。我可不想整天在这铁窗和一堆没用的教科书里挣扎，我还有很多梦要做，还有很多世界要闯。"

那些声音明亮地沉淀下来，像一颗颗水晶在回忆中闪烁出白色的亮光。温暖而明媚的年少，真是一条回不去的路，那些叫作少年的花，开过一次就散落在了天涯。

记忆中焦闷而漫长的夏季，终于在两天的雨水里泡成我们永远的过去。

那个高考结束的夜晚，天空宣泄了太多太多积压多时的雨水，豆粒般敲击着城市、乡村、道路和我们要告别的曾经。那一晚，我抱着 Agony 久久地坐在窗前。

这一天，自己终于可以好好听听雨打芭蕉的噼啪声，听夜里小湖的涨水声，听门上的铜环生锈的吱吱声，听灼灼年华挣脱囚笼后大声喊出的自由。那些离我们很遥远的美好，似乎顷刻间回来了。我们不再去做谁透明的棋子，不再机械地背诵、做题、听讲解，不再为了可恨的分数而惧怕开家长会时被老师数落一番的情景。

那些安分守己做木偶的日子，那些年少荡漾的轻愁，寂寞与疲乏，就这样告辞吧。彼此不见而成深邃的银河。

走过一些路途，依旧没见着 Agony 的身影，也没听到它再轻再轻也能被自己辨认出来的声音。

　　我寂寞地走着，仿佛心上的烟柳繁花全谢了。眼前的旧时巷陌，依旧风情万种。整整一条街，布满了格调幽雅的店铺，一间间的小铺子，吸聚着暖暖的人气，有卖甜腻的小吃、手工旗袍、精美的瓷器、旧书和影碟，人们穿行其中，各自经历各自的故事。我试图从中找到 Agony，却在走向浩瀚人世的半途作废。小东西，我忧愁地想着你，别再躲藏，我们要相爱，要坦诚。

　　不知不觉间还是走到了巷子深处一间寺院的门前，我不知道 Agony 是否还记得这条路。

　　那时也常是雨水时节，母亲去庙里上香没有带伞，我抱着 Agony 给她送伞。伞下，我们像极了无家可归的孩子。我遇见过一个女孩，她有很长的头发，很清澈的双眸，周身充满了玉兰花的香气。她也困在雨中挪不开前进的步子。她并不知道我曾见过她，就在一次校庆演出上。那时她站在台上自顾自地唱《最初的梦想》，冷漠得像朵只绽放在自己世界里的花，拥有着孤高的眼神、不愿被人所接近的距离，亦像一个孤独的质数。所有的时光仿佛顷刻间消逝，每个人身上的光芒都在岁月中磨砺得更加锋芒，却又逐渐黯淡下去。女孩长得愈发成熟，也愈发孤傲，就像一阵途经我身旁的风。

我站在她面前，把伞倾向她，"这雨一时半会儿是停不下的，你拿着这伞吧。"她过了一会儿才对上我的目光，轻轻问着："是在叫我吗？"我点点头。她冷冷地说着："不用了，这雨困不住我。"那时不知哪来的傻劲，把伞丢下后自己就径直向寺庙跑去，害得 Agony 也跟着自己淋了一身雨。可这小家伙只要用温和的舌头舔着软软的皮毛，甩了甩，全身就干了。而我还泡在那场雨里似乎出不来了，脑海一直浮现着她的模样，越来越清晰。

我忘了究竟是过了多少天后才又一次碰上了她。女孩依旧是年少时的气味，微寒而芳香。在那条靠近庙宇的路上，玉兰结香而开，她拿着伞迎面向我走来。女孩把伞还给我之后并无过多言语，转身，试图匆匆走掉。我却叫住了她，"你是不是忘记说一句话了？""是谢谢吗？"她回过头。我笑了笑。"我觉得有些话不用说，因为我相信有天我们还会再见面。"她说完便转身离去。

有天究竟是哪一天，我一直在等，却一直没有等到。

质数一样的女孩那天之后就一直没再出现，像一个梦境消失在秋天的落花里。那些充满香气的时光在薄雾里逐渐淡了。

走进庙宇的时候，我只轻声唤着 Agony，它依旧没有出现，像那些回不来的光阴在你察觉不到的路口已经与你辞别，你却不知，还一直痴痴惦念。

寺中木鱼阵阵，佛香缕缕，善男信女们怀着祈愿与救赎络绎不绝地前仆后继，宛若一条悠长的河流。秋风瑟瑟，挂在塔上的铜铃齐齐地在风中摇响，声音清脆，亦带着些苍凉。塔里空无一人，塔外的世界却很繁忙。

我在散发着缕缕檀香的树下，捡拾万千落叶中的一片，每一片脉络都很曲折。我希望在这个时节离开的亲人都能像这些离开的叶子一样没有苦难，都要幸福地生长过，然后幸福地落下，幸福地腐烂。这是生命最好的结局。

夜间，凉风从窗边迤逦而来，沾染着冷静的暗色与沉默。

我躺在床上听温岚的《胡同里有只猫》，是方文山的词，我很喜欢他用破碎的古典诗词营造出的氛围，有种别致的美。温岚的声音在这首歌里有一种幽微婉转之美，像风拐进了夜晚的胡同里，很陶醉，很深情。我想到了走过的从前，那些隐没的少年，都是很年轻的脸庞，却都有很苍老的表情。他们试图反叛时光，却最终被时光遗忘。

舒缓的曲调中，夜色逐渐晕开，我似乎看见 Agony 又像往日一样顽皮地从某条巷子里钻出，慵懒不屑地耷拉着眼皮。它朝我很轻很轻地叫着，喵喵，突然间又消失了。

Agony，你是不是不回来了，是不是像那些时光一样不再来了？

Agony，我一直忘了和你说，你的名字。

Agony，你名字的英文意思是痛苦至深。

中文发音是，爱过你。

第二辑　孤独深处，亦有微光

我没忘记你的名字

航：

很久没有这样叫你了，这些年你过得还好吗？是否感到孤单？

自从十三岁那年我上初中以后，你似乎便从我的世界里消失了。时间很残忍，记忆太不牢固，我真怕自己有天彻底将你遗忘。

此刻，我正走向大人的世界，对，就是那个曾经自己无比期待要前往的世界，觉得长大了一切都会有，也都会好，可以吃到自己心仪的美食，可以买到喜欢的牌子的衣服或鞋子，可以去很远的地方，看很多的风景，父母再也不会说我。世界好像真的可以由自己做主了。后来，想要的东西都在生命中到来，而我却不快乐了。

前段时间重新看了宫崎骏的电影《千与千寻》，脑海中始终没有忘记白龙跟千寻说的一句话："名字一旦被夺走，就再也找不到回家的路了。"我突然想起你——我正在被这世界遗忘的原名。此刻，我在疲惫的途中休息，给你写这封信，想一笔一画认认真真写你的名字：航。

你曾经陪伴我走过了十三岁之前的所有光阴。

那些春日种下的牵牛、雨后抓过的蜗牛，那些夏天开满院落的绣球花、让风也开始恋爱的迷迭香，那些欢喜，那些温柔，那些绽放在宇宙间永远也不会消失的光，都是我以你为名时感受到的。你让我迷恋上一种姿态——时刻出发。每次读到你的含义，不管是天空、陆地，还是海洋，都是我要奔赴的远方。

在我来到人世前，你就在父母口中成为我以后在这世界行走所用的名字，满怀他们对我的希望。可惜在录入户口信息时，资料被工作人员弄错，姓名一栏竟印出陌生的铅字，那本该是你的位置。在你走失的第二天，父亲来到派出所讨说法，得到的回复是："孩子名字已经上了电脑，没法改了。"

那是一个底层家庭有无尽苦衷的年代，我们都选择原谅了时代的错。但亲人们仍以你呼唤我，在每一个朝夕、每一条街巷、每一扇窗边，每当你被人喊起时，我就大声应和着，然后跑起、跳起，像明媚天光下一只起舞的鸟雀。我万分确信着你就是我，我就是你。

离开家进幼儿园的第一天，老师叫我时，我半天没站起来，原因是她喊的是那个户口本上陌生的名字。课后她把我留下，问我上课时为什么顽皮不回应她，是不是故意跟她作对，我始终沉默，她生气地让我回家。其实我知道是自己已经太习惯你了。

当新的名字不断被这世界叫响，你渐渐缩成我的小名，小到只蜗居在家人和亲戚的口中，小到他们很多时候也都在忘记你。但我很珍惜，自己还能在你庇佑下过着没有太多烦恼的童年：在撒满鸟声的林中，寻找一棵喜欢的树，看风吹它的绿发；日暮时，静坐山脚一隅，望着金黄的暮色染遍每座山峰；落雪的季节，开门，把一片雪花接到掌心……

可每当面对作业本上姓名一栏时，我总是无法动笔。我明明是你，你明明是我，为什么我却不能写你，而写的竟是一个陌生的名字，多可笑，我多想写你啊！

鸽群掠过，清晰的哨音刺破傍晚寂静的天空。而人生巨大的湖面上，没有丝毫涟漪。这个世界上总有一些问题永远也不会有答案。

也记得十三岁那年，我去初中报到。那天早上，一睁开眼睛，亲人们像做了约定一样，不再以你为名呼喊我，取而代之的是书上、试卷上、户口本上的名字。他们都忘了你，像生了病，集体失忆，你就如孤儿般蹲坐在往日时光里。母亲说我要变成一个大人了，不能再用小名喊我。我知道这是成长的代价，要去接受并习惯这世界一夜之间的改变。

而事实上，我的青春却都在为"航"字做着注解，你始终以另外一种方式陪伴着我。

十九岁我离开故乡，先是去了东北雪城读了四年本科，接着来到西南山城念研究生，三年硕士毕业后在当地一所高校教书，一待又过去了三年。现在，命运又将我送回这东南海滨，在海峡东岸继续前行。是你，总在对我说，你只管努力往前，命运自会带你去一个不错的地方。我也因此成了一直在为梦想而活的人，时时感知自己步履未曾停下，仍往世界大步走去。

不曾忘记离对岸申请博士入读材料截止接收的前两天，自己在大半夜拨打顺丰快递员电话的情景，几乎是带着哭腔，央求他来收件。等待的过程如坐针毡，也想到如果没有人前来接收，我将面对怎样的结果。足足准备了一个月的材料都将因此失效，而成为一堆埋葬希望的废纸。当快递员喊我下楼，由他亲手接过约有五公斤重的纸箱的那一刻，我知道自己可以松口气了。我对他诚挚说了几声谢谢。他骑上摩托，飞驰而去。他那身影远去的方向，连接着我的未来。

2019 年的夏天，当看到自己被余光中先生曾执教的文学院录取的信息时，想起往昔朝暮，不禁落泪。一路走来，被苦难刺出的伤痕都被光芒抚慰，我兑现了对自己的承诺：三十岁前去读博士。

现在，我已坐在了西子湾的夜色当中，窗外海上渔火星星点点。每个夜晚一过去，我知道自己又要开始生命新的航程了。

想到这一生可能就这样远航，去看这广阔世界，在无法回头的时间之旅中，餐风饮露，隔水呼渡，完成生命的一次次蜕变，挺好的。

我珍惜号角声起远航的时刻，也珍视用心付出后被这世界善待的时刻，那些在暗夜里艰辛蜕变的过程永远闪耀着璀璨天光。

航，跟你相伴的日子真叫人怀念。那时我们满怀着爱想象着这世界，觉得石头会疼，动物们会说话，只要内心赤诚就能感天动地。而你代表着出发，代表着远航，跟你在一起，我就能如风去往世界的每个角落。

名字是期待，是守护，是陪伴。名字里住着灵魂，藏着回家的路。我是离你最近的人，我不能忘记你，不能丢下你，不能丢了那些生命中最为单纯快乐的时光。

我不愿时间将你夺走，我想写你，一遍一遍，在纸上，在心上。像浪涛轻拍着海岸，一遍一遍，像四季的风吹着花树，一遍一遍。

航，我借着想念的烛光，写你的名字，一遍一遍。

一个从未忘记过你的人

你是我永远回不去的梦

小鲸，前些天，我站在垦丁猫鼻头的悬崖上，底下是台湾海峡和巴士海峡交汇的海面。

烈日灼灼，海风把我的衣服鼓起来，我用手抚弄，衣角仍旧飘扬，只好放弃。如果自己再往前走几步，似乎就能飞起来，然后跃进那深蓝色的世界里。

海面温柔，沉默地托起一层光辉。太亮了，眼睛有点不适应，但我仍然睁大眼睛注视着这一切。

海洋是一双我许久未握住的手，它稳住我，安抚我，让我觉得安全、愉快、平静，如同你在身旁，递给我这双手，抱住我。

旅行像个梦。

小鲸，你应该也在这梦里吧，站在离我不远的地方一直看着我，对不对？

夜晚，我在旅馆房间里开着窗户睡觉，海风吹进来，带着不远处的阵阵涛声，涌进我梦里。

小鲸，我又梦到我们的海了。

长乐下沙是灰蓝色的海，浪花闪烁白光，冲击着锈红色的礁石，发出哗然响声，如海的沉重鼻息。海浪撞到岩石后，冲到半空，碎裂，水滴四溅，像十七岁最后一天你咬着牙哭红了眼把我的书本撕成的坠地碎花。

那天你站在白花花的地上疯狂地蹦跳着，舞蹈着，最后蹲下来，抱着膝盖又哭了。我没有理你，独自离场，不忍心，再回头看你时，你消失了。洒落一地的碎片被一阵风吹起，纷纷扬扬，飞到这儿，又飘往那儿，最后消失了。

在新的岁月里，潮汐往返于海与岸之间，少年都已成人，在追求成熟的疲乏过程中开始缅怀已然逝去的曾经，于是许许多多的事物都借着夏天的名义归来。千万秒夏天的时间里，保存着千万帧少年的画面，明眸善睐，白衣飘飞，意气风发，但稚气未脱。

你却在这些画面里，越来越模糊，没有挥手，悄然离开。

连再见都没说。

那年，我们十七岁，住在一个向阳的房间里，形影不离。

你和我讨论着零食、动漫、书籍、音乐和理想。你说未来的你要建一座游乐场，彻夜不打烊，要有世界上最大的摩天轮，过山车可以开到云间，旋转木马可以脱离转轴到任何地方去。我笑着看你，心想都十七岁了，你还像个孩子，一点都不现实。

我们的十七岁交给了很多疑问，在关于"明天""人生"的命题上迟迟无法落笔。不想面对大人们焦虑的脸，又看不到前方的路，在荒草疯长的时日里傻傻盯着脚上的鞋。蚕会破茧，天鹅会飞，我们的出口在哪儿，要怎样走？

在光和影、微笑与雨水中浸泡的十七岁，生命打着清浅的水印，潮湿而模糊，我们都在印迹上看着自己的影子，被拉长，被缩短，美好，却不被清晰定型。

可以不要前往十八岁吗？你一直在问。

我也一直犹豫，没有回答。

十八岁之前的时光太美，我们都舍不得放手。

斑马在奔跑，鱼在吐泡泡。我们骑车，跑步，逛书店，买衣服，寄明信片，抄写歌词，画画，去搜集五月天、东方神起、EXO的照片，好希望未来的自己也是个帅气的男生。我还逃课去看心仪的女生在"校园十佳歌手"比赛上的演出，也写过情书，放学后偷偷放到了她的抽屉里。不管她知不知道，接不接受，我心里都很快乐。

很多时候，发觉自己的手指会剧烈地抽搐起来，身体仿佛沾满了透明的蒲公英，痒痒的。在四下寂静的午夜，血液翻江倒海，骨骼在缓慢飘移的星辉下疯狂抽节，"咯噔""咯噔"地响。

有好几个晚上，我睡不着，你就跟我说，一起去看海吧。海离家不远，一千米左右的距离。我们躲过醋睡中的大人，溜了出去，疯狂地跑起来。沙地上姜花飞扬，在月光的映衬下，像一个热闹的旅行团去往远方。夜色中的海，和黑暗连成一片，不再凶猛得让人恐惧，而是带给我们安宁与自知。

你说我要变成大人了，要像体育老师或者我妈那样让人讨厌。你觉得大人是跟小孩子完全不同的动物，他们会为一句话、一个动作耿耿于怀，会为一个鸡蛋、一张纸币斤斤计较，也会因为一个错误、一件小事而恼羞成怒。他们各自规避，彼此隐瞒，以利益得失衡量一切。

你托着下巴看着远处工厂的烟囱在深夜里仍在冒烟，飘入天际，黑色气流越来越多。夜色在扩张。

不知坐了多久，时间仿佛被放到一块巨大的冰上，风冷冷地刮来，远处渔村的点点灯火渐次熄灭。你手脚哆嗦，打了个喷嚏，我走过去抱住了你。你有些拒绝，努力挣脱，却被我紧紧拥抱着。

你说你不想我变成大人。我问为什么，你不回答。我说，或许只有当我们变成大人后才能保护好自己，就像此刻这样，我保护着你。

你听完，紧紧抓着我的手，泪流满面，像一片碧海，那么清澈，容不得半点污浊，而我站在海边，其实无法确定自己能不能用一生的时间凝视你、欣赏你、保护你，给你爱与温暖。

回来后，你发烧了，过了两天才好。当你从昏迷中醒来，向我说起你突然想吃街上的炒栗子和海蛎饼时，我就疯了似的出去买。那天下着雨，摊贩们大都收摊了，我拐了好几条街才买到。我湿漉漉地回来，身体都顾不得擦洗，直接跑到房间里，把食物放在你床边。

我知道，这些食物的味道都已不再是过去的味道，没有人可以买回往日时光。你眼神迷惘，面颊苍白，却假装幸福地对我笑笑，眼角，却饱含泪水。

你病好之后，夏天来了，我们骑单车去海滨公园，看刺桐花绽放。花瓣开满枝头，像缀在葱绿间，有些带着清晨的露水，被明亮的光线照着，像个无比美丽让人不舍得醒来的梦。我们找了棵树干比较大的刺桐，在上面刻下彼此的名字，字迹扭扭捏捏，歪歪斜斜，仿佛永远不会长大的我们停在某段凝固的时光胶片里。

没有多少大人会理解我们的行为，他们总觉得我们无知荒唐，不务正业，而时间的大手也已悄悄把现实中的我们当作棋子，掷于楚河与汉界的两边，去选择，去告别。

饭桌上，妈妈苦口婆心，爸爸严词厉句。他们的脸像阴沉的天压在我头顶。

都什么时候了，还有心思玩？

你不想考大学了，以后要跟我们一样碌碌无为地生活吗？

我们的希望都放在你身上了，知道吗？争口气啊！再晚就来不及了！

……

那一夜，我躺在床上，看着满天繁星，说不出话。也是在那个晚上，我们之间的路径也悄然发生了改变，不再擅长诉说，也不再擅长靠近。

村上春树说："你要做一个不动声色的大人了，不准情绪化，不准偷偷想念，不准回头看，去过自己另外的生活。你要听话，不是所有的鱼都生活在同一片海里。"

　　而当我洗心革面回归生活，我却弄丢了你，我的男孩。

　　以前的我们是那么相似，是因为我们害怕成为这个世界上受伤的小兽。那时我们团结，互相理解，并肩与这个世界抗争，疯狂地在海边奔跑、舞蹈、唱歌，寻求理想的远方，自由得像风。约好未来一起去漫无目的地游荡，看地中海的天空，感受西伯利亚的雪景，坐在哥特式大教堂的中央，抬头看宏伟的壁画。我们要冲破大人浑浊迂腐的地带，去找钢琴声、乐园以及没有细菌的空气，相互诉说，相互拥抱，彼此视若生命。

　　现在，时间把我们洗成不同的模样，我开始走上大人设定的路线，在相似的每一天里机械地生活，麻木地成为一个追求成绩的玩偶。大人说，这样才有未来，才有远方，而你赖在十七岁的年纪里，不走了。

　　你问我，为什么要变成这样？

　　因为，世界就像海，不会游泳的人会溺水而亡。我们两次出生于这个世界，第一次是为了存在，第二次是为了生存。在刮风的路上，我不想让别人嘲讽我、打击我、责骂我，我要正常生活，做符合自己年龄的事，好好学习，考大学，找工作，谈对象，生小孩……我要走进世界，而不是让世界走进我。

因为，在十八岁堂皇走来的日子里，我不再是你。

一切真的变了。

你哭泣着从我的桌子上拿走书，看着我，眼睛泛红，却狠狠撕开了手里的课本，破碎的纸片随风舞动，像最后一场年少的表演。

世界亮起刺眼的芒，青色的光，蔓延在每一个经年过隙里，最后一片空白。

在那十七岁的最后一天，你走了，我的十八岁，光荣降临。

小鲸，在你离开后的年岁里，我真的长大成人了。每次站在镜子前，刮着嘴边的胡楂儿，梳起大人的头发，我都在想，现在的我，一定会被你笑惨吧。

从垦丁回到台北后，好几次夜里睡觉，我仍梦见你，梦到我们站在海滨公园那棵树干较粗的刺桐下，远处的海，蔚蓝得像我们无法再浮现的曾经。

洋面上突然掠过的白色海鸥，轮番冲上岸的浪花，仿佛你十七岁时从未说出的一句句郑重的道别。

小鲸，我想你。

你是我永远回不去的梦。

我心切慕你，如鹿切慕溪水

凌晨的水面漂着一片树叶，像黑夜里渺小的船只，又好像顷刻之间便将沉没的岛屿。

我给你写信，依旧喜欢用淡蓝色的纸张，开头仍然是"亲爱的"，字迹还是老样子，没有突破初中二年级水平。

一旁的电脑开着，屏幕上是小志和他家的 Kimi。时间摧残了无数人，好多人长大了，好多人结婚了，好多人买房了，好多人生宝宝了，好多人老了。小志的微笑却仍然如同少年。

记得小时候看《绝代双骄》，小志在里面的扮相特别小，喜欢瞪眼撇嘴耍滑头，好像小孩子。你说自己如果能一直像他一样，一定会过得很快乐。

可以想象，十年之后，同龄的人都忙于工作，奔波于马路街衢之间，吸着汽车尾气，吃着没营养的快餐，说客套话，看领导眼色行事，熬夜加班，身体越来越臃肿，渐渐衰老。

而你，在阳光初绽的清晨，奔跑在原野上，吹一朵夏天的蒲公英。轻盈而洁白的它，一簇簇散开，被风吹往很远很远的地方。

那时的你一定很开心吧？一定还像小时候一样做着天真单纯的梦吧？

曾经我们有过大把清澈的时光，像把船划到湖中央时收起桨，任船随风漂荡。我们握紧彼此手心，相互信任，无忧无虑。

在深秋的树林里捡拾银杏树的叶子，它们一片一片静静躺在泥土上，像一枚枚金色的鳞片。你怀疑银杏树的前世一定是条金鲤鱼，所以它才有这样好看的叶子。你轻轻捡起来，拍了拍上面的尘埃，然后带回家做成书签，放进某本钟爱的书里，那一页写着帕斯捷尔纳克的诗句："我跟没名没姓的人，跟树木、儿童、不爱出门的人在一起。我屈从于他们每一位，这也正是我的胜利。"

到外婆的院子里采撷一枝菊花，插进空的牛奶瓶里，抱着它走到窗边。阳光透过玻璃照射进来，正好照在你和花上。你静静不动，看菊花被阳光亲吻，愈发灿烂，你脚下的影子和你一样明媚。即使生活里有痛苦，有忧伤，也是淡淡的。

春天时，打开录音机收集屋檐上掉落下来的雨声，细细的，嫩嫩的，好像草芽冒出泥土的声音。风也吹得很轻，像丝绸一样裹进话筒里。你跑出阴郁的房间，站在细雨中，呼喊着我，要我不论在未来什么时候都要想起对这世界满怀真诚与热爱的你。那一天，你淋着雨水，没有移动，脸上都是笑，像极了霍尔顿，在《麦田里的守望者》里，他也喜欢淋雨。

鸽群掠过，清晰的哨音刺破傍晚寂静的天空。在光线和阴影之间，时间将生命分割成两半，我们走过了昼，就意味着终将要迎来夜。然而究竟是什么时候，我们就这样从幼童走向了大人？

人生巨大的钟面上，没有丝毫缝隙留给我们喘息。世界上总有一些问题永远也不会有答案。

默里迪斯在《森林中的挽歌》中写道："生命在竞赛中飞跑，犹如相互追逐的行云；我们走了，像松果一样掉落。"

天黑了，松果都掉进了时间的洞穴里，我看不见自己，也看不见你。

成长是一趟永无回程的旅行，在途中，每个人都走在了生活愈发沉重、喑哑的琴弦上，再也弹奏不出单纯、清亮的音色。

在公交车站被人流推挤着上了车，我找到座位坐下，身边有头发花白的老人，我看看周围，犹豫了半天，才慢慢站起来试图让座。老人看见我复杂的眼神，摆了摆手。随后过了两站，她下了车。我突然感到好难过，你知道从前的我不是这样的。

在天桥上看到乞讨的孩子，面黄肌瘦，衣衫褴褛，我没有一刻迟疑，冷冷走过，当作没有看到一样。他跑过来，微弱地喊我"哥哥，哥哥"，我竟然推开他那只瘦小黝黑牵着我衣角的手。走到天桥下时抬头望着那个孩子，他竟然还趴在栏杆上看我，眼神楚楚可怜。我走掉，没有回头。你一定会鄙视现在如此绝情的我吧。

也已经好久没有对人说谢谢了，节日的时候也不会给人打电话发祝福。好像也有很长时间没有回家看看，终日与形形色色的人周旋，总是在满布雾霾的生活里沿着机械的路线奔跑，步履匆匆。时常空虚，无聊，像丢了灵魂一样，活在一页页苍白的日历纸上。

你一定没有想到未来的自己竟然是一具木偶吧，被无形而凌乱的线缠绕、捆绑、操控，渐渐失去自我。

你很失望，是吗？但我还想告诉你：

以前，总是不想待在人声嘈杂的场所，身上会痒，会难受，现在习惯了。

以前，厌恶所有类似"向你学习""请你多指教""真是不敢当""你抬爱了""吃饭了吗""注意休息"这样的客套话，现在习惯了。

以前，一直疾恶如仇，看不惯表里不一、是非颠倒的人，现在习惯了。

习惯会让原先特别的自己和后来的一堆人沦为同类，戴上假面，努力追逐，逐渐冷漠，不关心世界，不信任别人，只爱护自己。而我们的心脏也由小变大，曾经一点苦难放进去都显得大，如今再大的悲伤放进去，自己也能够决绝离开，平静遗忘，像是没心没肺的人。我不知道自己究竟是什么时候为什么变成了这样的人。

诗人里尔克说："来到这个世界，沉重的肉身做出了永恒的妥协。"

凌晨 1 点 23 分，耳麦里传来陈绮贞的歌《下个星期去英国》。

里面唱着这样的句子："你收了行李，下个星期要去英国，遥远的故事，记得带回来给我，我知道我想要，却又不敢对你说，因为我已改变太多……"

我按下单曲循环，听着听着，笔尖停在信纸中"你"的上面，再也写不下去。

你知道，我一直都不是勇敢的人。

十八岁过去以后，我们在大海的中央分别，向着时间轴上相反的两端游去。我时常想起你，但又害怕面对你，现在的我虽然依旧喜欢用淡蓝色的纸张写信，字迹还是老样子，没有突破初中二年级水平，但其他已经面目全非。

影子断了，葵花落了，少年走了。

曾经，我们拒绝长大，想永远住在十八岁以前的世界里，好好使用身上纯真的能量。我们总觉得长大成人会是一件极其恐怖的事情，无比恐惧和担心，因为害怕有天在镜子里看见自己变成了曾经自己最看不起的那种人。

但事实是，蝴蝶的翅膀被寒风吹得残破，纷飞的鸟群退出视野，留下黑色的灰烬，不停地从空中坠落。时间催促着我前行，一点点丢下你，走了很远很远。

有人告诉我，怀念是件痛苦的事，它会让人苍老。我总是带着愧疚想起你，因为我辜负你的期望，没能在你料想的未来长成你期待的模样。当初那颗无瑕的心也已在世事磨砺中，历经擦伤、碰伤、撞伤、灼伤、冻伤而出现条条裂痕，直至此刻瘀伤、内伤满身遍布。在这静谧的深夜，城市像头死去的水牛，骨架却还拖着腐烂的皮囊机械前行，我想到过去的种种，内心伤感而不安。亲爱的男孩，我是不是要和你彻底告别？

前些天温习了一遍我们从前看过的老电影《罗马假日》，奥黛丽·赫本的脸那么精致，而她的美丽也永远留在了青春的时刻。里面有段台词，我想重新念给你听，但你要答应我不准哭。

现在，我必须离开了。我走到街角，然后转弯。答应我，别看着我，把车开走，离开我，就像我离开你。

虽然我选择离开永远活在十八岁之前的你，但并不代表我不爱你。

告别，不是遗忘。

请你时刻记住，我心切慕你，如鹿切慕溪水。

有颗橘子永远十七

金色凋落的花瓣在身后铺成一张清香的信笺，我已经不再回头张望了。

我怕看见你，亲爱的橘子，这个秋天，我们都要学着自己成熟了。

我一直记得十三岁时的你，还未长大，身体干干净净，不痛不痒，像一颗还未成熟的小橘子挂在海边的丘陵上。我们整日坐在一起，在旗杆下面嬉闹。红旗被海风吹得似乎随时都会和远处的航船一起去旅行。校园里都是灰白色的墙壁，有爬山虎不断伸长的青色的脚，被雨水击打得快要掉下的玻璃。

那时我们还是很单纯的小孩，不懂火车和远方，不懂商品房一平方米要花多少钱，不懂生活不懂爱情，不懂手机要有流量才能百度，不懂要看大人的脸色小心行事，不懂圆滑和世故，不懂未来自己究竟会成为什么样的人，又会生活在哪里。但你知道那棵伫立在学校中央的巨大橘树，会在秋天结出清香的果子，满树都会爬满顽皮的孩子，用竹竿不断拨弄果实。那时我光脚踩着枝丫，问你要哪一颗。你对我摆摆手，说要自己摘，一下子就爬到了树上，像只猴子。

小橘子，你真是可爱的男孩。但是总有一天，我们都会长大，都要离开橘树和小岛，去很远很远的地方。

时间的隧道里有很多事情看不清楚，有很多东西令人彷徨，十年过去了，我站在这个新世纪的世界里，灯火璀璨，人群喧闹，不知道眼前的这一切你是否会喜欢。

那些泥泞的土地全被浇筑成了坚硬的水泥路，汽车越来越多，经常看见的公交车依然在大雨中奔驰。商铺、作坊、娱乐场的店主一年一年总是在不断更换，店面却装修得越来越新。田野之上高大的房屋建筑群抽笋般矗立起来，花朵凋谢之后依然会在相同的位置开出来年的花。

人们都戴着面具努力扮演着自己的角色，他们是一种会前行的群体，也是一种不明确自己出路的群体。他们拥有相同的表情，像流水线上的螺丝钉，一枚一枚，遵从社会和时代的节奏，该高兴的时候就笑，该沉默的时候就面无表情，在一种秩序上前行或者停顿，忘记自己原本的面目、呼吸和脾性。而我也加入到了这个群体中，不断地漂泊、迁徙，带着生锈的外壳在风雨中追逐，逐渐成为一个失去故乡的人。

"橘子，我们要顽强地长成一株属于自己的小树，拥有青绿色的叶子和蔚蓝的天空，不能只成为这个世界根的部分，对吧？"

十年前我是这么说的，你点点头，站起身，拉起我的手冲出校门，在海边疯狂地奔跑、跳跃，又爬上白色海螺造型的灯塔，大人们说这是岛上最高的地方。我们要站在最高的地方张望世界的每个角落，我们要和大海拥抱，用尽可能深蓝的颜色洗净自身的渺小。

鸥鸟的声音像花朵一样开着，一棵又一棵在堤岸上生长的树，阳光里萤火那样发光，风中落下的花瓣就像我们的笑声。

我时常想起你，一直给我支持的橘子。

我忘不了中学时那个高高大大的男孩大声把我叫住，说我写下的文字有多么浅薄，他抛出那么不屑与嘲讽的眼神，忘不了那个剪着短发身形消瘦的女孩把红榜上有我名字的部分挖掉。那些破裂的洞口渗出很刺眼的光，我一下子睁不开眼睛了。可是我忘不了那个时候，是你站在这些人的前面告诉我，要相信自己的梦，不要在意生活抛给你的灰暗的部分，光一直都在，只要你勇敢而坚定地抬头去看。

只有你，亲爱的橘子，当世界都否定我的时候，你还在我身边给我一双温暖的手。我看见上面开满了春天的花，有清澈的溪流沿着指纹缓缓流过，我的脸颊盛满喜悦的雨水。

橘子，有时我也想给你拥抱，抚慰和保护你，想在光阴的厚度里长成一棵树，给你依靠。天冷的时候用围巾暖你，盛夏树木结果的时候继续摘最好的一篮果子给你，生病时到你家坐在你床头把白色的药片敲碎小口小口喂给你。当世界同样否定你的时候，我也会坚定地站在你面前，伸手，握住你内心脆弱的果实，不让它破碎。

可是现在我不知道为什么，这些想法渐渐模糊了，似乎被一双隐形的手灌入大片大片的湖水而稀释淡化了，我越来越看不见我们的岛屿。我也不怎么会笑了，即使能笑出来，最后也像哭一般苦涩。

你一定会问为什么。

因为，我变了。

时间走过我的二十岁以后，我的花园就荒芜了。

在大都市的车水马龙里转圈，渐渐冰冻起往日温热的内心。我有时竟然都记不起回家的那条路上是不是有一家很便宜的小吃店，记不起公园里自己悄悄栽下的牵牛花是否开过明艳的花朵，记不起去学校时要坐的公交是3A还是3B，记不起儿时遇到过的那些大人和蔼或者凶狠的模样，甚至记不起操场中央的那棵橘树究竟有多高。你是不是很伤心？

我也不想，真的，橘子。只是感觉自己被世事牵住了双手和脚踝，被动地去接受，去理解，去自私，去成为自己以前不想成为的人。

而你，十三岁的你，在这个庞大、复杂、喧嚣的世界里，依然只做着未成熟的橘子，有青涩而清香的味道，而没有呈现出被无数人期待的那种圆滑和世故，多么艰难的坚持，负载着太多的嘲笑和不被理解。而我现在却退缩了，不愿在世上碰壁，结出受伤的痂，开始忍气吞声，不苟言笑，小心翼翼，艰辛奔波，情感渐少，真实渐少，仿佛蜕变成动物。

你失望吗，沮丧吗，难过吗？其实，我真的不想和你说这些。

当我渐渐与曾经所鄙夷的大人走到一个阵营，我和你就好像分散在了南北两界，中间隔着楚河，隔着汉界。

"橘生淮南则为橘，生于淮北则为枳，叶徒相似，其实味不同……"以前我们常在校园中央那棵最茂密的树下背语文老师要求的《晏子使楚》，你很聪明，读两三遍就会了，而我一直停在淮南淮北中间迟迟地背不下去。我不知道这是不是年少埋下的某种隐喻，在我们长大之后就这样出现了"南北"之间汹涌的河流。

隔岸相望，这样真实，又这样残忍，是时间将我们改变了，还是命数的注定？我们彼此离开，不再年少。

橘子，你一定想不到，离开你许久之后，有一天，我看见一个抱着花束的男孩坐在北碚的橘树下，他目光明亮，微笑时露出的酒窝很像你。我伸手从树上摘下果子剥好后给他，他很欣喜，慢慢地吞咽，唇边带着新鲜的汁液。那一刻我真把他当作你了，橘子，我是什么时候把你一个人丢在南方的了？男孩把他采的花束送给我，有洁白的姜花、粉红的清荷、嫩黄的雏菊和紫色的荆兰，很香。

我轻轻叫住他，问："你认识橘子吗？"

"橘子？是刚才我们吃的那个吗？"他笑笑。

我这才看清，他终究不是你，亲爱的橘子。

很多时候，睡梦中我一直能听见海的声音，由远及近，仿佛从另一个世界的入口传来。我止住呼吸，在岑寂中侧耳倾听，时而用脚尖踢动身下蓝白交织的床单，树影被月光贴在墙上晃动，我努力看着海的方向露出的一角天空。

橘子，自从来到西南内陆后，我已经好久没看过海了，海天碧蓝的模样也已渐渐忘记了。我一直羞于承认这样的事实。

在匆忙的人群中，我一点一点远行，一点一点离开内心和年幼时筑起的家。每天清晨为了挤公交而戒掉了吃早餐的习惯，在身边的朋友议论他人的时候不再发表自己的想法；脸颊上以前总觉得用不完的微笑变少了；走路的时候已经很少再停下来看看路旁新长出的花草，它们翠绿腮红的枝丫间滚落下的晶莹的露。

这就是二十岁以后的我，和十年前你所看到的那个男孩是多么不同啊！

橘子，你一定在埋怨我吧，十年后的我竟然变成了这样一个苍白的角色；你一定在取笑我吧，以前许下的要成为这个世界发光的大树的誓言怎么就这样轻易地违背了？

时间教会我们要将过去的自己抛弃，不能再那么固执而疯狂地做自己内心认为无比善良的事。世界和我们有着不同的衡量美丑的标准。

我真的不想成为《变形记》里的那只大甲虫，一旦脱离成人的轨道，改变自己现在成人的形状，就会被同类剔除出来。

我害怕被这社会伤害，害怕被这世界抛弃。

而你，亲爱的橘子，你还是你，还天真地坐在淡蓝色的海边，还在青涩的时光里说自己不会改变，不会成为任何人手中操纵的布偶或者他们迟迟不愿放下的棋子。你未成熟的身上，依旧有棱有角，发出年少的明亮的光。

十年后的现在，我多想再找到你，和你紧紧地拥抱，不管这世界是怎样看待我们的单纯和无知。我们要彼此注视，在对方的眼睛里找到阔别已久的自己。你还是我的橘子，是这十年的时光里我最为珍惜的礼物。

曾经讲给你听的故事，我还想讲一遍：他们相遇时，他十七，她十七；他们分开时，他二十，她十七；他们重见时，他六十，她十七。

"为什么会这样呢？"那时你托着腮帮问。

我没回答，手里还在剥橘子。你见了，便夺走我手里的果子，"快告诉我。"

好吧，亲爱的橘子，我现在再告诉你一遍，因为在他的记忆里她永远只是十七，十七岁的年纪，十七岁的模样，十七岁仿佛永远青春的时光。

一直记得当时你把橘子掰开一瓣递给我，我说："这样美好的光阴，我不会离开，我也要永远十七。即使在老去的那天，也要和亲爱的橘子在一起，永远十七。"

你笑了，握住我的手，一树青绿色的叶子在风中轻轻地抖动。我尝到嘴里的那一瓣橘子，很酸，也很甜。

　　后记：十三岁的橘子，当你看到这些，请你一定不要忧伤，因为你的一切都还美好。你要继续做一颗发光的橘子，在淡蓝色的时光里为我亮起一张永远不会褪色的笑脸。不管我现在是不是已经变成了枳子。

我来自曾经的你

南方的雨水

我过分地喜欢雨，就像喜欢着一个略微忧郁的自己。三四月的春天，雨水便来了。校园里的丁香、百合都换上鲜艳的色彩，一树一树，在微风细雨里甜得能黏住许多人。

我只身打着小伞沿路走过，发觉身边的男孩女孩们都像雨里的花，拥有不被潮湿所掩盖的清香。他们安静地走过，三三两两在伞下悄悄耳语，笑声轻软如絮。十七八岁的年龄，有着透明的秘密，像未靠近岛屿的白帆，在风中高高扬起，接近蔚蓝和明亮。我钦羡这样美丽的时光。

让我想到你吧，透明的湖，一直都给我写信的男孩。

我一直都不知道怎么称呼你。你总是忘记和我说起你的名字，只是让我叫你，透明的湖。南方的春天里，花开得很多，很绚烂。我一直在想，你是不是自己熟悉的那些花。那些白色、粉色、黄色，和我们年龄一样新鲜的花，它们会行走，会说话，会生长，也会生病，也会模仿我们的表情对天空笑，也会在自己的指间长出一棵开满硕大花朵的树。那些柔软的小太阳贴在我们的目光里，仿佛年轻的不落潮的心事。

飞鸟停驻在黝黑的枝头，整理着云朵般的羽毛。画板上有少年没有擦拭干净的颜料，泡在水中又慢慢晕开了。就是这种感觉吧，淡然温和，像一面出自光阴的玻璃，光滑清凉的质感和透明的湖那么相像。

南方的雨季里，我们把走过的路都走一遍，风吹来从前。这是我们最放纵的时年，埋藏在十七岁的树叶里。爬满苔草的墙垣冒出许多细小的水珠，来自缝隙里的细枝末节顷刻间变得异常清晰。湖，我一直记得你写给我的第一封信，也是在这个时节收到的。素色的信纸，画着一张笑脸，没有很多句子，规则的折痕上只打着一行字：我是透明的湖，在你长大之前，我会一直写信给你。

雨夜里，屋檐落下串串水声，是来自时间的琴弦。空气里弥漫着湿漉漉的清香，在漫无边际的暗夜里打磨着鼻翼。耳畔依旧会听到小虫窸窸窣窣的鸣叫，从一片叶尖滑落，嘀嗒，又跳到另外一片叶上。

在这湿润的世界里，我突然想听陈绮贞的《鱼》。陈绮贞的声音像悬在空气中纯澈的光线，迟迟不肯在喧嚣中降落。这也注定听她的歌要在一个安静的夜里，配合着柔软的光线，或者一点点忧伤的表情。歌声里，陈绮贞依旧是小小的女孩，她独自走在某条安静的小路上，身旁有野花、流水和一些孩子。他们微笑说话，做着不愿长大的梦，习惯宁静，也习惯孤独。我因此常常误解了她的年龄。陈绮贞已经三十岁了[①]，有着女人成熟的脸颊、秀美的长发，以及时间赋予她的经历，但我是那么固执地认为她只有十三。

时光如车，碾过许多青涩和朦胧的旅途。多雨的时节里，在迅速漫溢的积水中，我们的雨鞋踩过了十六、十七、十八，如果有天踩到了二十，也会有人把自己当作十二吗？

透明的湖在信纸上说，你永远十二，真的。

---

① 陈绮贞：台湾女歌手，生于 1975 年。作者写作此文时，陈绮贞的年龄尚为 30 岁。

现在五月了，春天的裙角被渐渐剪短，那些犹如白色飞鸟的花朵已衔着歌声飞走。透明的湖，雨水过境后，你也蓄满了自己的十二，或者二十吗？

那般灿烂的春花谢尽，我埋头在铁窗下的深井里，看不到了，是不是一种遗憾？但我相信光线明亮的五月也是优美的，我们的身体里都会有轻盈的云朵飘扬，在钻蓝色的天空中飘成好看的蝴蝶、棉花、白船、大象，或者仅仅只是一张简简单单的笑脸。那些笑脸会冲破牢固的栏杆、黑板、铝合金、书本和一沓一沓的练习而找到我们，辨认出心爱的主人。

匍匐在纸上的句子经常咬到我，它们排列整齐，像风中悬挂的铃铛悦耳地响着。那些围在墙角、栅栏边生长的藤条，缠绕着青色的记忆，轻轻吻向我的指尖。

在这个五月，雨水渐少的南方，我的指甲承载着薄翼和蝉鸣，透明依旧。

透明的湖，这个五月，我想念首诗给你：

如果雨之后仍是雨

如果忧伤之后仍是忧伤

请让我从容面对这别离之后的别离

到远方去寻找一个不可能再出现的你……

四处盘旋的孤独

幼时起，我便对孤独有着恐惧，它像汹涌的海水淹没过我的城池和灯火。

我很惮怕夜的降临，像承受黑暗中所有眼睛的窥视。一个人静静站在窗口，仿佛蝙蝠都从遥远的黑森林间一跃而来，从我的眼眶钻入内心。它们尽情地舞蹈，啃咬、蜇伤我的思维与肌体。那座心灵的岛屿也在这样浓郁的黑色里消失踪影。

曾在书中看到郭珊的字句："你可以在他人的目光面前，任意伪装孤独的呈现方式，却无法在孤独的注视中，伪装成他人。"

孤独里有我们的真实吗？我坐在塌陷的沙发上，和时间面对面，却始终无法在空荡荡的房子里检索到一个答案。自己是在害怕真实，还是在害怕强装下的坚强脾性面具被撕裂的一刻所呈现的焦灼恐慌？

习惯孤独吧，并把它当作你的朋友。不必焦躁与恐慌，所有的洪流都有它的去向。你静待时间，一些沉默和疼痛自然会消解。手心上流动的句子，是来自内心里的少年。他站在遥远的某处，洞察世事般与我言说。

风穿过我的双耳，纸上飘出的声音像金属一样坚定而磁性地响着：你闭上眼睛，闻一闻空气。你会知道孤独的味道，它并不可怕，只是脆弱得需要借助你的身体轻轻依靠。

黑暗里，似乎有一条小路通向我。

那些凝结的水露晶莹地闪烁，风中悄悄掉落在蜗牛的壳上。月光下的栀子树有这个季节开得幸福的白花轻轻挤着、靠着，像不老而芬芳的时光。祖母坐在门前，剥花生壳，用自己苍老而素洁的双手一点点剥出酥脆的果仁。她叫我伸手，一大把细碎的果仁宛若月光一般倾泻在我的掌心。祖母望着远天银河笑着，说父亲和我一般大的时候也总靠在她的腿边，数着星星，听她讲很老很老的故事。

时间是件玄妙的物件，仿佛穿透了人的一生。在栀子花由梦里到梦外彻底凋谢的时候，女人的一出戏终于降下帷幕，像一种自然执行的秩序。我的孤独是在祖母离开的那天到来的，然后它在内心不断滋生、蔓延、缠绕与占领。

亲爱的少年，你或许不知道，七岁之后，我很少再说话了。

我承认自己曾经患过自闭症，而且病得不轻。终日坐在屋子里，不与人说话，就如你见过的那些关在橱窗里不能动弹的玩偶一样。它们摆着可爱而柔软的姿势，却在心里藏着无人可以读出的寂寞与忧伤。偶尔爬到屋顶之上，一只小脚总是在试探悬空的荒凉与地面究竟隔着几层微霜。月球巨大清亮，隐约间能看见凹凸的斑点，像地面上起伏的山峦。一个人困在秘境里，连脊背上何时爬进蜉蝣的昆虫都不曾察觉，微绿浅黄的身躯，和鼻尖的气息轻轻张起又落下。

曾经逼迫自己不再对着孤独的境况倾诉衷苦，但还是在被月光切碎的往事里塌陷了情绪。

那个永远只会坐在角落看别的孩子唱歌而傻傻鼓掌的我，那个走在路上经常被车辆前灯照出瘦黄面庞的我，那个在公交车上被别人的鞋子踩疼脚却从不吭声的我，一直让孤单和平凡成为自己的特色。

而直到现在，我还是很难习惯人声如潮的闹市、街衢、广场或者小剧院，觉得热闹真的只属于那些狂欢的人，与我无关。身处他们浩大的队伍中，我所能感受到的只是满满的空虚、无奈、寂寞和张皇。毛孔会不自觉冒出汗粒，手心会无端地痛痒与颤抖，我把它们定义为孤独的症状。

在细如蚊声的低语中，夜晚漫长地围坐在我们身旁。我们宽敞的内部不该被孤独占领。我们要用新的月光照亮横亘在自己与希望之间的石头和荒草。

记住，我就在你身边。

内心里又传来少年的声音，那些似乎用淡蓝色钢笔水挤出的句子，使我的眼眶盈满了水晶。它们透过流火七月、流金九月，抵达这个世界迟迟不肯栖落的心上。那些隐喻或者象征，太像我们想要的一生。

我读过《蒙马特遗书》。里面写着，世界总是没有错的，错的是心灵的脆弱性，我们不能免除于世界的伤害，于是我们就要长期生灵魂的病。

孤独便算是灵魂的病症，我在胸口里一直圈养着它。

岁月中风一般抖动的少年，我们掐指也无法算出的未来里，你也要陪我生病吗？

我们要勇敢地手牵手，相爱地抱在一起，相互诉说与抚慰，然后把孤独慢慢治愈，把孤独慢慢忘记。

如果那些梦都是真的

不知道自什么时候开始，我频繁地做梦。梦境总是那么相似，像一座找不到出口的迷宫。

许多小鹿在里面迷路，它们身上有红褐色的斑点，头顶有未长好的鹿角，像细小的枝杈垂挂着苍茫与慌张。我慢慢走近，小鹿们全都跑开，每只鹿都向着一个方向奔跑，是一种恐慌之下的秩序。我站在原地，嘴角覆盖着厚厚的失落，像一个冬天。

透明的湖也跟我聊起他做的梦，那些梦明媚如花，宛如装帧起来的油画，有阳光晒过的溪流和晨光。

湖说他在梦中时常会经过一座森林，那里树木繁茂，发出滴油的绿光。一条小路上铺满了瓷白的沙粒，像倾泻的月光，直通尽头的一间咖啡馆。那家咖啡馆是棕木做的，双脚踩在地板上会发出很好听的声响，如同钢琴。架子上摆满了 CD、海报、书籍、小娃娃。服务员是一个男孩，眼睛圆圆的，戴着红色的小礼帽，身后长着小尾巴，像团小小的火焰。他不说话，只是微笑，然后为湖端来醇香的咖啡。湖说他就这样一直安静地坐在咖啡馆中，音乐不停地流淌，他从架子上随便抽出一本小说，用很慢的速度去翻阅。不时他也会跟小服务员长时间笑着，直到阳光从他睫毛上醒来。

这样的梦境好熟悉，我似乎在安房直子的《风与树的歌》里见过。里面除了有森林、狐狸商店，还有小孩子的长靴、美丽的桔梗花田、青色的紫苏，里面的狐狸喜欢用蓝色的墨水染小朋友的手指。湖，我爱狐狸，爱你梦里出现的狐狸，爱安房直子的狐狸，也爱一只手持玫瑰的狐狸，它孤独地站在《小王子》里等爱来临。

那些手中的玫瑰肯定在风中结满了露水，然后沉重地低头，耷拉着花瓣。我把目光挪到窗外，一小束金色的阳光落在窗上，穿透尘埃后，仍然仿佛初生般纯净。爱未来，还需等。

透明的湖，其实我也做过美好的梦，那是在高三到来之前。

我梦见自己腾空而起，在天上和大鸟一起飞着。它们有白色而浓密的羽毛，嘴里叼着很大颗的绿宝石，去了北风后面的国家。梦见一头蓝鲸和自己相遇。那时，我们在海边彼此相望，水汽扑在脸颊上，像涂了一层雪白的盐粒，它们轻轻钻入毛孔，如同出不来的往事。那头蓝鲸竟然会说话。它问我，在找什么？我说，在找另外一个自己，他身上有着不忧郁的蓝。

后来，我也在梦中遇到了好多好多的人。

梦到爸爸妈妈陪我看了一回《哆啦A梦》，梦到学习委员没有在我课上睡觉的时候记我的名字，梦到便利店里抠门的阿姨在我买完练习本的时候送了我一大包热狗，梦到班主任在黑板的高考倒计时上写了大大的一个零。梦到我站在一座最接近蓝天的山坡上拥抱鸽子落下的羽毛，它们轻柔地贴在我的身上，似乎一瞬间我也能飞起来。可是再后来，自己就被六月的雨水吵醒了。豆粒大的响声砸在瓦砾上，接连不断。

我明白，有些梦说出来就只能是梦。有些梦不说出来也只是梦，而已。

透明的湖，你的梦安静得让我妒忌。我也好想养一只像你梦中那样的狐狸，它会为我煮咖啡，对我微笑，陪我看山间的细水长流。

如果那些梦都是真的，如果我们都能装点彼此的梦，这样，多好。

我来自曾经的你

宁静的秋天傍晚，飘来的光线和远处的教堂呈现出相同的金色。未凋敝的叶片上滚落轻盈的露水，掉进我们的时光里。那些摆在窗台的仙人球、兰草和芦荟有植物平稳的呼吸，像一首诗舒服的韵脚。

此时，我喜欢翻开各种旅游图册，双眼尽情地在光滑的书页间游弋，山山水水、风声雨声、千年风貌的古建筑一涌而来，在手心轻轻抖动，几乎快挣开了平面的束缚。

透明的湖说，你最想去的是乌镇吧。

我在他看不见的角落里点点头。湖，你怎么和我这么默契，似乎是来自同一颗心。

我是爱乌镇的，感觉它是江南泼下的最浓墨的一笔，在烟雨中久久地舒展，穿透千年的古典。镇上遍布着白墙黑瓦、古街石桥，人们临河而居，闲适而诗意地活在一辈子都停不了雨水的屋檐下。那些蓝印花布、乌篷船、巷坊、客栈和纸糊的红灯笼在夜色里更加静谧，似乎隔断了红尘的车马。

我对这样的小镇从迷恋到贪念，再由贪念到上瘾。

"来过，便不曾离开。"印象中奶茶站在桥头说出的这句话更使我执意要在某天探访一次乌镇。我要把内心最纯粹的自己卸在那里。

透明的湖，你也相信那一天很快就会到来，是吗？

总觉得有湖相伴的时光，阳光能够在我们的肩上舞蹈，河流能够悄悄蜿蜒到我们想去的远方。那些心上遥远的时空宽敞地居住了彼此的模样，那些纸上红色的小方格里有唱歌的夜莺、熊猫和松鼠。

我和透明的湖还说起过爱。

透明的湖说，你的爱只是暗恋，是一个人试图隐藏孤单的独角戏。

你会在微博上看到一句"I never image that I can see my stupid smile through the mirror someday"（我不曾想到有一天自己对着镜子可以笑得这么傻）而热泪盈眶，会在听见短信提示音时把自己的动作加速得像一个马达，会在一个晚上对着手机键盘把手指按出凹陷的红肿。会在一个人还没说话前主动开口。

你还会每天在相同的路口等她，还会去学校礼堂看有她的每场演出，还会去自习室的时候特意坐到她的身旁，还会在她不注意的时候把她爱吃的零食、爱看的漫画、爱听的CD 塞进她的背包，还会对她笑，说她漂亮，问她最近过得好不好。

而她每次也是轻轻地对你说"谢谢"，像个陌生人一样。

透明的湖，为什么这些你都知道？

你是不是曾经见过我，和我说过话，然后我们微笑，相互错肩走掉？

透明的湖，每次翻开你寄来的信件，那些明亮的句子在充满花香的风里幽蓝地陶醉着，有小小的光泽湿润了我的睫毛。

湖，一直以来，我只是在家门前墨绿色的信箱里收到你的来信，却从没有回过你一封。你的信上从不曾写下邮编、地址，信封上也从没贴过邮票盖过邮戳。仿佛你是来自隐形的时空。

透明的湖，你究竟是谁，来自哪里？

阳光在纸上留下痕迹，偶尔从高处落下的水滴蒸发之后只会留下光彩，枝节处有上个时节的声音在空空地回荡，冬天要来了。湖，我不知道你站在哪儿，但我知道你在。

云，你看过的风景我都看过，你经历的故事我都经历过。成长路上，我们是前仆后继的两个影子。

你居然在叫我。湖，你不知道此刻我拿着你的信有多么兴奋。春天要等很久才会到来，但我心上瓷白的小花都开了，它们干净温和的清香像你建在纸上的花园。

这样的时光太好，真的，我都舍不得走开。

云，我来自曾经的你。

旧时光里的男孩

在十三岁前，你活得就像一瓶纯净水，连标签都没有，一切都很透明。

那时你思想简单，每天就记得做功课，看柯南或者皮卡丘，对着满天星光寻找自己的那颗星。小脑袋像石榴一样在风中轻轻地摇晃，对世事怀抱最美的幻想，活得好像童话里的人。

春天的百合，夏天的萤火虫，秋天的大雁，冬天的凌霄花。那时四季清朗，你是小小的平头、瘦瘦的身体，没有很潮的衣服，没有很烦的爱情，天真，平凡，又可爱。

十三岁之后，你上了初中，每天身体都像果实一样膨胀。曾经觉得离自己还很遥远的青春期没想到就这么突然到来，没有一点防备。懵懵懂懂中，每个人都在成长。

男孩都打起篮球，学起吉他。女孩都穿起舞鞋，系起蝴蝶结。女孩变得很喜欢和男孩吵架，男孩会觉得女孩成了世界上奇怪的生物。他们打打闹闹，哭哭笑笑，有时偷偷牵手，有时又规避彼此。你成为他们的忠实观众，看着他们在自己面前上演一幕幕偶像剧里的情节。你的朋友大多加入其中，你开始变得孤单。

十七岁，你坐在高中的课堂里，整天像机器人一样上课，屁股坐到麻木，手指写到抽筋。最讨厌上的是数学课，那个说话尖酸刻薄的数学老师老拿你的成绩开玩笑，每次你都会用书本挡在额前，无视他的存在。

"像你这样只喜欢写东西而偏科的学生，大概只能上个专科学校吧！"记得当时这个老头就是这么羞辱你的。你很生气，鼓着腮帮，私底下紧握拳头，"别这么小看人，我要考个好学校给你们看看！"后来，你算是创造了"奇迹"，读了本科，又继续读硕，而此刻还在读博。没让老头的预言成真。

二十岁的时候，你迷恋上一个叫苏菲·玛索的法国女演员。

在一个夏天的傍晚，你看电影《初吻》。银幕上的苏菲·玛索还是一个少女，剪着清爽的短发，瞳孔中落着星光，鼻梁线条清晰。她青涩得像根翠绿色的花梗。结尾一幕落在热闹的舞厅里，男孩悄悄走到她身后，把耳机放到她头上，*Reality* 这首歌旋即在她耳畔响起。世界在那一刻，属于永远的青春。初吻已不再是一种事件，它是时间的标记，而我们都在悄悄长大。

二十三岁时你意识到比起飘忽的爱情，学习与创作这两件事就像童年捕蝉那样更容易把握。你便毅然决然投入其中，在学校南门附近的破房子里一边复习考研，一边努力创作。冬天的晚上，坐在灯光昏黄的桌前，一直到深夜一两点，手指都僵住了，好几次整个人都趴在桌上，像石头一样砸下去。

前途灰暗，似乎全靠做梦。但现实还是宠爱了你一回，在大学毕业前，收到了研究生录取通知书，你盯着上面的名字，看了很久很久，并用手反复触摸着自己的名字，不断确认。那个暮色绚烂的傍晚，风也温暖，你的心在颤动，背上正悄悄长出翅膀。

说到二十六岁，这是你不愿提起的时光。硕士毕业的你去了一所独立学院教书，平日除教学外，还接到许多任务安排，不再有多余时间看书，更甭提写作。开始察言观色，每天都活得像一台机器，也染上熬夜的习惯，身心俱疲。

在一个夜里，你彻底失眠了，突然意识到长此以往，自己将被损耗殆尽，生命不该在令人讨厌的世界里无动于衷，青春不能在风平浪静中默默逝去。"我要离开这里，我要继续读书，我要和自己战斗！"那个清晨，二十八岁的你，焦灼的眼眶在天光破晓的一刻湿润了。

用了一年时间，你终于逃离了那座终年阴郁的小城。在这个过程中吃过多少残羹冷炙，有多少周围人的不理解，你都一一咽在腹中，像没事人一样笑着面对每一天。临近出租房的一面墙，见证你为未来奔波的面容，当爬山虎不再往灰扑扑的墙体更上面的地方伸脚时，你知道窗外的夏天要渐渐落幕了，而你也将静候时间带来的一切。

你如幼童往一口深井投入石子，异常紧张，想听到井里的回声。命运还是在你破釜沉舟时眷顾了你，二十九岁的你如愿恢复了一个学生的身份，可以再次拥抱文字，拥抱世界。朋友们祝贺你，也羡慕你，只有你真真切切明白，自己仅仅是在证明追求理想生活的可能性。

问你辛苦吗？值得吗？再给你一次机会，还要这样来一回吗？你给的回答依然是肯定的。

如果一个人始终不明白自己要去哪里，也不懂得要用何种姿态行走，那他余生的每一步都会走得格外茫然、艰难，而每一次的坚持也显得无意义。你清楚自己要走什么样的路，成为什么样的人。余生仍很漫长，你想告诉每个朋友，自己仍在成长，仍要去经历这个世界更多的黑夜与白昼。

你一直都喜欢西班牙诗人路易斯·塞尔努达在《漫游者》中写的一段话："朝前，朝前，不要转身，跟着这条路，这一生走到底。不要期盼任何更容易的命运：你的双脚要踏上无人经过的大地，你的双眼要环视无人见过的景致。"

你从未安于现状，从未在人生的长途中停下，因为你知道努力行走去探寻未知一切的可贵。即使暗夜无灯照耀，你也执着内心的火光往前，相信再远的未来只要是自己想要的，走着走着也就到了。

这个信念曾让你挨过了高考的最后时刻。

在那些沉闷的夏夜，你站在走廊上，坐在楼道里，忍受着蚊虫的叮咬，牙齿像弹钢琴，发出青春里最动听的声音。这些声音属于梦想，属于一种年少的单纯，觉得自己努力了，就能拥有全世界。

这是当时的你眼里带光、嘴角上扬的原因，也是只有你自己才知道的关于这个世界的秘密。

小夏天，十七岁

我看见你啦，躲在青皮西瓜后面的小少年。

十七岁的夏天，你在做什么呢？

早晨匆匆穿上白净而宽大的校服衬衫，啃着几块面包片连牛奶也没喝就赶去挤公交了，突然记起昨天晚上书包里的练习题还没做完，敲了一下自己的脑袋，一副死活不管慷慨就义的模样。拥挤的清晨，城市还在雾气里蒙着半张脸。你比十六岁的自己更加帅气了，车窗里映照出的侧影让你很自恋地笑了笑，"谁说我难看了，这不挺好看的吗？"嘴角不断上翘的弧度，像枝条一样伸展，在到达酒窝后，整张脸变成花园里刚开的马蹄莲。

天真年少的时光，是一条清澈的河流。瘦薄的肩膀露出清晰的锁骨，像石膏雕刻出的样子，光滑又白皙。

诶，你别老形容自己啦，能不能说说你现在的夏天，究竟是什么样的呢？

是从发光的绿叶里最先察觉到夏天到来的，你大步奔跑，踩着上课铃声抵达教室门外，刷的一下，却在门口停住脚步。"怎么每天都是你，刚刚好是吧，偏不让你进去，在这里站着吧！"说话的是略微秃顶的男班主任，他还有一个身份，是学校的教导主任。你觉得自己倒霉，小嘴嘟着像个皮球，怎么就摊上这样的主了，校徽歪歪斜斜地挂在胸前，像被人撕坏的标签。风摘走脸上的汗珠，叶子嗒嗒地响着，你站在雪白的教学楼外，像棵青青的树。

十七岁的夏天，你身上倒霉的事情还有很多。

昨晚明明记得已经把英语课本放进书包里的，怎么现在就是找不到了。"没带书的给我出去，都快高三了，有想过念书吗？"教英文的老师是个大龄剩女，你怀疑自己没带书的时候总是正好碰到她月经不调，针尖似的声音絮絮叨叨折磨着你的耳朵。这样的感觉很难受。

答应要帮别人做的事，你也是常忘记的。脑子越来越不好使，"都被单词、文言文、数学公式和几何图形挤爆了，哪里还有空间啊！"你每次总是这样没好气地对自己说，然后再转过头看着那些需要你帮忙的面孔，一脸尴尬地笑着，两颗虎牙锃亮锃亮的。"都几次啦，总是这样，不就是帮忙买几根碳素笔笔芯嘛，也老是忘。""对啊，如果不是你家离那个经常打折的文具店近，我们才不叫你买呢？"女生们也没好气地对你说，裙角飞扬地离开你的位置。什么能对记忆好一点呢？海带、香蕉、核桃、鱼肝油，还是生命一号补脑液？你咬着笔帽，开始思考这个问题。

蝉的叫声开始渐渐点亮这个闷热的季节。你懒散极了，整天没睡醒的样子，眼睛半睁半闭地和太阳对视，心想这次一定能坚持一分钟了，却在二十秒的时候打了个大喷嚏。路上好多人都在看着你，有些人脸上没有丝毫表情地走了，有些人一边走一边对旁边的人耳语着，然后笑了起来，还有些人干脆停下来捧腹大笑。你把头低低地朝下，是不是把自己埋起来，这个世界上所有行走的生物就看不到自己了呢？那些站在枝头的蝉继续沙哑地鸣叫，它听不懂你的喷嚏声和它的有什么区别。

和这些倒霉的事在白天区别开来的应该是无聊的事了。

哎，难道美好的光明的晴空蔚蓝的白天，只有倒霉和无聊吗？

你托着腮帮在课桌上点点头，是打瞌睡了，嘴巴有时还冒出小泡沫，和你邻桌的女孩惊讶地看着，然后迅速地移开书本，要和你保持距离。掉落的书本却在地上发出沉闷的"噗噗"声，掉的是历史书和配套的练习册。"喂喂，要睡觉给我回家睡！""还转头看什么看，说的就是你！"一瞬间和历史老师的目光对上了，一个一脸凶相的中年男人，你怯怯地把目光缩了回来。课后被叫到办公室，免不了又一顿批斗。

嘿，你又在说起倒霉事啦，那些无聊的事也说说吧。

无聊就像下雨天，你一个人数着屋檐的雨滴落下，没有进壳的蜗牛这时绕过你的指尖，慢镜头不断凑近，你往玻璃窗上呵气，伸手画出好多图案，大象的鼻子、变形的哆啦A梦、一节一节的火车，还有鹦鹉、鸽子、紫藤花、棒棒糖，突然又画出一个圆环，加点什么呢？眼睛、眉毛、鼻子，表情？嘴角上扬还是下弯？你搔搔小短发，干脆都不加了，就这么留着吧。雨声渐渐稀疏，花丛里的金盏菊开得很灿烂，你没有画出的嘴角是时光里最美的部位。

上课也是一件无聊的事，特别是高三的复习课，一轮又一轮，你在心中熟络的点线面，被老师们一遍又一遍提起。唯一比较有意思的事除了看看天空、打瞌睡、在笔记上画班上最胖的那位女生，就是盯着各科老师的脸打量老半天。于是，你知道男老师对班上女学生微笑的幅度是最大的，持续的时间是最长的；知道女老师的衣服每周总会换上好几件，鲜艳的裙子和高跟鞋亮相的频率最高；知道哪个男老师的声音最细，哪个女老师的声音最粗；也知道了他们上课的一些小习惯，比如摸耳朵、抬眼镜、抠鼻孔、时不时地出去吐痰、喝水，甚至谁喉咙哽咽的声响最大，你都知道。

晚自习也是足够无聊的。教室里弥漫着浓郁的花露水味道，你趴在桌上写作业、看单词。写着写着，背着背着，就打起呵欠睡着了，清醒后会听到飞虫撞击窗户的声音，有瓢虫、飞蛾、长翅膀的巨型蚂蚁和长脚蚊子。你总是最早收拾好书包在座位上转笔杆的那个，总是盯着石英钟口中轻轻倒计时的那个，总是心里迫不及待希望快快打铃的那个，总是率先冲出教室的那个。"谁都不要和我抢，我一定要是最快的！"每次冲出灯光异常璀璨的教学楼时，你总是这样兴奋地叫着。年轻的声音穿过夜晚的窗户，白色的衬衣在风中飘动。

回到家时已经是深夜，蛐蛐在草丛里奏响了月光曲，窗户上依旧是飞虫扑打着翅膀的身影，"咯噔咯噔"。你一脸倦怠，用一张挂在门上写有"正在复习，谢绝打扰"的大纸板回绝妈妈为你准备的夜宵。大段大段待在卧室内的时间其实是用来发呆、听音乐、看电影，用手机给认识或不认识的人发无聊的短信。"你在干吗呢？""这个夜晚好孤单呢。""我很想你……"有时妈妈还是假装没看到门上的告示牌进来了，你戴着耳麦背着不着调的英语单词，而耳朵里听的却是周杰伦的《稻香》。偶尔从枕头下偷偷取出一两本课外书来，从折起的页脚继续看起，却发觉到后来主角们获取幸福的方式都那么相像，都那么简单。

"校园言情果然都是好粗劣的情节，早知道就看《仙剑》了。"

"怎么说呢，十七岁的夏天还是糟糕透了！"你朝着硬邦邦的墙壁扔枕头，枕头反弹回来又砸到你的脑袋。"干脆就这样中枪吧。"我摊开身体扑倒在床上，闭上眼睛，呼呼呼地睡着了。五瓦的台灯还亮着，萤火虫星星点点，玩具士兵在橱窗里沉默地看着流了一脸哈喇子的你。

但是，十七岁的夏天是不是也有美好而幸福的时刻呢？

"有吗？"

"没有。"

"有吗？"

"没有！"

"有吗？"

"……好像有吧。"

幸福，幸福是——

一个人从树梢下走过，看到阳光碎碎点点地在指尖舞蹈。

是偶尔做对了题目，受到老师的表扬。

是银子做的枝叶敲打月亮做的风铃。

是班主任对着自己步步上升的月考成绩，伸过手来拍肩膀的声音。

是爸爸做的番薯糕和妈妈做的南瓜汤。

是吃了一周降火药后脸上消退的几颗痘痘。

是清晨路过花园时发现里面又开了几朵新的小白花，光线透过花瓣的缺口，有心形的图案投射在地面上，一点一点，在风中忽闪。

是在梦里遇到一只会说话的天鹅，它带着自己飞向很高的天空。你俯瞰大地，公路、汽车、学校、高楼，一切都像小小的积木。

这些，都是吧，你的那些美好而幸福的时刻。

可是，最让你感到幸福的事呢？

十七岁白衣飘飘的日子，青葱的树，黄昏会唱歌的鸽子，夜里会巡逻的花猫，是白墙上画满花花绿绿的图案，衣领上留着吃街边烧烤时不小心沾到的油渍，是等到一个暗恋的女生推着车从车棚里出来，你涨红着脸把一封写着稚嫩笔体的信投到她车筐里。

"不对。"

"是夏天的西瓜。"

在电风扇急速转动的嗡鸣声中，你想象着西瓜被切开时散发出的香甜味。那些气味充满了夏天，空气里也都是，黏在身体上，像留下了永远的黏腻感。肃杀的冬、萌动的春、萧索的秋，从时间的沙漏里流向生命之外，剩下夏天，像凝固在鼻翼上的时光，闻一闻，都是西瓜的味道。有没有谁看见那油彩里的青翠与浅红？

电视上关于高温的黄色系数不断上升，周末歇在家里的时候，吃水果看漫画，睡觉或者偶尔翻翻笔记。爸爸从超市回来，像搬运工一样往家里搬运青皮西瓜，操刀，"咔嚓"，西瓜刀的锋刃在阳光下晃动着光芒，溅出淡红色的汁液和黝黑的西瓜籽。你预备好小勺，看好之后，迅速占领了那块肥沃的高地，心中窃喜。

可是你不知道，时间会挖空西瓜里最甜的部分，就像很多人会走散，很多故事会被风吹凉，在你并不注意的时候。

"都老大不小了，还留着这些干吗，改天送给邻居家的小宝吧？"妈妈在整理房间时，从你的柜子里搜出一堆一堆西瓜太郎的公仔、碟片、漫画、彩色铅笔和手摇式转笔刀。"不要啦！"你推开妈妈的手，露出少年小小的叛逆。想起好多好多个夏天都是这个脑袋大大、剪着傻傻短发、穿一件红肚兜的卡通人物陪伴你。那时你只是孤独地坐在地板上或者趴在床上发呆，看窗外的天空和云朵；那时你的掌心没有明晰的线条，未来离你还很遥远。

亲爱的小少年，十七岁，不是都快要变成大人了吗，怎么还这么不肯放下呢？

我们要成熟，要离开，要义无反顾地长大，和年少脱离关系，要学会稳重的举止，对这世界负责，要和明媚或忧伤的过去渐行渐远，在这个靠近十八岁的季节里。

难道，不是吗？

你低着头，不再说话。

时间有时也夺取了我们说话的权利。

那一年顶楼加盖的阁楼什么人忘了锁，任谁都找不到未满十八岁的我。你是一滴滴隐形的眼泪，风一吹就干了，只能这样了，是吗？

一去不复返的日子里，阳光照射着每一粒灰尘，飞鸟来来回回，记不住哪片西瓜地已经荒芜。时间像东南沿海过境的台风卷过屋顶，一切回到十七岁，恍恍惚惚的青春年轻的脸，衣袖上的汗水浇灌出又一个夏天。

我看到你了，躲在青皮西瓜后面的小少年。

十七岁的夏天安然如故，而你，要让自己更快乐一点哦。

因为，未来还有很多夏天要来，我们还有很多旅途需要途经，需要煽动着翅膀扑哧扑哧地往前飞。

少年的雨天

雨天，我喜欢自己一个人坐在窗边。

风里，水蓝色的玻璃滑落下细碎的雨滴，像一颗颗水晶被细线串联，发出银白色的亮光。我喜欢看着这些光亮的珠子从高处撒落一地，仿佛是内心的一双眼睛挣脱了沉重的肌体，而来到大千世界里观望与感知。那些悲欢故事、爱恨情绪，静静落在枝叶上，似乎是清醒的旅人。风中，它们来到我身边，在指尖停了停，又在我不注意的时候悄悄辞行。

细雨在瓦砾上弹唱，宛如花猫的指爪抓出的微小痕迹。那些零碎而潮湿的时间摇摆成深海发亮的带鱼，狭长的身体穿过生命的旷野。雨声里，我们似乎又回到那些天真无邪的过去，被父母老师时时叮嘱的日子，简单而快乐如风般的岁月。

　　幼年时，我常常不喜欢在雨天上学，会编各种理由要父母去学校请假。然后再偷偷溜出门和几个死党跑到山上玩耍。因为下雨的缘故，山上行人渐少，很多看守果园的师傅也都不在。我们可以趁这会儿爬上果树去摘香甜的果实。那时，聒噪的蝉鸣如隐秘的柴火在煮着盛夏，龙眼树上满是小果子，像一串串浅棕色的大珠子坠着。我们看着，手就痒痒，于是很快展开攻势，身体轻巧的就爬上树端采摘，手脚笨拙的就拿出书包在树下接，或者弯腰捡拾，也算是在进行身体锻炼。我们提着满袋子沉沉的果实，感觉那是快乐的重量。我们一边吃着龙眼，一边走在回家的路上。每个人都很开心，嘴角的笑也沾着一生中少有的甜味儿。

　　当然，我们偶尔也有运气不好的时候，被看守的大人发现。他拿着竹鞭在我们屁股后面追，不时骂出几句难听的话来。我们嘻嘻笑着，爬到大老远的山坡上丢给他一个鬼脸。这样常常会误了时辰，回家自然也是逃不过父母的竹鞭。细长而苍翠的竹条，在很长的一段时间里，是一道让我们畏惧又憎恨的影子。

　　很多时候，还是会想起雨天自己躲在一棵大榕树下避雨的情景。鸟儿在这时并不飞行，只在自己的巢边安静地整理着羽毛，叫声清脆如风铃一样在空气中回荡。近处一些无人居住的房屋，斑驳的墙壁上不知不觉间又爬上了一层青苔，翡翠一般亮着。榕树茂密的叶子在头上簇拥着，犹如一把巨大的伞，给我遮挡了许多风雨。母亲在远处就大声唤着我的小名，她急急地走来，把我拥入怀里抚摸着，一时间感觉自己像极了一只雏鸟。母亲说："走的时候怎么不拿伞？"我笑着回答："忘记啦。"她笑了笑，又轻轻摸着我的头，说："真拿你这小鬼没办法。"

雨水森森，漫过了路面，道旁的一些小花倒是开得很鲜艳。母亲撑着伞，并把伞的大部分倾到我这头。我感觉母亲原来就是一棵长在自己身边的榕树。

被雨淋湿的年岁里，睡眠如同鱼群环绕着我的日日夜夜。我躺在床上，如坐着船进入汪洋，不断随波漂荡，到大海的中央时悄悄停下。船不动了，四周格外安静。窗外的雨声成了鸥鸟的清啼，掠过耳际，悠远狭长，睡眠像一头大鱼跃出海面，带我潜入深海。我在一种坠落感里渐渐放空自己，忘记了世界。姐姐在隔壁放着磁带唱歌，我听不见。奶奶在听戏曲广播，偶尔跟着哼了几句，我听不见。猫咪跟狗在客厅玩耍，玩得不愉快时相互大叫，我也听不见。我只感到自己越往下坠，内心就越安宁，越明亮。

梦里，时间有了颜色，是浅浅深深的蓝；有了形状，是涟漪，是气泡。那些翻腾起的浪花，银白色的月光，还有珊瑚、小岛和贝壳，都像一枚枚徽章别在我的胸口。我梦到学校放了我们好长好长的假，许多小伙伴都在树下捉迷藏，玩弹珠。我梦到那只公园里的秋千在风里兀自摆动，终于没有谁要和我争抢。我梦到自己养了一只和哆啦 A 梦一样的小猫，它送给我的魔方，六个面都是纯白色的。

有时也会想起雨天的离别。那些晾不干的日子会在心里散发出想念的气味，穿过清晨忧愁的树叶，从时间的背面抵达我的瞳孔。

大学毕业的那天，天阴欲雨，小楠来我寝室楼下送我。她说："以后你别再像个小孩了，该长大的时候就长大吧，下午有老师找我，就不去车站送你了。"她很轻松地对我笑笑，我点点头，对她说："放心吧。大学期间，多受你照顾了，感谢。"我一说完，小楠竟然忍不住，哭了。"其实我有跟自己说要撑住的，但还是被你看到了，我这样子是不是很丑？"她边哭边笑，抹了一把眼泪，新的泪珠旋即又滑出眼眶。

也不知道雨是什么时候下的，我们竟然毫无知觉，两个人在楼下站了很久很久。周围人来人往，有人说再见，有人说感谢，有人默默站在角落里一句话也没有说。

风把雨滴吹成长线，逐渐茂盛起来的树叶把清晰的爱覆盖在阴影之上。天晴朗了，纯白的阳光开始在黝黑的枝头点缀出朵朵繁花。我们湿漉漉的光阴也都要过去了。

直到现在，我依然想念这样滴水的时光，干净，甜蜜，寂静，又带着雨水的明亮和忧伤。它们像极了自己年少时夹在书里的糖纸，或蔚蓝青绿，或橙黄绯红，美得让人难以忘怀。

繁忙世事里，听着雨声，追忆似水年华。我们能从中寻得世间的一缕温暖和生命里最美的一抹芳华，也能看见雨水之下，在人世的空隙里茁壮长出的条条根须和枝丫。

来自星星的你

十七岁的你，此刻过得好吗？

是不是时刻还在被地球上的大人摧残，被他们教导、要求与无端责备？是不是想坐上一艘宇宙飞船，回到自己设想过的那个遥远而美好的星球？

十七岁的你，还喜欢啃手指、喝可乐、吃街边的油炸食品，把校服裤腿改小、穿颜色鲜艳的鞋，上课梳头照镜子、玩自拍、看抖音、发微博，被抓到挨批后就吐着舌头，说大龄未婚的班主任真像灭绝师太……如果真是这样，你的世界注定与成年人的世界不一样吧？

十七岁时的我，和你们一样，时常发呆走神儿，热爱小清新，喜欢跟大人对着干。每天都想和亲爱的小伙伴跑到教学楼的天台上吹风，看夕阳带着我们金色的年华徐徐地往下掉。我们扶着栏杆，头发在风中飞舞，却始终没有被吹离繁芜的日子。我们是一簇簇飞不起来的蒲公英的种子，做着一个个飞翔的梦。

有时手里拿着笔，笔尖停在课本上的经纬线、洋流上没有力气再画下去。高高的书堆前面是班主任终日激扬高亢的声音。我们在底下分享课外书，为一则笑话憋红了脸，最后还是没忍住笑了出来。身旁的同学，有的在画隔壁班女生胖嘟嘟的脸，有的好像睡了很久，哈喇子流了满桌子……

时间分分秒秒流逝，却筑成一堵透明的墙。十七岁的我们都在爬墙，想从空虚无聊的时光里脱身离开，爬到墙头时，却发现墙外的世界依然如此。

喜欢午后清闲的时光，远离教室和课本，趴在青草地上像一只发霉的袜子，晒一会儿太阳。阳光从脚趾照到额头上，时间柔软得像风一样抚摸我们的身体。操场上有高年级的体育生在训练，清爽的短发，修长的四肢，好像是从湘北高中里跑出来的少年。一些情侣走在林荫路上，手一会儿牵上，一会儿又分开。

远处是附近的民居，灰色的水泥房，有两层三层的，比起学校高大的行政楼来好像是贫民窟。十七岁的我们也是贫穷的，没有工资，没有补贴，只有作业、考试成绩和空空的理想。当然，可能也会遇见一份懵懂的恋情。

十七岁的你，喜欢过别人或者正被别人喜欢吗？他一定长得很帅，穿白色的衬衣，刘海略长，正好搭在睫毛上，鼻梁高高，表情冷漠不爱笑，但笑起来的一瞬间迷倒众生。你看见他的第一眼是不是心就怦怦跳个不停，气都喘不上来，好像自己要死了？

要到他的手机号码，偷偷给他发匿名短信，写些偶像剧里的台词，被当成精神病人也不在乎。故意坐到他的左边、右边、前边、后边，只要他的身边有空位置就坐过去，期待他会用胳膊肘碰你，期待他会跟你说"你好"或者"喂"，像一颗卫星一样不辞劳苦环绕着他旋转。

有时你争取到和他独处的时光，却始终一言不发，喉咙里好像被海绵堵住，假装捡笔帽儿的瞬间又瞄一眼他的脸，心都醉了。十七岁，我们身上总有一股股傻傻的勇气，不断流出，莫名其妙。

十七岁，很希望有一个人会送来自己喜欢的礼物，在中秋、国庆、圣诞、元旦、春节、劳动节、儿童节或者光棍节，寄来一包糖果、一张贺卡、一个公仔、一盒 CD，或者在你的抽屉里偷偷放进一本画册、一张海报，或者一封亲笔写下的信，即使字迹潦草，不写"喜欢""爱你"，你也会异常高兴。你会抱着礼物甜甜睡去，在梦里都会幸福微笑。十七岁的我们并不贪心，只是期待有人关心自己，能关注、理解、喜欢自己。

十七岁时，你一定做过很多梦：长成杨幂、刘诗诗的样子，嫁给刘昊然、易烊千玺那样的男生；做一个旅行家，跋山涉水，环游世界；变得很有钱，买下一大栋一大栋的房子建成动物收容所；拥有无限的智慧，造出飞向其他星球的飞船，或者坐上哆啦A梦的时光机去往已经遥远的小时候，留着童花头，穿着小碎花连衣裙，再趁大人不在，穿上妈妈的高跟鞋，满世界跑。家门口的芭蕉在风里吹着，向日葵在太阳下摇头，老人们在翠绿的榕树下，拿着蒲扇"啪啪啪"扇个不停。我能想象你描述梦想里天堂的样子，手指点着一个一个的远方，抖动的指尖上缀着颗颗星辰。你傻笑起来，表情是那么执着、认真。

"只有看见天空，张开的翅膀才有飞翔的勇气。"

你抬头看看高空，云朵飘往日落的地方，一些白色的羽毛洒下来，落在鼻尖上，微微地发痒。你们曾经和我说过的话，指给彼此看的远方，都像黑暗中一个发光的路口。

十七岁，清晰的光线绕过手指，穿越树梢上稀薄的云烟抵达盛夏的天空。众荷喧哗，尖尖的花苞向上伸吐，似乎是梦想盛开的象征。

曾经无限希冀着六月快过去，像长长的脚趾甲，没有一丝犹豫，要把它剪掉。现在看见教学楼里高年级学长学姐撕裂的书页、漫天纷飞的试卷和楼前一排排被时间烧红的凤凰花，那一朵朵烈焰般的颜色，仿佛生命的底色，跟随着操场跑道上远去的白衬衫一点一点燃烧。你突然向往着下一个六月，跟自己人生的转折有关的六月。

青春正沿着白色球鞋踩过的方向震动，你发现一路走来其实并不孤单，并肩同行的人很多，大家的肩上都栖息着夏花、鸣蝉和星光。

十七岁，我们看不清前方的路，但只要未来有光投射过来，哪怕只有一道、一丝，只要是明亮的、温热的，我们都会沿着它奔赴明天，在深远的路上放歌、舞蹈，勇敢地做着自己的梦。

夜晚的火车开在生命的原野上，雾中的大地像一头温柔的水牛。我们抬头看天，朝向我们的是一颗颗金色的星。

十七岁，我们说的话、做的事都不被地球上的大人接受，但我们善良、天真、无公害。

十七岁，我们都是来自纯净天空的星星，微小但明亮。

十七岁，你一定要相信自己会发出幸福的光。

像个孩子

最近在梦里，耳畔常常回荡一种声音："记住，你已经长大，不再是个孩子。你要开始对这世界负责！"

这样的声音，像辽阔原野上空一片无法拨开的云层。

我站在底下，眺望着天际，苍白的远处只吹来一阵又一阵的风。它们互相挤着，成为一双巨大而透明的手，伸向我，试图要将我剥开。

岁末放假在家，天冷，我总喜欢睡到很晚，即使已经醒来也不愿起床。隐约间又看到母亲来到房间，她迅速拉开窗帘时架子发出摩擦后的短促声响，感觉时间的齿轮又好像加快了转动的速度。

我揉着惺忪的睡眼，母亲正在收拾昨晚我一个人躺在房间里看电影时吃剩下的花生和爆米花的碎屑，看到我醒了，她便朝我絮叨起来，"都这么大了，还像个孩子，不按时睡觉，专吃这些零食，以后怎么办……"我侧身装睡，没有回她。

母亲是爱我的，这点我很清楚。在她眼里，无论自己长到多大，她都依然爱我。因为我是她的孩子，是她用骨头和血液分割出来送给世界的一部分。

"而你怎么还像个孩子？"

一个简短的问句背后，是责备，是担忧，是关爱，或是羡慕，我猜测不出。

时间从岸上出发，拖着陈旧的船板，在大海中央放下一枚锈色的锚。我在十八岁以后的年纪里举目四望，发现这世界也在打量我，要说出什么，却始终说不出什么。

清晨搭拥挤的公交从城市的一端穿梭到另一端，时常沉默地看着人们鱼贯而出，又鱼贯而入，在玻璃上呵气，雾水打在上面露出一块透明结痂的伤口。我在伤口上画着变形的笑脸和爱心，一旁的中年乘客把头探过来，询问我的上学情况。"是上初三了吧？"他问道。我不说话，只是礼貌地点点头。车窗被人开出细小的缝隙，清风把春日里满城飘飞的柳絮吹了进来，落到鼻子上有些痒，我不用手拨开，只是朝着鼻子上吹气。乘客们看过来，都笑了，"还是孩子好，一点烦恼都没有。"心里突然咯噔了一下，那时自己明明读的是高三，为什么要欺骗这个世界，和自己？

是欺骗吗？我以为它只是一种逃避。

无聊时，经常翻看手机通讯里滚动的友人名片。内心有一瞬间的冲动，想按下绿色的电话图标键，但却迟疑地把手僵持在半空，心内胆小得如同要被人揭穿掉什么。我的声音从小学五年级到现在始终没发生多大改变，偶尔接到友人从远方打来的电话，心中异常胆怯。"真的是你吗？声音好萌呢。""嗯，一直是这样的。""你究竟几岁，真的是二十吗？""是的。"心底浮现出来的数字很快就烧光了所有紧紧遮掩的树梢，这是时间放出的最大一场火。

是不是有一天，那些陪伴我们一生的数字，又会变成一把锋利的刀刃，没有任何表情地切开我们努力用童稚的容颜和声音伪装出的鲜红果实？

这个世界充满了秘密，也充满了一双双剥开秘密的巨大手掌。

不知什么时候起，我们都已经开始尝试逃避，和习惯逃避，用孩子的面容神情来对抗疯狂前行的时代和愈发残忍的时间。开始对着世界卖萌，以为那是单纯，用幼稚的谎话欺骗众人，以为会被原谅，时常跟镜子里的自己傻笑，以为自己依旧年少，穿着印有史努比或者超级玛丽的衣衫，以为能和虚伪成熟中的另外一个自己划清界限。

哆啦A梦的时光机终究没有在这个世纪被发明出来，长大成人是地球运转中不能更改的律条。花朵激烈萌发的季节终究会老去，这个世界上没有哪一条道路会一直存在。

在《挪威的森林》里，直子曾对渡边说，希望你能记住我，记住我曾这样存在过。

在越来越看不清楚未来纹路的世事里，一切都走得太快，一切都成熟得太早。苍凉是我们的宿命，而我们的身体里却还居住着一个孩子。他会告诉你，你曾这样存在过，也曾那样萌过。

在十八岁以后的年纪里，抬头仰望树梢间偶尔露出的一隅晴空，阳光扑打在你嘟着嘴的脸颊上，你托着腮帮装可爱，幻想太空船、外星人、夏天的柚子茶、骑扫帚的哈利波特和永远会被喜羊羊打败的灰太狼。

我们可以假装像个孩子，却早已不再是孩子。

荒原

　　一直以来，你的内心似乎有很多话要对这个世界诉说，却总是无法找到一个落脚点。越长大，这样的勇气越被时间消磨殆尽。

　　水蓝色的星球每天都在运转，人们行走的步履总是那么匆匆，从深水里跳出来又即刻投入火坑中，机械的面孔，漫无目的地生活。你常常站在十字路口看向他们，在绿灯亮起之前迫不及待地发声，询问方向，他们却不曾回过头来，对你微笑，和你说话，甚至连一个简单的手势都没有。忙碌的时代抽走了每个人热情的骨架和血液，植进体内的是一种冷漠的芯片。

　　我们走在钢筋水泥的城堡里，每一天都像冬天。时间剥夺了太多人说话的权利，你变得越来越沉默。

　　小学一年级，学校领导到你班上听课。教语文的是个矮胖的中年老师，她把嘴角翘到最高弧度并提着嗓子问："小朋友，你们说弯弯的月亮像什么？"全班几乎异口同声："像小船！"就你非得接在后面大声说："像豆角！"声音像根刺扎进胖老师的耳朵里，她脸上当场掉下一斤多的粉底。她撑着笑容又问了你一遍，你吐出的还是那个答案："像豆角！"课后，胖老师把你叫到办公室，气呼呼地训斥你存心捣乱，扰乱课堂秩序。"可是，为什么月亮不能像豆角，我觉得它就是像豆角啊！"你抹着一脸泪花委屈地问她。胖老师瞪着你，没有回答。

　　那时，你没有见过河，也没有看过海，每天都背着蜗牛一样重重的壳在城市里按照既定的路线行走，自然不知道船是什么形状，跟月亮又有多像。你只知道妈妈每天从菜市场买回家的豆角，形状弯弯的，就像月亮。

　　小时候，妈妈逛街时总会带上你。有一次，在路上碰到一个熟识的阿姨，你原本想打招呼，妈妈却伸手阻止了你。于是，你疑惑地看着这两个大人，她们擦肩走过，却不再说话，目光惘然，表情漠然，冷到气温降下好几度，每寸空气仿佛都凝固。你问妈妈："前阵子阿姨不是还给我们家送来好多东西吗，您还和她说说笑笑的，怎么今天你们都不说话了？""小孩子家的问这些做什么，大人的事你又不懂。你只管好好学习，否则，就叫你爸把你送到乡下跟农民伯伯种田去。"妈妈用这些话搪塞你，你嘟着小嘴，感觉大人真讨厌。

那时，你不知道成人的世界有多么复杂。他们会为一句话、一个动作耿耿于怀，会为一个鸡蛋、一张纸币斤斤计较，也会因为一个错误、一件小事而恼羞成怒。他们各自规避，彼此隐瞒，以利益得失衡量一切。你俯在窗边，常常看到天上的黑色气流越来越多，觉得那是大人们生气时释放出来的。你托着下巴嚼着那个阿姨以前送你的糖，越嚼越没有味道。

后来，你也逐渐长大，对这旖旎世界存有的困惑也越来越多。它们盘根错节地长在你的大脑里，生出紫色的叶和蓝色的花，而你越来越不敢问这世界什么，因为你知道，没有多少人愿意停下脚步听你诉说。

曾经，你的好友和一个男生好上了，你问她："恋爱是什么感觉？"而后，好友跟男生分手了，你又问她："你们不是说要一起走到地老天荒的吗，怎么说分就分了？"女孩哭着跑开了。

曾经，你准备好一沓材料去申报某个项目，领导用眼神示意了你一下，并拿出烟盒敲着桌角，说："再等等吧，我觉得这里面还有一个不妥的地方。"你问："是什么？"

　　曾经，你感觉工作受挫，找朋友到公园里散心，看到池里的鱼群摇摆着尾巴游过，你问朋友："我们这样挣扎地活着，是为了什么？我们究竟要游到哪里去？"

　　朋友们都说你简直就是一本《十万个为什么》，简直比《聪明的一休》里那个"为什么"小孩烦人一百倍。

　　"你真是太天真了，有些事明明不需要去问，你却偏执得让人讨厌。"

　　"再这样下去，世界迟早都会把你抛弃！"

　　你垂着头，丧着气，摸摸脑袋，还是不明白自己做错了什么。

　　这个世界充满了秘密，你带着好奇努力地去询问，认真地去探求，结果得到的往往是他人的愚弄、欺骗、不屑或者嘲谑、冷眼、沉默。于是，你不知道哪些问题该问，哪些不该问，哪些问对了，哪些问错了，哪些人会回答，哪些人不会回答。

　　我们越来越像哑巴，对这世界，刚要张开口，却忘了自己究竟要问什么。

　　世间繁花锦簇，我们的内心，却日渐成为一片荒原。

树下的时光

　　午后三点，阳光落在芋头叶子上，我刚刚午睡起来，刷牙洗脸，自来水喷出窗户，洒到翠色的叶子上，聚成一颗颗大露珠，真像自然清透莹亮的眼睛。尘埃在三点的光线里起飞，渐渐累了，躺在房间的角落里，墙面上挂着竹久梦二的画，穿碧衣的女子头上有好看的髻。

　　我相信每一天我们都有两次生命，一次醒于清晨，一次醒于午后。每一次睁开惺忪的睡眼，宿舍窗外的樟树都在看着我。细长的枝干，终年青绿的叶子，在时间的每个缝隙里盘根错节，牢牢占据大地的心。每棵树都是泥土的恋人。起风时，树上落下一些叶子铺在院中；下雨时，水滴从叶面击打出沙沙的音阶；凌晨或是入夜时，葱茏的叶片笼盖着方格的窗户，像起了雾一样。它们的存在似乎确认着我们的存在，从一日到一年，从立春到大寒，从我们开始观望世界到最后永远睡去。树静静不动，根却扎进我们心中。

在长乐老家，每年五六月时我都会爬上大桑树摘桑葚。那一串串黑紫色的果实，软软的，甜甜的，有时台风来，它们便掉得满地都是，把泥土也染成自己的颜色。母亲负责摘低处枝杈上的桑葚。她一边摘，一边吃，有时尝到还未熟透的桑葚，舌头便被酸到，眯了眯眼睛，然后睁开，脸上傻傻笑着，如少女般年轻。桑树在我眼中不是一般的草木，我总觉得在它的枝叶间、树干里、身体中住着一个灵魂。从商代甲骨文中对桑和蚕的记载到周代采桑养蚕已是常见农活，从《诗经》中的"桑之未落，其叶沃若。于嗟鸠兮，无食桑葚"到《本草纲目》里的"治劳热咳嗽，明目，长发"，桑树承受七千多年时间的磨难与考验存留至今，仿佛不死的祖先带着生命的价值和诗意居住在我们的世界里。

我有时会一个人靠着桑树喃喃私语，问它关于人的前世或者世界原先的模样，桑树没有嘴巴不会讲话，它静静站着，静静地听我说话。我也不奢求它能回答什么，只希望它能一直生长下去，这样的话，我身上那些没有缘由的孤单就像鸟一样有了栖息的去处。但母亲不知道这些，有几次她在院子里洗衣服见我在树下发呆，便叫住我，让我回房间做功课。我说功课做完了。母亲又让我去喂猫。猫咪这时出现，从窗户跳下，又跳到桑树上。我跟着它上了树。母亲这时跑过来，手上还沾着一手肥皂沫。她生气地看着我，唤我下树。我抓住猫咪的瞬间一脚踩空，屁股从树上坐到了硬邦邦的青石板上，当即哇哇大哭。桑树翠绿色的叶子在风里摇晃，像轻声抚慰的话语，又好像盈盈的笑声。它见证了我的六岁，见证了我美好而干净的眼泪。

外婆家屋后种的则是一棵榕树，树叶亭亭如盖，树干粗大，需两三个幼童手拉手才能环抱住。跟桑树相比，榕树结的果不明显，常成对腋生或生于落叶枝叶腋，熟时黄或微红色。而它的花细小又无香味，叶子的季候特征也不明显。我常常想这个世界上为什么会出现榕树这种树木？它那么平凡，在南方司空见惯。说起它，人们只想到它粗大的树干以及垂落地面的根须，还有什么能被记住呢？我摇摇脑袋看着榕树，它静默于时间的泥土中，像年老慈祥的哑巴。

在繁忙的生活里，草木常是被人忽略的事物，人们匆匆赶路，甚少花时间驻足欣赏它们。其实，世间万物，不管是树还是人，不管他们平凡或者伟大，不朽或者卑微，都对世界倾其所有青春，直至衰老、死去。特别是草木，直到花叶衰败那一刻也不忘回归大地，愿被时间腐蚀，成为泥土的一部分。而人类却做不到。

十九岁来到北方，我看到最多的是白桦树。树干笔直，伸往天空，没有多余的姿态。高高的白桦树像个严肃的人，远没有南方树木和蔼。我走在路上，两侧的白桦树看着我，我感觉到自己的渺小。有一次下课回来，我特地跑到树下，拿小刀在树干上刻字，写了几行"为什么我不能像你一样高大""你可以在看见我的时候弯下腰吗？""你能听见我说话吗？"我以为把话刻在树皮上，树就会知道。但是当白色整洁的树皮被我刻出道道笔画时，白桦树还是和所有的树一样，保持沉默。我后悔了，觉得自己的天真与幼稚伤害了一棵树。之后我再不从那里经过，怕听见树的哭声，怕亲眼看到自己的残忍，想靠时间遗忘，但那些用刀刃说出的话却永远留在白桦树的身体上，风吹不掉。我们所能欺骗的只是自己。

数年之后我回到故乡，竟然认不出曾经的村庄。稻田被商品房占据，脚下是硬邦邦的水泥路，街道上都是药店、超市和广告牌，那棵伴随自己长大的桑树已消失了踪影。我的本科同学有次路过这里，我带他游玩，出生在贵州山区的他一路上说得最多的话就是"你们村好繁华，就像我们那里的县城一样"。我笑了笑，没有回答什么，心里却有一丝难过：

我的树不见了，我的童年消失了，我不想要现在围城一样的村庄。我想要曾经的那棵树，那棵我可以和它说话的树。

时间是一条蜿蜒流淌的河流，而树却是向上流淌的河流，每一个时刻里它都被光线拉伸着往上生长。树对光的依恋如同人类对金钱名利的追求，但有所区别的是它们向往的始终是自然界，而我们终日开动现代文明的马达踩踏自然，追逐着齿轮和机械带来的快感，理想和目标都被钢筋水泥筑造的城市森林所围困，只知道高度不在乎低处，只想着依靠源源不断的物质为自己提供欢乐而不在乎是否戳中那些无私沉默者的痛处。

河的终点是大海，树的终点是天空，而我们永远无法知晓自己最后的终点在哪里。

十九岁的最后一天

十九岁的最后一天，一早起来，我就收到富哥发过来的信息。他说："小子，欢迎你进入我们二十岁的世界！"

富哥与我同一年来到大学，因为他高考复读的缘故，比我大一岁。我不知道他当时按下发送键的心情是否无比激动，毕竟他是我们几个死党当中率先进入二十岁的人，在填表时面对年龄一栏，他要拿起笔，躲开众人的目光先写上一个"2"。在这一年里，他是够寂寞的。

我也没法见到富哥度过十九岁最后一天时的样子，他是如何在脑中撇开十九这个数字，开始迎接自己的二十岁，兴高采烈，还是郁郁寡欢？谁都不知道。

我只知道在十九岁的最后一天，我像往常一样从床上爬起，简单洗漱后就背着书包跑出宿舍楼，日头已经升得很高，明晃晃的光束从楼道的窗户外迸射进来，照在我脸上，我闭了闭眼睛，睁开，感觉这世界还是有了一点点不一样。耳畔有阵脚步声，由急促到平缓，由清晰到模糊，似乎闭眼的瞬间，有个人正与我擦肩而过，向着我永远都无法瞥见的后方离去，带着我的十九岁。

二十岁的世界究竟是什么样的？曾经，我做过许多假设。像在一张数米长的白纸上画出图案，仔细勾勒出线条，然后再精心挑选喜欢的颜料，仔仔细细地涂上，不放过任何一个白点。

向往的是王小波在小说《黄金时代》里的一段描述："那一天我二十一岁，在我一生的黄金时代，我有好多奢望。我想爱，想吃，还想在一瞬间变成天上半明半暗的云。"

二十岁的世界是自由的，脱离了如同活在狱中的中学时光，我们像刑满释放似的一群人投入新的天地。一夜之间，没有人再小看我们，因为我们都成了大人。夏天不再苦闷，秋天不再多愁，我们成了驰骋在原野上的马匹，又成了一阵风，呼啦啦扑向远方。

我要去布拉格广场看黄昏的鸽群，去冰岛看极光绚烂的晚空，坐上由北京开往莫斯科的火车，穿越西伯利亚大平原，与一千棵、一万棵白桦树相逢。一路都是阳光，都是大风，将大地这本书不断翻动，而我同所有年轻的生命一样都在阅读它的分分秒秒。乌拉尔山脉斜晖脉脉，亚寒带针叶林簌簌作响，也见着鼯鼠、野牛、平原狼、森林猫偶尔在窗外闪现。二十岁就像颗果实，吸引着它们跑来驻足观望。

　　某个清晨，将车顶打开，水雾裹紧发丝，感觉二十岁同样微凉，但已无少年时的忧愁，更多的是内心的灼热与这外围世界的周旋，更加满怀勇气，去闯荡天下。车过一个转弯口，心就热了一点。耳畔的音乐随之激越，但踏实。二十岁是个怎样的年纪呢？不需要太多梁静茹、王心凌的歌词去臆想或疗伤，也不需要太过华美而缺乏灵魂的诗篇去诠释，越来越注重故事本身向前行进的力量。

　　生命进一步蓬勃生长。潜入青春的泳池，再无少时的恐惧与羞涩，只知要欢脱地游弋，不去想泳池有多大，也不在乎水有多深，连接海洋也无所谓。在这里，生命的意义就在于迸溅出水花。偶尔侧头往一旁玻璃看去，上面映着自己被水洗后浅浅的身影，带着一层光晕，不禁笑出声来，呛了一口水，人也很快乐。

　　饥肠辘辘，就到生活的闹市上随意吃喝，西大街上吃一碗馄饨，东大街上撸几串羊肉，尝着山南海北种种美味，嘴里啧啧，心里暖暖，忍不住打了个饱嗝，也不计较什么，独自脱了鞋爬上高墙，迎着猎猎晚风，走着路，唱起歌："层楼终究误少年，自由早晚乱余生，你我山前没相见，山后别相逢……"没有爱情也可以，照样傻乐着，像这世界的主人。

但在十九岁的最后一天，我发现自己二十岁的梦，其实非常遥远。它们不会在午夜钟表秒针晃过零点后一一到来，现实毕竟不是个魔法师，有的甚至是些无聊琐碎、鸡飞狗跳、暗箭难防、跌入谷底的日常正等着我。成人世界该发生的精彩内容，自己一点都不会错过。

我明白在十九岁过去以后的一段日子里，依然会过着跟往常一样平凡的生活。

去挤公交，到市中心的图书馆找一本英语辅导资料，之后寻一处靠窗户的角落，拿出笔记本，开始学习，周围人来人往，空气愈发焦灼，对面空位上走了一个青年，又来了一对情侣，我都尽量把目光放低，避免不必要的人事分散自己的注意力。

路上刮着阵阵北风，还未抽时间去理发店剪的刘海，正在额前随风乱舞。裸露在衣服外的皮肤被灌入冷空气，透过毛孔抵达心上，造出一台隐形的冰箱，冻着五脏六腑、往事遭遭。我小跑起来，却始终热不起来，腿脚哆嗦着，人没控制住，还是打了个喷嚏。

在宿舍，除了一阵短暂午休，一整个下午我基本就坐在电脑前敲敲打打，手指在键盘上愈发熟练地活动起来，像在散步，又像在跳房子，让我感到快乐。睡到晌午的室友们，这会儿都出去了，只剩下我一个人在房间里，用字符在屏幕上跳着"小步舞曲"，如果不刻意注意，就觉得这时间已然凝固，生命长路漫漫，永无尽头。我囿于这一处小小地方，无法逃离，别人也甭想进来。

可能是自己乐观的缘故，我非常确定这样的日子只会是短暂的一段，之后一切都会如我期许。但我需在这条山路的拐弯处沉住内心，看好前方，控制节奏，专注地把青春的车开下去。若是不小心冲向未知歧途，也需有足够耐心，怀揣希望，穿过密林，重新归来，而后自己必然会等来一条笔直大道。

晚上，在一间日租房里，富哥和斌哥做了一桌好菜，为我庆祝生日。当我吹灭第二十根蜡烛的时候，房间顷刻间全暗了，我鼻子不禁一酸，心里不免一阵惨叫：我的十九岁就这么结束了？

胶原蛋白满满的皮肤、清澈如溪的眼睛、乌黑丰茂的头发……时间和现实都将挥动着锋刃，一刀，再加一刀，雕刻，剔除。再也没法在个人表格年龄一栏上提笔先写"1"
了，也无法再躲在年少无知的庇护下犯错了，因为没有人再
把二十岁的人当作小孩了。

昨日的一切，像愈渐模糊的线条，终究还是要流逝于岁
月这块橡皮擦底下。

他们随即开了灯，二十岁突然变得明亮起来。我望向窗
外，十二月的夜空，星星可真多啊，像一双又一双告别时频
频闪烁的眼睛，祝福夜空下站着的我们。

一时间，又想起王小波的话来："后来我才知道，生活
就是个缓慢受锤的过程，人一天天老下去，奢望也一天天消
失，最后变得像挨了锤的牛一样。可是我过二十一岁生日时
没有预见到这一点。我觉得自己会永远生猛下去，什么也锤
不了我。"

二十岁，我来了。

第三辑　人生辽阔，自在前行

历历万乡……

萤火少年……

星空……

人生海海，素履之往……

钟声下的枕眠……

一身是月……

刻在心底的山川和星辰……

鼻尖上的普鲁斯特……

雪城……

骨头里的钟声……

只此青绿……

换季……

脸。……

身在美中……

衰老是列将到站的火车……

岁月极美，你要欢喜等待……

历历万乡

十五岁到城里读高中前，我还是一个乡村少年。

那时我和村中大多数孩子打扮相近，穿着简单，短头发，样子虽土，但快乐。

我们平日除了学习，便是在山间地头晃悠，打闹。有时摘桑葚，碰到未熟透的，咬一口，眼睛被酸得立马眯起来。闻桂花香，就爬到树上折下几枝花束，抱回去插瓶，用清水养，房中飘满清甜的香气。

也常去山上寺庙游玩。寺中僧客很少，曲径通幽，我顺着小道走去，有时见数百岁老树苍苍如亭盖，有时见清风徐来松涛阵阵。禅房雅致，房前花木扶疏。阳光照在木窗上，偶有风途经，那窗户上仿佛有一段一段的光阴在浮动。

春天时乡村最为闹腾，燕子们一整天都叽叽喳喳，用叫声煮沸村庄。我没事做，会静下心来听一两只燕子啼鸣，感觉整个人一天都很快乐。

后来我离开了故乡，远离县城，去过首都北京、魔都上海、山城重庆……一座又一座城市在我人生的手札上盖下章印，仿佛是一个个脚印，以出生的地方为坐标向着未来匆匆奔去，当我回头的瞬间，发现自己已经走了好远好远。

在北京漂过一段时间，睡过网吧里冰凉而发霉的沙发，买过超市里即将到期的特价商品，穿过鞋面满是尘埃鞋底即将开裂的鞋靴。有一回在朋友家过夜，认真看了一眼窗外的北京。马路很宽，车流不息，夜里车灯一个接着一个，像发光的长龙，从未断过。写字楼透明玻璃内的电梯上上下下。任何建筑看起来都像是一个个抽屉，大的包含小的，小的里头还有更小的。每栋楼都在争着比高，仿佛矮对方一头就有失身份似的。

我关了灯，外面倒成了房间，而我在的屋内黑漆漆的。家具在睡着，浴缸在睡着，电话在睡着，从没打开的电视机睡得更深了。我没有睡着。这座城市没有人会在意我的失眠。人们都在马不停蹄地前行，马不停蹄地遗忘。

也在上海混过短短几周，终究因为自身粗糙，无法融入这座精致的城市，无奈离开。

　　我喜欢上海街道两旁的法国梧桐和 24 小时便利店。有几次夜里我和友人走在马路上，看着路灯下的梧桐落着柔美的黄晕，像旧时光层层叠叠的亲吻，安抚着苦闷的心。

　　黄浦江边，东方明珠塔带着一身繁华，在众多闪光灯捕捉下静静矗立，像一个高贵的主人，像一张不太真实的照片。我开始怀疑自己做出的决定。一个人茫然站在江边摸着冬夜里发冷的栏杆，想起那阵子不尽如人意的生活和看够的脸色，鼻子酸酸的。冷空气中有黄浦江的味道，腥腥的，被风吹往四处。我明白自己始终只是一个过客。

　　后来我到重庆工作。一年四季，这里的人们都在吃火锅，深夜也可以闻到空气中飘来的麻辣香味。我常常走到楼顶天台，注视这座地势奇特的城市，阑珊的灯火，如同夜的眼睛在与我对望。突然觉得自己内心异常安宁。江湖夜雨十年灯，仿佛自己的一生都可以如此恬静地过下去。

　　但我深知，对于重庆，自己仍是个过客。

　　有一天，从北碚坐轻轨去观音桥西西弗书店。出门时，天阴，朋友问我要不要带伞。我说，不用。自小其实就是一个不爱撑伞的人。等轻轨开过礼嘉，像换了重天，日光灼灼。我舒了口气。买书回来，坐在返途轻轨上，朋友打来电话，说北碚下雨了，雨势有些大，问我要不要伞，他到时候会在天生站出站口等我。我才知道这座城市原来这么大。

在重庆，城市与乡村靠得很近，常常在一条路的拐口，写字楼、商场、喷泉、路边的巨幅广告都突然消失，眼前换成了稻田、老屋、山寺、燕雀、星月，这让我想起了家。

记得以前每次出远门时，父母亲都会在帮我收拾行李的间隙问我："确定要去吗？真的准备好了吗？"我总是点点头，笑着对他们说："当然。"

这时父亲会把头侧向一直在旁边保持沉默的母亲说："看来他真的是下了决心要去。"母亲淡然的表情有些撑不下去了，我看见她又笑又掉着眼泪，说："照顾好自己，照顾好自己……"一连重复了好几遍。

年少时我们负笈远行，青年时又为爱情和理想奔波在异乡的路上，到了中年和对象一边工作一边教育孩子，却发现所住的城市已经离年少时的家很远了。

我们在这中间历经漂泊，走过一个个异乡，曾经认为不可能再想起再留念再途经的地方，不知不觉间已经在自己心里成了另外一种故乡，并伴着某一夜的风声雨声，泛起潮涌。

踏遍万水千山，总有一地故乡。

萤火少年

炎夏，我坐在窗边读谷崎润一郎的小说《细雪》，感觉燥热烦闷的季节都在往后退，空气变得清凉而安静。

书中言辞极美，读一句，便像有清泉从纸上涌出，吻过唇部。尤其写到赏月、扑萤，都是美到令人窒息的场面。

童年时的夏天，总有萤火虫飞过。夜里，我们到池塘边或稻田里一找都是。它们像朋友一般在那里等候，看见人来，便纷纷飞起，让人跑着、追着，跟着风呼啦啦长大。

七岁时，我跟姐姐们去河边捕萤，设备简单，用塑料袋套在铁丝压成的圆圈上，举着，在草丛里蹦蹦跳跳。萤火虫飞蹿出来，我们一抓一大把，然后放进袋子里，像灯笼一样提回家。

我希望它们的光永远不会灭，永远亮着那一抹荧绿色，但事与愿违，它们的光渐次微弱，在我第二天醒来时彻底暗了。萤火虫死了。

那是我第一次真正感受到生命竟如此脆弱，不堪一击。而后自己也不抓萤火虫了，只是找个角落看着它们每晚飞来飞去的情景。

再往后，村庄逐渐被城市吞并，大楼来了，汽车来了，越来越多的人占据了这里，萤火虫变得越来越少。终于，在我十五岁的那年夏天，它们一只也没有再出现。

我知道世界变了。童年时的光亮永远留在了昨天。

在台湾读书时，我专门前往埔里草湳湿地赏萤，像是去重温一遍童年夏夜的记忆。

从桃米村售票处排队上车，小小的面包车在盘山路上行驶，路上无灯，只见窗外月明星稀，山下灯火如豆，明明灭灭。在颠簸中，顿时有种飘忽不定、前路迷离的感觉。人生如山，起起伏伏。

雨水刚下过，草叶上还滚动着雨珠子，落到皮肤上，凉爽，清冽。导游带我们站在护栏外，看着里面的草地上，萤火虫像落地的星辰，一闪一闪，尾部发出的绿光微弱而珍贵。

我避开众人，只身往山间更深的地方走去，坐在岩石上，坐在铺着月光、燃起萤火的林中，荒野无灯，亦无人声，只听得清泉涌动、虫儿振翅飞翔的声响，像久违的故乡来到身旁，轻轻唤我。

萤火虫多起来了，环绕着我，在头顶，在脚边。它们像LED 灯被人按着开关，忽明忽暗。因为这些发光的虫儿在飞，黑暗于我而言，顿时亲近了。独自一人暗夜行路，也不再因路途陌生而感到害怕。

返程途中，车窗外是静谧的夜景。夜包围了我们，赏萤虽已过去，但那微弱的光亮却持续在脑海里闪烁，仿佛年轻时谁都没有抛弃的信念，反复提醒当下的自己，继续发光，继续生活。

想起迟子建在《萤火一万年》末尾说的话："最后，我还是朝着有人语和灯火的地方返回了。那种亘古长存的萤火在一瞬间照亮了我的青春。"

生命最初的光亮，或许并没有消失，只是我们被迫远离了，就甚少见到了，但它们永存内心的瓶中，时时闪烁。

看过宫崎骏的《再见，萤火虫》，长大后很少流泪的我却为此哭过。

印象很深的一幕是在漆黑废弃的山洞里，清太为了让妹妹开心，将捉来的萤火虫放进蚊帐，萤火虫飞舞着，在夏天闷热的夜里忽明忽暗，如即刻将熄的小小炷焰。清太抱住熟睡中的节子，紧紧地，不舍松开，生怕一松手就会失去她。

我很欣赏导演高畑勋展现的人文关怀，他对战争的思考深深地融在片子里。战争让亲情疏远，物质的贫乏更使人们彼此冷漠。萤火虫在片中成为脆弱希望的隐喻。

这些虫儿生命极其微弱、短暂。雨季到来后，它们就像花朵一样容易在雨中逝去。会有一段漫长的时光，我们很难再见到这种珍贵的光源。我想我会想念它，从过往的时光到未来的夏天，像想念生命里一个个发光的站点与自己。

它们身上亮着的不仅仅是希望、是生命，也是怀念。当我们有一天厌倦了都市的车水马龙、漂泊的生活，它们就是一盏盏提醒我们返乡，并沿途照亮我们的灯盏。

星空

皎洁的月光之下，湖水在风中荡漾出银亮的眼睛。一阵阵粼粼的波光，仿佛是无数的星星从天宇上垂落而下。

远离白昼喧嚣，我们都需要有那么一段安静的时光去看看星星。

星星是这世上最为清澈而善良的眼睛，它看待任何人，都只是默默地发光，或者无声地打量，没有多余的颜色和情感。那么静静地从高空贴近你内心，像微小而温暖的灯盏。

看星星的时候，最好是在盛夏晴好的夜晚，四围寂静，连一丝蝉鸣聒噪也没有。青藤沿着故事的墙壁蔓延，长刺的蔷薇收敛起自己尖锐的部位。风中，一切都是柔软的抚慰。星辰在浩瀚如海的天宇中悬挂，恰似宝石般铺缀，一排，又一排，数着数着，指尖就失去了顺序。苍茫人世中，一切因缘善果就那样散着，自然原本便不属于你的意念与固执。真诚地仰望星空，要像对待寂静时光里一位善良的女子和一份朴素的爱情。

自小便觉得星星是属于童话的，简单干净，远不及高山、大河一般逶迤磅礴，也不及街衢楼宇一般林立喧闹。它是单纯念头里的虚幻灯芯，只一夜便可燃尽。而印象中数星星的人大抵都是良童，脸颊天真，目光纯澈，对世界抱有希冀与幻想，没有险恶的心智和圆滑的面容。他们被嘲笑的时候，看星星；被打击的时候，看星星；被生活抛弃的时候，看星星；被命运捉弄的时候，看星星。

凡·高的《星空》最早让我看到了眼泪。画布上那些环绕着夜空的星辰用扭曲而神秘的姿态展露出光环背后巨大的暗淡，如海般汹涌的忧伤情绪架设在无止境铺展的幽蓝天幕之上，像极了绝望中没有去处着身而袒露于荒野的困境，是一滴滴的泪噙在画布之上。抽象的人生总像玄秘的哲学，拥有他人无法理解的执念与理想，或许死有时便是一种必然的解脱。当子弹从被叩响的扳机中冲入自己的耳鼓时，凡·高解脱了，这个世界的喧哗、嘲讽、风月与烟柳都不再与他相关，爱恨愁苦也都奔赴给了流水。但是，他的星空却在静默中留下了忧伤。

陈信宏在《星空》里唱道："命运偷走如果，只留下结果，时间偷走初衷，只留下了苦衷，你来过然后你走后，只留下星空……"少年风一般的声腔里蓄养着太多的不舍与依恋，穿过时间的枝丫抵达如今，听着便动容了，心同花草般摇曳，刺啦刺啦地疼。

因着对歌曲的迷恋，闲暇时便也找来改编自几米漫画的同名电影观看。镜头里是两个美丽的孩子，坐在湖边的小船上，天真而孤单地张望那个盛夏的夜空。雾气弥漫中，小美对小杰说："我真的好希望你能看见星空。"后来女孩昏迷了，男孩背着她在草地上不停奔跑，抬头的一刹那，星空出现了。繁星点点，泪光涔涔。本应如此美好的少年时光，孩子却在大人们离散的情感中用花朵柔软的心，承受着那一份成长中的困楚与悲伤。

双子座流星雨落下的那天，我也在独自张望着星空。流星如梦缤纷坠落，身旁陌生的人都在相互拥抱，激动呼喊。自己的内心便也跟着许下准备了好久的心愿，关于亲人、朋友、自己和看不到形状的未来。那些迅速闪过的弧线，光亮而短促，像极了没有细细回味的人生，一段一段消失。

那一年抬头仰望星空，有那么多灿烂的梦悬挂头顶，只是多年以后在青春的时光外回想，猎户、织女、天狼，星座继续保持原样，我们却渐渐失去了模样，只剩下湖泊般平静的心偶尔闪出粼粼的光。

人生海海，素履之往

工作以后，发现自己越来越喜欢吃素。

清晨，在窗前吃早餐。把香蕉切碎，放入玻璃杯，从冰箱中取出鲜牛奶，搅拌。旁边面包机丁零零一声响，一切准备就绪，美好的一天从唇边咬下的食物开始。

有时也在早餐过后喝茶，武夷山的正山小种，鹿谷的冻顶乌龙，入口清香，淡雅怡人。呷一口茶，让舌苔只尝到此刻的味道，前尘往事不再记起，身心变得通透起来。

一直以来，我都向往平静而有规律的生活。曾和友人在台北的龟山岛静修，小岛上只有一座寺院，客船一日一个班次。短住两日，早睡早起，清扫庭阶，诵经礼佛，吹熄一豆晚灯。

夜里，月亮巨大，月光洒满厢房，边上的竹林传来细瘦叶子相互抚摸、敲落的声响。远处，海风一阵一阵扑来，融进自己的身体。宇宙万物在某个瞬间达成真正的平等，声息相连，密不可分。

如果一年四季都是夏天那样的温度，我会一直穿白 T 恤，即便有时参加重要活动，也会穿着去。喜欢偏薄一些的棉质面料，隐约瞧去，有一点透。不喜欢滑溜溜的弹力面料，所以逛街时很少会去运动品牌店挑衣服。好的衣着样式并非以奢华、花哨讨巧，看似简单，却非简陋，而是像白开水一样无味胜有味。

日常喜欢逛无印良品。里面无论服装还是日常小饰物，都给人一种简约、朴素、舒适的感觉。床铺、被褥，色泽自然，质地天然，少有纷繁冗余的设计，这一切都如田中一光在为早期无印良品撰写的广告中所说："饱食铁板烧与鹅肝后，忽而觉得，啊，茶泡饭真好吃，这就是无印良品的感觉。"

看日本电影或电视剧也有这种感觉，主角们的布衣、布包、衬衫、裙子、长裤、平底鞋，都很朴素、干净。

我对《小森林》系列电影印象深刻。主人公市子厌倦了大都市的嘈杂喧嚣，重新回到故乡的小山村，开始在大自然的一年四季里过着自给自足的生活。内心的灯火若是找到了适合它的夜晚，人就容易在这朴素的光源中安定下来，不再颠沛流离。

直到现在，我仍喜欢车马慢的生活，但也不排斥别人热闹的世界，常以一个局外人的姿态旁观。过年时，我坐在家中卧室看书写稿，客厅里围坐着来拜年的邻里亲戚，父母捧上水果糕点，打开电视，一阵嗡嗡的聊天声响，偶尔父亲也与他们喝起酒来，觥筹交错。我听着这份热闹，心里并不厌烦，反而觉得安稳，因为人类都在，我才能在众声喧哗中感知自己身上的安静。

平日都有保持跟远方友人通信的习惯。用钢笔在信纸红色竖线之内将几日思绪写下，内心如风平的港口目送船只远行，不着急对方尽快复函。一个月也就写一封，有时直接用小毫写就，字迹拙劣，但享受的便是水墨间书写的恬淡之感。友人对我的字也已熟稔，毫不介意。

或许在许多人眼中，这种方式有些刻意。他们会觉得当下时代网络已连接着众人声息，人与人之间的联络方式异常便捷，何苦如此。

朴素的方式，看上去或许常常显得笨拙，但它们却维系着古往今来的声息，尤其在文化的传承上。不念古，我们便缺失了一面可以观照自我的镜子，无法在这个浮华而苍白的世间笃定前行。

我在宝岛读书时，常去台北的"故宫博物院"，看得最多的是里面珍藏的字画。喜欢明代李士达的《瑞莲图》，简单的构图，素淡的着墨，却仿佛隔着玻璃能闻到清雅的莲香。

池中的荷花、莲叶占幅三分之二，简繁、虚实控制得恰到好处。以墨画石，浓淡相晕，湖石玲珑变幻。画荷叶与叶柄，深茂交融。最迷人的是莲花，以白描法勾画，不着色，使莲更为素净。

留白是古人创作艺术作品时常用的手法。有些字画因为留白，呈现出了新的生命，这种生命常常需要借助观者的想象完成，韵味流深。所以观者要沉潜内心，才能望见艺术作品中的"别有洞天"。

每个人都应该用一颗素心给自己的生命留白。不要追求太多的满跟精彩，它们带给你的多半是愁与虚无。

人生海海，素履之往。追求内心的简单、安稳与真实，这种舒服的感觉只有自己清楚。

多大的锅能煮出适合自己食量的面，多少的物品能将生活的空间利用得刚刚好，每个人都在逐渐与时间达成默契。

带上一颗素心，我们会由衷体会到"人是万物的尺度"这话的意味。

钟声下的枕眠

深夜临睡前，我总会把窗子开出一条缝隙，好让晚风夹卷钟声迤逦而来。时光至此，适合点灯筑梦。

自己枕着钟声而眠，仿若置身空中楼阁之中，风来云去，星辉月明，亦如驶着莲船进了鱼虾梦中，安逸恬淡。

这是容易坠落手心的夜，世界淡漠如微薄空气，自己只依着钟声的路径梦里前行，身无所系。这样的感觉，我由衷喜欢。

隔着屋宇一两里便有山间古寺矗立。在料峭的春寒里，在内心无灯的荒野里，透过夜霜露华，我听到的钟声总是缥缈而又清晰，嵌在心口，似有一僧袍包裹而来，清静无为便覆于全身，是种孤单中高远的享受。饱满而坚挺，不输于闲云野鹤里过活的寥寥隐士。

　　钟声散落风中，无边无际地散去，像极了没有归宿的云雨，卷舒之间，倾洒之后，何处是尽头？这是种苍凉，透着落花无意等闲人，奈何时光不解弄纤尘的模样。但好在钟声比云雨更贴于心，醒于脑，任何俗世之人莫不对其虔诚谛听，是佛对芸芸众生的警示与希冀。

　　其实太高远的意境于我而言，是疏离的。而钟声似禅的外衣，天宇之中飘着，那般空灵，却让自己觉得陌生。但细细想来，这钟声对自己来说应是熟悉的，如同故友，只一日不见便如隔三秋。

　　张继在苏州寒山行吟的诗篇是最早入耳的。只听，他于万籁俱寂中吟道：

> 月落乌啼霜满天，
> 江枫渔火对愁眠。
> 姑苏城外寒山寺，
> 夜半钟声到客船。

　　好一首《枫桥夜泊》，孤寂雅致，酷似青瓷的质感，于凉夜触摸，定是露着闪光的冰冷。而那一夜的张继，谁都知晓他是彻底的失眠了。时势动荡，烽火连连，客居他乡，颠沛流离,而寒山钟声于他,倒是种愁苦中的寄托。孤单的人儿寄养在黑夜里,是因了白昼的日光晕眩与市井喧嚣,而在暗夜下,他们披无为脱俗的袍子。一袭一袭昔时碾染而过的华裳,羽化登仙时他们便不留了。

这寒山的钟,定是美的,而且美得不寒而栗。

每每从三百唐诗里取出这首来,便像沏了壶香茗,其味清淡不醇烈,却润了口,洗了肠,自然是怡然自得。感觉千百年前这不得志的男子也应是仙风道骨的容貌。而我,也像是回到了那时枫桥,夜半随船停泊在钟声里,活出了于现实中难得的一把清寂。

而杭州净慈寺的钟声也是够迷人的。

这钟声在费玉清所唱的《南屏晚钟》里,有了叶落一般的美,轻盈迤逦,似云雾迷蒙间,一对迷了路途的善男信女款款而来。而于森森林木间,他们竟走散了。

> 我匆匆地走入森林中
>
> 森林它一丛丛
>
> 我找不到他的行踪
>
> 只看到那树摇风
>
> 我看不到他的行踪

只听到那南屏钟

……

男子定是迷进了南屏晚钟里，出不来了，而女子便也无处可寻了。这也好，迷了就迷了，如入百花园中、白云生处，远离红尘羁绊，倒也落得潇洒自在，六根清净。何况是进了南屏钟声里呢，独自随风而起，回荡于天光云雾间，忘却世俗忘记恨，更应该是值得的事。

歌声是有些微凉，滴着晨露一般，但有哪一种钟声不是浸在水雾当中？晨钟暮鼓里应有悠远意境相生，却又在禅中洗濯，染着雨后兰花的氤氲香气。

其实，这《南屏晚钟》是有古诗版的：

夜气溶南屏，

轻岚薄如纸。

钟声出上方，

夜渡空江水。

漫步林中小道，野芳发而幽香。慢慢拾级而上，念一句这诗，心口应似有淙淙泉水流来，或是有清风入骨又淡然而出，身子自然是甘甜清冽。这是极妙的人事，既赏了南屏之景，又养了自我脾性，美哉。

华夏之钟，远溯尧舜。至周代，是乐器类之用，为八音之首，属金类乐器，上有经文书法。除去用于雅乐之钟，还有些圆形、八峰波形钟，用以报时，其声正直和雅深沉，响至四季。因这，自古骚人墨客便多爱之，留下的诗词也是众多，有"欲觉闻钟声，令人发深省""万籁此俱寂，但余钟磬音""古木无人径，深山何处钟"云云。

这些是中国先贤们绘制于古典诗画里的尤物。而西洋的教堂钟声也是适合谛听的。

深秋时节或是冬雪天气，独自走到那些森森耸立的异国建筑之下，其感也很销骨。

那些暮晚时候传来的钟声，似高空飘落而来，又隐没于黄昏之中，空灵沉着，是可敬仰的静。呼啸的风中，偶有鸟群掠过，钟声之下，这些细小生灵也好似镀上一层静默。那般轻若烟云的薄羽，似你的指尖轻轻一抖动便会掉下些许，白雪一般簌簌落着。

记得病逝的史铁生曾在《消逝的钟声》里写道：

这时候，晚祈的钟声敲响了——唔，就是这声音，就是它！这就是我曾听到过的那种缥缥缈缈响在天空里的声音啊！

"它在哪儿呀，奶奶？"

"什么，你说什么？"

"这声音啊，奶奶，这声音我听见过。"

"钟声吗？啊，就在那钟楼的尖顶下面。"

这时我才知道，我一来到世上就听到的那种声音就是这教堂的钟声，就是从那尖顶下发出的。暮色浓重了，钟楼的尖顶上已经没有了阳光。风过树林，带走了麻雀和灰喜鹊的欢叫。钟声沉稳、悠扬、飘飘荡荡，连接起晚霞与初月，扩展到天的深处或地的尽头……

不知奶奶那天为什么要带我到那儿去，以及后来为什么再也没去过。

不知何时，天空中的钟声已经停止，并且在这块土地上长久地消逝了。

……

再次听见那样的钟声是在40年以后了。那年，我和妻子坐了八九个小时飞机，到了地球另一面，到了一座美丽的城市，一走进那座城市我就听见了它。在清洁的空气里，在透彻的阳光中和涌动的海浪上面，在安静的小街，在那座城市的所有地方，随时都听见它在自由地飘荡。我和妻子在那钟声中慢慢地走，认真地听，我好像一下子回到了童年，整个世界都好像回到了童年。对于故乡，我忽然有了新的理解：人的故乡，并不止于一块特定的土地，而是一种辽阔无比的心情，不受空间和时间的限制；这心情一经唤起，就是你已经回到了故乡。

这样的钟声超越了国界与宗教，它纯粹是一种记忆的凭证，有着故园泥土的香气，魂牵梦萦般地涌入胸口。身处闹市里的人儿，若有心，他定能在脱下俗气的热闹后循着这香气重回儿时，寻找到更多真实与质朴。钟声的美好，恰如其分。

我进入了北方的大学后，发现学校欧式风格的旧图书馆顶楼也有这般曼妙的西洋钟声。隔一小时就敲一遍，深夜到凌晨之间是不敲的。每次钟声一响起，自己便会安静下来思索一番，像是临镜而坐，对着镜中反思自己一日所做之事是否妥善。

友人常在一旁笑我，说是习文之人皆有此般怪癖，不易琢磨。

我淡然一笑，也不说什么，只问他，是否喜钟？

他答道，习以为常。

我轻声言道，你我皆是世间微小的个体，这静穆之声能减轻我们于生存中的不确定性。

友人搔一下头，愣了半晌，笑了一声后也陷入深深的沉默里。

这是每个人于钟声下所应得的自省。

晚凉，菖蒲的香气搭着钟声，穿过隐隐村落，来到我的枕边，清清爽爽，又沁人脾胃。内心自然是笃定淡然，无常世事皆可忘却。

不再攀附于谁的影子，自己便是自己了。

钟鼓道志，钟磬清心。

月夜之下，枕着钟声而眠，应算作一桩美事。恬然睡梦中，你会看见，浩荡的俗世里，如尘的人儿亦若僧侣。

一身是月

生活在瞬息万变的年代，我欣赏那些不被庸常俗世逼迫而能够从容做自己的人，总觉得他们的内心是装着月亮的，上面有一棵棵桂树，栖息着优雅的灵魂。

见着这些灵魂，如见深巷人家用木桶慢慢蒸煮出的米饭，颗粒饱满雪白，舌尖碰到，香糯又富有弹性。盛上这一碗慢的人间，才知烟火气也可以如此清冽。

偶然从朋友处得到叶嘉莹先生的书籍，她才德兼备，一生都在为古诗词的传承而行路漫漫。九十多岁的年纪了，仍在平平仄仄中优雅笃行，一颦一蹙都像是秋日下的江河，娴静、安然，又不失广阔。

在这浮躁时代，守得住清贫跟寂寞的人，太少。大家都谈俗世的意义、功利化的目的，但她却在讲学中，用平缓的清音说："很多人问我学诗词有什么用，这的确不像经商炒股，能直接看到结果。钟嵘在《诗品》序言中说，'气之动物，物之感人，故摇荡性情，形诸舞咏。'人心有所感才写诗。"

优雅的人从不与俗世众人苟同，自有方向和节奏，在清欢中寻得有味人间。

曾经觉得一个优雅的人，需具备的条件是：有一张耐看的脸，有优渥的家庭条件，腹有诗书的文化涵养。后来慢慢知道，自己的这种感觉其实说的是类似贵族这样的少数群体，而非真正具有优雅灵魂的人。

无须关注长相，也并非一定要具备物质基础，一个人照样可以优雅起来。它会给人一种气息上的感染，使内心被现实搓揉出的层层褶皱得以抚平，在自己的气候中，湿漉漉的人生被轻轻翻晒。

在马路边，看见一个下班归家的清洁女工，戴着耳机，肩上挎着一个帆布包，走路从容。此刻，不见她躬身扫地的身影，也没见着扫帚、簸箕、垃圾车围立在她身旁。我从远处望见她，若是没有那一身质朴的工作服，从背影判断，会以为是个女大学生，那长发在风中恣意摇曳，她也不着急，伸手慢慢拂过一缕又一缕，像在梳理现实这匹白马的鬃毛。

同事曾在商场里遇见一个导购员，拒绝对方推荐的西装后，女方也不失态，依然和颜悦色与同事攀谈，聊起自己日常雅趣，喜欢吟咏诗词。同事有些怀疑，女方口中便轻声吟出晏几道的"小山词"："浅酒欲邀谁劝，深情惟有君知。东溪春近好同归。柳垂江上影，梅谢雪中枝。"古典诗词在耳边回荡，似有林间的风吹来，让大楼里沉闷的空气瞬间也变得清爽起来。

在这茫茫人世里，生活是不易的，但不代表优雅只专属于某类群体，谁都有权利追求优雅、呈现优雅。

我也在街头，碰见一群中年人，应是幼时常在一起嬉闹厮混、后来各自居于山南海北的发小，历经沧桑后，又围撮儿坐一起谈笑风生。上一秒聊着天吃着花生举杯邀明月三生，下一秒又沉默了一阵子，之后谁提议唱首《珍惜》，几个男人便丢却苦撑了半辈子的刚硬，柔情似水唱着："珍惜青春梦一场，珍惜相聚的时光，谁能年少不痴狂独自闯荡……"舒缓而真挚的歌声领着他们返回从前。

家附近有座庙宇，日常看管、打理那里的是一对年过六旬的老夫妻。曾有几次路过，我见到夫妻俩在工作，他们用刷子清扫案头和器皿上的灰尘，之后用抹布擦拭一遍，瞬间干干净净，发出些许光泽。劳作中，他们甚少交谈，两人都目光笃定，动作轻柔，用自己的节奏进行着手里的事情，不被外界打扰。任日色斜去，他们的生命在一种缓慢的劳作中，展示着独特的优雅。

父亲是个不爱说话的农民，平日友人不多。我在家时常常见到他一个人在客厅喝茶。他很讲究，从不直接用热水泡茶，而是通过一件又一件的茶具滤洗，见茶汤成色已佳，再倒入白瓷小杯里，极为细致。屋外种着一棵栀子树，盛夏时白花开得硕大，花香飘进来，跟父亲爱喝的武夷山岩茶香味混在一起，香气氤氲满屋。父亲曾想教我品茶，我年少无耐心，喝完全无感觉，还觉得苦。父亲说，好茶总是苦后能回甘，每一口茶的滋味都需要慢慢体会，不要用喝白开水的方式对待它。

离开家的这些年，一个人面对茶汤，总会想起父亲在家喝茶的情景。他的背影虽然孤独，但有一种洒脱的意趣，仿佛坐于清风明月间听松涛拂动，淡泊，闲适，有着贫苦处境下谁也无法夺走的优雅。

这是一个容易失去自我姿态的时代，在一种讲究时效、快节奏、量化的环境里，我们活得越来越粗糙，过得越来越草率。在办公室里赶一份材料，刚坐下敲一会儿字就冷不丁摔键盘；在人流量超大的高峰时段挤公交，一边排队一边把世界骂个不停；接受部门安排，到多个地方出差，步履匆匆，在一个又一个深夜的机场兜转，顾影自怜；为了一个期许的明天，通宵准备一场又一场的考试，眼内压不断升高，再熬一秒整个人就倒下了。冷暖空气轮番拉锯，生活曲曲折折起起伏伏，如同一条高速公路，谁都在开着车疾驰而过，风尘四起。

太少人能从现实的水池中浮出面颊，优雅地抬起头，看看天空，看看世界。于是，鸟群寂寞了，晚霞寂寞了，月亮寂寞了，星星寂寞了。生命中很多重要的东西，无意间都被我们弄丢了。

我喜欢观摩身边普通人的一言一行，有时正好见到他们平凡中优雅的一面，如同望到一条终日苍白的大河中突现的船只，带给我惊喜。那个在高楼上练习美声的奶奶，神情专注而投入，把阳台当作舞台，把这天地当成观众；那个在地铁上安静看《生命不能承受之轻》的男青年，眉目紧跟书页而动，与所有低头沉迷手机的乘客都不一样；那个在旅行途中吃水果的中年女人，将小小的一枚果核轻轻放入纸上，认真包好并带走……优雅离任何人都不远，多数平凡人也都有优雅的一面。日常当中的他们，或是像沙砾，或是如野花，乍一看非常普通，但细细一瞅，每个人身上都有一个高贵的世界。

　　日复一日的操劳与奔波、一行接一行的泪水与汗水、不断交替的离合与悲喜，都使人忘却初心、丧失姿态，跪倒在生活的长路上，匍匐向前，像尘土一样卑微。慢下来，发现那些藏在俗世中的优雅灵魂，是对他人的一种欣赏，也是对自己的一种提醒。

　　当优雅进入我们的日常，乏善可陈的生活也有了好看的姿态，不再机械、苍白。它会逐渐变得丰盈、充满光亮，美好如昨夜你我忘记抬头去看的月亮，照得我们一身清辉。

刻在心底的山川和星辰

从小到大，我都不爱热闹。即便是出门远行，也常常一个人。

孤独早已成为我在路上的老友，与它作伴，我的耳朵总是盛满清晰的鸟声，而鼻尖也常飘满细微的花香。

很多时候，人们前往一个地方，多半是为了逃离当下不堪的生活处境，希望自己像个事不关己的局外人游走于各个角落，觉得见到便是得到了，其实是在边走边忘。

我在旅途中逐渐发现要想与这世界真正相见，需要带上自己孤独而细腻的内心，认真体会所有生动有趣的瞬间。

我见过火车上一个男孩眼角突然滑落的一滴眼泪，原因是听我哼起他哥哥曾唱过的歌曲，他想念去远方上大学的哥哥；看到一个中年男人在月夜底下抬头仰望，口中的叹息像一条白鱼很快游进夜的汪洋，不见了身影；也望见在马路中央努力攀爬围栏的老妪，为了这头的孙子去买马路另一头的小吃，在当下的语境里上演着朱自清文中那一道相似的背影。

虽说世道冷漠，但我一路上感到更多的仍是世间的温热，是一个灵魂与另一个陌生灵魂的相拥。

在清迈的时候，曾寄宿在同学的朋友 Lee 家里，住处位于古城外的一个村庄里，早晨会有大喇叭广播从远方的田野飘来。Lee 喜欢向人介绍很多田园农场的有趣知识，但中文不太流利，每次怕我不懂他要表达的内容，就拿出卡片，在上面画画，每次画完后都朝我微笑，牙齿整齐而洁白。夜里多蚊虫，我几次被咬醒，他便开着吉普车到 6 公里外的镇上给我买青草膏。宁静的夜晚，万物生灵和风而眠。婆娑的光影照在屋内，地板上闪着银光。丝丝缕缕的药草香气像从故乡飘来的。

L 是我去亚丁途中认识的朋友，为人豪爽仗义，有一回我在路边想搭车，几次被拒，是他用自己那辆朋克风格的摩托车载我前行。在即将入冬的稻城，冷风拍打着 L 的黑色皮衣，我伸手触碰他的肩膀，手掌像被冰块嵌入一样，即刻冻住。摩托车如同一头在半路喘息的动物，L 不断踩着油门。我坐在他身后，问他："还能开吗？"L 先不说话，咬紧牙关，狠狠踹着油门，随后听到一阵发动机隆隆的轰鸣声时，他嘴角上扬，答道："你就瞧好吧！"话音未落，我就被摩托车带了出去，身体往后倾，头发被寒风拉成硬刺。我们上路了。

独自旅行，在一个全新的环境里，每个人都在与过往做着暂时的告别。撇开背景，不再被各种关系捆绑，身份仅仅是个过客，没有太多世俗的压力，没有任务表，没有打卡器，没有顾忌与忧虑，身旁只有人来来去去，谁也不会指指点点。我们身处其间，会获得一种独处的力量，渐渐了解自己身上的优点、弱点及心中的宇宙，也明白了在这复杂的世间，什么对自己才是重要的。

孤独是我们在路上获得的珍贵的纪念品，它让人放空所有，得到最大程度的自由，而收获新生与诗意。每个人也开始重新认识自己身上的可能，被时间锻造得坚强而独立，丰盈而从容。

在鹿野，自己第一次尝试了滑翔伞，站在崖边，腿脚瑟缩着，教练不断在旁边鼓励我，让我不要害怕，记住方法后就大胆往前跑，他也会跟着我一道跃起。"别紧张，风会让我们飞翔，忘记所有恐惧。"我在他温柔的话语中助跑了一段距离，在崖边整个人弹起，闭上眼睛，瞬间又睁开了，整个人随着滑翔伞升入高空。我松了一口气，笑起来，要知道从前的自己是不敢面对眼前的这片天地的。"我终于做到了！"我对着视线里的云层、山脉、河流、村落大声喊道。耳畔似乎传来教练的声音："对啊，你做到了，酷酷的男孩！"胆小怯弱而褶皱遍布的内心，瞬间被风给摊开，捋平了。那时觉得自己拥有了整个世界，也拥有了一个全新的我。那是我生命中飞跃的时刻。

旅行中，顿感自然的神奇，它有唤醒人、治愈人的能力。在自然中行走，不再攀附于谁的影子，内心笃定淡然，自己便是自己了，无常世事仿佛皆可忘却。

在藏区的夜晚，气温骤降，身边的同行者越来越少，我依然往前走去。在海拔三千多米的地方，双脚极其缓慢地移动着，口中喘着粗气，当初一些坚定的想法开始松动起来，比如为什么独自来这高寒的地方？如果倒在这荒凉的世界里又有谁知道？心里在那一刻竟想到放弃。眼睛里泛起潮水，为了不让它们涌出，我抬起头，一瞬间望见了漫天星辰，璀璨耀眼，距离与我如此之近。我突然意识到自己来这里不就是为了与它们相见吗？

在苍穹下清楚自身的卑微，知道延续生命的方式，是在人生黯淡的天幕上留下踪迹。所走过的路、写下的文字，都保留着自己的痕迹，未来会有人看到的。我伸手抚去眼泪，吸了吸鼻子，对着这些早已存在数亿年的漫天繁星报以微笑。

也是在一个夜里，我独自漫步在恒春的海边，温度越来越低，像走进一个巨大的冷藏室。大风猎猎，涛声震耳，四周礁石如暗中站立的男人，粗糙、沉默、全身风霜遍布。不断上涨的海水很快涌到脚边，仿佛再过一刻，它们将淹没我，但自己丝毫不觉畏惧。想起年少时心中也常有困顿，是来看海而得到了缓解。成年后承受着更大压力与痛苦，海洋由始至终还如昔日友伴用最纯朴的声音与我诉说，用冷冽却让人清醒的拥抱给予我最大的宽慰，并使我拾起一颗初心。

我沿着夜色中人影稀薄的沙滩潇潇洒洒向前，好像这是一条归家的路，返回我松弛自由的十七岁，去那个阔别已久的纯真世界。一个身影轻盈的我，一个眼神透亮的我，在拒绝沉重的生活、成长中悲哀的底色。

毕淑敏曾说："你必得一个人和日月星辰对话，和江河湖海晤谈，和每一棵树握手，和每一株草耳鬓厮磨，你才会顿悟宇宙之大、生命之微、时间之贵、死亡之近。"

出发，在路上，归来。在这段过程中，一个人会品尝到被全世界抛弃的孤独感，其实也是一种被清醒与真实包裹的感觉。

世界只是一帧一帧浮现于眼球的风景，我们途经，与别处的生活相遇，但在旅行的最后，终点一定是自己。一个人如果不知道自己是谁，也不曾重视自己，那他是容易丢失未来的。

鼻尖上的普鲁斯特

法国作家马塞尔·普鲁斯特曾写过《追忆逝水年华》，书里将无形的时间描摹出了棱角。轻轻翻动纸页，在一种平缓的意识流叙述中，这位温文尔雅的老者对我说："当一个人不能拥有的时候，他唯一能做的便是不要忘记。"

人的一生中不能得到的东西有很多，但有一种事物谁都无法拥有，那就是时间。对于时间，多数人喜欢用河流来比喻它，分秒流逝，不曾停歇。但熟识气象常识的人便知道，世间的江河湖海都处于水循环之中，水滴看似蒸发消失，实则又从高空降落，重新流动，而我们的时间一旦过去就永远无法回来。

谁都无法拥有时间，但时间却在我的记忆中化成诸多气味，常常萦绕在鼻尖，唤起沉睡的嗅觉。我不停嗅识，又在其中不停沉思。

院中种着海棠，烟花三月天里开得很盛，浅粉、瓷白、流红的花瓣簇拥着缀在枝丫间。我幼时常站在海棠树下观望，母亲以为我在闻花，便说我傻，海棠花又没香气，你为何呆呆杵在那里不动。那时我也不知自己何故要向海棠靠近，只是静静看着花渐红又渐白，一些蜂鸟吸食花粉花蜜，仅余下恹恹的雌蕊，不久便有花落。一阵东风吹过，花瓣纷纷飘离枝头，堆满帘外，叫人怜惜。现在才知道那时自己沉醉于海棠花事中，闻到的是时间的味道。清幽淡雅易被人忽略的花香，不正如从我们身上悄悄飞走的时间吗？

老屋里也有时间的味道，但这味儿是陈旧的，带着梅雨时节江南的湿气。每年寒暑假，父母亲都会让我去祖父母家住一阵子。临水而建的老房子，青瓦白墙，楼梯和阁楼上的地板都是木质的，踩上去总会发出咯吱咯吱的声响，像走在岁月的骨头上。祖母爱干净，但屋子里的灰尘总是擦不干净，原先刷过漆的木板日渐失去光泽，褪成茶色，上面有些霉斑。祖父有个书柜，外头刻着小篆，陌生的字形，我无法全部认出。上面古老的门把像两片扇形的耳朵，生了锈。清风明月的夜里有风吹进屋，它们晃动着，发出沙哑的音阶，像在拼了命呐喊自己年岁已老。

这种味道，祖父母的身上也有。在很长一段时间里，我对老人并无好感，常常走到他们身边，鼻子里萦绕的是一种梅雨天屋子里发霉的气味，我待一会儿后就跑到屋子外玩，觉得他们老了，像过期的果实一样要坏了。老人们的脾气也很古怪，常板着脸，不苟言笑，存留着旧式中国家族的气息。我们之间有一条无法逾越的代际矛盾，如同彼此站在开阔的河流两岸，在以血缘为纽带的目光里相互对望，各自的心却连接不到一块。随着年岁增长知晓一些事理后，我才逐渐改观，明白他们是在新旧时代衔接过程中没有得到自我身份的认同，他们的心还随着先前的社会动荡流浪，时间碾轧着他们，剩下越来越坏的骨头、越来越孤僻的脾气。当我意识到这些时，祖父母已经过世，伴随他们离去的还有一些味道。

以前在祖父母家住的时候，吃的都是乡下小菜。祖母特别喜欢在凉拌菜上放芫荽，其味道特别，还未入口味儿就盈满鼻腔。这芫荽便是香菜，祖父母都喜欢这么叫它。他们过世后，有一年夏天，我放假在家，母亲凉拌了一盘黄瓜，我吃着吃着就想念起香菜的味道。我喃喃道，要是放些芫荽就好了。母亲一愣，说，什么芫荽？我大声喊了几遍，芫荽、芫荽、芫荽，眼泪都快出来了，那架势仿佛在呼唤一个失散多年的亲人。后来，父亲回来了，他告诉母亲芫荽就是香菜，乡下人的叫法。家里人顿时都沉默了。

沉默的时刻远不止这些。祖父厅堂里挂着他临摹的一幅书法《兰亭集序》，字是在麻布白宣纸上写的，黑黝黝的廿八行字，若数百尾锦鲤在清塘里游弋，又好似风吹林动般秀丽。孩童时，祖父教我习墨，我多半是跌跌撞撞学着，运笔趔趄，行文潦草，不堪入目。他耐心握着我的手，一笔一画书写，那墨香慢慢进入我的身体。上中学后，课业如猛虎袭来，自己无暇再碰羊毫，假期到祖父家也只是抱着一摞作业在那做着。他常背过身叹着气，风来雨去，我身上的墨香便淡了。祖父过世后，我再站在厅堂看那幅书法，瞬间无语凝噎。

十九岁离开故土，我开始在外求学漂泊，从南往北，人生开始变成几张火车票。一天夜里在北京逗留，背着大大小小的行李在这座恢宏而荫翳的城市里游荡。已至仲秋，暑热褪去，凉意缓舒而来，路人都添上秋衣行走。风吹来，撷走体内水分，使得皮肤异常干燥。我想起沿海老家长乐秋天时常有雨落，但雨丝极小，站在高山望城，雾蒙蒙一片，经了一夏的陆地仿佛浮在半空，细雨令它一点点沉了下去。我出门并不带伞，归来自然浑身湿漉漉，雨落得悄无声息，滑进嘴里，竟也带着一丝咸味儿。我因想念打了家中电话，接电话的是父亲，开头便是问我近况。我说放心，一切都好。他又问怎么就舍得打电话回来了。我憨笑一下，说，想你们了，想家里的秋天了。父亲在那头笑着，有什么好想的，我和你妈都很好，你自己好好念书，家里这阵子还在下雨。我急忙接道，爸，记得帮我盛一盒雨水放在冰箱里冻着，我回去要尝尝。父亲愣住，继而笑我书越读越傻。他不会知道沿海的雨味儿，离家后我再也没有闻到，心里憋得慌。

时间催促我们前行，一点点丢下曾经的生活。那些来自故土亲人和传统文化的味道正离我们越来越远。它们承载过我们成长的光阴，缝下了人生这一袭锦衣最初的针脚，但有多少人会静下心来好好回味？

城市终日运行，不曾熄火，人们急于奔赴未来前程。高空有雁阵飞过，隔着厚厚的玻璃，耳朵听不见。一个个美好的过往，在渐渐麻木倦怠的思维里，被尘封遗忘。史铁生说："只有人才把怎样活着看得比活着本身更紧要，只有人在顽固地追问并要求着生存的意义。"

我们总是在满布雾霾的生活里沿着机械的路线奔跑，步履匆匆，却时常空虚无聊，像丢了灵魂一样，活在一页页苍白的日历纸上，任凭嗅觉、味蕾日渐退化。

夜中不能寐，我起身看着窗外，路灯刚睡去，喧哗的城市此时像只死去的水牛。我转身开了灯，手中重翻《追忆逝水年华》，普鲁斯特又对我说："生命只是一连串孤立的片刻，靠着回忆和幻想，许多意义浮现了，然后消失，消失之后又浮现。"

宇宙洪荒，日月盈昃。

普鲁斯特是记忆中时间缓慢飘散的气味，一点点进入身体，打开嗅觉，让我们又闻到过去的味道。

那些已然消散、许久不再触碰的味道，曾组成生命的点点滴滴，此刻，你还记得吗？

雪城

一座雪做的城。

躲在岁月最严寒的冬天里，寒冷纷纷停留于此。雪不断堆积，白色的城越来越高，像一个正在长大的巨人。树，挂满了冰凌，河，冻成了镜子，再也看不到一只大鸟在此栖居，只留下鸽子或者小小的麻雀，作为日子的门徒。

我站在城门下，用尚且温暖的手，叩响了冰冷紧锁的门，咚咚咚，大地也跟着微颤。城门开了，雪花迎面而来，五瓣的，六瓣的，仿佛一层薄薄的水晶，又如离人含在眼角的泪，纷纷飘下来。无论墙壁还是门窗，什么都不可以拒绝雪花温柔的吻触，沿着台阶一层一层吻下去，小小的吻簌簌地落着，淹没了街衢和广场，虽然那些吻，那么冷。这座城里，终年不见草长，只有雪落，漫天漫地，附着在屋瓦和楼阁之上，开成一股股白色的寒流，在风中流窜。

　　躲在岁月里最严寒的冬天，掩埋了众多的喧嚣，世界一片安静，像睡在摇篮里的婴儿。没有过多行人的脚步，没有太阳清晰的脸，只有雪在飘，只有冰凌在兴奋地生长，像无数白色的翅膀或者花朵，飞在空中，开在树上。而今就在城的高处建造出冰凌勾勒的群落，雪线一般的气根漫空游走，把石塔和剧场覆盖起来，洁白，细密。蜘蛛网般织满了哥特式教堂的顶尖和钢筋水泥筑成的楼宇。冰冷的气根附在上面，像有了生命的藤蔓植物，往四面八方攀缘，生长，疯一般扩大自己的领地。沥青路面和楼道方砖铺上了一层新的冰霜，寒意笼罩大地。

　　这座城，并非空无一人，至少我会看见老人从街道上缓慢走过的身影，苍老的脸上，那一道道深刻的皱纹被雪给填满，花白的发丝染着一层银。我不敢走上前把行走中的老人喊住，向他们询问有关这座城的历史或者它的故事，毕竟一谈起往事，总会加剧他们的衰老。我只想看着这些活着的历史渐渐离去，而无意打扰。那些剩余的生命，保存着对这世界曾有过的爱与期待，也保持着对这世界的淡然与静默。时间坐着风雪中的马车，从城市一端向着另一端奔去，一刻不停留，也从不回首。老人走远了，风把背影吹冷。

在积雪上徘徊，我只听到脚下不断发出踩面粉似的声音，只看到雪，满世界的雪以及苍老。但我无法见到一个青年，一个和我同龄的青年，他们去哪里了？这座城，是否正因为漫长的寂寞而被人厌弃？厚厚的冰雪常年定居在这城中，青年们肯定受不了这世界的单调，没有一个青年会让自己沸腾的岁月冰封于此，成为雪柱或者移动的雪人，立在途中，当成逐渐年老的标记，为后人引路。逃离是众多年轻生命的选项。他们一个个离开，不愿回首，要去找自己所定义的新天新地，比这温暖，比这有生机。他们厌弃自己的出生地和这座城的历史。

可是走出落雪的城，人们就能找到春天的新城了吗？走出落雪的城，青年们拍尽身上的雪，脱下厚实的衣，那么决绝，仿佛城中的墙或者路原本便不是为他们所架设，仿佛这座城原本便没有他们所要继承的魂灵。但行走在物欲横流的新世界，他们却遗忘了雪的干净和雪能湮没肮脏罪恶的威力。

一座雪做的城，渐渐空了。

再也看不到草长，只是雪落，大雪吞没了道路，如时间的白骨堆砌成墙，或者堆满城的每处角落，每个细小的缝隙里都镶嵌着白，连绵起伏。白色的小山，像风中抽动的稿纸，上面虽然没有落下一个铅字，但在历史往复叠印的过程中，这张稿纸也只能用广阔的空白去收纳记忆，以至于在梦中，你无法说出有关这座城的色彩，因为它一片空白。在这种空白中，你无法张口呼吸，它实在太冷了。

木屑在炉子里痛快地烧着，从窗口流出的光，成为这座城唯一的暖色。墙壁上有淡淡的字迹或者裂痕被雪收藏，我小心地用手将雪如鳞片般剥落，一层一层稀薄，然后看到了墙体，斑驳如同线装诗集，时间徜徉而过，砖红或焦黑的漆，渐次掉落。当世界的色彩只容得下大部分纯粹的白时，苔藓也厌弃白色的专制而不愿在此留下一抹浅绿，所以城的任何一面墙上都未生苔痕。单调的情趣，只有冬会不知疲倦地欣赏。

在雪城，草木都是稀罕的。要说说这里的松，经历了太多风雪而从未离开，一生中只选择站立的姿态，是人间那一种坚定信仰的具象。积雪堆压下的红松，以将士的姿态戍守于街道两侧，日日夜夜，岁岁年年，都忘却了自己生命的疲倦。你或许看不到松的根，你所能看到的只是大地的素裹银装，但这无妨松的生长。它们长出坚硬的叶与风雪对话，高昂的头颅总在仰视高空，它们潜伏在雪地下的根，不断伸向地心的太阳。这样的松，任何一首赞美诗在它面前都显得苍白，就像终日落下的雪，松已经看得生厌。

在雪城，历史是一部被封住的名册，太厚了，折叠起来应是一座巨大的丘陵。上面标注的死者或者灭绝的事物，你无法抽出它们的名称，一旦抽动，整座丘陵便会颤抖，如手风琴的叠页被拉开，骇然之声油然而出，松上抖落的雪也会大片大片簌簌将你深埋。而你，也便成了不在名册之内的无数个名字之中的一个，悄然在雪中被历史遗漏。

雪城的任何细节，都在雪中呼吸、发声，传递爱与希望的讯息。

我走出又走入一座雪做的城。它或许从来都不辽阔，或许永远霜雪遍布，但却是你心底一块偶尔想起时也会热的地方。

骨头里的钟声

谛听

细雪霏霏，大地是一只巨鸟，站立的树木是坚硬的羽毛。一尘不染的寂静透过每寸空气都有形状，大小不一，像岛屿，像梅花。

牛羊在雪地的远方，彼此贴脸、簇拥，温暖的春天在冬天诞生。闪耀的铁蹄伏在屋子的边沿，碗口的热气努力舒展着自己。人们不再轻易挪动日子，只搬运自己，向炉火旺盛的房间靠近。

该怎样形容这样的安宁？庄严，肃穆，纯真，高尚，又接近空白，仿佛神的呼吸，细微，无处不在。

一定有人在谛听。

松鼠的耳朵，种子的耳朵，婴儿的耳朵。在时间的缝隙中，它们张开，生长成更为繁茂的听觉。生命律动的声响，匍匐着爬过每一扇坚硬的门扉。

童年时逃跑的雪人，回来时已经瘦了一圈，躺在窗外已经走不动的老时钟上。时间在这冬天不值一提，很慢，很轻，经不起我书柜里一只过冬老鼠的啃噬。

父亲的江山

所有的鸟都早早撤离冬日的村庄，飞往远方，向着温暖驻扎。

每一棵梨树的衣钵此时都被冷风抽光，它们像穷人站在寒冬里，除了自己，一无所有。我的父亲站在十二月的低温里，与它们同类。面对村口工地上一张房地产的巨幅广告，他双手握紧皱巴巴的纹路，像地窖里的卷心菜抱紧自己。

他曾经以为自己能够主宰大地，一亩三分地是他秀丽的江山，玉米、大豆和高粱是他朴实的臣民。他跟过路的风雨结为兄弟，将自己的名字耕植进每一片泥土中，不急着看它们有所结果，只守着它们慢慢生长，慢慢结出真实与未来。

但卡车、物价、挖土机、欲望是拒绝这种慢的。钢筋水泥成为新的庄稼，在田野上生长。父亲被收走了疆土，一个人潜入孤立的池底，靠往事柔软的根须，想象鱼的生活。

贫穷永远是一道被忽略的风景。

岸边仅剩不多的梨树模仿村庄里的老人，用佝偻疲倦的躯干做成琴，风拉响了他们，却无人倾听。偶尔返乡的年轻人反复清洗裤脚上的泥点。

父亲钻出水面，看见我走远了，一起走远的还有他的梨树、他的田垄、他的村庄，以及他的时间。

时间

我允许北风将村庄吹成一张白色的信笺，压在我的枕边；也允许春风吹绿这里的草木，吹红河畔的桃李，作为母亲少女时的形象，出现在镜中。

时间从暗处的缝隙里钻出，幻化为村庄的一切：有我童年时落在灌木丛中的皮球，有祖父铁罐里的白牡丹茶，有一株小麦繁衍出的千家万户，有外部风化但内心坚定的岩石，像我父亲的汗、皮肤、骨头里被喜乐浸泡的钙质。我一一细数，它又从我的口中溜出，由一棵树跳上另一棵，并从树叶中探出头与我对视。

每一个黄昏，光在铁器上换着位置，时间的在场感清晰无比。老人们靠在一起，像一间一间被搬空的老房子挨在一起，等候一只猫的出生。万物源源永生，也不断老去。一只苍老的手很快被一只年轻的手覆盖。

生与死，像村庄隐秘修建的两座机场，供菜园里的瓜果和草坡上的牛羊往返，也往返于我们的一生。

鹏的翅膀

夜晚拎着轻薄的人间，抖出众生的睡梦，摊在大地上，是成片的数字、外文和简单的母语。它们组合并占领梦境内外的领地，一串连接一串，像稻草人机械的手臂伸展。

我随口念道，风就起来一阵，从四面八方出手，靠近我，包围我。飞沙走石，狗吠鸡鸣，我一路颠簸，一路踉跄，成为灾难的杯子摇摇晃晃。一只大鸟此时悬浮于风眼，翅膀在高空模拟另一片陆地的模样，无法撼动。

我听见它的啼声，来自数千年前庄子的叙述："若夫乘天地之正，而御六气之辩，以游无穷者，彼且恶乎待哉？"我知道，它是鹏。

巨大的影子覆盖地表，顷刻化为水流。我看见千万里山川漂浮在海上，潮汐澎湃。

青峰在黑暗中碎裂，露出铜色的本身，树木抽离地表，鬼魅般飘向空中，好像复活的祖先。它们组成金文、铭文、篆书或者隶书，要告诉我什么？而我早已辨认不出。这一枚枚颤动的字，笔画开始动摇，横、竖、撇、捺、折——散落。

鹏的翅膀上有一丝哀泣的血痕，发出微微的光。

我的梦境被一场纷纷扬扬的雪淹没，扶摇而上的，是一个宽阔的清晨。

想念

月在山巅，收割完最后一把夜的草，躺入山后。一棵棕榈树被压倒，抖抖满树的叶子，一艘艘船降落到湖面，跟随清风远扬，去往世界各地。

清晨睁开睡眼，接近虚无的世界，有了生的喘息。种子的芽在颤动，昆虫的翅膀在振动，鸟群飞起，从高空撒下清脆的音阶。

仍有人在沉睡，冷钻进干枯的梦，钻进骨头，又——爬出。在树木的年轮里，在低处的洞穴中，在冰冷的墓碑上，他们伴随着衰老、意外、疾病而深眠。

森林之外的工厂飘浮着灰色的烟尘，现代文明正隐藏着得与失反复确认过的事实。而兀自落下的雨，酸楚地站在舌尖，展示真相的味道。道路与建筑间飘满自然的挽留和叹息。

我想念更早之前的村庄，亲人在山间的云里种下春天，让岁月如枝条垂下，翻开每一片叶子，都藏着一颗心。

欲望在那时，还是我那个刚用眼睛张望世界的弟弟。

风中

龙眼树折断在风中，电线杆倒在路上。金黄的柑橘从枝杈上坠下，甜的苦难降临到人们头上。村庄像一张薄薄的渔网，被撕开，裂口越来越大。

我想起子美搭建的草堂，在大风天，茅草飘飞，瓦片碰撞，满地碎片是光阴的亡灵。"呜呼！"来自一千两百多年前的哀叹，在天穹回荡。

院子里的树木使劲摇晃着枝叶，是不断挣扎的囚徒，泥土给它们滋养，也限制它们的步伐。父亲穿过风雨，头戴橙色安全帽，披黑色的雨衣，爬到屋顶上。他敲敲打打，填补漏雨的地方。

铛、铛、铛……时间发出一阵美妙的乐声。父亲专注加固屋顶，坚忍的身躯像枚螺钉钉在艰难的日子里，拔也拔不出来。远处市镇的高楼都在向低处围观。父亲用尚年轻的手掌焐热人生的荒凉。

那时我还不识悲喜，不知未来，眼睛不眨，盼着父亲下来。他在雨中抱起我，我们的笑声在空气里回旋，一遍一遍，像鸽子的翅膀，被风吹拂，永不消散。

体面

幼芽上凝聚闪闪的水光，映照出另一座村庄。有人站在实像中，有人活在虚像里，背负的却是同样的命运，来自镰刀、马铃薯和蚂蚁举起的谷粒。

我的父亲在三月的春天里流浪，皮肤涂着银的色泽，像一个沿路兜售自我的铁器。我悄悄与他对视，他扣留伤疤、眼泪和贫穷，只往我的瞳孔送来十万亩良田、十万棵桃树、十万朵流云，与一小撮被他扛到肩头的人间。

未经修缮的祖屋外有常年生着脓疮的河，船从一座古桥划向另一座，像走直线的昆虫在玻璃上滑动。响声温柔，如风搓揉江南的丝绸。父亲站在河边，是这绸布上不易被拍下的尘土，紧紧黏在日子的缝隙里，成为一座坚固的寺庙。

我每天来到这里，锻炼一种听觉：他从骨头里敲出的钟声，洒在烛台、风箱和土壤里，像一枚一枚的纽扣，缝在生活的衣裳之上。

裸身的我，从此有了较为体面的尊严。

只此青绿

绿乘客

归来见山——

七星寨漫山遍野披着春色的外衣，风车旋舞，牛羊欢唱。无边青绿荡漾，无尽回声嘹亮。

筠雾迎春，松风来，天色析开，千山翠。

风中，是一首首的《水龙吟》，吟的是千里江山，海天阔处；唤的是离乡游子，翩翩而归。

草原绵绵，翠虬错错，鸟雀在这温暖的爱中苏醒，扑扇双翅，带着古诗的韵脚飞入晨曦，用翅膀优雅地擦亮天空的门面，擦亮——

暗中的山谷，池水的镜面，刀斧上的昨天。

早春的风铃花正抖落，年轻的梦却升起，如烟出岫，不忘将父亲的艰难、母亲的疼痛携带，拥有一种轻，也拥有一种重。

远观沧海，日光回望这里。

照亮我，照亮山川与陈年旧事，明亮的一切也总被赋予该有的阴影——生命的胎记。

麴尘落定间，七星草原——这辆大地的列车，开始启程，前往未来。

轻轻地，慢慢地，风吹动了一节节光明，也吹绿一个个春天的乘客。

同类

在三溪七星寨说出一个词，就能繁衍出一个春天。

孩子们最喜欢来这里宿营，天真的笑声在风中回荡、飘扬，跟鸟鸣同类，也跟云朵同类。

他们说到祖国，说到家乡，说到父母，真挚而活泼的语气里溢出的是爱，像种子播撒一地。春雨一落，十万亩山林在孕育；春风一吹，十万亩桃花在盛开。

千千万万的春天在这里，千千万万的美在这里，须臾间，又吐出层层的青、片片的绿。

一张琴，一壶酒，一溪云。

大与小的世界环拥，声与色的人间相逢。

草场里游动的依然是孩子们的欢笑，他们沿着内心的声音寻找家园。

那么多的孤独簇拥在这里，就不算孤独；那么多的顽皮奔跑在这里，就不算顽皮。

自然是孩子最好的乐园，唯一能与神对望的是这一双双眼睛。

这一双双眼睛，是树最初的年轮。它们的追求同样单纯，不断地吸收光与水分，向上，靠近天空，目的明确。

而世人只干巴巴地活着，一生的意义是停留在原地，却不见树的高度，也不见内心的潮动。

存在，仅作为人的个体。

消失，仅作为一阵风过的结果。

那些风，甚至吹不动七星寨的任何一片树叶、任何一颗草籽。

天青

在三溪七星寨，遇见一种天青——

从宋代穿越而来，染过万千山水，染过四季繁花。

在人世的涩胎上色，再入窑中煅烧。

撒一把把铜花、石末、牙硝做法翠，蘸一层层青料做法蓝。

在七星寨，我们省去步骤，省去力气，更节省不必要的语言、情感与目的，看天青自然而然地铺开，自然而然地收拢。

在这接近天空的地方，我们把青看得更青，我们将空放得更空。每个人仅仅只是一个"人"字的一撇或一捺，站成一根枝杈的形状，或是一棵草的姿态。

任凭东海的风吹，任凭满山的雨落，这一点点的青，那一片片的绿，填补了太多沟壑的空白，缝合了太多生命的伤痕。

鸟栖碧山，风回亭中，翠烟缥缈，炉香景长。

一生流放在此，也不算浪费与虚度，像山的矗立、水的流动，皆是意义。

天青色无法言说的是一种永恒。

虹光

被暴雨击打后的世界，光穿越所有隧道，抵达山顶。

草场晾出浩浩荡荡的温柔，也晾着浩浩荡荡的忧伤。

旖旎的虹横跨在青山绿水间，将自己作为一座桥，让隔绝的重新相连，让破碎的重新圆满。

鸟群这时飞出家门，动用翅膀来与天空对话，山间的草木用芳香表示感恩。

这时，谁心上还在忧伤地哭泣？止住吧！

止住。我们仍旧朝着人生的湖面望去——

趋于静止的虚像，美感在于轻盈，以此减弱沉重，也减弱疼痛，但它反映的实体依然存在。

天地澄明，云散江横。古道安详，莺飞草长。

生活欺骗我们太多，这一刻的欢愉，要纯粹享用，如茶慢慢沁入心脾。

一种不属于这里的绿，也爬进滴水的岩壁内部，呼唤结晶的记忆醒来，去长一片叶子，去开一朵花。

在七星寨的春天里，石头也有实现理想的权利。

一个人站在这里，已不再委身于皮囊，灵魂以马的姿态跃出，重量却略等于一棵草。

一个人站在这里，凝视一棵草，活在这一刻，也拥有了一棵草的柔韧、静默与信仰。

看见自己

大雨之后，这世间所有被打击的绿，有更加倔强的闪光——

正青，天缥，石绿，天水碧，绿竹，兰苕，翠涛，苍筤……

一条条溪流映照它们，一块块岩面观望它们。绿掺进了所有的细节里，绿渗入了所有的时辰中，像一滴水唤醒了江河，像一缕光点亮了白昼。

那些疲惫过的，此刻也精神着。七星寨，未被命运注目的绿都将自己摊开。

那些流浪过的，此刻也归来着。三溪，朝思暮想的绿都马不停蹄地回来。

那些死去过的，此刻也重生着。春天，千万种绿都在一个瞬间复活。

时间是绿饱满的集合。

钟鼓数了数，忘敲了；手表数了数，停下了。

绿，轻轻地，悄悄地，漫过了地衣的一生。

一个人也在点点滴滴的绿里，见天地，见众生，最后，见到了自己——

是宇宙中小小的核，是山水中虚晃的影，微小而自知，空无而辽阔。

夜晚

夜不断加深青绿的色度，加深山川睡眠的浓度。

我与屋瓦上的那层螺青同类，取消作为人的自我，只有静默，只有岩石的状态，贴向大地的重量。

这使我安宁，犹如怀揣一场大雪，它用一种悠缓落了一夜。

雪在证明洁白的物体并不轻浮，可以与黑结为一体，可以与七星寨的每块岩石拥有相同晶体的质地——足够踏实的一生。

林中穿行的小鹿，衔着母亲少女时戴过的花冠，一个踉跄，跌倒在缺少月光亲吻的暗中。但它很快止住哀鸣，卧在水库边，看自己的倒影——

前世的伊人从苍葭中走来，白衣拂过万水千山，点亮了夜晚，也点亮自己的命运。

覆盆子的茎上，悬挂着一颗一颗红色的孤独，因为彼此的遇见，有了夜晚温暖的集体。阴影纷纷退往身后。

天空和水面有两个月亮，世界有一双眼睛，清醒地凝望——

山线与水纹纺出一条条长线，织起青褂，一件件，披给明天。

山的心

东岭，新田，满山山峰对峙，像铁面人围坐四方，僵持于彼此的缄默。

一晃千百年，历史如溪，从山顶流往山下，淌过村庄，完成自己东海逝波的宿命。

春花凋敝，秋月重圆。岁月无法规劝石头的属性。

山只负责自己的青绿与坚固。人间的网中，落入几何苦乐，虚晃多少悲欢，山从来不关心，也不过问。

它们活在自己的岩层里，活在对万物的静默中。

如我臂膀有力、寡言少语的父亲，和他的同伴。

他们年轻时上山，当了打石匠，满腔热情想敲开大山的心，当啷当啷——

他们年老时也上山，修着别人的坟墓，也挖自己的坟墓，当啷当啷——

铁器与石头在碰撞，肉身与石头也在撞击。

钝了，他们就停下，选一个角落，永远地躺下，永远地成为山的局部。

我的父亲不知道他自己就是山的心脏。

时间的灰烬

衰老，自时间弹响的树上传来。

把身体兑换成树的全部，我们的肌肤和心脏，它们的果皮与果实。

在通往大地的旅途中，悄悄展开——

缓慢，失忆，啰唆，臆想，疾病，痴呆。

刻板，冷落，抛弃，咒怨，平静，死亡。

没有形状的恐慌，仿佛安详的暮色，笼罩着故乡山川的每一个角落。

父亲懂得，母亲也懂得。多年前，他们带我从祖先的坟前回来，就知道了自己最终的归处。

黑夜收容了他们除了微笑以外的所有面容，我却在飘摇的烛照中瞥见那些脸上的陌生、失落与疲惫，身后那堵白墙上的漆正一天天剥落。

轻轻扬起的是时间的灰烬，进行着迂缓的抒情。

而我从不担心七星寨的衰老——

许多人来过，又离开，悄悄带走了一点青绿，在后背，在裤脚，在鞋底。

但更多的绿又长了出来，围了上来。

风一吹，就动了动还很年轻的凡心。

藏在青绿里的父亲

水面静置青绿的倒影。

偶有风吹，这些青，这些绿，就在透明的宣纸上一点点晕开，一点点露出谁的模样。

山的眉边在此婉转，云的华发在此涤荡。

把一些词放进水中，它们有的漂浮，有的深潜，而多数词在起起伏伏，如我的父亲。

自然的直线分割着山水，时间的直线分割着父亲，又用一双隐匿的手，将他撕扯，往前、往后，向上、向下，父亲越来越碎。

在漫长的盘山路上，我的半个父亲在流汗，半个父亲在喘息；半个父亲在负重，半个父亲在忍痛。

从山脚到山顶，他距离我，越来越远，也越来越高。由一粒尘土到一颗星辰，后来又由一颗星辰回到一粒尘土，我因此认识了人生的轨迹。

在故乡与子嗣面前，他只剩着血脉和青山相连，没有财富，没有荣耀，一洗再洗的青衫下包裹的是夸父的命运——

一生追逐，一生徒劳，最后倒下。

那些骨头化为岩石，那些血液变成暗流。而白的发是霜，黄的肤是土。

在生活和梦境之间，在活着与死去之间，父亲早已把自己当作一个词，当作一棵树、一块石头，甚至青草、虫蚁，放进了深山，并等候生命的雨落——

一滴滴雨点都是句点，是他的，也是村庄中更多父亲的。

七星寨的青绿里，正藏着一个个父亲。

认领

寒鸦掠过，拣尽村庄昨日的枯枝。

裸露的崖面悄悄被绿云覆盖，仿佛遮住一场睡眠，让坚固的梦睡得更深层。

关于三溪村，关于七星寨，所有的鹰飞鱼跃，所有的鸡鸣狗盗，都在梦境中接近空。

春天穿上新的华裳，一种青推着另一种青，一种绿搭着另一种绿。

碧山绵延千万里，日月无声。

我出门，在每一条山路上兜转，在每一片草原中呼吸。

很多石头还没有名字，很多青草还需要同伴。我认领它们，并认领浮云、晚霞和星宿，认领一个个日子，认领父母亲今天的样子。

他们走入山川原野，使用镰刀和斧子，也被镰刀和斧子使用。

青山用旧了他们。

村庄用旧了他们。

生活用旧了他们。

时间用旧了他们。

我的父母亲却依然有坚定的臂膀在挥动，有温热的心在跳动，有嘹亮的音在律动。

我领着被用旧的他们回家，像领着一只只山羊，也仿佛领着一个个音节，拼读一条道路的迂回，拼读一片原野的宽广。

旋律悠扬，仿佛歌唱。

每一声中，我都听见——

有山顶的牛在哞，有林中的鹿在鸣，有跟着我们一路小跑的溪在和。

每一声中，我都用眼睛认领故乡的青绿——

在暮色和山色间，在水色与花色里，只此青绿是我的绝色。

换季

　　无论季节如何流逝、更替，这个世界上总是有人生病。

——题记

1

　　挖土机在春天取代了燕子呢喃，发出轰鸣声响，推倒乡村的五官。

　　活在昨日的田野、山林和果实皆已去世，它们葬于文明的废墟底下，像亲人呼喊着他的名字。

　　他坐在昏暗的瓦房里，陪一盏濒临失明的钨丝灯猜度彼此死亡的期限。墙上的裂缝绘制出丛生的纹络，模拟他脸上的河谷。他身形渐瘦，如竹签，剔着暗夜的余烬。

他叹息，抽烟，咳嗽。在风湿的双腿中，骨髓被时间的蛀虫分食。他用粗劣的尼古丁填埋，痛，仍旧痛着。

在这春天，在这永不再来的夜晚，隐去的星群是大地所有过去集合起来的告别，月球是短路的吊灯、一个关闭的路口。

他的年龄、姓氏、祖籍跟烟灰一起撒在发黄的纸面上，一个火星燃起，烧了。

一粒豆子在水泥中关上最后的门，凝固，成为一桩缄默的故事。迟归的群鸟把家园背在身上，口音被强行安在远方的树梢。孱弱的小屋，摇摇晃晃，像一枚果实，要落了。

世界像个死去的情人，曾经被他一人所有。他爱万物，如自己的子嗣。如今，村庄在咯血，灵魂被驱赶，安宁被打碎，孤独和流亡淹没大地，夺走他发声的喉咙和要崩塌的家。

他老了，同所有拥有"农民"身份的老人一道，被遗忘，被抛弃。

他捡拾儿女离开村庄那天决绝的目光，怀念妻子按在自己风湿双腿上的那双手。春寒料峭，他不停地抽搐，像一头即刻被时间屠杀的牲畜。

放眼四下，空荡荡的家，寂寞回声响亮。他贴满膏药，握紧睡眠，一个艰难的翻身，白色的动静，只有风知道。

夜是倒空真相的麻袋。

他睁开眼又闭上眼，似已服从来自暗处的口令。

转瞬即逝的灯火，无法回来的昨天，风带走一切。万物归于一截截空白。

他像一件停摆的挂钟，骨头被岁月梳坏。

夜是一个巨大的胃，正消化着他。

2

太阳作为暴君，吸取他体内的海。

他置身高处，却仍旧没有改变自己奴隶的身份。

脚手架紧紧与他相连，仿佛一对孪生兄弟。

天空万里无云，也不蔚蓝，灰扑扑，像落满尘埃的白色桌面，并作为他生存的背景，时刻提醒他的渺小：出卖体力，城市的用人，不被记住的名字，一张薄薄的暂住证。

护城河保持着病态的抒情，钢筋水泥和绳索发挥物件的属性，不带同情成分。他不断上升下降，不断靠近光辉又被光辉疏远，在失语的地盘努力寻找流浪的喉咙和人形，未果，无法确认自己的存在。

大厦和高架桥使地面扭曲升高，城中村像患病的儿童想要水喝，房地产商把眼睛安在天上，还贷者被银行的验钞机吸入肺中，人们睡在一座座巨大崭新的石碑里，失眠，被烘烤，像熔化的泡沫板上失血的虱子。

他想起故乡，一个此刻只能作为风背在身上的地方。盛夏如火的凤凰花，跟天边的火烧云一样瑰丽，印在节气谱上：芒种、小暑、大暑……

日月星辰像虚假的布景罩在他头顶，出租车撅着屁股放出一路尾气，卫星城区如地雷埋在四方，地平线被倾倒在更远的地方。

城市被改造成一座座迷宫，扬起火葬场上空的灰烬。

故乡，千里万里外出生的地方，泥土与稻香遍布的故乡，无数等候和牵挂的故乡，他的或别人的故乡，此刻，正像一匹匹马无奈倒下。

他的眼睛被突然袭来的风沙吹疼，急忙降落地面。

在学校受气的儿子跑到工地，嘟囔一句：

"吃了十几年这个城市的老冰棍，为什么却不是这城市的主人……"

他隐忍许久的眼眶，瞬间红了。手一抹，望望远方，没有回去的路。

故乡是一方废弃的旧址，乡愁是他一生的心病。

3

时间垂钓完睡眠的鱼群，他醒来，自动进入城市的节奏：

牙刷与牙齿的问候，剃须刀和胡子的战斗，早间新闻对这世界美好的陈词，都是昨天相同的副本。他如机器，吞完桌上的牛奶、面包，匆匆出门，更大的空倒在社会的餐盘中。

中年女人涌入超市，喧嚣的空间像剧烈抖动的蚊蝇腹部。公交车仿佛时间推来的棺木，被无数双脚塌出未来的裂缝。

在城市深藏的脉络里，地铁是一串流脓的伤口，在指定的时间吐出浓稠的黏液，流淌到地面，绽放出黑色花朵。

人们穿长袖，围围脖，携带手机、菜篮、书包、公文包，覆盖车站、地铁站、码头和机场。

他混迹其中，戳光烟蒂上的灰，出卖指纹和笑容，挤进电梯来到高大积木的顶部，站在一个角落里端正衣领，摆弄发型。镜子是一个哑巴，看着一个傻瓜。

他迈进一扇灰色的门，开始提线木偶的演出：

思维被文件绑架，四肢被领导租用，脊背被椅子奴役。

电脑显示屏像机关枪枪口，对着他扫射。他呆滞如一头骆驼。

落地窗外，飞机笨拙地掠过，两边机翼像刀子割过他腋下，他不觉疼痛。

积木底下，割草机轰隆隆踏过的草地，如易感冒儿童裸露的青色头皮。

夕阳憋红脸，坠落一刻，车胎泄气，天黑下来。

公交车站在那儿，红绿灯在那儿，地铁站在那儿，安检输送带在那儿，日渐深邃的秋天在那儿。

经历过太多大楼、街衢、盖章、刷卡、无线电信号殖民，他渐渐丢失自己的面孔，丧失自己的身体。

红尘拥挤，他被黑色挤着，成为黑色。

他是穿着皮囊的机器、数据、纸片，被时间挖出一个又一个的洞，埋进一颗又一颗的炸弹：

嘀嗒——

嘀嗒——

4

超声波、X光线像蜘蛛布下隐匿的网。

她盯着墙面、天花板，选择一种绝望的姿势躺下，想象自己被放置于烧烤架上，被各种光源当成一块弃肉啃咬。

子母无影灯亮起，三号、四号、七号手术刀，进入她的身体，游刃有余。

她像看着别处的牲口或果实被取走信仰，毫无痛感。

麻醉中，有另外一种耳朵能听见医院里轮子推移的声响，积累的路程略等于从生到死的长度。

某种情绪像心电监护仪呈现的图形，上下颠簸后被时间拉成一条将到站的水平线。

病房静谧，如鬼魅。今天或昨天一张张脸滞留下的苍白，不断加厚墙体。

她和疼痛一并躺下，梦境碎在一段感情惨痛的结局里，许许多多带着裂纹的镜面，是一个一个的她，狂抓着头发，狂抓着已经无法再来的日子。一切都在垂落，并以园中草木枯竭的根须作为警示。

她的爱被火烧，世事成灰。记忆中是那道决绝的背影和暮色一起离开，剩下她，剩下瞳中的鸽灰，融入暗中，并成为暗的同类。

北风从窗外闯进，扫荡着病房。

冬雷一声巨响，像爆破的热水壶，她在废弃的水银里窥见自己无法修复的伤痕，如壑，似谷。雨声和婴儿的啼哭在她耳蜗上盘旋，她被风推至山崖。

轰——

她惊醒，汗湿的掌心，像蘸满了羊水，一辈子也无法洗掉污迹。

她摁掉脸上那颗巨大的眼泪，医院沉默无声，没有一个人看她，世界都空了。女人关于春天和未来的杯盏，自然也是空空的，一粒尘埃都不愿落下，到她这里。

她终于撑不住了，她灭火似的使劲哭着。

她恨爱情让她患上一生顽疾。

脸

1

从清水中抽出脸来,在镜子前立定,坐好,闭上眼睛,想象此刻的自己正在换上别人的脸。

先是爽肤水带着些许酒精的气味从脸上抹开,我如置身雨后的林场,紧绷的面颊瞬间变得清爽;之后乳液与皮肤开始接触,毛孔如同张开的小小嘴巴,很快就吸进黏稠的白色液体,脸蛋逐渐嫩滑起来;再涂一层保湿霜,由指腹绕着两腮往外旋转、抚摸,想象星球在面部的宇宙上温柔运转的轨迹。

做完这些,我睁开眼睛,往镜中看去,还是自己的那张脸,松了口气。姐姐站在一旁,说:"这些仅仅是基础护理,神奇的事情在后面,不习惯就继续闭眼。"

一张脸，自己究竟要花多少精力去照看它？作为一个男生，在很长一段时间里，我从来没有思考过这个问题。直到今年寒假，似乎自己仅仅一觉醒来，这个世界就进入了一种焦灼、慌乱的状态。我在窗边往外望去，满眼都是口罩，一切东西都在失去最初的面目，在遮蔽下看不清楚了。面对突如其来的疫情，原本就不景气的图书市场更显低迷，作为一个普通的写作者，我也接受了出版社的要求，开始在线上宣传自己的图书作品。场地是家中的一处小角落，工具是一台手机，在 5.8 英寸的长方形屏幕里，我看到的仅是自己的脸，屏幕另一头正坐着一个个上帝，他们以匿名的方式发送汉字或表情，让我知道自己正在被观看。

2

也是过了很久才习惯自己像猎物那样被陌生的目光捕捉。

每次理发时，我都害怕师傅会盯着我右侧的额头看。在刘海被剪刀咬开的一刹那，弯曲、扭捏、长 2.4 厘米的伤疤就像蜈蚣一样爬了出来。下面是凸起的隆块，坚硬，突兀，像座山丘，矗立在我略显扁平的额头。那是小学体育课上自己跟同学练习摔跤，一不留神被对方摔到石阶上留下的伤痕。我到现在仍时常感觉到疼，并非来自伤口本身，而是由于被人注视。

当然，几次过来理发，师傅也已见怪不怪，后头再看到我额头的疤也像是见到老熟人一样自然。我一紧张起来，他便跟我打趣，聊起他手臂上的一道伤疤。"以前当学徒时心可大了，有回没注意被刚烧好的热水烫到了，你看，像不像个纪念章盖在上面？"他一边说，一边停下手中的剪刀，捋起衣袖给看我。他笑着，仿佛那烫伤的手臂并不属于自己，目光那么温柔，仿若夜晚洒落的星光。

现在呢，只是面对手机屏幕，我却也显得慌张，恐惧的源头来自一种无法确定的陌生，在手机传输的信号那头，究竟坐着怎样的一群人，带着什么样的目光围观我，是欣赏，是嘲讽，还是可怜我这个在这个时代无奈露脸的写作者？我愣愣地盯着镜头，感觉似乎少了点什么，心头总是有种不安，空落落的，像怎样都无法落地的脚掌，踩着辽阔的空。"是你自己。"姐姐说，"没有人愿意盯着一个素颜主播超过10秒。"她反复提醒我要学着保养和化妆。

"可我是男生啊！"我对她喊道，眉毛中间挤出一个"川"字，并做出拒绝的手势。这是从小生活的乡野环境及父辈一代人的雄性面貌对我根深蒂固的影响，红面膛，短头发，发茬里夹着草木灰，一身黄土味稻谷味，任汗滴从头上身上朝着地上吧嗒吧嗒落。我的骨头、皮肉，还有意志都有来自雄壮山河的参照。"娘"是与"父"对立的，如同"女"跟"男"在性别上有清晰的界定，不容模糊与篡改。阴柔、妖娆、妩媚、软弱这些形容词所指向的修饰物，在作为成年男性的我身上禁止出现。

"但这个时代不一样了！"姐姐有些生气地看着我，加重了说话的语气。

初中毕业后就跑向城市的她，同所有进入潮流前沿的年轻人一样，有着跟乡村永远敌对的审美认知。村庄是她幼时拿到的棉布鞋，耐脏的鞋面上没有多少花哨明艳的图案，硬邦邦的鞋底仿佛携带着村庄的历史和故事，她的生命无法承受这样的一种"重"。她要轻盈，要纤细，要光亮，要体面，要快乐，要商场、咖啡馆、牛排店，要 KTV、健身房、美容院，要电梯、公交车、地铁、24 小时便利店。而朴素、单调、落后、平凡、贫穷的故土只是她所面对的一间老屋，所有的瓦片、房梁、墙面、房柱都挂着愈发焦灼的灰烬味，散也散不去。

她轻叹口气，让我好好看看镜子里的自己。

我点点头，如风一吹树叶就晃动不止。

3

我平静地打量着映入瞳孔的男孩。他皮肤粗糙，面色暗淡，眼袋重，眼圈黑，嘴唇皲裂如旱地。这是我看到的村子里所有同龄男性的模样，毫无异常，他们都在遗忘自己的皮囊，迎接着岁月，迎接着跟父辈相像的明天。

"但你再瞧瞧他们……"姐姐用手点开手机上的照片，并将其不断放大。我瞥见一张张少男明星青春的面孔。他们与我生活中遇见的那些男孩子相比，好像来自另外一个世界，那里灯火璀璨，每个角落似乎都挂满华丽的衣裳，大家没有生活的痛感，也没有时间的压力，那一张张光亮帅气、没有丝毫褶皱的面孔就是最好的佐证。他们施着粉黛，画着眼线，涂着唇彩，双眼带着美瞳格外明亮有神，这些在如我这样的男生看来极其女性化的部分，似乎很自然地融入他们的身上。

"你看着他们会觉得不舒服吗？他们的粉丝可都是女孩子，女生对他们都没意见，喜欢得要命，你还觉得有问题吗？"姐姐仿佛在为我和她有差异的审美辩驳着，一边说一边已从她包里掏出各种工具，"你去满大街看看，现在那些好看的男生，有几个是天生的，还不是保养跟化妆出来的？

都什么时代了，哪个人就只会单纯看你写的东西，你的脸很重要！来，坐好，头抬高点，看不惯就把眼睛闭上。"

　　姐姐在城里商场当服装导购，长年累月见过太多想法顽固的顾客，早已锻造出一套叫人无比信服的说辞。我竟然在她的话语声里，像一头绵羊，闭上了眼睛，并在黑暗中期待着她会同一位技艺精湛的魔术师那样，让我看到一个新世界。

4

　　生命当中，记得第一次听到"保养"这个词，是在高二下学期。

　　一次周末晚自习，我先到教室，随后听见后边来的女孩子一阵清脆的声音，我悄悄转过头看了一眼，一个女生对另一个女生说："你都十八岁了，怎么还不懂得保养？"被问的女孩摸了一下自己的面庞，低下头来，随即又抬起头，向那个精心打理的女生，眼中发出渴望的光芒。

　　当青春不再繁盛的时候，我们开始通过各种方法延缓它的逝去。许多人选择化妆，因为它最见效果，瞬间让人光鲜靓丽，仿佛回到昨日。

"好了!"随着如画师一般的姐姐停下手中的眉笔，我睁开眼睛，看见镜子里的少年如此陌生。他皮肤白皙粉嫩，眉毛如剑，又显浓茂，二十七岁的自己又变回十七岁的模样。我问姐姐："这真的是我吗?"她得意地点点头，用手轻轻整理我额前的刘海，漫不经心地说："你会喜欢上这种感觉的。"

在她那里，我开始认识一些新词汇，如同发现一个个新大陆，譬如"眼霜""面扑""乳液""角质""T字区"……在这之前，我或许听过它们，但并不知道它们的实际模样。对像我这样没有碰过化妆品的男生来说，它们曾遥远得像我永远无法登陆的岛屿。姐姐像个老师，不断细心地想把存放在她世界里的词汇教给我，不忘交代"你需要学会做这件事，有时间自己就练习，不难的"。

而我一直是个非常笨拙的人，对于化妆这件事，始终没有学会。姐姐呢，本想好好让我学到这个在当下她觉得跟学开车一样寻常的技能，但无奈受新冠肺炎疫情影响，她上班的商场入不敷出，准备裁员，这段时间她必须兢兢业业保住这薪资微薄的饭碗，无法轻易请假回来。她帮我联系了一家形象设计公司，其实是一家小店，在区里，离村子还有些远，但因为去年村口通了公交车，市区似乎也就离村子不远了。

慢慢地，村子也像一张正被这焦躁的世界改造的脸，大刀阔斧中，自然的面容渐渐淡去，人工的凿痕比比皆是。山不断被炸裂、推平，农田不断被征收、填土，那些果蔬草木——大地肌肤上的汗毛都成了灰，工厂、商品房雨后春笋般冒出泥土，在昨日尚还荒芜的大地上探出现代都市的脑袋。

但即便这样，村庄始终无法跟城市的那张高级脸相比，跑向城里的人反而越来越多，面容畸形的乡村在日光下显得空荡荡了，枯枝败叶上落满了一层厚厚的水泥灰。

这是一张怎么洗也洗不干净的脸。

5

说到这家形象设计公司，兴许是店租便宜的缘故，它坐落在城市的老街上，新潮的店面装潢跟周围一排老房子格格不入，店名叫"巴黎春天"。它就像偶然闯入养老院中一个特立独行的年轻人。

我走进"巴黎春天"，不做其他项目，仅仅是在里面化妆。多去了几次，就跟店里的化妆师十分熟悉了。

她扎着马尾，化淡妆，隐约还能看见眼睑的脂肪粒和额头的痘印，戴着蓝色口罩，一身牛仔工装。每回我坐在她跟前，觉得自己就像个流水线上的产品，她按照习惯的步骤熟练地塑造我的面容，起初可能是因为疫情还未解除，也可能是她性格原因，她并不跟人聊天，唯一能与人沟通的只是一双常显倦怠的眼睛。去过两次以后，相对熟悉了点，才发现她挺爱说话。

她问我化妆的目的，我说是为了做直播。她说疫情期间，主播带货的生意倒红火得不行。我说我是为了宣传书，她笑了一下，说少见。顺便她指了指左边的一个过道，说："那里可能适合你，租一个小间，化好妆就可以过去直播，拍摄的、打光的设备都有，隔音效果也还行。噢，要是播的时间过长，妆花了，还能立马过来补妆。"

我被她一说，便起身，好奇地往过道走去。过道曲曲折折。穿过一个照相布景的屏风，会看到两旁有很多小房间，很密很深，无论白天黑夜都需要开灯。我像走进一个迷宫一样，一间房正好半开着门，空空的四壁，那些留着油渍、烟灰的桌子像终年躺在这里的浪人，桌上的手机架、音响、茶杯、护肤液的瓶子仿佛放了很久，位置从来没有改变过。四周散发着一股浓郁的、沉闷的气息，从房间一直弥漫到过道里，像是密林中永远无法驱散的雾气，也像一些人停滞在此的命运。尘埃起起伏伏，见证这个狭小世界每天往来的身影。

"以前人不多的，现在每天尤其是夜里都能租满，唱唱跳跳，哭哭闹闹，什么样的直播方式都有，就为了赚钱。你要不要来一间嘛？"她这下又像个销售员在跟我说话。被我摆摆手婉拒后，她嘴边嘟囔了一句："这年头，实体生意真的越来越不好做了。改天我可能也要去当主播了。"

"带货吗？"我问。

她答道："教人化妆。"

我们一下子都不约而同笑起来。

6

人逐渐迷恋上化妆，很大原因是妆容有时如同面具，我们躲在后面，可以不用暴露自我真实脆弱的部分，言行举止也可以换成一种陌生却想尝试的风格。久而久之，逃离自我，自己就成了别人，不必在乎过多目光，不必承担太多责任。

有一次她撩开我的刘海，看到我右边额头因摔伤而留下的疤痕，略显惊讶后说："可惜了。"我扑哧一笑，回她一句："没事的，都习惯了。"

她忙补了句："我也习惯了，来化妆的，脸上基本都有问题。"

我突然张大眼睛通过镜子看她。她收到信号，知道我很好奇，便开始讲第一个故事。

"前天来了个女孩子，给她上妆的时候，发现她戴的是假发，我往她额头抹 BB 的时候，见着很多伤疤，就像蜈蚣那样趴在那里，我迟疑了一会儿，手都不利索了。"她说起时目光里仍带着恐惧。

"她那会儿也知道你在看她吧，她是不是很难受？"我问。

"没有，女孩很淡然的，跟我说，她上个月出了车祸，比较严重的那种，头都快撞坏了，以为自己要死了，后来抢救过来，头上缝了数不清的伤口，在病房待了很久才适应了镜子中的自己，因为见到医院里太多的死亡，就觉得老天对她还算好。出院后，就想好好生活，过来化个妆继续去学校上学。"她一边解释，一边蘸着眉粉往我眉上描，话一说完，两边眉月已经清朗俊秀，节奏控制得近乎完美。

而我还在想该怎样评价故事里的女孩，坚强，勇敢，乐观，似乎所有人面对这样的人物素材，都能想到的词，我却想藏起来，脱口而出的是："真是个有意思的人。"

"可不是。"她没有太多笑容，回了一句，随后对着镜子里的我说，"还满意吗？"

我腼腆一笑，面颊不知不觉羞红起来。

她说现在的人都追求精致，好多男人也学着化妆、保养自己了，尤其是从 90 后这一代人开始，这股潮流都铺开了，她已经见怪不怪。

每天都有很多人出入影楼化妆间，有经常熬夜而面色憔悴的大龄女性，为了相亲来这里获得一种新形象；有上了岁数的阿姨，试图在粉底覆盖下重新找到年轻时的感觉；也有要参加各种求职面试的青年，想在这里拥有自信的笑容……为了让别人喜欢自己，太多人来这里力求改变自己，真实与虚假不再是他们考虑的内容，多数人只是想得到一种认可。这样的"认可"可以是一句赞美，也可以是嘴角浮现的笑意，甚至仅是一道温柔却稍纵即逝的目光，这些常构成他们活着的资本或意义。它们仿佛被倾倒在人生纸面上的水墨，会从第一页一直渗到此后的许多页，谁想要真正摆脱，已不太容易。

7

当凝视镜中的自己，暗淡、粗糙的皮肤在水、乳、霜及粉底涂抹下变得白嫩、细腻、光滑，过往的青春似乎通过镜面返回，紧闭的双眼和嘴唇张开，显示出一种奇异的神情。不得不佩服化妆师的"妙手回春"。

身体是一部私人史，而脸面通常是其中公开的部分，每个人都珍视其裸露在众人面前的机会。五官、肤色藏着我们的身份，在乡野和城市两种环境下分别成长起来的个体于此方面显然不同，旁人一眼便能瞧出，这是后天很难遮掩的部分，但有人仍想努力掩盖人生的来路，企图获得一种高贵。

她跟我说起一个客户，"是个小伙子，年龄跟你差不多，来做皮肤的，要漂白，说实话这一项，我们店里很少做的。毕竟对皮肤伤害很大，以前就有个明星，美国的，很出名，就做了漂白，结果很吓人。我跟他说，平时化妆就可以，他说全身都想白净，还是想做。"

"那个明星是迈克尔·杰克逊。"我回答她，顺道又问，"那个男孩子一定很自卑吧？"

"他应该是常年在海边渔村生活的孩子，终日吹着海风的人皮肤都这样，黝黑、粗糙，后来到了城里学习、工作，受周围环境影响，都想有张好脸面，有个'好出身'，连生来的肤色都要改。"

　　人们都喜欢鲜明的面孔和身体。浓密的眉毛，刀锋般的眉形，白皙的肤色，莹亮的瞳孔，擦着腮红的两颊，两侧涂抹阴影的鼻梁，樱桃色流光的唇彩。我们观看这些，色彩与形体的冲击，掩盖了之外的细节，意识远离事物本身的真相。越来越多的眼睛沉沦于颜色与形式的泥沼中，无法瞥见真相，寻找真相，在异常魅惑的时代，逐渐失明。

　　读过蒲松龄的《聊斋志异》，其中《画皮》一章及其衍生的故事改编文本，无不在探讨人与皮相的关系。从古至今，无人能够经受住外在世界的诱惑，而如松般坚定生长于这天地间。妖精准确抓住人性当中的这一弱点，施以魅计，世间男儿皆被引入情欲陷阱。一个人要想控制身上的动物性是不容易的，尤其在当下时代，可挑选可观望的方方面面实在太多，我们都迷失在欲望的深海当中，找不到一张属于自己的真正的脸。

8

　　"但不是所有的人都是来化妆的。"

　　她偶尔跟我说起一些特别的人，他们平日里承受了太多脸上的脂粉和别人的目光，来这里或许只是为了躺一会儿。她帮他们卸妆，在这不被太多人关注的角落里，会看见这些真实的生命，他们的身体都会在蘸满卸妆液的化妆棉拂过面颊后微颤，镜子里逐渐显现出另一张脸，皱纹、斑点、疙瘩、疤痕……时间对人的残酷在那一刻淋漓展现，谁也没有被它轻饶。

　　"有个女孩子，本身很水灵，但因为工作需要，需要时常化妆。有一天她来我们店里，我给她卸妆，当她在镜子里看到自己清爽的面容时，瞬间哭了，说真累啊，这样的生活。"她在最后一句话上加强了语气，之后又继续轻柔说道，"我是理解的，我每天也要化妆来上班，主要是淡妆，但还是嫌麻烦。你们男孩子都不知道我们花在一张脸上的成本有多高，伤害又有多大。经常化妆，就会受到化妆品的摧残，变得暗沉粗糙……"

　　她絮絮叨叨聊起来，说着别人，又像在说自己。我期待她会跟我说到更多关于她自己的部分，除了工作以外的生活，她的丈夫、孩子，或者她的原生家庭。我乐意倾听所有家庭的故事，从中找寻自己关于家的记忆，作为一种参照和提醒。但她每次都能控制和客户聊天的范围，不逾越分毫到自己的私人生活里，好像一个夏天里穿着得体的女人，恪守内心的道德标准，不裸露多余的部分。

9

我到现在，仍只是记住她晃动的马尾，眼睑的脂肪粒，额头的痘印，以及蓝色口罩上面的眼睛。很多时候，我甚至觉得她跟我说的那些话都是从这双眼睛里传出来的。

众多血丝游弋于她的眼白，眼珠上似乎覆盖着一层灰色的薄膜，她也懒得将其转动，看我时，眼神显得冷静而无意图。这是她身上无法用粉底遮盖的地方，极其真实地表达着她的疲倦、木然，好像对这世界、对这生活，没有了爱，也没有了恨。直到现在，我都不知道她的名字。

但我对人的外表与内在的深刻理解，很大程度上来源于她为我化妆的每时每刻。这是非常奇妙的事情，她提醒我，也带给我思考。我仿佛透过她看到了她所接触的那些人，为皮囊、为欲望愁苦的一批人。他们分散于这个社会的各个角落，因现实境遇而共同抵达这里，在镜中与镜外世界里更换表情、身份及命运的路径。过去和此刻在这里，虚假和真实在这里，赞叹和唏嘘在这里，一个时代的悲欢在这里显出雪泥鸿爪。

从降生到离世，错综的褶皱是交错的谜面，强调一个不容回避的事实：人从褶皱中来，也要回到褶皱中去。无论怎样遮蔽你的残缺或延缓衰老，那些皱纹，那些褐斑，那些脓包，那些血丝总能见缝插针地在某个时刻暴露。

完美在人身上是一个不存在的评价用语，谁都有或大或小的缺陷，来自天生或者后来的环境。化妆给他们带来皮相上短暂的完美之感，你可以说那是他们的错觉，一切都会在卸妆后回到之前的生活。但他们享受这些须臾的错觉，好歹世界在这时有用正眼瞧过他们。

他们可以靠着这张脸，继续生活在炫目的舞池中，跳着欲望的探戈，含着哀情的泪水，或由衷的欢笑。

身在美中

在一段极其漫长的成长岁月里，美在我的世界中是缺席的。

我出生在一个传统的农民家庭，所接触的事物太过于普通，甚至杂糅在一起，也只呈现出一种苍白色，如一面墙。

每天当我要出门时，母亲都会过来检查一遍我的着装。外套太过花哨，裤子有些肥大，里头穿的毛衣太薄，都得换。她再一瞅，发现我的头发也有些长了，要剪，到理发店请师傅剪个寸头。

母亲对我站在镜子前的时间也有要求，不许停留太久。我一待得长，她就开始用并不好听的言语驱赶我。我像一头极为胆怯的动物被扔来的石子击打着，无法忍受，便狼狈逃走了。

在饭桌上，母亲也占着非常大的主导权。每顿她都事先将米饭盛在碗中，那碗口直径有 15 厘米左右，端到我面前，命令我快点吃完。身体发育的那几年，我像不断被填充的麻袋，鼓鼓的，十三岁身高 160 厘米，体重就飙升到 130 斤。同学嘲笑我，我跟母亲说，希望她能理解我，减少一些饭食，得来的却是她的责怪："你不这样吃，是要瘦成竹竿吗，满大街走，让人指指点点？！"

每次她都这样对我说道，不容我有任何辩解。她以自己年代的审美捆绑我，使我在很长时间里觉得自己太过平凡，模样不值一提。我渐渐忽略了这一身皮囊，也不知道它也是能产生美的。

直到念高中时，才开始注意到自己的长相，从五官到身形，轮廓逐渐清晰，看着宿舍镜子里的自己，仿佛魂魄找到了肉身所居一样，美在我身上苏醒了。

是在一次课间，前桌转过头来，瞥见我的侧脸，突然叫我别动。我问她为什么，她笑着说，发现我的侧脸很帅。我不免感到一阵羞赧。

这是我人生第一次意识到好看这个词原来可以跟自己的世界有关，虽然也只是被人提到某个角度尚能入眼，但我已经顿感欣喜。

转眼过去十年了，前桌已经结婚生子。她永远不会知道曾经在课间不经意的一句话，却让一个男孩子黯淡的世界开始有了光亮。

美一直都隐藏在我们身边，很多时候我们都是通过旁人的提醒而发现它，意识到它的存在。

小学时，尚且还在懵懂阶段，老师就教我们唐诗。

活泼泼如《咏鹅》，哀戚些的若《静夜思》，都是用白描的手法，通过事物缤纷的颜色、亦动亦静的形态使幼童在脑中想象出相关图景，体会藏在诗中的百般情感。

老师循循善诱，但我们似乎对文字本身组合出的声律、对仗的形式更感兴趣，至于情境，也因年纪小无法领悟。

印象最深的是柳宗元的那首《江雪》，语文老师当时为我们深情朗读着："千山鸟飞绝，万径人踪灭，孤舟蓑笠翁，独钓寒江雪。"

她在"绝""灭""孤""独"这些字上用了重音，提醒我们需要注意。在课的末尾，她又讲出这诗中蕴含的，其实是一个不得志的诗人内心的失落与孤绝的情绪。诗因这情而美，而动人。

但当时，我们满脑子都是她那清丽如泉从林间涌出的声音，以及作为生活在南方不曾见雪的我们，对"寒江雪"这种意象的向往之情。对美的欣赏只关乎表象。

多年以后，当我只身行旅在北方的雪山里，十九岁刚刚成人的年纪，远离南国，在遥远的他乡奔波，孤独随着零下30多度的寒气漫到了胸口。

世界辽阔无垠，来路变得异常模糊，而往前望去，似乎也无尽头。我口中呵出热气，清晰可见，又瞬间消失，光阴稀薄，散了又散。

我步履踟蹰，一个趔趄，倒在地上，陷落于这白茫茫的天地当中，四周声息寂静，仿佛内心跃动的声响已胜过其他。瞬间对眼前的风景也看得极其清楚了，除了秃木枯枝，剩下一片空白，没有后来的人，也不见前面的人，只是自己一个人躺在这里。

那一刻，我突然想起了《江雪》，才知千百年前的柳宗元竟在诗里写尽了一个人的孤独。那种孤绝之美，此刻我是靠得最近了。

回到民宿，在窗外如豆灯火悉数熄灭的时刻，我在红炉前，蘸着微光暖意，又品起唐诗来。

再见着《江雪》，首先映入眼帘的是这四行诗句的首字，连在一起，组合成"千万孤独"，瞬间惊叹柳宗元的才情，在这文字中竟藏匿着如此迷人的世界，一个在大雪天坐于孤舟中独自垂钓的"蓑笠翁"，怀揣的是这人间的千万孤独。

这样美的意境穿越了岁月厚实的墙垣，来到现在，从未过时。而有所经历的当下人也在青春的烟花褪尽后，与这些美的字句互为镜面，彼此关照个体命运于这世间的万千喜乐。

美是种子，当我们有了生活的阅历，有了与世界更多的关联，便有了能够催生这些种子生长的养料。

《红楼梦》中"黛玉葬花"一幕让人过目不忘，其深刻之处是曹雪芹营造出的悲来自人与物共有的命运。睹物而思过往遭遭，风月离合，林黛玉认识到自身终究是要走向消亡的，同这落花无异，都有无法摆脱的凄凉。她楚楚吟道："花谢花飞花满天，红消香断有谁怜？游丝软系飘春榭，落絮轻沾扑绣帘。闺中女儿惜春暮，愁绪满怀无释处。手把花锄出绣帘，忍踏落花来复去……"这悲因共情而长出美的花枝，在表象繁盛实则荒凉的红楼里傲然绽放。

金庸在《神雕侠侣》里刻画了少女郭襄在黄河边与杨过初遇的情景。此时的杨过已不再是翩翩少年郎，断了右臂，两鬓已显斑白，但在他摘下面具的一刻，对眼前的"神雕大侠"钦佩不已的郭襄，眼中若有熠熠星辰，发出倾慕光亮。才女林燕妮对这一场景有诗评道："风陵渡口初相遇，一见杨过误终身。"初相见，长相思，世情男女在爱的旅途中回忆最多的莫如此，因为它美，有着爱情最初纯澈的光亮。

2017 年的夏天，我出差到山西进行教学交流，车过风陵渡，心中不免兴奋起来，在列车疾驰中，透过车窗搜索着黄河边上的渡口，它还安好吗？曾想着跟某个人来，在落日河畔信誓旦旦，但在这一年春光散尽的时候，那个人也离开了我的世界，如烟火一般盛大的恋情在大雨如注中不见踪迹，独剩我饮酒醉去。再回首当初，一切璀璨，愈发璀璨。这么多年过去了，大河滔滔，风尘四起，人间变幻太多，"风陵渡口"最终只成了金庸笔下侠骨柔情的代名词，是美的库存。

也理解了曾经听过不觉精彩的歌，为什么到了现在，每每听到都不禁红了眼眶的缘故。不是歌变好听了，而是我们都有了岁月跟生活的痕迹。它们共同构筑了我们对美的认识，对美的欣赏，对美的体悟。

美的功能主要是服务内心，调节内心的气候，使人于失落时愉悦，如在深谷见着希望的光束洒落，于焦灼时冷静，仿佛在炎夏沙石上行走而有溪水赶来。一个人不断感受着美，美会逐渐在他心底积聚成一种力量，让人更好地去生活，判断、思考世界的各个层面。

从这一点上来说，美并无高低之分。

有人看到橱窗里的金装玉裹极为赞叹，有人心心念念宝马雕车，有人站在碧瓦朱甍下流连忘返，太多人穷极一生追求着这些物质之美。

同样，也有人饮一杯清茶，读一首短诗，练一幅字画，看一朵花开放，或是守着一片天地一个人等日子途经，带来风霜雨雪，雕琢、打磨彼此容颜，最后与这岁月共白首，这些也是美的。

在这辽阔世间，使内心舒适的事物都是美的化身。美使我们活着更像个人，会看天识云，望海赏鲸，在滚滚红尘里行走，用心珍藏每一个动人瞬间。

但我们却很容易忽视这些美好的事物。昨天的奔波，今天的加班，明天的倦怠，现实压力将人赶进高墙当中，忙着生，忙着死，忙着成为一具机器，丢失生活的品质。时间一长，人就丧失了对美的感受能力，美就像水蒸发了一般。

且让生活慢一点，以生命融入四季的水墨、虫鸟的交响，看云，看月，看漫天的星辰，看岁月如何奔驰，走过冬天，迎来春天，又满载萤火枫叶，送至窗前。

在每一回夜行途中抬起眉梢，打开手电，用美的光束照亮暗淡的角落。日子如尘落下又扬起，勾勒出山海般起伏的轮廓，所有的微小都与庞大连接，所有的美都在等待意识醒来的时刻。

林清玄曾说："生命的实质是空无的，串起这空无的，只是一个个有感有悟的刹那，刹那就是生命的本身。"

刹那，是美出现的瞬间，我们因此感觉自己曾真实地活过。

衰老是列将到站的火车

1

衰老是一种什么感觉?

有天, 当你看见本应光滑细腻的皮肤一点点变得犹如不新鲜的果皮, 在空气里逐渐霉掉、干瘪, 如同失水的土壤, 显露出深邃而龟裂的纹路, 你会不会再去测算未来的自己所能获得的一切?

有天, 当你发现镜子里的面庞逐渐模糊、陌生, 瞳孔已经没有光, 眼角像被刀刻一般条纹清晰, 你想说些话, 喊些什么, 但牙齿已经摇摇欲坠, 你会流泪吗? 还是连流泪的力气都没有了?

骨头逐渐酥脆, 在阴雨寒气时节疼痛, 针刺一般, 那样的境遇里，身边好多年长的亲人已经离开，变成生活里一种透明的存在。你呢，有了子嗣，他们都已长大，却无暇回来看你，如你年轻时那般无暇回家看望父母。

那些老人被时间推向了一个很深的峡谷，幽暗、禁闭、无人注意。他们遍布全身的褶皱犹如丛生的藤蔓，在低处紧紧缠住峡谷的岩石向上攀缘，未到半途，却松了手。

那些缓慢伸长的藤蔓枯萎了，那些不愿被时间左右的信念崩塌了，他们离开了。

谈起衰老，二十出头的我似乎并没有资格，因为我正经历着青春，有新鲜的血液、充沛的精力和长远的未来。但是，我的身边有人正老去，有人已消失。我无法被圈养在青春的颂词里而忽略那些阳光下佝偻的身影。他们走过我们正走着的路途，他们有过我们正拥有的年岁，虽是昨天、过去、曾经、从前，但我看见此刻的他们，仿佛正见着未来的自己。

在某个路口独自徘徊，在寒风吹过的街道蹲坐，在高高的城市阳台上眺望黄昏里的鸟群，在教堂的钟声里沉默不语，在光秃的枝干下休憩，在废旧的老屋里看别人家中飘出的烁烁灯火，在家门口看儿孙挥手告别后的背影，一道道被岁月拉得越来越细，最终变成一根针尖扎进心内。

那时的我们，会很疼吧？

2

一次去一家敬老院做义工。

院子建在山上，近旁有泉流淌过，草木繁茂幽深，常见一些老人坐在苍翠古榕下闲敲棋子或者掷桥牌。他们面颊松软，呈焦褐色或者苍白状，喉咙里像被装进了一张生满铁锈的网，所有经过的声音都变得沙哑而含糊。岁月流经他们的身上，确实如旧衣一样皱了。

院长是个中年女人，眼窝四周有黄褐斑，两鬓有略微的白发，或许在同龄女性中她并无多少优越感，但在这些老人面前，她算是年轻的了。"还有一些老人不喜欢在外面，他们只是躲在房间里发呆、睡觉，或者做其他事情。每个房间都有一个按钮，一旦他们有需求就会呼叫我们。因为院里人手不够，所以我先回去看看有没有什么情况，你们不用做太多事，可以的话，陪这些老人说说话就好，或者微笑着多看看他们一眼。"她言语不多，带我们熟悉了院中的环境后，自己就向办公室走去。

幼年时的自己其实对老人并无好感，觉得他们脾气古怪，有我们无法理解的想法，常板着脸，存留着旧式中国家庭的气息。我和我的祖父母就有着这样一条无法逾越的代际鸿沟，如同彼此都站在无限开阔的河流两岸，在以血缘为纽带的目光里相互对望，各自的心却连接不到一块。我常常走到他们身边，鼻子里萦绕的是一种梅雨天屋子里潮湿的气味，待一会儿后就跑到屋子外面玩。他们老了，就像果实一样要坏了。

随着自己慢慢成长，知晓一些事理后对他们才逐渐改观。这些老人在新旧时代衔接的过程里没有得到自我身份的认同，他们的心还随着先前的社会动荡流浪，时间对于他们更是残忍，无时无刻不在碾轧他们，剩下越来越孤僻的脾气，越来越坏的骨头。当我意识到这些时，祖父母已经过世。

岁月是一封写满遗憾的信，阳光下堆着忧伤的尘。

孤僻的老人如同幽闭的箱子，带着自己的故事安静地沉浸在黑暗里。在楼道和走廊上清扫的间隙，我跑去看了看那些房门紧闭的屋子，透过一些没有关好的窗户，隐约间能看到这些孤独的老人，他们留给我的大多是一个背影，站在角落里，坐在藤椅上，卧在床边，陈旧、肃穆，却又有所企盼，但终究还是灰暗下去，和夜色一道关上了白天。

"你以后会把父母放在这里吗？"

"不会，我觉得他们在这里真的太孤独了，像一件被人抛弃的旧衣服。"

在旁边清扫的伙伴们窃窃私语，声音很小，但还是如同高处的一粒果子砸进了无数人的心里。

院前的大树被傍晚的风吹得四处招摇，蝉声渐渐小了，隐没于树叶间。那些老人暗自流泪无人可知。

我循着近旁的流水声，看到了山崖边淌下的一股泉流，晶莹的水花，在树梢投射下的黄晕里迸溅出金色来，一束一束。我多想它们能够突然停住，这样，一些老人也会多留在这世间一会儿。

3

人的情感，是否会因为时间的浸泡或者生活的机械重复而稀释淡化？

好像一本写满了感动、同情、怜悯的书籍在被不断翻阅后，眼睛疲惫了，心也麻木了，连再翻一页过去的力气也没有了，世界上很多温暖的片段就这样止住，我们越来越冷酷。

我已经好久不去看那些蹲在路边或者跪在街上乞讨的人了，总觉得他们是在贩卖自己的可怜来博取物质上的享受，一个一个心酸的故事，一次一次重复的欺骗，反复经历这些伎俩之后，每个人都会学着聪明。

印象深刻的是十五岁那年，路过天桥，一个姐姐模样的女孩叫住了我，她穿米白色的裤子，上身是一件粉色的运动衫，身后背着一个书包，梳着马尾辫，眼睛很大，长得很好看。她说："弟弟，可以给我两块钱吗？我想坐公交去火车站，就差两块钱。"说完对我微笑着，风一般轻轻吹到我脸上，我顿时红了脸，赶紧从兜里掏出两块硬币给她，一丝犹豫也没有，放到她的手上。她嘴角又是一笑，说了声谢谢。

这一切仿佛都是真的。

但当自己向着远处还未多走几步时，耳畔又传来"可以给我两块钱吗？我想坐公交去火车站，就差两块钱"。回过头，依旧是那女孩在说话，只是对象已经从我换成了一个青年男子。

受骗的感觉如同心里住进了一个冬天，人的情感往往便这般被冻住，坚硬如铁。

十五岁的我默默离开了那座天桥。

过了好长一段时间，也逐渐习惯了身边的表演，在公园中、地铁里、学校门口、汽车站、街衢中，哑巴、失明、断臂、贫穷、绝症……一样的台词、一样的动作、一样的表情、一样的眼神，重复，不断机械地重复，让我在行走中直接把他们的身影过滤掉。但心却坍陷在去年冬天北京西单的地下通道里，我的眼睛无法将那样一种场景刷成透明。

那是我无法忘记的一对老人，他们坐在过道的中间，蓬头垢面，穿着破旧的灰褐色棉大衣，年老无助，靠着彼此相偎。老大爷双目失明，拉着音色悲怆时续时断的二胡，其老伴靠在他身边，神色凄苦。我从大雪中走到地下通道里，如果按照日常经验，我会觉得他们一定是被某个黑心的乞讨集团所控制，配合着演戏，但当我边走边拍着身上雪花的时候，看见他们，脚步瞬间停住。

瞳孔里，老妪从袋子里摸出一块糕点，慢慢剥开包装袋，然后又慢慢放到自己男人嘴边，一只手拿着，一只手托着，那些从大爷嗫嚅着的嘴中掉下的糕点碎屑，纷纷落到那只苍老、满布褶皱却努力向上支撑的手中。我的心在那一刻柔软了，迅速走上前去，从兜里找出五块钱纸币放到他们面前的罐子里。

我相信对于那个细微的动作，再好的演员也无法掌握。它是虚假城市里少有的真实，能够穿过所有森严的戒备而进入内心。

大雪弥漫的城市因为地下的那对老人而有了暖光。它可以冲破寒冷的岁月、坚硬的水泥地、贫穷的生活而绽放出人间的花朵。那是苍老生命中不悔的依恋，是执子之手与子偕老最好的诠释。

被子嗣与生活抛弃的老人，蜷缩在世界的角落里。面对他们，我们的心是不是可以再柔软点？

雪是冰冷的，但跳动的心终究是热的。

4

衰老的节奏是什么样的？

如同寸草经过春夏的萌发旺盛到秋冬的枯萎死寂；如同花枝由含苞待放到芳华吐露再到百花凋敝；如同雏鸟出壳翱翔天宇到最后消失于地平线某次收起的白光里，黑夜降临。

又似母亲眼角越来越深的皱纹，嘴边越说越多的絮语；似父亲越来越听不清的耳朵，越来越无法沟通的内心；似他们日渐呆傻的神情，愈发木讷的模样。

像一扇脱漆的门，越来越紧闭，我们站在门外，年老的他们站在门内，世界被隔成两个部分。

我们在光里，他们在无边又失落的黑暗里。

夜色中，火车在原野上前行，我静静躺在下铺，对面一位中年女人在和一对老人攀谈。

老人们都已年过花甲，或许还过了古稀，身体逐渐被时间抽空，剩下越来越薄的身板和极易发出声响的骨架。中年女人和他们彼此对望，说话。

"大哥，你们夫妻俩岁数这么大了怎么还坐火车啊？"

"去看我姐，路也不算远，就盘算着坐火车了，身体不行了啊，所以就叫闺女订了卧铺。"

"女儿没陪着吗？"

"她工作忙，心情也不好，前些天还跟他老公闹别扭，说要离婚。我俩想了想，也就不让她陪着来。"

"现在的年轻人都太不把感情当回事了，我们都老成这样了，也不叫人省心。那大哥，你们俩现在是见了大姐回来了吗？"

"是啊，走的时候，我姐流着泪送我们出的门，前两年倒没见着她哭……"

"唉……"

"唉……"

我知道，对于这些，或许我只是个局外人，无法清楚揣测到老人说出每一句话时的复杂心境，但末尾那轻微的叹息却盖过了火车与铁轨摩擦出的咣当声，落到我的耳膜里，阵痛。

我想起父亲。

上大学那会儿，我第一次离开南方去北方，父亲不放心自己的小儿子，强烈要求陪我去。我以他年过大衍行动不便又听不懂北方语言为由拒绝了他，他坐在自己房中生了一夜的闷气，天亮后叫来大我六岁的姐姐，要她替自己送我去北方。我这下同意了。

在临别的车站，作为农民的父亲语拙，没说太多话，只是交代我们要看管好行李。等火车即将开动的时候，他向我和姐姐所在的车窗跑了过来，却被工作人员拦下。隔着厚厚的玻璃窗，我看到年老的他又在重复那个示意我们要看紧行李的动作。

我点了点头，心里的眼泪却早已流了下来。

危地马拉诗人阿斯图里亚斯说："种子用秘密的钥匙把坟墓打开，我的父母永远活在风、雪和飞鸟的心中。"

5

时间把身体里的水分连同大脑所铭记的故事带走，我们沦为一片无限起伏的焦褐色的地表，挖开一部分，都将看到深深浅浅的沟壑。

很多伤痛会像铅块一样填进我们愈发薄弱的皮囊里，成为闭口不谈的谶语。

衰老的节奏，如同将到站的火车，逐渐放慢速度，一点一点近乎停止，直至最后到达终点，再也不动了。

时间终有一天会变成一个巨大的筛子，把我们老迈残破的身体一点点筛掉，粉尘般飘落到这个世界可见或不可见的角落里，习惯孤独、沉默和透明，变得与周围的每寸空气一样。而那些放不下的、眷恋的、回头已经看不见的昨天，都已不再重要。

拥有主宰者身份的我们终究会与消逝的万物一样，走上一条通往大地的路。

岁月极美，你要欢喜等待

二十八岁这一年，是我硕士毕业后工作的第三年，自己再也没有被人当作学生。

长期熬夜熬出的眼袋、黑眼圈，不断在讲台上大声讲课而使得嘴角冒出的皱纹，越长越多的胡楂儿，干枯受损的发丝，天天都在飙升、无法再控制的体重……一天当中，最艰难的时刻是当自己站在镜子面前，发现曾经白皙、嫩滑的面庞如今已粗糙、油腻，怎么洗都洗不干净了。这一切都让"少年"一词在我的生活中渐行渐远，阳光再怎么好也感觉不到了。

结束了学生时代，进入工作后，人就老得特别快。多少次午夜时分，我都想着一觉醒来自己可以重新回到那个如白瓷般美好的年纪：明明是大学的人，走在路上还时常被看成中学生；怎么熬夜都不怕，好好睡两个晚上就恢复过来了，继续仗剑而行，披荆斩棘，身上有的是使不完的力气。

需要承认的一个事实是，曾经被人觉得很年轻的你，会长期沉溺在这样的评价里，以至于当它被现实摧垮，转成谎言时，我们都还毫无知觉。显小这件事确实会让人上瘾，当自己幡然醒悟时，衰老就来得异常凶猛，我们如同慌张的鹿站在原地，等待着命运的网撒下，而迷茫无措。

有次在部门例会上，同事们在探讨处理师生之间关系的议题。已经生育两个孩子、腰身肥大、麒麟臂壮硕、日常谈吐十分圆融的阿蓉，开心地说起自己在学校里走路还经常被不认识的学生喊作"同学"的事情，引得在座的人暗自捧腹不已。阿蓉个矮，不爱化妆，穿着质朴，过去或许时常被人说岁数小。她习惯了这样的夸赞，但现在的她已经与那时的自己差之甚远，可阿蓉似乎仍披着那件记忆中的旧衣裳，而无法真正认识此刻镜前的自己。因为同事一场，我们没有一个人在那次例会上戳破她仍在继续的少女梦。

当我意识到衰老正在汹涌而来时，也试图反抗。曾经瞧不起大学室友去快递点取回的护肤品，现在自己也购买了一堆；努力留着刘海，想遮掉泛着油光的额头，为了显得发量多，还专门去理发店把头发烫得蓬松；尽量不碰显得太成熟的西装、衬衫，出门总爱穿些颜色明艳的上衣和淡蓝色的牛仔裤，脚上配一双白鞋；拍照时尽可能避免呆板的动作，而多采用可爱的表情、手势，后期修图时则一个劲儿地把图片的光线调亮，让人看不到自己焦黄而暗淡的面颊……但最后发现，即使自己这么努力地抵抗衰老，现实还是狠狠将我挫败，让我溃不成军。

在解放碑，我被一个商场门童取笑了。那天我站在国泰广场门口等人，一个年轻的门童总瞧着我，我想自己身上是不是有什么脏东西，便站在一面镜子前检查了一下，没发现异常。随后我又回到原先等人的地点，这时门童走过来了，瞧着我的脸，开口一句竟然是："你岁数应该很大了吧？"我知道他其实是想说我装嫩。当时我尴尬得无言以对，身子僵在了他的目光中。他得到了一种戳破真相后的快乐，脸上露出得意的神情，转身走到一侧。我永远记得那张脸，光滑细腻，没有瑕疵，充满了年轻专属的光芒，非常刺眼，让我无法直视。

这两年，身边的年轻人越来越多。在开始一段时间里，我一直是部门最年轻的90后老师，现在，这里比我岁数还小的同事逐渐多了起来，看着他们眼中仍带光的样子，我心里十分羡慕。刚上讲台教课时，面对十八岁的学生，我并不失落，在某些时刻觉得自己还和他们一样年轻，但两个学期后，这种自信荡然无存，工作一步步掏空了我，让我迅速老去。我不敢再多看一眼那些无忧无虑、意气风发、胶原蛋白满满的面庞。许多时候，我都想在这些年轻的肉身面前隐遁。

衰老这条路，没有人可以绕过。在它面前，任凭你如何负隅顽抗，最终都无计可施。它不可攻克，无人可以逆袭，它是生命必将到来的状态。

想起张爱玲在《倾城之恋》中写下的一句话："你年轻么？不要紧，过两年就老了。"以前不理解，权当一个女人的毒舌之语，戏谑而已。现在理解了，方知人在时间面前的脆弱与无奈。没有人会得到岁月长久的恩宠，江湖夜雨、柴米油盐，他人正经历的，迟早轮到你，一一品尝。

我也开始不再规避自己的年龄，而是直面它。没有再把时间耗费在关于那些无聊的思绪上，也不对眼前年轻的面容心生羡慕或哀戚。逐渐走到三十岁的关口，自己越来越明白什么才是更重要的，我不想被庸俗日常淹没，我想把时间和内心付诸理想的生活，逐渐忽略肉身的变化。

回到书桌前，日出研墨，日落收笔。将写作作为生命中富有仪式感的事情，专注对待。那米白的纸上有时落着唐朝的牡丹，有时铺着明朝的月光，有时蓄着乌江的池水，有时响着芭蕉上的雨声。在字里行间策马扬鞭或泛舟缓行，尘世间受尽欺凌的瘦弱身躯，渐次丰盈。小风拂过温碗中的茶汤，空气中似乎荡起了这香味的涟漪，被鼻翼收下。

回到质朴的生活，不再在光怪陆离、喧嚣颠簸中盯着镜中的自己。坐在山坡上，看着黄昏的云霞西去，像晚归的母亲提着一篮子的好心情散着步回家，偶尔一只鸟飞来，站在被暮色浸染的枝头，与我对望，像一声声问候。在远处山道上，老山羊带着小羊下山，一路咩咩叫，如同放学的孩童迫不及待把今天刚学的童谣唱给大人听。渐渐入夜了，山下人家都亮起了灯火，昏黄或泛红，像豆子播撒在灰暗的幕布上，又仿佛是一个个字，写在一封家书上，字迹朴实、单纯，却闪现微光，有老酒烫后的温暖与守候。

有信仰，有存在感，在这样的日子里老去，似乎也不是一件多么恼人的事情，内心反而多了一份自在、从容与踏实。

总在是枝裕和电影中扮演母亲角色的树木希林，是我很喜欢的一位日本演员。她生前经历了俗世的爱恨情仇，看遍了人间沧桑，活得通透、明白。面对电视镜头，她回应着人们所深深恐惧的衰老："不错，这个皱纹，我是挺喜欢的，但大家好像不喜欢。这皱纹是我好不容易长出来的，不显示出来太可惜了。"老太太非常释然，言语间带着自己独特的洒脱与幽默。

我成长于乡野，日头好的时候，常看见村中老妇拿出竹编圆簸箕在自家门前晾晒谷粒。这些手工编织的竹制品什么时候最美？是年轻时，还是此刻？它们年轻时还是漫山遍野的竹子，青青翠翠，人们砍下后，削成篾片、篾丝，编出竹篓、竹篮、竹筐、竹筛、竹簸箕……散发着匠人手心的温度和竹子本身年轻的气味，好看是好看，但不算最美。当它们被人用起的时候，当日光、微风亲吻它们及身上装满的五谷果蔬的时候，当它们旧得像一位位慈爱的母亲的时候，怎么看便怎么美了。

春种秋收，瓜熟蒂落，一切都在自然而然地发生。一个人年不年轻、长得好不好看，都会过去。忘记一些俗世的目光，也不再被生命的状态捆绑，而时常难过、担忧。我们最好的一面并不只留在光鲜的皮囊上，更多的时候存在于未来的可能上。

岁月极美，在于它必然的流逝。看过春花、秋月、夏日、冬雪，我们相信生活与时间的赏赐，且让老优雅地到来。

馔
工厂 ®

出　品　人：许　永
责任编辑：许宗华
特邀编辑：张　洋
封面设计：刘晓昕
内文制作：百　朗
印制总监：蒋　波
发行总监：田峰峥

发　　　行：北京创美汇品图书有限公司
发行热线：010-59799930
投稿信箱：cmsdbj@163.com

官方微博

微信公众号

纵使光阴老去，

也不敢忘你当年模样。

你心有草原，

你梨花胜雪。

心有少年，梨花胜雪

云鲸航美文精选集

云鲸航——著

中国友谊出版公司

图书在版编目（ＣＩＰ）数据

心有少年，梨花胜雪 / 云鲸航著 . —— 北京：中国
友谊出版公司，2023.5
（云鲸航美文精选集）
ISBN 978-7-5057-5593-2

Ⅰ . ①心… Ⅱ . ①云… Ⅲ . ①散文集－中国－当代
Ⅳ . ① I267

中国版本图书馆 CIP 数据核字（2022）第 255117 号

书名	心有少年，梨花胜雪
作者	云鲸航
出版	中国友谊出版公司
发行	中国友谊出版公司
经销	新华书店
印刷	三河市龙大印装有限公司
规格	787×1092毫米　32开
	8.25印张　132千字
版次	2023年5月第1版
印次	2023年5月第1次印刷
书号	ISBN 978-7-5057-5593-2
定价	78.00元（全2册）
地址	北京市朝阳区西坝河南里17号楼
邮编	100028
电话	(010) 64678009

如发现图书质量问题，可联系调换。质量投诉电话：（010）59799930-601

目录 Contents

1

第一辑　少年温柔，与花同眠

我们的青春长着风的模样……

提灯照荷远，少年已乘风……

曾是白马少年时……

时光是座易过敏的花园……

夜晚的独舞……

时光里消失的蝴蝶……

风若年少的回声……

走廊上的时光……

住在声音里的彼得·潘……

向前跑，冥王星……

别让他们只跟神说话……

再见，黄昏里的男孩……

骑岁月的风捉一只温柔的蜻蜓……

我们的青春长着风的模样

过了很久，我才听出树叶背面的蝉声还如当初一样清晰。那些旖旎时节的花雨流经我们的生命，像极了一阵风，从多年前那面长满苔草的墙壁途经。

那一行粉笔划下的字迹，细小得如同即刻张开的翅膀迤逦飞来，小纽扣，你还记得吗？

夏天又到了，我喜欢六月所带来的一切。那些芬芳的花草气息，丰沛的雨水，白衣少年的身影，单车，教室，卷子，铁栏窗，似乎永远没有尽头的符号海洋，都被回忆的脚趾柔软地踩响。请允许我不转过身来，不让你觉察到我的不舍是那么紧紧地贴在脸庞上。

阳光沿着记忆的旧址返回，这是通往过去的唯一途径。

南方的五月，台风还没入境。学校颇不情愿地让出三天的节假日给我们，而各科老师亦是没忘帮我们打包一沓的卷子讲义，白花花的纸张铺天盖地地在我们的心里翻江倒海。而我自小便是不入流的那类，执意不想错失这般可供自己喘息的机会。坐在家中，趁母亲不注意时便从小门溜到院里。庭院种满了合欢树，树下摆满兰草和各种枝叶怪异的盆栽。台阶两侧有一口花纹大瓷缸，里面是长于卵石缝隙中的莲荷，通常会在初夏一场突袭的暴雨过后开出清淡的花，浅红粉白，点缀得婷婷碧叶有着泼墨而出的风韵。池边的岩壁上，蜗牛静静地蠕动，恰若时间放慢的脚步。

记得年少时，自己常常趴在花草丛中，闻着三七、薄荷草的香气，无邪地旁观着这方可以四处长出唐诗的世界。"两只黄鹂鸣翠柳，一行白鹭上青天。""清江一曲抱村流，长夏江村事事幽。""残云收夏暑，新雨带秋岚。"父母那时拿出自家做的甘草凉粉，一边教我诵读，一边用瓷白的小勺细细舀出一口一口喂我，时光惬意得似乎是一辈子的幸福与欢喜。但入学后，这样的日子渐少。白鸟衔起翠枝柳叶远飞天涯，桃花下的马匹一夜之后迷途于江湖，我的好时光彻底被突如其来的高三掐断所有动用翅膀的可能。放学回家便早早吃完饭，然后躲进近乎密闭的卧室里，对着案几上成堆的教辅看上半天工夫，翻看着翻看着便开始昏睡。偶尔有时间剩余，自己也变得不愿出门，僧侣一般临窗独坐。薄暮里，夕阳一点一点斜落硕大鲜红的身子，像不知何时被人摘走的果实。

纽扣经常说，这样下去我们迟早会疯掉的。纽扣是我最好的朋友，因他的眼睛和小脸一般圆的缘故，便取了这外号。他说这句话的时候，手里的纸飞机已经折好，并被他漂亮地掷出窗外。承载年少忧伤与渴望的梦，似乎在天穹下飞了好远好远。它会飞往天边去看普罗斯旺的花季吗？我问。纽扣没说话，只睁着圆润的眼睛看了看我，然后把头埋低，快低到再也无法返回的时光里。

恍惚间光阴被碾成一地碎银，当自己试图将它全部捡起的时候，新的时间又撒落了，无尽得像条河流。五一假期简简单单地结束，我又回到了透明的自己。我愈加不习惯在文字、公式、ABCD 中游离，那张冷淡、孤独、不安又机械的面孔，我不喜欢。高考的深潭日渐扩大它的容积，而立体的自己悄然间竟被压成了平面。

我不喜欢 Mrs 林让我们花掉一整节早读课限时做完人手一份的《英语周报》，不喜欢学习委员每天都来催促我上交作业时甩出的眼神，不喜欢不断被延长的晚自习时间，不喜欢黑板左上角的"倒计时"从三位数瘦成两位数，不喜欢老班满怀危机地宣告高考即刻便到的消息。朝西的天空不再蔚蓝，朝东的门总有匆匆的脚步进进出出。时间以流沙的速度前进，我们拉不回一个真正的自己。

纽扣笑着说，我们是不是像傻瓜，被人掌控了一切而什么都不知。我点点头，想起岛崎藤村在《银傻瓜》中写的：世界上，不管哪个地方，总有一两个傻瓜。小纽扣，什么时候我们竟然这么甘心地变成傻瓜了呢？纽扣又笑了，然后拉着我从教室后门溜出。

那时临高考仅剩二三十天，我们依旧不谙世事，依旧在操场上疯跑，大声地叫喊，依旧从图书馆里借来卡夫卡和卡尔维诺的书籍在凌晨一两点的台灯下孜孜不倦地看着，依旧在晚自习时趁着老班不注意翻墙出校，保安大叔常在后面紧追不舍，我们大汗淋漓地笑着，又拐弯走到便利店里买来雪碧当成啤酒一样大口大口灌着。很多岁月流淌出的细节生长成繁密的枝丫，排列出好看的形状，悬挂着铃铛一样的花，然后微风便穿过了我们的胸膛，温暖的时光镶嵌出水晶的圆。

高考前的一段时间，每晚睡前必听的一首歌是《最初的梦想》。范范的声音很动听，有一种玻璃光亮的质感，穿透了夜间的层层雾水后始终清冽。我喜欢这样的时光，它让我感知到自己的存在。白昼里，我们茫然地游弋在光的骗局中，重复的是一天天相同的疲倦与对未知的恐惧。而夜，是一盏从不熄灭的烛火，只燃烧着冷静的黑，让我们思考，把我们和这世界的脸精确地重叠到一起。在音乐对耳鼓密密的低语中，夜亦成了一个耐心的听者，宽敞的内里卸下了太多积蓄的泪水与彷徨。Eason 在《爱情转移》里唱道："荡气回肠是为了最美的平凡。"而我们的梦想也应是荡气回肠，或许到最后结果只是平凡，但我们已经在实现的过程中为自己真正活过一回。

雨水蜇人的六月，高考伴着入境的台风如约而来。所有的船帆都做好最后靠岸的准备。而我亦是忘不了那大雨磅礴的两天，白衣少年悲欣交集的哭泣声像小朵小朵的花连缀成片。

那段时间里，父亲为了陪我，放掉了那个时节田间繁忙的农事。考试的两天里，他都坚持在凌晨四点起来搭五点去市区的首班车，晚上又得跑到车站去赶末班车。夜色里总会见到他跑得缓慢的背影，在城市路灯下渐渐延长成一条模糊的描线，夹杂着湿雾，无尽的苍凉压在我心底，隐隐作痛。

父亲始终在校门外静静地等我。每考完一科，周边总会有父母着急询问自己子女考试的情况，而父亲在涌动的人流中只保持着一贯的沉默。8号考完最后一科英语的时候，大雨下得更为壮烈，就像人激动或者释然的情绪。我像被掏空内脏一样恍惚地冲出校门。在喧哗人群里艰难行走，迎面便听到有人喊着我幼时的小名。"小航。"是父亲沙哑的声音。他一只手撑着淡蓝的雨伞，一只手递来一瓶消暑的花茶。"走的时候，怎么不拿伞？"他问。我笑着说，嫌麻烦。父亲摸了一下我的头，执意撑着伞，并不断把伞倾向我。我看了看此时眼中的父亲，头发不知不觉间已经苍白稀疏，曾经带着锋芒的眼神被岁月磨得平淡。那天的雨一直下着，滚落到手心，却一直是暖的。

那一天，被时间借走的自由、欢喜与爱重回我们的手上。

那一天，大雨没有浇灭花朵恣情吐出的鲜红色彩，那些停靠在草莓上的蜻蜓把翅膀扑成闪光的徽章，蝉声清晰而悦耳。

那一天，我们曾经执意要穿越的城池、山峦、河道、海洋、平原和边界，渐渐展开宏伟的地图。

那一天，我们开始真正长大。

很久以后，我还记得到校领取通知书的时候，纽扣又像往常一样把我从庞大的人流中拉出。我们走到废弃的墙垣边，身旁扬花的蒿草丛中停息着几只粉蝶，摇摇晃晃的树影间它们彼此相拥，像岁月里那道深刻的吻在风中飘动着。纽扣拿出粉笔在苔草遍布的墙壁上写出一行：我们的青春，是一阵风。那么快地到来，那么快地消散。

小纽扣，这阵风里有我们最美好的记忆，它们穿过了树梢上稀薄的烟云，让我们看到花开花谢后的圆满。

飘忽的花香中，我们是虔诚的看花人，站在时光的边缘，等着回忆一点一点明亮。

提灯照荷远，少年已乘风

时间的大雨冲淡了红艳的年少，在十八岁以后的月台上，我目送一列列火车从身边驶过。

辛夷花沿着金属铁轨盛开，被花海簇拥的前方变得明亮起来，遥远的风声飘荡在开阔的原野上，蓝天清澈，青山是一道笃定的眉边。

恍惚间，我走过了一条深邃的长廊，在那一段没有晴朗光线投射来的时日里，声音被所有黑暗的牙齿紧紧咬住，内心深处的草木却长得异常繁茂。

我总会听见一种低低的声音，顺着时间的源流而来，在身体里欢唱："亲爱的人，远方如同莲花的颜色，你的未来要在那里盛开几次。"

我是个对远方有太多迷恋的人，想象着自己美好的梦境一定会在远方实现。

酣睡中温顺的猫咪，平原上日夜旋转的风车，美丽的花树，单纯的幼童和离世的亲人，一定会在远方的某个路口或僻静小站等待我。

那些没有人认领的青春也在远方的道路边生长，青草漫溯的面目和幽淡的清香，像宝石发出愈发明亮的光。

皓月高悬，千山远大，我热爱一切宁静的声息。

风会把过往吹成细珠，在时间柔软的掌上抖动，烟尘般倾散。在温热的执念里，天空不会欺骗善良的眼睛，内心不变的永远是一种前往。

这是远方给予我的美好臆想。

年幼时，自己是一只不安分的兽崽，整天在被大人固定的环境里冲撞，不识愁滋味。常在自家院子里兜转，看合欢树招摇，看兰草和各种造型怪异的盆栽。

母亲在一旁浆洗衣物，我趁她不注意，偷偷爬上粗大树干去打量远天。春风常在耳旁呢喃，像漫天抖下的细小绒花。

母亲歇下来的时候见我这般顽皮，抖动着细脆的声腔："怎么爬那么高，下来，下来……"

　　我在她焦灼的目光中始终没有屈服下来，她耐不住性子，索性举起搓衣板拍击着树枝。

　　剧烈的摇晃中，鸟群纷落白色的翎羽，地平线描出青色的花边，我感觉自己的身体开始有了飞翔的欲望，像秋天的果实不断膨胀，在通往远方的风中抵达一种欢喜。

　　长大后，我终于去了一次远方陌生的城。

　　从南往北品尝着旅途漫长的滋味。一路上，我见过了旷达的原野、发光的河、异域况味的钟楼，听到了粗犷的北方语音。与远路人事的缘分，在时间里擦亮，描着悲欣之色，明白溺于美好是多么可怕的美梦。

　　也曾在寂夜中哭泣，为着陌生境遇中感知不到自己存在而内心苍凉。在坚硬的冰面上摔倒，忍着疼痛起身。在喧嚣的街市里行走，觉得脚下没有适合踏足的方向。远方有多美，不敢再去想。

　　漏光的树下没有痛苦的蚂蚁，看上去永远是那么幸福。不懂追逐、不懂企盼的人，是不是会比这样轻狂无知、满腹执念而把梦摔痛的人实在、幸福？

　　在年少细长而寂静的叶尖上，悬挂着一瞬间便滑下的水露，在时间里失踪，别无音讯。

渐渐发现，到过的地方永远不是远方，远方只在更远的地方，如同无法被人赶及的风。

有一年夏末，休学参加工作的朋友阿禄处事不顺，工作上常遭上级训斥，情感上更是塌方，相处一年多的女友跟富二代跑了。

阿禄是个温润的男子，日常喜欢泡茶、赋诗。在我印象中，他心情不好时总喜欢出去走走。

那阵子阿禄内心郁郁，说要邀我一起去西塘观莲，但因我有事拒绝，他便只好独自前往。结果，火车晚点，抵达时已入夜。

回去后阿禄在电话里跟我说，因翌日要继续上班，需返途，那晚便独自去看荷，忽又遇雨，莲花都凋谢了，荷塘中尽是一片惨淡之景。他说是不是自己注定等不到最好的时机，一些东西是不是真的就该错过。

阿禄也开始怀疑远方，问我远方或许就是一场骗局，一种安慰，一种虚无，而我们却执意相信，像不像傻瓜？

我知道，阿禄心上持有的这些念头，是来自流年辗转中对光阴和世事的不信任，若断弦之弓上飞翔的孤鸟，找不到世界可以依赖的缘由。

看张爱玲的《半生缘》，内心常常变得柔软。

有时，两个人之间的距离远远超过目不能及的地方。那是一种恍若隔世的孤楚。

世钧以为曼桢离开自己后会过得更好，却不知失去爱的女人走到哪里都不再有归处。世钧也不知道，女人寻尽一生，要的只是心内与爱人相拥的那一刹那温暖。

流年散尽所有的伤和痛，爱过的人却一直在心里挥之不去。

几米说："当你喜欢我的时候，我并不喜欢你；当你爱上我的时候，我喜欢上了你；当你离开我的时候，我却爱上了你。是你走得太快，还是我跟不上你的脚步，我们错过了诺亚方舟，我们错过了泰坦尼克，错过了一切惊险与不惊险，我们还要继续错过……"

由于内心触摸不到彼此而产生的遥远距离，恰若两条平行线，永远不会相交。在猎猎风尘中，不禁让人感伤，落下遗憾。

"世界上有比远方更远的东西吗？"

朋友常常在电话中问住我。

我只是握着话筒，像握着沉默的石头，一言不发。

或许有时，我们唯有沉默才会在对方心里留下答案。

"喂，在听吗？喂，喂，你在吗？"

急促的声音透过不见端点的电话线像在希冀着什么，又像在害怕什么。

"我在。"我轻轻地说，"你等等。"

旋即，我打开窗子，鱼贯而入的风吹开静默中的帘布，响起海涛般的声音，"哗——哗——"，我把话筒不断凑近。

"你听到了吗？"

"什么？"

"风啊。"

"啊？"

"风比远方更远。"

朋友这下也陷入沉默当中。良久过后，又问道，"那，风有多远？"

我假装想了想，然后笑着叫他摊开手掌往皮肤上轻轻扇动几下。

"感受到了吗？其实风一直都在我们手上。"

风并不远，在我们手上，也在我们心上。

细细听，你心上起风了。

曾是白马少年时

天冷时，总觉得时间变得慢了。

重庆的银杏树开始换上锦衣，金灿灿的，奢华至极，但这美丽并不被时间怜惜。秋风一起，银杏树便一天瘦过一天，最后只剩得光秃秃的枝丫在这凉薄时节里，仿佛祖父母的手臂在晃动。

夜里有时也下雨，淅淅沥沥的，敲得屋顶和门窗沙沙沙地响，但显然没有夏日的声势浩大，只是像昆虫在振动着翅膀。

这样渺小、轻柔，不易被熟睡中的人察觉，好像我们那些睡着的童年和逐渐沉寂的年少时光。

我常常一个人在夜里跑上天台，站在黑暗的高处，望着底下渐次熄灭的灯火，内心感到的往往不是孤独，而是一种安宁。

有时风或雨丝刮到脸上，凉凉的，痒痒的，像沾水的蒲公英或是被濡湿的棉絮贴在皮肤上，我没觉得难受，反而觉得很舒服。我特别想笑。

经常被人问到你能考上一个像样的大学，是不是中学时就过得特别苦特别累？那段时光确实难熬，我忘不了自己一个人坐在冰凉的楼道阶梯发呆的情景，忘不了感冒时坐在考场中一边答题一边擦鼻涕的自己，忘不了班主任找我到办公室里谈话问我最近排名倒退的原因，也忘不了数学老师揪着我不及格的卷子在全班面前数落我的场景……我总是沉默着面对这一切，不敢抬头看谁，自己沉默地瞅着自己的鞋。

而后，自己也经历过一段奋发图强的日子，不断地把上床时间往后延，不断地把起床时间往前调，不断地背书、做练习、收集错题，不断地从一个老师的办公室走到另一个老师的办公室。很快，在这样高强度的学习之下，我成了一匹在原野上竭力奔跑却异常孤独的白马，觉得自己快撑不下去了。时间开始变得很漫长，天空也总是阴阴沉沉的。

高三下学期，我们班上来了一个男生，坐在我后桌，是个回原籍学校高考的艺考生，会唱歌、会主持、会弹吉他，人很开朗，嘴角总爱带着笑。他是我后来创作的一部小说中男主角的原型。

他知道我会写些小玩意儿，就好像找到知音一样。没事时，他总拉我去自习室，倒不是去学习，他跟我聊的都是方文山和林夕，张口就来上几句他们的歌词，后来把持不住，情不自禁又唱了出来。刹那间各种目光扫射而来，我尴尬地坐到远一些的地方，和他保持距离。

后来我曾给他写过一些歌词，他看完总会像私塾先生一样摇摇头，说我写得华美却无感情，并让我继续加油，不要放弃，不要放弃。所以我也常跟小说里的某个女主角说，不要放弃，不要放弃，你再努力一下就会成功的。

过了不久学校要选校庆歌曲，我写的歌词竟然入选了。那天我请后桌吃了自助寿司，他很得意地说："看吧，我就说你会成功的。"但在小说里，努力改变自己的女主角最后还是和男主角错过了。

但我喜欢这样的错过，干净美好，散发着年少特有的伤感气息。我把小说发给一些读者试读，他们都替主角们难过，说为什么结尾要这么安排。我告诉他们，因为这就是成长，带着柠檬的味道，你尝过觉得酸，却能回甘。

前些天又梦到自己回到那个装满乐器的教室，很多艺考生坐在里面，说说笑笑，玩玩闹闹。唯独见到后桌一个人坐在后排靠窗的位置手里抱着天蓝色的吉他发呆。

我悄悄走到他身边，跟他说，我把你写进我的小说了。他笑着轻拍一下我的头，说，写屁啊你，干吗不用我真名？我说，我把你写得很帅，里面的男主角就跟你一样，多半明媚偶尔忧伤，很讨人喜欢，如果用真名，怕读者看完把你抢走，你就不在我身边了。

他笑容清澈，嘴边兜出一句，跟作家做朋友好麻烦。我暗暗笑着，目光瞥到别处，发现人都走光了，教室空荡荡的。等我转过脸来看后桌，他也不见了。窗外有树被风摇动着，像一阵一阵的海浪。我的心一下子也空荡荡的，一个人趴在课桌上渐渐睡着了。

细数成长里的点滴，最快乐的时光算是高考之后的日子了。

整日无事在家，闲云野鹤般活着，想睡到几点起就睡到几点起，无聊的话就在镇子上跑，心情好碰到几只流浪猫就抱回来，被我妈看到臭骂一顿后又将它们放归自然。自己多半还是喜欢宅在家里，吃冰镇的西瓜，听想听的歌，看想看的电视节目，爸妈也都不管我。

初夏，沿海就有些热了，我常常一个人骑着单车去海边，海风打耳，却很清凉。我站在一座海螺形状的白色灯塔下唱歌，大喊大叫，风吹乱我的头发，海鸥飞起又落下，海浪袭来又退去，远处也都是同龄人光着脚丫在享受"刑满释放"的快乐。

遇到台风天，我喜欢搬张椅子放在落地窗边，然后自己坐在上面俯视底下风雨大作的场面，感觉自己就像上帝。台风过境，乌云退去，明亮的光线瞬间就铺满了远近路途。人们纷纷走出屋子，像踩在被浸泡过的奶油饼干上。世界很甜，软软的样子。

年少时的我们都有清澈的模样，每当回首，冗长岁月仿佛顷刻间成了烟波，我们可以沿着记忆的旧址重回花季雨季中的波心，看风吻出涟漪。

成长从来不是一件小事，它是一个人的史诗，我珍惜自己写下的每一句、每一行。

我眷恋成长中天真美好的风景，有着翠色的忧愁。飞鸟掠过，滞留下和风中最绵长的身影。那一段段光阴动听得如同不老的少年。

我愿继续在文字中牵着白马路过你们。

时光是座易过敏的花园

清醒的时候，头顶的窗户会漏下许多细碎的杨花，在温柔而明媚的光线中舞蹈，缓慢得如同一首歌曲里被拉长的尾音。

这个春末，我不知道自己竟然也开始对花粉过敏了，身体像住进了一座随时喷发的火山，忽一瞬间被开启后，在停不住的喷嚏声里，宇宙都在旋转着，自己似乎都找不到世界的经纬了。

我害怕在美丽的花草面前呈现自己的窘态。面对春天所有的美，我感觉到自己的存在是多余的。

花粉症来了，我就躲起来。也因此拒绝了很多友人游山玩水的邀请，心里顿感遗憾，埋怨起自己怎么这么不注意。母亲倒是笑我，说我年少时可没让她少费心思，不是成天流鼻涕、咳嗽，就是偶尔出些水痘让人担忧。

那时四下并无玩伴，只是自个儿闷在家里，窗户紧闭，甚至连窗帘都不曾拉开，生怕自己生病的模样活脱脱吓死沿途走过的路人，整个房间也便成了一个密闭的盒子。我是盒子中一根丑陋的火柴。

长大后，性格依旧没改过来，犹如没有姓氏的江山，野花遍野盛开，草长莺飞，无人能将我这个劣等子民管辖。这也便成了十八岁以后性子愈发执拗的发端。母亲为此也与我言谈过，这般孩童言行是与社会脱节的，早晚一天会害了自己。

我从果盘里拿出一个橘子，果皮似乎还带着些青，母亲摇头，说那还未成熟，吃不得。我顽皮地笑了一下，不理会，掰开取出一瓣直往嘴里送，未长熟的橘子滋味自然酸楚，把唇腔齿牙搅弄得不知三月肉味与八月桂香，我看着母亲扑哧一声，忍住，闭了下眼睛，下了肚。

"害苦自己了吧？"母亲问。

"没有啊。"我假装一脸愉悦。

母亲又说："你这小鬼嘴皮倒挺硬的，那它酸吗？"

"妈，甜和酸，我自己会掂量。"一语落地，我便伸手又掰一瓣青橘放入口中。

假装成熟，假装坚忍，假装世界的铜墙铁壁无法伤着自己。但这，在离你最近的过来人看来，是能轻易被识破的年少伎俩。无可否认，我们曾经多么无知与天真。

离开母亲以后，我的耳畔便少了一些提醒与劝告，自己说话时也失去了一个忠实的听众。与此同时，我发觉自己的孤独症愈发严重了，如同这个春末带给我的花粉过敏一样。

北方的寒夜里，自己常对着辽阔的夜空仰望许久。星月如灯亮着，银河浩瀚无边，云纱织锦缠绵其间。想起南方的夏夜，和兄弟姐妹把床搬到天台上看星星的情景。

那时面对星空，像面对遥远的未来，我们都是一群没有形状的图案，在无垠的大地上像小花小草那般生长，自由得如同风。

姐姐是最先聊起梦想的，她说自己要成为歌唱家，到世界各个地方演出，吃好吃的东西，看好看的风景。哥哥的梦想和所有的男孩一样，他说自己要娶一个像周慧敏那样长相标致的老婆，还要盖一百层高的楼房。而我那时是对这个世界什么都不懂的小小人儿，拿着一本快翻烂的漫画书，说想当个画家，画出一个比哆啦A梦还要神通广大的机器人，画出比百变小樱还要漂亮的女孩子，还要画出未来无所不能、超级厉害的自己。

后来，结果证明我们的梦想都输给了时间，很多东西也都形同过客被我们遗忘在记忆里那个渺小的村落。姐姐的声音沙哑了，哥哥喜欢的女明星老了，而我的画也只停留在小学阶段简单的线条上。时间摧毁了未来的城堡，很多美好的故事被拆成现实里薄弱的风，只是吹一下，树叶轻轻摇摆了几下。

想起一次南归途中，在颠簸的列车上听一个失意的商者说，星星是这世上最柔软的抚慰。他是个温和的中年男子，眉目清秀，但脸上总是布满无法排遣的忧郁，他与我临窗坐着，说着处事的艰辛与困苦，我只在一旁点头或者沉默。年龄和阅历上的距离，像我在岸上，他在海中央。我所有的回应对他而言，都显得浅薄。

生意场上的失落一度让他濒临崩溃的边缘，他常常抬头看天，说茫茫天宇中最让人敬畏的应是看似渺小实则庞大的星辰，它们即便已经在几亿年前死去，也要让自己的光穿过浩渺的时空抵达此刻我们的眼中。"你如果伤心，如果被这人世欺凌，便看看星星吧。"在他的建议之下，我抬头向车窗外的远天看去。

无灯的荒野中，星辰是唯一亮着的灯盏，寂静的声息里，四季轮换，周而复始，我们只是沧海中的一粟，有什么丢不下忘不掉的呢？

　　幼年时的白天鹅起飞以后，大面积彩色的线条在过山车的行驶中天旋地转，迅速飘扬又降落的年华长出这个春末青青的蕨草。很长时间以来，我从未停止在苍茫的风中勾画自己未来粗糙的轮廓，执拗的花朵在骨子里一边释放花粉一边也在我的身后埋下根芽与落红。只要人活于世，还是会有愿景眷顾你，隐于自我手心的佛一直没有离开过。

　　时光是一座美丽的花园，开满缤纷的花草。在那座花园中，我们始终长不大，始终是一个个对这世界充满爱跟期待的小小孩。

　　那一点点的绿肥，那一勺勺的红瘦，就释然地放在你我容易过敏的鼻翼上，提醒自己的舌苔，喷发出可能幸福的明天。

夜晚的独舞

入夜时，我喜欢独自一人行走在清冷的小巷里。

伴一轮清辉皎月悬挂在疏朗枝头，风过处，卸下许多白玉兰的香气。沉浸其中，自得一份洒脱与轻傲。

这是纯属一个人的清爽与闲适，多了一人，便觉得其味淡去些许。再多一人，清甜的孤寂就索然无味。这是喧闹中的人群所无法进行的自省。

我对夜的上瘾程度不亚于对甜食和栀子的迷恋。三者一样勾人心魄，让我这活在俗世里的小厮欲罢不能。通常趁着晚间七八点出门，在马路两旁、街道交错里漫无目的地穿梭，一个人带着对前世的溯源和于今生行走的朝气劲儿享受夜的洗礼。

出门前，常会脱下暗色校服，换身休闲衣物，短发用清甜柠檬发液洗一遍，也不梳理，任风造型、吹干。这是我执意要追求的自我，也是想让春日园子里那排刚抽芽的丁香树知道的真实。我向往这般年少青衫薄的年岁，活得孤寂而雅致，愿意对自己负责，不求人贴心懂得，两三个主流或非主流知己明白即可。

夜游症的程度，是与日俱增的。这一点，我承认。但我从不认为这便是病了。病与症是有区别的。病是身体机能的消耗损伤，抑或神经严重错乱而沦落到不易被人操控的程度。而症，于我看来，是种不易改替的习惯，将伴人一生，一时间的愈合与缺失，也不行，否则一个人内心的自由又会少去大半，这是一种悲剧。

想来患上夜游症已有大段时日，原因很简单，只因学海茫茫、书山无尽，让自个儿透不过气来，便选择这一种方式的释放。朋友常说我是在发疯，晚自习的大把时光就这么被自己糟蹋了。他们说出这话，多半是对我的关心与劝告，但也不排除青春期男女对叛逆的妒忌与对乖顺的屈服。我谢过之后，便又独自开始夜里的旅程，一小段一小段往前，踱过白昼的虚浮与聒噪。脚底触碰微凉的地面，又有晚风或雾气迎面而来，抬头，夜空辽阔，晚星点点缀在上面，也像遥远宇宙中的旅人与我对望，给我加油打气。夜里走路的人是清醒的。

走过的路不同，看到的夜景亦是风味各异。

旧家的羊肠小道是常走的。白色细石铺设，在月光下仿佛倾洒一地的盐粒，路窄，够两人并肩通过，大型车辆自然得绕路了。在其一侧，有一条清澈沟渠流经。另一侧则栽着青裳树，满树叶片抖动的声响落雨一般好听。春末树上常开的是红花，偶尔夹些瓷白，点缀得恰到好处，有迷离与颓懒的眉目之感。香味自是不必说的，透着一股幽芳，沁入骨子里，发软发甜。流水经过，常放悠悠的慢调，年暮故人一般的叙述口吻，但也听得有些惊心。毕竟这是一种流逝，生命里路途真切的消退，我们应该深感敬畏。这亦是一种尊重，对自我，也对年老的亲人。

虫子窝在草根里小声叫嚷，有童年熟悉的味道。一些时光便也沿着掌心纹络依次铺开。六岁时，因贪玩习性而迷路于深山，亏了阿姐漫山遍野的哭喊，才在月落时顺着她干涸的声腔到了家门，自然逃不过父母的一阵打骂，疼痛之后又回归原状。八岁时和阿哥傍晚出去捉天牛、萤虫。龙眼树在那个时节开满白花，我们哥俩爬了一座又一座的果园，却也没见着几只像样的虫子，扑空不说，又弄得满脸泥淖误了时辰，那饭菜自然是凉了。回去父亲的脸常是板得青青，母亲叨叨喃喃过后，竹鞭子亦是躲不了的。

此后的一些夜晚变得宁静而漫长，原是童年已在嬉戏玩闹间被自己弄丢了，找也找不回，空如汪洋的中学时光便漫溢而来。洪水里，自己开始机械地重复与成长，所能享受的味道所剩无几。风穿过黑黑的短发，穿过宽松的衣物，有点凉。我看到一枚星子在树梢后面隐隐闪着，刹那间还真想流泪。

在外求学的小半生，自己更是耗在了都市的夜色里。柏油路、各种大小街巷亦成了常走之路，兜转其中，乐趣亦是不消减的。霓虹是城市特有的标识，车水马龙，商场灯火通明，歌舞夜夜弄春宵，是不宁静的美。路上骑车而过的少年，多是三三两两骑过，也有一人如我般独自勘探测路的长度。牛仔裤白衬衣，白得泛了黄，又在风里吹出一把寂寞，这与我是相像的。不过我的表情是路灯明晃晃的淡然，偶尔亦绽放着微笑，而他却不同，漠然又略微呆滞的神色，像是翻卷的槭树叶，簌然而下。这是年少必经的焦灼与无奈。

这般想来，我倒是喜欢避开这群单车少年，徒步走幽幽巷陌去慢想体悟，看早春的丁香结露而开，在细小枝丫间轻盈芬芳。月光点点照在上面，小小的苞簌动，扭摆，风正微凉，亦带着暖香，温热经行人的身子。我便爱上了这般曼妙之感，暖在胸口，醉了时光。

　　但毕竟这是一段不合时宜的夜游，挨班主任的批是正常的。他慈眉善目，拿来期考成绩册，一页一页倒也耐心翻着，跟我聊起现而今课业紧张，自己的成绩何故下降，不该，不该。末尾添上一句，今后晚自习不得再缺席。但选择夜游的权利一直都在自己手中，旁人是无法掌控和剥夺的。特地表现出几晚的屈服后，自己又照样我行我素，潇潇洒洒地夜行。这是青春的执拗，也是自我的皈依。

　　走在异乡的夜里不想故地，是说不通的。我常常也会在梦里行走，像还活在那些已经远离的光阴里。通往祖母院落的幽径是常出现的，长着青青翠竹，有薄荷、三七的香气，还会看到一棵又一棵的合欢树，在梦里开成一树一树皎洁的月白。那时也常在梦里听到《牡丹亭》，是吱吱呀呀的昆曲，出生于江南的祖母特别喜欢听。祖母说入夜时每一朵牡丹花下都藏着脂粉味的妖精，专吃四处闲逛的小孩。她说得生动，语调阴暗，节奏跌宕，连说评书的怕也输于她。而我毕竟是年少，无所畏惧，对夜还是有着澎湃的向往。

　　这些应是年少青春的路标，让我无法忘记，也不可能忘记。在很多个暗夜里，它们潜入我的内心，如蛇一般，慢慢靠近，缠绕着而又柔软地抚慰。我是这般贪恋其中。一个人的夜游症，就好像一个人的独舞。绮梦一般，有内心真实的自由与温存。

这一匹匹我饲养的白马，在夜里任我驾于其上信马由缰，越过冗长烦闷的时期终将抵达一片辽阔的草地和雪原。过程漫长，却又暖着胸怀。

夜游，想必自己这辈子都难以戒掉了。它是一种症，也是一种瘾。

时光里消失的蝴蝶

或许这是我在这个夏末看到的最后一只蝴蝶了。

它落在我的窗边，在我青春的口沿上爬行。夏末的阳光急躁而晃动，它不知所措，四处游移，又突然安静下来，停在我即将合上的青春之书上。身下的文字像遇见昔时故友，情绪开始波动、颤抖，又止于安静。

记得在这本书的哪几页里还夹着榕树叶子做的书签，那么精致小巧。在离开的时候，是他们悄悄放进了这本签名录里。一两片又被他们偷偷拿走，三五片又跟那个时节的风跑到榕树下，我看见它们很轻的泪。

蝴蝶，这些晒干的叶子不是你要寻找的花，它们已经是过去的某个细节了。你认错了。

玻璃球说，当世界上所有的男孩都喜欢高空飞翔的鹰时，他却喜欢蝴蝶。希望有天能安静地坐在一朵叫不出名字的花上睡觉，这是他最想实现的愿望。当他说出这个愿望时，周围的男孩都在哄堂大笑，像在度一个狂欢节。而玻璃球会低着头悄悄走开。

玻璃球长得比我还小孩，脸圆圆的，说话的语调很轻，喜欢一个人待在小角落里看小说或者漫画，就像可爱的娃娃或者小猫。但我喜欢用蒲公英的羽毛形容他，包括他的人和思想。蒲公英，想寻找自由的天堂，却需要借助风的力量，单凭自身无法起飞，只能被掌控于花秆上穷尽一生。这多像他。

"玻璃球，我会努力做你的风的，带你去拉更多的风，去周游盛世。我们是永远的好兄弟！"每次看到他难过，我总会拍下他小小的肩膀，说着在我们这个年龄段类似白日梦的话。而现实证明，我永远也做不成风，把他吹往天堂。

刚刚跨进高三时，我以为自己和玻璃球会有个收拾旧山河的转机，我们会并肩作战笑到六月的那一片艳阳天。可是玻璃球却始终站在高三（12）班的门外，表情落寞，如霜花。

"小贵，我进不去的。这些榕树叶是我很早时候捡的，现在送给你。"

　　说完这些话他就走了，头也不回。第二天玻璃球就跟他平日爱骂人的父亲到广东去了。我看着精心为他占的座位上坐着一个新面孔，他向我打招呼了，微笑，很亲切。可惜不再是你，玻璃球。

　　玻璃球，我听见你摔在地上破碎的声音了。那些闪光的碎片，在夏季的光晕里，把我的双眼刺得疼痛。我知道，你也在疼痛。坐在某个纺织厂的车间里，你那场蝴蝶的梦也还在继续编织吧。

　　说是少年不知愁，不可妄自叹息，但我还是允许自己发出沮丧的声音。这只蝴蝶就在这个时候，开始和我对视。它的目光因为要穿越一些在光芒里闪耀的飞舞的尘土，因此有些疲倦，有些苍茫。

　　渺渺跟大多数的女孩都不同。她不喜欢蝴蝶，不喜欢跟蝴蝶相关的任何东西，比如蝴蝶结、蝴蝶裙或是带有蝴蝶图案的耳环项链。在她私密的小柜子里，你总也找不到那些。

　　"弱小的昆虫太过卑微，我要做高贵的人。"她趾高气扬地说着，马尾辫一甩一甩，像个假小子。可是渺渺，你的名字也在提醒你，高贵不等于高傲，你有天会让自己走向一个找不到出口的迷宫的。

　　"就此别过。小贵子，我把我最喜欢的几片叶子赏你了，好好保存哦。你要好好努力，否则等三年后，我就赶上你了哦。"中考后，渺渺没有和我一道进入市里的高中，她待在乡下一所普通中学里，但她一点都不悲伤，像她不喜欢蝴蝶的性格一样。

三年，就让我们一起努力。等到三年后，那时的天空就会蓝得像我们以前用颜料笔描出的一样，也有流转的白云，也有飞翔的大鸟。我们会在鸟的翅膀上远行，把家安在天空之上。

高考刚刚结束，家里的网线还没有人过来安装，我只好到邻近的网吧上网。我多希望那天自己别去，这样就见不到三年后的渺渺了。

她烫着金黄的卷发，脸上涂着一些粉末，挽着一个嘴角叼烟的青年走过。刹那间我们都惊慌失措。她非常惶恐，像一个秘密被揭穿，或者一个小伤疤被瞧见。

不同的飞翔，到达的高度也不一样。我在努力向上飞行，带着青春的希冀和信念去赴与太阳的约定。而你为什么选择坠落，去投向大地而遗失了自己原本飞翔的能力？渺渺，我多想你能回答。

黄昏的光线逐渐褪去，渺渺没有和我说什么。她只是羞愧地看了一下我，然后继续跟着几个青年朝网吧的包厢走去，天真的黑了。或许三年前她离去的那个下午，我已经成为一个离她很远的陌生人，我们都在走向截然不同的明天。

我的记忆渐渐成为荒漠，多少只骆驼经过，却没有把我和那些青春里的树叶一起带向绿洲。我是在密林里孤独跋涉的人。

这只蝴蝶把镶着红蓝色眼睛的翅膀舒展了一下，又继续和我对视。为了让这种对视更接近某种意义，或者说是自由性灵之间的平等，我俯下身子，屏住呼吸，收拢散漫的视线和它对视，并且交流和风和尘土有关的思想、和梦和花开有关的昨天。

我们行走的旅途中，多少个远方已经成为我们往事里的芬芳，多少人和事又被时光雕塑成了冰冷的石像，触摸不得，只能在远处张望，然后我们怅惘或者失意。又有多少只蝴蝶昨天不也像这只蝴蝶一样停在我的书页上，可当夏天走到尾声的时候，它们已经散落在了天涯。

时间在走，我们在成长。运动是绝对的，静止是相对的。我们无法去更改一朵花开的意义。

起风了，窗外的芭蕉叶在轻轻抖动，这只蝴蝶也开始身不由己地飘动起来。墙上的石英钟耷拉着耳朵，柔软的刻度没有影子。桌上的吊兰露着白色的小花，翘弄纤纤玉指，无所事事地隔窗眺望暑气的消融。我看了看台历，这个夏天就要结束了。

等我想把看到的确切日期告诉蝴蝶时，它已经不知踪影了，多像曾经跟它相关的那些人离去的方式。我猜想，它一定是在很无奈的情况下，爬向一个自己认为更安全、更忠实的角落，去延续它生命中的风尘之旅。

凉风吹得很带劲，树枝都在纷纷打叉，秋天要郑重地来了。天空的深处，却静止着透明的蓝。我们的夏天只是一个硕大的梦，一些抑郁和烦躁总会在梦醒之前的几秒内决堤，也总会在梦醒之后的几秒内破裂消失。完整留下来的，还会是那透明的蓝，还会是那在地砖缝隙里生长的青青小草。这个世界或者我们今后的旅途也会像那只蝴蝶，飞来又离去，没有一刻真正属于自我的栖息。但愿我们都能在纷繁的社会里静坐于自己的圆心。

我想这应是这个夏末最后一只蝴蝶了。

风若年少的回声

喜欢听风的日子似乎总在年少，一个人安静地站在天台或山巅，看万物匍匐在自己脚下，耳边的风一阵一阵吹来，带走时光里锈红色的铁屑和漫天飞扬的尘埃。

我们的生活是否沿着最初的轨道前行，或者被时间杜撰和篡改，都已不再重要。

年少真是一段美好的时光。

当二十岁的我在海边见到一群奔跑的少年，我无法不被他们年轻的面容、明丽的笑声、纯澈的双眸所感染，内心立即在川流不息的日子里检索出曾经的自己和那群相似的少年。

少年们停下奔跑的脚步，捡起贝壳，放在耳边，我知道那一刻他们一定听到了大海的回声，若无尽的风穿过海上的浩瀚烟云直抵他们的耳鼓，不断交缠、敲击，回旋着时间的絮语。

而我已经听不到那些声音了，我和我的朋友们都在生命的大海上各自漂泊，逐渐长大，忘记年少，最后成为一艘艘依赖机械航行的船，失去自由的桨。

曾经的我们是活在风里的，没有痛苦，极少烦恼。

任世界如何打磨，那时的自己还能清楚听见心内真实的声音。可以执拗地与大人理论，可以大声指责别人的过错，可以毫无戒备地与世界相处，可以无所畏惧地冲撞生活、冲撞未来。可以不做作业而玩自己喜欢的游戏、听自己喜欢的歌、看自己喜欢的电视，可以省下原本就不多的零花钱买偶像的 CD、海报，可以一个人在黄昏的窗前折纸飞机，然后选择在有风的时候，把折好的纸飞机用力扔到窗外。

风中飘飞的纸飞机像年少的梦，穿过世间所有的尘埃，在透明的空气里翻腾出青翠的藤蔓，缠住岁月的脚踝。又像自身发出的一声轻微叹息，离开今天，向着明天，降临到生命的湖上，抵达我们的波心。

现在的自己双手变得笨拙，双眼变得浑浊，心不再安静，偶有风吹草动人就有了警觉。

很多时候我会看着那些抽屉里塞满的还未飞出的纸飞

机，有一点难过。它们静静地躺在沉默的空间里，不再有梦想，陈旧得如同一片荒原。而我呢？现在的我，不也正走在一片没有尽头的荒野里吗？

在既定的程序里完成各项任务，没有感情与表情，螺丝钉一般活着。虽然没有了作业、考试，没有了老师在耳边喋喋不休，虽然不用再对大人察言观色，虽然有了自己可以掌控的物质，虽然可以去很多地方看很多风景，但终究有别于年少时自己梦想的那种成人世界。

我们失去存在感，在拥堵的街道、马路上看不到自己的鞋子，在繁芜的城市丛林里找不到自己的方向，在声色犬马中、集体冷冻中摸不到一件儿时温暖的旧衫。我们的钥匙丢了，丢在燥热的空气里，丢在没有风的日子里。

成长需要付出代价。

骨头像雨后的笋芽一样拔高，心内的高度却在不断下降。大脑像充气的球体一样膨胀，里面越来越装不进东西，平庸、虚伪、冷漠、斤斤计较、耿耿于怀，被无数隐形的线头操控了四肢，自己成为自己的玩偶，自己成为自己讨厌的人。这是成长路途中我们向时间兑换的一张张车票。

是什么时候开始，我们变成镜子里面目模糊的自己？

曾经在一个台风天和阿藤去看海，站在白城的沙滩上，偌大的视野里空无一人。

大雨如注，浇灌着海边的礁石，我们手中的伞不断被风抬高，阿藤突然松开了手，白伞像蝴蝶一样飞起。我不理解他的举动，向着白伞飞去的方向追去。阿藤跳跃着，呼喊着，对我说："不要追啦，伞下的世界永远藏着弱者的心，或许这样的生活才是属于我们的。"风把他的声音不断放大，渐渐地，我的耳朵里除了浪潮声、雨声，便是阿藤口中的话。

我跑累了，停下脚步，双手撑着膝盖，看着白伞渐行渐远，阿藤就站在我的身后。雨中，我能看见他二十岁的脸上，笑容还如孩子般清澈。风带他回到了过去。那些疯狂追求自由的时光，固执己见前行的日子，对世界非黑即白的判断，如同澎湃的海浪席卷而来，重新覆盖我们已经斑驳生锈的青春。

但很快台风过去了，大海退潮了，我们感冒了。那把瘦薄的白伞再也无处寻觅。

也在很小的幼童时期感受过风。

深夜，父母亲在郊区的工厂上晚班。我和哥哥睡在木板搭的床榻上，窗外有深秋的风摇晃着南方草木，婆娑树影映在墙壁上，像灰色的哑剧。

不知何时，窗子竟然被风推开，漆黑中耳边灌满呼啸的风声，惺忪的睡眼里似乎能看到远处高耸的信号塔被风摇晃着，塔架像要塌下去似的发出关节碎掉一样的响声。我蜷缩着身子把脸贴到哥哥的肩上，雪白的被褥被穿堂而过的风鼓起一块，若黑暗汪洋上的白帆。哥哥是船，带我远离冰川。

长大后当自己回想起那一幕，发觉风带给人的并不只是漂泊，有时也会给人一种记忆中的依靠。

我是个喜欢回忆的人，常听的音乐大多数与钢琴、吉他、陶笛相关。这些乐器能打开昨日的生活，让我坐着音乐的列车返回过去的某个时刻。

心中能放下的歌曲不多，雷光夏的《老夏天》算是一首，歌词很能打动心中那片柔软的领地："空气中飘浮着植物的味道／多风的午后／人们说话渐渐慢了下来／时间永远不会往前／静止在忧郁但清澈的眼瞳／操场尽头是一片令人眩惑的金黄海洋／只要用力挥动双臂／也许就能在市街的上空漂浮起来……"雷光夏的声音原本就如同微风，再加上舒缓的曲调，整首歌充满了年少时那些被清风缓缓吹拂的夏天味道。

有几次，关上灯，独自坐在暗夜的时钟下聆听，仿佛真的能循着歌声里的旧址回去。但房间的灯突然被进门的母亲按亮，四围亮堂堂的，我看到镜子里自己长大的那张脸和母亲脸上无法抚平的皱褶，时间撕掉了我们回去的票根。

风把从前的夏天吹得好远好远，有点望不见了。

城市日渐扩大，积木般的建筑满布视野，我们活得就像无边光河之上漂浮的碎屑，远去的景致永远定格在旧照片里，并随着转动的分秒加深泛黄的程度。或许有天我们就在麻木中遗忘了，就像候鸟每天穿越漫漫寒空，各奔前程，忙于自己的旅行，谁也不会中途停下，来到地面寻找自己曾经留下的影子。

我们被迫着赶路，只是偶尔才会在一阵途经的风中，伸手握住过去的味道，但一摊开掌心，能见到的依旧是空空的世界。

叙利亚诗人阿多尼斯说："风没有衣裳，时间没有居所，它们是拥有全世界的两个穷人。"

在它们面前，贫穷的我们是真的一无所有。沦为物质的奴隶，内心虚空，一群成年的动物听从社会和生活的安排，进入各自的角色，漫无目的地重复，被四面八方投射来的隐形子弹所洞穿，卑微又无奈，终将失去所有奔赴明天的勇气。

有时我真想从繁芜的生活中抽离出来，变成与这庞大的社会之网没有丝毫瓜葛的个体存在，想让自己卸下沉重的躯壳，借助一阵风回到过去，回到最初那个小小简单的自己。

但是今天，我们的城市、我们的阳台、我们的窗前越来越缺少风。

风里尽是你我的回忆，一阵一阵捎来自己的过去。

我怀念每次起风的时候……

走廊上的时光

我记得那些年自己走过的走廊，漫长，回环，曲折，鞋底踩在大理石铺就的地板上，能清楚听到掷地有声的回响。每一声都像在问候，又仿佛在告别，与我说着成长路上的再见。

在外公工作过的小学走廊边上，有一排槐树。秋风起时，槐花纷飞，如蝴蝶在空中舞蹈。许多花瓣都落在走廊的石阶上，仿佛它们都睡着了，铺着一层梦。那年我五岁，常跑去看外公。午后，走廊上没有人走动，四周格外静，外公拖了一下地板，把竹席铺在地上。竹席有些小，不足两人平躺，外公便侧身躺着，守着我，看我在微醺的风中逐渐入眠，槐花在一旁悄悄落着，像是时间小声念起的诗。

旧家附近有座戏院，幼时母亲总爱拉我去看戏。今天一出《天鹅宴》，明天一折《丹青魂》，都是沾着岁月风霜的经典闽剧，母亲看得不亦乐乎。而我因年纪尚小，看不懂世间的悲喜离愁，趁她不注意，我就溜到戏院走廊上玩耍。门外扑来一股香气，来自天黑后乡亲摆出的小吃摊位，有刚下锅的汤圆，有从卤汁里捞出的鸡杂，这边听着煎牡蛎饼嗞嗞作响的油锅，那边飘过来一阵焦糖味，是在炒板栗。种种香气把我围住，我迈不开步子，嘴里都是泉涌似的津液。时间一长，这些飘满走廊的味道，于我而言，是熟悉的朋友，缓解着一个男孩的孤独。

中考前有一段日子，我很焦虑，整个人像爬在热锅上的蚂蚁。放学后，我一个人登上故乡的古城楼，沿着某段斑驳走廊反反复复踱步。傍晚夕阳斜，有几声归鸟鸣啼传来，有几片残红云霞飘来，显出几分凄凉。父亲刚刚做完工下山，骑着自行车，打远处就望见我拓在城楼上孤楚的身影。他像一阵风抵达城楼脚下，喊着我："快下来，带你回家！"我立刻从恍惚中醒过神来，飞奔至楼下，坐到父亲自行车后座上，环抱着他厚实的腰身。他话语轻柔，如晚风，问："好受点了吗？"我没回答，只是把父亲抱得更紧了。那一刹那，总记得父亲与那条古城楼上的走廊那么相像，带给我微光，带给我安慰。

高中时，学校的走廊承载了我青春里最漫长的一段光阴。在那里，我见过清晨远天的日出，看过深夜从指尖滑落的星辰。忘不了独自坐在冬夜走廊上背书的场景，冰冷如透明的植物从地下长出，钻进我的身体里，寒意贯穿着每一根骨头。

那时陪我走过幽深冰冷年月的人是 H。他是个很单纯的男孩，留着寸头，眼睛里总是充满了光。我们相互背诵，讨论有关学校和考试的种种内容，有时也涉及自己喜欢的电影、音乐。我的口语不标准，偶尔从嘴巴里蹦出一个发音奇怪的单词，H 就会乐不可支。而我也时常取笑他背错历史朝代和君王。我们在彼此身上寻找寂寞时光中的快乐，两个人始终"势均力敌"。

走廊通透，大风时常刮过，我们站在风里，开怀大笑，又长久静默。四季的虫鸣、云霞、星空一道目送着两个少年远去的十五岁、十六岁、十七岁。我们拼尽全力，守望一个新的世界到来。

十八岁到来的时候，我们结束了高考。我和 H 在昔日奋斗过的走廊上相遇，记得离开的时候，我们脸上都有复杂的表情，谁都绷着，直到背过身去，彼此都绷不住了，抽泣起来。但终究没再回头，让对方瞥见自己的难过与不舍。

走廊上似乎还有昨日的少年在追逐嬉闹，又聊着课间常听的那些话，关于成绩、理想、喜欢的球星、最近看的动漫，在对方不留神的时候悄悄说出自己的暗恋。像一颗一颗的雨滴落进井水里，下一秒便不见了踪影，雨过天晴，四季流转，总有新人来，代替旧人笑。

我有些难受，步履蹒跚走向走廊尽头，似乎有一扇落地窗竖在跟前。我穿过它，游离于四处的光线一瞬间都聚集起来，像织好的布，擦洗着走廊的每个角落。扶梯上出现了她的手，地板上有他的脚在走，而窗子上也闪现出谁拿着布擦拭的身影，青涩的时光原来不曾消失，那么多的人都还穿着记忆里的旧衣衫，越过万千山河、星辰浩宇，来到我面前。

那些痕迹都还在，只是有些模糊，如铺着一层淡淡的纱。但还好，无论风吹得如何凛冽，它们都还在那里，如当初一样。

英国作家西蒙·范·布伊曾说："死去的人在别处生活着，穿着我们记忆中的那件衣服。"那些逝去或失去的所有，都会在我们的回忆里成为永恒。

每一段走廊都寄存着我们走过的岁月，铺在记忆中，展示我们的来与去。每一次当我重新走进它们，踏出的步子都是对旧时光的温习，无比怀念，又无限眷恋。在那里走久了，我慢慢成为一个敢于告别的人，向刹那芳华，向逝水曾经，回头一笑。我也逐渐变成一个勇于面对未来努力生活的人，成熟笃定向前，佐以浩瀚无边的坚强。

无论走廊如何曲折、回环反复，也早已与我融为一体，它们的起点是自己，终点也是自己。

那些走廊永远明亮，那些梦中回廊里永远白衣翩然的岁月，美得惊心。

住在声音里的彼得·潘

你见过天将破晓时半明半暗的曙色吗？我见过。

在高一那年的冬天里，冷风刮着宿舍楼道，有未被关上的窗户在风中呼呼作响。楼道上除了我，没有别的身影。我对着清晨严寒的空气，念着《哈姆雷特》中的一段台词。这是我进行的第十五遍练习。下午的时候，学校的话剧社将进行演员选拔，我喜欢的人也会参加。

我期待自己和对方都能被选中，最后登上舞台，让镁光灯照亮我们，让底下的人都能看到我们的表演，祝福我们。

这些念头成为那段时期我心脏跳动的全部意义。我忍受着寒冷和孤独，任面颊通红，声带不断受到磨损，依然矫揉造作地念着书中台词。我告诉自己千万要加油，才能穿越人海自信地站在她的面前，望向她瞳中的银河。

但很快，现实将我拒于门外，而她进了门里，正跟被选出的男主角一道排演。我无法忘记自己在发出第一个音的时候，话剧社社长将我打断的场景。他带着笑，跟我说："你不适合，你的声线只能演小孩子，哈姆雷特这样历经沧桑的角色，需要成熟的音色。"他一语落地，围了一圈的众人都不禁跟着笑。我脸上像挨了巴掌一样疼，我低着头，从人群中走出，走到学校的一处角落，见无人，便哭起来，胃都在跟着抽搐。

我留恋青春期抵达前的所有时光，在没有特别区分性别的岁月里。我可以大胆牵着女孩子的手做游戏，可以穿着姐姐的"恨天高"在家附近神气地晃荡，可以偷偷拿妈妈的口红在脸上乱涂乱画。当然，我的声音在那时没有人觉得有问题，相反，我还嘲笑某些提前发育的男孩子声线沙哑，像鸭子嘎嘎叫。

到了五年级，因为声带比一般男孩子细，发出的声音格外清亮，再加上学习好，各科老师都很喜欢我。语文老师把我推荐到学校广播站去，我成了唯一一个男生播音员。在这样的地方，我很快找到了声音带来的快乐。我模仿电视主持人，挤出情感拿腔拿调朗读各种文章，有时捏着嗓子，有时又故作低沉，完全沉浸在自我声线构成的世界里。这样的播音生活一直延续到初三，没有接到任何投诉。相反，还得到众多人的赏识、表扬。

但在中考前的一次播音结束后，我突然意识到自己声音的问题。那天我像往常一样走进学校广播室，按下话筒，朗读了一篇亲情文章：一个母亲辛苦养育孩子，到了一定岁数后，被生活折磨得疯了，受到村子里孩子的欺凌，儿子回来见到，不禁抱住母亲大声痛哭。我读着读着，自己的眼泪都要湿透桌上的广播稿了。心想教室里一定会有人为此痛哭流涕，晚饭都没法咽下，想到这里，心中竟很有成就感。

我愉快地结束播音，出来时，见到两个男生在一旁，一边看我，一边相互嘟囔。"看到了吧，是个男的，刚刚那篇文章就是他读的。""真的吗，可是我真的不敢相信他声音是那样的。""你自己也看到了，从广播站出来的没有其他人了，你输了，必须请我吃饭！"原来他们是拿我的声音打赌，我觉得自己像受到了一种羞辱，便难堪地走掉了。

那个晚上，我没再开口说话，一个人绕着操场跑了很多圈，双手撑着膝盖气喘吁吁。周围有人跑过，我怕自己喘气的声音被他们听见，使劲儿憋着。

之后，我愈发觉得自己是被上帝遗忘的孩子，他忘了塑造我的声线，让它还停留在昨天。我开始越来越不敢开口跟别人说话，怕他们窃窃私语，怕他们嘲笑我，内心的门窗逐渐被锁住，越来越紧。

直到上高一的时候，见到同学 L，一个喜欢朗读课文的女生，声线温柔甜美。每次她一念字句，感觉海风都吹来了，我们正坐在甲板上，在大海中央摇晃。她想去演话剧，我便想跟着。谁知结果不尽如人意，我沮丧极了，躲入一个角落里，灭火似的哭起来。

后来我遇见 G，他专门从话剧社跑出来找我，见我在哭，便跟我说："你声音很好听，非常干净，我个人很喜欢，想找你去广播站播音，不知道可以吗？"我原本都放弃了当播音员的想法，没想到 G 的出现给我带来了绝望中的一丝慰藉。我想出一口气，对着话筒大声喊出自己的名字，让那些否定过自己的人听见，我需要让人知道自己并没有被他们的目光和嘲笑击垮，我重新活过来了。于是我擦干眼泪，对 G 点了点头。

G 长相清秀，额前微长的刘海被风吹开。他仿佛周身带着光，一笑，岁月就明亮起来。

庆幸自己黯淡难过的时光有了 G 的陪伴。他的声音好我太多，声线有些少年老成的沧桑，是我满怀期待长大后能拥有的音色。他吉他弹得很棒，每次班级表演节目时总少不了他的身影。G 也喜欢唱民谣。

进入高中广播站一段日子后，我深知自己播音水平非常一般，但 G 总是鼓励我，支持我。他说我的嗓音清亮，像周深、吴青峰。"不要刻意压低声线，隐藏自己身上的独特性，那正是我们记住你的地方。"我永远忘不了在一次播音结束后，他对我说的这句话，像穿越人海的星光落在我的肩上。

如今，我的同龄人都已陷入生活的泥沼里，被俗世灌入太多的烟火气，模样出落得像他们年轻时的父母，说起话来，庸俗，粗野，声音再不如昨。但我还如年少般单纯、青涩。从前厌恶过的声音成了讲台下的学生喜欢的一个原因，读者能在我写下的篇章里寻得少年心性，多半也是我年少的声音不曾遗失的缘故。我在这如光似的声线中轻易就回到了过去，拾取种种。

昨天，声音让我变得孤独，此刻，声音使我变得独特。我感谢生命长途中给予我光亮的 G。

忍耐一切嘲讽，承受一切目光，伤心也好，失落也罢，就当作这世界为我们所织的长衫，披在身上，砥砺前行。等时间的魔术师将身旁所有人都变成一样时，我们就是辽阔宇宙中与众不同的恒星，一颗颗都分外璀璨。

你见过彼得·潘吗？来自苏格兰作家詹姆斯·马修·巴

利笔下的一个人物，是个会飞的野男孩，带着有梦的少年们在永无岛上冒险。他无忧无虑，天真如昨，永远都长不大。

如果你没有见过他，没事，你可以听听我的声音。他一直住在我的声音里。

向前跑，冥王星

直到现在，我爸都不敢相信曾经在他跟前连插秧这项农活都不会的我，竟然能站在讲台上，成为一名大学老师。

有好几次要上课时，他都让我跟他视频聊天，他想看看我上课的情景，由于学校规定，我无法在课上接打手机，便拒绝了他。我爸失落得像个没要到礼物的小孩，跟我说："那下次，下次啰。"

为了满足他，我在课间与他视频，用手机在教室扫了一圈，有学生冲着镜头笑，我爸在视频里咧着嘴笑，整张脸凑上来，我看见他皱纹又多了不少。随即他挂断通话，打过来四个字："不可思议。"我有些哭笑不得。

说实话，我从小就不是个脑瓜机灵的孩子，我爸经常挂在嘴边的话就是："你必须靠努力才有将来！"因此，他在学习上对我严加管教，想改变我并不被看好的人生。

平日里不许看电视，放学后必须早点回家做功课，不准把时间花在跟其他孩子玩耍上。我爸很重视我的作息，为了我每天六点能够按时早起，他准备了一根竹鞭，我一旦睡懒觉，我爸就拿着鞭子摸进我房间。如果作业做到很晚，他同样也会拿着鞭子出现在我面前。由于我爸的长期鞭策，我的学习成绩一直都位于年级前列，初中时都保持在前十，最后获得保送高中的资格。

上高中后，我开始离开家，寄宿在学校里。身旁没有父母的监督，我获得了从未有过的自由，随心所欲看自己想看的书，写诗，写小说，整个人就像逐渐失去舵盘的船只，在学习的汪洋里失控了。尤其是数学这门课，出现严重塌方，不及格成了家常便饭。我从来没得到高中数学老师的好眼色。

高二那年的家长会，我爸坐在班级最后面，靠近卫生角的座位，拿着我的成绩单，整张脸都涨红了，似乎顷刻间就会爆炸。我在教室外，透过窗户往里看了一眼，旋即背过身，怕与我爸四目交接。散会后，我本想逃走，但转念一想自己又能逃到哪里，我爸就是如来，我怎么也逃脱不了他的五指山，该来的始终都要自己去面对。

当我做好心理准备，闭上眼睛，想着自己要被他揍一顿的时候，双眼微闭间瞧见身体已显臃肿的他奔向我的数学老师。一席话后，他走过来，叹了口气，说："明天就去金老师那里补课吧。"这是我记事起考试考砸后听他说的最轻柔的一次。我想送我爸下楼，他朝我扬起手，示意我直接去教室，不必送。他转过身的那一刻，整个人那么疲惫，像一匹有些使不上劲儿的骆驼。他老了。那个瞬间，我心中一片酸涩。

金老师是我们当地数学学科带头人，许多家长都慕名而来，将孩子送到他的补习课堂。他眼窝深陷，人很精瘦，日常肢体动作丰富，说话有些尖酸，尤其是对他眼中反应迟钝的学生。他对自己的课堂非常自信，先让学生前来试听，如果不喜欢就可以走人，上了三堂课之后再缴补习费用。

在第二次补习课要结束的时候，他告诉全班同学下次来的时候把补习费用带来。我是个后知后觉的人，这才意识到自己竟然还不清楚具体费用，找到一个熟识的同学一问，顿时有些傻眼。将近两千的费用或许对城里人来说不值一提，但对于从农民家庭走出的我而言，却有些雪上加霜。

那个下午，所有人走后，我一个人还坐在教室里，内心十分焦灼。问家里要钱吗，还是选择离开补习学校？最后自己咬咬牙，选了后者。起身要走前，又看了看金老师所租的这间教室，自己坐过的座位，毕竟在这里上了两次课，说走就走心里也有些愧疚，便走到后排拿起扫把、簸箕做了一次教室卫生。这是我临走时唯一能做的事了。

之后再补习时，整个教室唯独我坐过的座位是空的。夜里，我一个人在街上走着，曾经跟一群同学怕补习迟到而抄近路跑过的巷子此刻空空荡荡。路的另一头通向由废弃幼儿园改建的补习学校，轮廓也逐渐模糊不清，那个世界离我是如此遥远。我不知道该怎样面对今后的学习道路，数学如一堵厚实的墙高耸于自己面前，我能越过吗？心中鼓声点点，幽微孱弱。

正当我面对往昔常走的路突然间迈不出一个步子时，我爸打来一通电话。我接起，听他说这阵子家中农事较忙，忘了给我补习费了，问我着不着急，他可以明天就来学校。我鼻子有些酸，哽咽了一声，我爸耳朵那时还很灵敏，瞬间就听出我不对劲，在电话里忙问怎么回事。我说："爸，我可以不用补习也能把数学学好的！"他一听这话，大概猜出了我的情况，有点火大，说："你是我儿子，几斤几两我最清楚，是不是补习费比较贵，就想放弃了？只要我跟你妈身体没垮，我们就能一直供你读书，这点钱不算什么！听我的，你要补习，我这两天就过去！"在被夜色围拢而显无助的时刻，听到我爸这么说，心里噗地升起了火，眼眶不知不觉就红了，哭喊着："爸，你不要来！我已经决定了。你要相信我，相信我可以学好数学，我会努力的！"我爸性子急，脾气犟，原以为自己拗不过他，但那次我爸听我说完后，竟然放低了声音，说："好吧，你自己决定。"人生中第一次感受到他的温柔，我用一只手拂去泪水，坚定地给了他一声"嗯"，挂断了电话。之后我咬咬牙，在微冷的夜中跑起来，像一阵风吹进另一阵风。

星期一上课时，同学告诉我，金老师在我退出补习班后，当着全班人的面数落我，说从没见过像我这样笨的学生，以后肯定考不上大学，考个大专都费力。全班听完一片哄笑。我讨厌金老师的做法，他只盯着我某一科不理想的成绩看，而忽视我在其他科目上的表现。我的政治成绩连续几次全年级第一，语文分数都在130分以上，历史和地理虽不抢眼，但也位于年级前列。他以数学一科的成绩否定了我的所有，让我成为大家的笑话，我感到难过又愤怒。

夜里，我回到寝室，撕碎了那张放在桌上的补习班缴费表和以前的数学作业本，纸页纷飞，如获自由的白鸟伴着窗外吹来的晚风四散而去。但一部分没能离开这屋子，它们落下，与尘埃同眠。寂静中，我似乎能听见月光爬进来的声音，它踱过地板，蹚过杯中的水，爬到我的眼眶，跳进去，闪出泪光。我第一次发现自己如此要强，要自尊，要所有人的肯定。我不想让人看轻自己，贬低自己。我要证明给他们看！一股强大的力量在心底翻起汹涌波浪，仿佛能击垮体内所有懒惰的细胞。

我开始冷静下来，暂且放下自己的创作，重新面对数学，制定相关计划并严格执行，一条公式一条公式地背，一个几何图形一个几何图形地画，一道题一道题地解，忘记之前的无知，忘记昼夜的分界线，像重新遇见一个自己。我相信只要努力付出，再笨拙的人也会有无限可能。长风呼啸中，我如一列火车在暗夜的原野上奔驰着，全力往前，只为没有遗憾地抵达高考这个十八岁的终点站。等我再回首，曾经看似一片废墟的过去，都将变得那么灿烂。

高考前的一次月考，将数学试卷交给监考老师手里的一刻，我舒了口气。几天后，月考排名出来了，我站在公告栏前心跳得厉害，真想取出这颗心，按住它。我像一只鹅伸长脖子，在长长的名单上找寻自己的姓名。因为有些自卑，我先从以前常待的位置看起。300 名，没有，200 名，没有，我咽了下口水，鼓足勇气，目光往 100 名内游去，后 50 名，没有，我这下把心提到了嗓子眼，目光继续向前，"27，是27！"我抑制不住内心的激动大声喊了出来。身旁站着一些曾经嘲笑过我的人，此刻，我在余光里瞥见他们脸上复杂的神色。我再看一眼这回月考的数学得分，竟然是100分，是我很久没在自己数学试卷上见到的三位数。我对自己笑了一下，便转过身来，从人潮中退出，向着那条通向高考的路，步履稳健地走去。此刻，我的面前是如此明亮。

最后，在六月那两天的大雨之后，我青春的列车到站了，高考成绩定格在年级第30名。凭着自己的倔强与坚持，没让金老师对我的预言成真。

在这所省一级达标高中里，没有什么能比自己取得闪亮的成绩更重要，因为所有人都以此看待你，评价你。他们不关心你看了多少村上春树的书，学会了几首外文歌曲，又能够画出怎样不同的世界。

在那些四季匆匆更迭的岁月里，我如同那颗被人从八大行星中除名的冥王星一样，不断被周围的人孤立、忽视、遗忘，自己却仍然在不起眼的角落里绽放光芒，没有因为任何一个人的否定而放弃自己。

很多年以后回首风雨交加的往昔，我始终感谢那个像极了冥王星的男孩，因为他的不肯低头，因为他的执着证明，眼泪熬至天明终成珍珠。而我捧着这些珍珠，又走过了生命中几段重要的旅程，站在此刻的讲台上。它们将成为世上最璀璨的星辰，挂于人生的苍穹，照亮我的未来和那些更为年轻的面庞。

别让他们只跟神说话

公交车停在某所小学附近时，上来一群学生。

一个胖乎乎的男孩背着很大的书包坐在我身旁。与他擦肩时，我观察到他脸上不同于一般孩子的神色，是没有与外围世界相交的目光，他眼前似乎竖着一块块玻璃隔板。

车启动了，周围的小朋友都如放出笼子的鸟叽叽喳喳，相互聊天，讨论老师、动画片、明星、笔记本、贴纸，唯独他，静得像座岛屿。过了一会儿，他突然动起来，较为笨拙地把身体转到靠车窗的那一侧，开始对着窗外说话，越说越大声，还不时手舞足蹈，他映在车窗上的身影剧烈抽动着。

这使我感到诧异，很快又转为一种难过。我在想着眼前的孩子正在与一个透明的灵魂聊天，这个灵魂谁都看不到，唯独孤独深处的他才能看见。

他朝向我这边的大书包像个无言的傻瓜，撞着我的胳膊，里面塞得满满的不是课本、练习册，而是一个男孩的寂寞时光。

有一回，我去一所中学做讲座。

讲到古诗词时，我当场提问："'疏影横斜水清浅'下一句是什么？"整个教室没有哪个学生第一时间举手，大家都在嘴边念着上一句，试图通过记忆背出后一句。

这时，我在讲台上看到最后一排靠墙边有只手举了起来。他举手并不利索，颤颤巍巍的，像是克服了众多我所无法瞥见的压力，最后高过别人的头顶，来到我的视线中。我旋即叫他起来。

但整个教室却一片哗然。

我很奇怪，紧接着听到很多小孩子在笑他，一些学生对我说："老师，他不会！""老师，他起来说的一定是错的！"同龄人都提前给他"判了刑"。而他也在这样的声音中，拖着沉重的身体又塌下去了，淹没在人海中。

讲座之后，班主任找到我，对发生的那一幕感到抱歉。

"他是后期转进来的，父母离异，跟他外婆住。日常都不说话，上课老师叫他回答问题都答不出来，没有人跟他玩。今天竟然举手，估计是要捣乱。"

老师的这席话让我颇感难受。作为一个教育者，是需要去理解、包容、信任自己的教育对象，给予对方更多的时间打开内心，表达自我。

"只要他开口了，比什么都重要。"

临走时，我对那位老师说道。

上初中时，我性格内向，不爱说话，也不愿融进班里的各种小圈子和小团体，整天只顾自己学习。

很多同学都嘲笑我是个"自闭儿"，没有人想跟我坐一起，我一个人在教室后排坐了一年时间。

云如是最早提出要跟我同桌的人。初二那年，一次课间，我翻着班主任批改完的作业本，有一张小纸条从里面掉到地上。我捡起一看，是班主任的字迹，写着："云贵，云如主动说要跟你坐一起，我便安排了。"于是我结束了自己的"孤岛"时光。

云如人很温和，又十分健谈，跟他同桌两年，深受他的照顾。他知道我的性格与爱好，遇上我看书写字，他从来不打搅我。看我无聊时，他便常说些笑话逗我开心。

初三那年，我因为学习成绩都在年段前列，被保送进市重点高中，不用再参加中考。云如不知是有意还是无意，在考试那两天都路过我家门前。我正在悠闲看书，他唤我一声后便走了。我跑出去，只见他在拐角的地方看向我，用手打了个招呼，便笑颜盈盈离去。之后，我再次见到他，已是大四末端。

在老家长乐的大街上，云如穿着笔挺的西装，认出了我。脸上的笑容还跟以前一样，但我深知我们都已经长大。他开车，送我到车站。下车时，我把初中时的事情说了出来，向他表示感谢。他说那时，主要是因为班主任喜欢我，她看我很孤单，就找他商量能不能坐到我身旁，他就点了点头。

记得高考前三天，学校放温书假，我拖着行李挤上客车回乡下。

一个穿着白色连衣裙、披着长发的女孩子坐在我身旁。她靠着窗，夕阳的余晖照着她略显落寞的侧脸。

过了两三站后，她突然转过脸看着我。我这才观察到她脸上已有了被时间和生活雕琢后的线条。她扫视一车的人，然后对我说："你们真好，还能读书。"我那时很单纯，不知道要跟她说什么，只低着头。

她也不说话了，又把脸别到窗边，并把车窗开到最大，风呼呼吹进来，她竟迎风歌唱。在夕阳染红的天色下，她用空灵的声音演绎着《隐形的翅膀》，那是我听过最忧伤的版本。

整辆车的人都把目光对准她，她仍在唱，直至歌的最后一句。

之后，她转过脸来，笑着问我："我是不是很像神经病？"

我摇摇头，报以微笑，对她说："你就像对着神唱歌。"

想起林清玄与好友三毛之间的一段故事。

有一年，三毛告诉林清玄，自己打算去国外生活，不回来了，想卖掉台北的房子。林清玄让三毛把房子卖给他。两人谈好。就在签订合同的前天晚上，三毛变卦了，她打电话给林清玄，说屋顶上的柠檬花开了，要等到它结果，之后再聊卖房的事。

林清玄自然理解三毛这样的性灵女子。

在多少寂寞的时辰里，她的居所就是她一个人所有的世界。一桌一椅、一草一木，上面都散落着她的孤独。她留恋，舍不得离开。

她等到日子开花，又想等着孤独结果。

林清玄是懂三毛的人，谅解了一切。

这个时代太多孤独的灵魂无从摆渡，许多人都仿佛陀螺被抽打着，在快速旋转中寻找方向，很少有人停下来倾听你的孤独，理解你的孤独。更多的时候，我们每个人都在误解别人的孤独，并对其嘲笑、苛责，投掷异样的目光。

能停下来理解对方的人，多半也是现在孤独或曾经孤独的人。他们走过人生小径分叉的花园，懂得欣赏每一株草木在阳光下独特的影子。

别让所有寂寞的人都只跟神交流，走进他们，拥抱他们。让所有的叶子挨着叶子，风吹着风，光贴向光。

再见，黄昏里的男孩

　　这么多年过去了，年少的记忆仍如眉目清秀的少年，不时敲响我的房门。而在我开门的一瞬间，他又消失不见，与我捉着迷藏。

　　我出门找他，穿过一棵巨大的榕树，竟然走到了从前憧憬过的一中门口。已是落日时分，树梢间投下星星点点的夕阳余晖，有几束光打在校门上，又投射到我眼中，有一种无比辽阔的灿烂像海水覆盖了所有。

　　此时，一群穿着整齐校服、面露自信笑容的学生正走出校门，接二连三穿过我，我在人潮中央如一座岛一动不动。起风了，四周年轻的身影裙裾摇摆，衣袂飘飘，我心中却泛起阵阵苍凉。

　　我向着风吹来的地方看去，是和 L 散过步的操场，是和他吹过风的教学楼天台。那个眼神清澈、稚气未脱的少年，青涩的面庞逐渐清晰，我刚开口喊他，他就碎成光点，与这所有的风景一道消失。

一切如梦，醒来，眼前是那么的空，只摸到眼角尚还潮湿的泪痕。活在记忆中的那个我始终是梦想不死的少年，都过去十年了，他还握着不可能再实现的梦站在我十七岁的路上。

初三的那年秋天，我的梦里全是一中，多少次站在它的门前，想进去，却被保安拦了下来，说我不是那里的学生。我一声不吭地在门前站了很长时间，睁大眼睛望着这座金色山峰，跟自己说，我一定要攀越它，一定要考上一中。这个念想像汹涌澎湃的海水不断在我心间激荡。我要身披铠甲，竭尽所能，剑指前方，抵过百万大军。

此后，时针所指的任何方向都是它。我制定了非常严苛的作息，恨不得连吃饭睡觉的时间都省去，发了疯一样努力背书做题，不断地总结自己失误的地方。桌上教辅材料、笔记本日渐高筑，终于，我的身体有些吃不消了。

有一次，凌晨1点，我倒在书桌上。我妈听到响声，进来，吓坏了，将我扶起，用手摸我额头，说发烧了，立马叫醒我爸，背我去了医院。头昏脑热的我在路上竟然还吵嚷着："数学还没做，我要回去，我要考第一，我要去一中！"
我爸当我是在说胡话，背着我走得更快了。

随后，我不再跟自己的身体死磕，开始调整作息。每当内心感到压抑的时候，我就去找 L 谈心。我俩会骑上自行车去林间，喝着可乐打着年轻的嗝儿，聊着自己喜欢的动漫、电影和小说，也常常吐槽学校里行为特别的同学跟老师。

回来路上，我们经过一座桥，我仰起头，对天空喊着："如果我考上了，我一定要请你吃遍一中附近的所有美食，你要喝多少酒，我都陪你。"L 咧嘴笑着，应了声："好！"仿佛这场盛大的奔赴能给十七岁画一个圆满的句点，走进那扇校门，是我成长途中最隆重的一场仪式。

在那些苦苦奋斗的岁月里，我耗尽了力量在暗夜流光里匍匐向前，等待着那扇门向我敞开。但命运却在那时把我带到了另外一个方向。

在初三下学期的几次模拟考中，我没有考出可喜的分数。班主任告诉我，虽然这几次成绩有些滑坡，但都还在年级前十，她让我参加侨中的保送考试。"老师，我想……去一中。"我弱弱地说了一句。她说："每年能去一中的同学基本都排在年段前五，老师不想让你太冒险。侨中也是省一级达标高中，你如果能保送成功，也很不错。"

"冒险"这个词像一块布蒙住了我的眼睛，又像一把火将我之前的努力和自尊焚烧殆尽。我妥协了，参加了另外一所高中的保送考试，发挥得并不好。我想自己还可以参加中考，决心考上一中，向所有人证明自己，可当班主任把保送考试的录取通知放到我手里的那一刻，我知道一切都不可能了。

之后岁月云淡风轻，直到L把他的高中录取通知书给我看的时候，我脸上带着笑容祝福他的同时，心里流泪了。是的，朋友考上了我心仪已久的高中，我看着录取通知书上的每一个字，多想左上角"××同学"那一行写着自己的名字。

脸上的表情终于撑不住了，我当着L的面难过地哭了。L见了，立马把通知书收起来，跟我说："其实你可以的，我知道。"我摇了摇头，之后抹去泪水，问他："我想进去看看，你以后能带我进去吗？"L把手搭在我肩上，说："开学后，我就带你去。"

我无法忘记那一天，L带我走进那扇校门。余晖给墙壁镀上金边，秋风扫下红叶吹送到了脚边，我曾经幻想过无数次自己能走进这条路，站在岁月洗礼多时的红墙边，举目四望，感受着一生中可以凝结为永恒的时刻。我可以在六平山脚自由奔跑，可以眺望不远处高架桥寻找未来的方向，可以住在古朴的宿舍里听雨、翻书。但现实告诉我，我只是这里的过客。

那个傍晚，我和 L 站在刮风的天台上，拿起空的饮料瓶，对着落山的夕阳，看了好久。他说三年后自己要考名校，然后出国。我突然低下了头，并不知道未来会有什么在等我。我只记得那一刻，黄昏、操场、隐没的夕阳、归林的群鸟、我和 L 站在一中的世界里，天色将晚。

三年过后，我跟朋友散落在东西南北。我去了东北的一所大学，读了四年书，又去了西南读研，L 依旧留在南方念书，后来毕业当了气象员。我们各自有了新的朋友和生活圈子，甚少联系。

研究生毕业后，我到重庆的一所大学任教。那个寒假，我又来到昔日向往的高中校门前，想起 L 曾经说的，如果高中毕业后，你还想来这儿，就跟保安说你是校友回来看看母校，他们会放你进来的。我照他说的做了。

这一次，我独自穿过校门，那扇承载过我年少希冀的门像时光的入口，一踏进，我的二十岁不见了，我的十七岁回来了。绿树荫荫，红墙幢幢，白色瓷砖铺设的教学楼还似当初模样，我独自在六平山下的操场坐了一个下午，远处高架桥上的车辆疾驰而去，那样仓促，像记忆中訇然长逝的遭遭人事，我在俗世仍很笨拙的手脚被将晚的天色收藏。

晚风像故人抚我肩膀，又向我耳边喃喃，头上花枝似乎听到了陈年往事中精彩的某一节，喜悦微颤，送下一些细细碎碎的花瓣到我膝上。我捡拾它们，拼出一个圆，是树梢上环绕的云烟，是傍晚落日的形状，是那一年故事结尾没写上的句号，又似乎是自己与青春和解后的笑脸。

风又吹来，拂去那个圆，也拂去当年的迷惘、妥协、失落、不甘，以及早该被时间清扫的尘埃。

多年以后，在生命的某个黄昏，我们终会发现，怀念年少并不是一件矫情做作的事情，而是让我们明白，回忆过往的遗憾会使我们避免未来更大的遗憾。所有难挨的夏天都会过去，所有的不堪、懊悔也会在某一刻就被自己一笑置之。曾经的少年，终究是要长大的。

那一扇自己曾执念要走进的门，现在我已走出。头顶当空，是辽阔天宇与熠熠星辰。我看了一眼校门口被华灯照亮的学校铭牌后，就转身离开，没再回头看。

前面是一条通往更广阔世界的路，我微笑着走去，心里始终回荡着一个声音，是当初 L 对我说的那句话："其实你可以的，我知道。"

骑岁月的风捉一只温柔的蜻蜓

从少年时代开始读屠格涅夫的散文诗到现在，我依然记得里面的一个片段："忽然，从附近一棵树上扑下一只黑胸脯的老麻雀，像一颗石子似的落在狗的面前。它全身倒竖着羽毛，惊惶万状，发出绝望、凄惨的叽叽喳喳的叫声，两次向露出牙齿、大张着嘴的狗跳扑过去。"

接着，就想起父母一次次带我逃出生活旋涡的场景。庆幸他们臂膀足够有力，撑住了贫穷的屋檐，庇护着我们每一个小孩，让我们得以顺利成长。

上小学时，父亲在福州的几次创业都以失败告终，赔上了家中所有积蓄。他回长乐乡下，上山当了石匠。为了偿还债务，我们原本就不宽裕的生活变得雪上加霜。记忆中的饭桌上只有两三个小碟子，盛着虾米、咸菜、鱼露、酱油，没有一道荤菜，一家人三餐都如此度过。

因为营养不好，我跟我哥都比同龄男孩子长得瘦小。父亲和母亲商量从他挣得的钱里抽出一部分，给我们兄弟俩订牛奶。他又从山上砍了些木头回来，在门前的水泥地上，搭了个简易的篮球架，自己跑到大街上抱回一个篮球，扔到我哥怀里，笑着说："以后我就带着你们哥俩打球了，你们要长得高高的。"

之后，家门前的篮球场上总是充满了笑声，三十多岁的父亲在自己造出的球场上就跟个孩子似的，逗我俩玩。

好几次夕阳的余晖照在他刚毅的面颊上，这个充满力量的男人就像永远不会被打败似的，是海明威笔下圣地亚哥式的人物。虽然后来我跟我哥也没见着长到多高，但因为有父亲的爱，我们内心早已锻造得比同龄人要强大。

十九岁，我离开家，告别父母，去了很远的地方。

在车站，父亲把行李搬到我的座位上后，笑着看了我一眼，就下车了。火车很快开动了，隔着厚厚的车窗，我望见父亲在站台上目送着我。他把自己站成了一尊雕像。想到这些年他在风来雨去中往来的身影，眼泪瞬间下来了。我掩着脸，不让车厢里的人看见我眼中奔腾的水流。

我像一个被脱掉铠甲、夺走武器的人，在此后的岁月中，必须靠自己去铸造新的。这种感觉无比细微。

直到几年后，我才理解那天从家里出来，自己为什么那么难过，有一部分是基于情感本身，有一部分来自安全感的丧失。

那一天，我不知道火车究竟会带我去一个怎样的未来。一路穿过多少个山洞，越过多少座大桥，我都没有计算，我只是反复问着自己：要一个人与这世界相见了，做好准备了吗？

我从小其实是个怯弱的人，直到十二岁的一天，突然意识到自己原来也可以变得勇敢。

被老师叫进龙舟队，要跟同村的另外一个学校竞渡。因为当时自己是少先队的大队长，校领导便让我担任龙舟队队长。可没有人知道我根本不会划龙舟。比赛在端午节那天进行，我有两个星期的时间练习，其实主要是用来克服心中深深的恐惧：我怕水。

一放学，我便溜到河边，上船，学身边的大人摆弄船桨，大家听着鼓声一边应和，一边有节奏地用力划水，水花四溅，涟漪荡漾。因河道较窄，入夜时视线并不清晰，偶有几艘龙舟相撞。

我经历过一回，众人无力将船划开，任由舟子相挨，人间顿时在眼前摇摇晃晃。我一失衡，就落入水中，幸好脚还能触地，但也被呛得流出泪来。现在想来，问自己哪来这股勇气，应该是少小的自己珍惜名誉使然，不愿在众人面前丢脸。

这些年，在南来北往中，少不更事的自己勉强算是成长起来了，虽然这种经验性的东西无法让人像在便利店看价格牌一样确切，但当事者自身能清楚感受到便已足够。如同爱的感觉，局外者怎么会清楚呢？

久居山城，我深深明白，在这座终年被雨雾困住的城市，如果不是有爱跟理想做支撑，凭那一年四季的微光怕是不够抵挡四处蔓延的潮湿。

曾经跟同事 D 去找世界的尽头，我们在山城少有的晴天里，沿着一条大路奔跑，时间如过路车流哗然远逝。大路到了尽头，再往前迈出数十步就是涪江。江水并不湍急，在时常阴郁的天色下呈现近似抑郁症患者的面相，采沙船像老去的水蜘蛛贴着水面平缓而行。

我们站在岸边，撑着膝盖，气喘吁吁，整个人被汗水淋漓浇灌，却很快乐，有时看无车来，两个人直接躺在大路尾处，笑得像傻子一样。D 说："毕业后，被这现实欺负够了，天天骑在身上，还不让人休息。潘，你知道吗？其实我就想过这样别人看来觉得无意义的生活。"

D 从复旦毕业后，到三所私立院校教过书。喜欢随遇而安的他却整日被上级布置的事务压得喘不过气来，过了几年狼狈的生活。

有天他跟我说："不想再过这样的日子了，我要考博，离开这里。"我笑着问他："你怎么突然想清楚了？"他苦笑一番，回道："没办法，为了未来'无意义'的生活，此刻自己必须'有意义'地去活，我总是这样后知后觉。"

要从一个舒适圈逃离出来，并非一件容易的事情。很多人都被现实的糖浆黏住，脱身乏术。若无对自己前途的希冀，我们也愿意被这样的生活绑住手脚，毕竟安稳。但在工作的这三年中，我也感觉到了安稳这个词几乎与毁灭同义。

身旁太多有条件有能力的人被安稳裹挟，成家立业，安身立命，在一个狭小的世界里过完可以预见的庸常一生。我不愿如此垂垂老去，D 也不想。所以在某个春天部门会议之后，我们不约而同递交了辞职信，从领导办公室走出来的那一刻，两个人会心一笑。

后来，我申请到了博士，D 说自己再花一年的时间好好准备。临行前，他送我几张明信片，有一张上面印着美国电影《叫我第一名》里的台词——"跟随你的内心，做最真实的自己，与众不同。"

半年之后的某天，我站在海峡边上，看着黄昏里快速移动的云团。它们一片片相连，涛声和风声混在一起，构筑出一片更辽阔的海，给人无比苍凉的感觉。往昔不堪的遭遭情景跟俗世里的细碎声影都呼啸而过，不再令人惊悸与烦恼。

我慢慢感受到，现在望见的风景都是自己一步步跨过山丘、涉过险滩走出来的。

因为爱，因为期待，我们有了勇气，才能在理想与现实的对峙中，让站在薄弱一方的自己克服一切，骑着岁月的风去捉一只温柔的蜻蜓。

在生命的大地上，勇敢的人始终靠近世界，拥抱着未来，也始终保存着青春的余温与不熄的爱。

第二辑　告别的话，请风转达

睡在回忆里的海。。。。。

千百个少年，千百个明天。。。。。

那些夏天像青春一样回不来。。。。。

闪光的啫喱。。。。。

就像春天的花要跟春天说再见。。。。。

年少的水花永远荡漾。。。。。

鲸鱼男孩。。。。。

离开时，才知时光深情款款。。。。。

风是一位老朋友。。。。。

等彩虹的人。。。。。

海边的吉他。。。。。

少年心底睡着一颗星。。。。。

再见夏天，再见少年。。。。。

心有少年，白衣胜雪。。。。。

睡在回忆里的海

　　每年夏天，我都像得了某种病症般惧怕着南方的闷热，很少出门，只蜗居在光线昏暗的房间内。自己的玩伴无疑是些不会说话的布偶、泥人、风车和纸飞机。一个人孤单得像只囚笼中的鸟，伏在阳台上张望被白昼眷顾的世界。

　　有时便掏出古书朗读诗篇，对着漫画书画些变形的人物，或是守着电视不断地睁眼闭眼，时间似乎慢得可以用分秒之后的单位来估量。

　　母亲那时还在家中操持家务，见我整日闷闷不乐，心里也有些难受。她从后背抱住我，用额头触碰我的额角，说："航，妈妈给你做些好吃的，但你要笑笑。"母亲会做的菜肴很多，像糖醋排骨、蘑菇汤、南瓜鱼、牡蛎蛋卷，一样样都是绝美的南方风味。而我摇了摇头。母亲摸着我的脸颊，

"那到外面去走走吧。"我沉默地摆弄着手里没有表情的玩具，没有看她。很多蚂蚁举着白色的粉团在屋外的墙壁上爬行，风里是栀子的香气。母亲望着窗外，说："那就去看看海吧。"

我六岁时去过海边，是祖父带着我们一帮孩子去的。那时沿途的姜花不断地飘扬，天空是一片无边的蓝。时光如同沙田里的西瓜，不断抽出青绿色的藤，一寸一寸，向大海爬去。

小惠和蛋挞那时也在，我们很快乐地彼此牵着手在海边疯跑，学螃蟹横着走路，不时倒在沙地上翻滚，海风习习吹来，浪涛击打着礁石，天空是永远无法代替的蓝。祖父坐在岸堤上抽烟，像舍不得很多事物一样把烟圈含在口里然后慢慢地吐出。他望着远处驶来的渔船，招呼我们过来，说年轻的时候自己也曾坐在船上去过很多地方，包括遥远的对岸。我们羡慕地拉着祖父的手，要他带我们到船上去，祖父摸着我们的脑门，笑着说："你们这群机灵鬼，要等长大后才能出海，那时对岸也应该回来了。"

祖父不知道，在他辞世后，对岸也和原先一样，还像个迟迟不肯归来的孩子。而我们都长大了，却没有一个人再说起自己要坐船出海的想法。

　　小惠是个很漂亮的女孩子，梳着羊角辫，在耳朵两边舒服地垂下，经常穿的是白裙子，眼睛很大。她常常坐在小学时长得很茂盛的榕树下问我："长大究竟要用多长时间，会不会一夜之间就能在镜子里看见自己成熟的脸颊？"我说："不会的，成长很漫长，像一千米的操场跑道一样，等你撞到终点时就气喘吁吁了。"小惠这下不说话了，跑到我身后，很小声地说："如果此刻我们都不在你身边了，你会做什么？"我看了看树梢，用手指着上面说："我会爬到上面，看看你们走了多远。""然后呢？"她问。"然后就大声喊住你们，让你们回头看看我。"

　　蛋挞那时总喜欢偷袭我们，躲在芭蕉叶或者榕树粗大的树干后面，趁我们聊得高兴的时候，伸出圆润白皙的爪子来。他是个可爱的小胖子。小惠总想捏他的小脸，说比她妈妈做的面团还软。蛋挞只是在一旁生气地嘟着嘴，也不还手收拾小惠。"男子汉不和小女子计较！""真的？"小惠又邪恶地笑了笑，然后更加起劲地捏他的脸、手臂，甚至是肚子。我看不过去了，自然伸出援手，试图去抓她。小惠马上躲到蛋挞后面去了。我们三个人就开始围着榕树不停地跑，不停地笑。枝杈细小的叶子一点一点抵达我们的头顶和肩膀，像一只只翠绿色的蝴蝶在时光里舞蹈。

　　我们终于都长大了，花了两年的幼稚园生活、六年的小学光阴和又一个六年的中学时光。最后小惠去了澳大利亚，蛋挞去了美国。我还在南方的小镇，一个人低着头，对着那片渐渐消逝的海没有出声。内心里有一座矗立的灯塔，望着彼岸，沉默得如同更深的海。

　　有时在线上还会碰到他们，不同的时区里，不同的黑夜白天。我们聊了很多，不过都和过去有关，小惠说我们那时怎么会那么傻，整天坐在一起说些胡话，经常因为偷摘田园里的龙眼荔枝被看守的大叔发现而担惊受怕地迟迟不肯回家，还因为听了几次校园鬼故事而不敢课间一个人去卫生间。我发了个笑脸，后面加着"The old time is still a flying"（旧时光仍然在飞行）。心中却像失去了什么，有略微的疼。

　　蛋挞到了美国，他父母在唐人街开了家小小的中式餐馆，但他时常跑到邻近的蛋糕房买他以前最喜欢吃的蛋挞。他说自己总觉得这边的蛋挞里面放的奶油和老家的不一样。我说："是什么滋味呢？"他说："不知道，就是觉得不一样。"我说："那你也要少吃点啦，小心体重又超标了。"他笑了，发了鬼脸过来，"你看看这是谁？"一张照片被我点击开。瘦削的脸庞，带着成长后的坚毅，眼神十分笃定。我说："不会是你吧？"他没回答，又发张鬼脸过来。

很多事物总是在我们以为会一成不变的时候转过身来，露出一种惊喜，是岁月施下的魔法，改变着我们。

很多次小惠和蛋挞都问我："头像怎么还是以前的那个小孩，现在究竟变成什么样了？"我说："就是他呀，现在的我还是这个小孩呀。"

你们，只需要记住从前我的样子。那时我们都还没有长大，时光美丽得没有一点杂质。

母亲也带我见过海。但那时所见的海已经找不到从前的影子，除了它的宽度和深度，仍如昨昔。

在去海边的车上我一直没有说话。道路是新修的水泥路面，发出很燥热的焦灼气味，两排是被砍伐得只剩下木桩的树林，树叶堆在泥地里，像一张张遇难的面孔。我伏在车窗边看着，心内像是被一些隐形的思绪撕咬着。母亲侧过身，靠近我耳边，说："把身体放进来，小心被沙粒刮到。"并让司机关上了车窗。

我的心灰扑扑的，形同雨天。自己也不看母亲，低头抓着手指。

是什么想放开却放不开，是什么一直想挽留却留不住？

海不会说出任何答案。

当自己重新站在曾经的地点上时，显然已经物是人非。

海水依旧有力回击着沙石，远处隐隐漂浮着星点般的渔船。母亲怕海风吹得我不适，便从身上脱下自己的风衣搭在我肩上，"航，起风了，披上它吧。"

我摇摇头。

母亲并没有拿走风衣，反而用手按在我肩上，"看看吧，海为什么会这么辽阔？"

"是因为它包容。"母亲自言一番，继续看着我。"航，你也要学会这样，千万不要把自己封闭起来。一个人在这世上，是要走很长的一段路的，路上的风浪永不止息，而你这样，太脆弱了。脆弱的人会失去自己。航，妈妈不愿你这样。"

我的眼眶顷刻转红，但依旧没有说话。

母亲抱住我，开始抽噎起来，"以后，我们还来看海。"

我点点头。在她温热的臂膀中闻到海水的味道，咸涩却发出悠远的香，如同那一刻没有边际的爱。

而这样的话，很久以前的以前，他们不也说过吗？

"小航，爷爷再带你来看海的时候，对岸也应该回来了。"是祖父的声音。

"小航，如果有一天我们坐船出海了，千万别让蛋挞知道。你知道吗，他最近又胖啦！"是小惠的声音。

"小航，我偷偷告诉你，别和小惠说哦，我一直都很喜欢她的。"是蛋挞的声音。

知道，知道，这些我都知道。可是海还会记得那么清吗？那么多的人在它的面前走过，停过，呼喊过，哭过，也欢笑过，它都记得吗？

后来，母亲为了生计，开始到工厂里上班，整日忙忙碌碌，再也没和我说过看海的事。

多年以后，当自己长出一张可以和这世界和谐相处的脸时，再看看那些站在我们身后，站在过去，站在黑白布景里的村落和大海，心里总有些难受，像被一双来自时间的透明的手拿着锋利的锥子刺进心底柔软的部分，全身注定要燃起一种很难灭掉的忧伤。

时间让很多人都捉起了迷藏，但又不同于孩提时那场简单得没有忧虑与困惑的游戏。不断成长的岁月里，我们互相用纱布蒙住对方的眼睛，双手捕风捉影，在时间透明的陷阱之上游弋，内心成为一条虚无的鱼。

只是海水依旧在身后不停地潮涨潮退，仿佛少年，永远那么年轻明媚。

千百个少年，千百个明天

2020 年的寒假无限漫长，我困在家中，无聊正养大我对这世界观察的能力。

2 月 18 日，已经是我在窗边看人们走路的第二十六天。来来往往的都是辛苦奔波的成年人，带着各自的无奈、辛酸，风尘仆仆地路过，口罩里藏着无法说出的话跟秘密，一点都不可爱。偶尔听到从天台晾完衣服下楼的母亲说起邻居家的孩子，他们正躺在阳台上看书。我好奇那样的风景，似乎离我所见的世界已如此遥远，便上楼站在角落里悄悄看着他们。

男孩和女孩趴在花色的折叠床上，阳光照亮了他们的脸，像春天里的植物，以自己最自然、舒服的姿态生长着。隔着远远的距离，我也能看见他们脸上的笑，明亮，轻盈，仿佛珍珠上一道轻轻扬起的刻痕。这是少年生命中独有的优美弧线。

我怀念年少回忆里那些微笑的面庞。大段纯真的时光如花盛开，昆虫冲撞着夏天的窗户。它们在撞击后，一阵晕眩，飞都飞不稳，有时就掉落在窗沿上，挣扎着起身，要继续撞击。那时我不知道它们这样做的意义，也忽视了这样渺小的存在。我只是看着远方起风的水面上有风路过的形状。

那时，常跟 L 去林中玩耍，他每回出去都会带着他父亲的手电筒出门，说天再黑，我们也不怕。后来，我也从家里带出一个。两个人在林间奔跑，打着手电筒玩，晃出的金色光束成了连绵的微笑。我们捉迷藏，我先躲起来，他很聪明，很快就发现了，手电筒的光线笔直地打在我脸上。我闭起眼睛，笑着，L 靠近我了，他的声息与林间草叶的呼吸连在一起。我的耳朵能依稀听见，近了，近了，我睁开眼睛，他已走到我的面前，像一头年轻的鹿。

我们站在那里，摇晃着手电筒，光线像荡漾的水纹穿过森林，扫向远处的河堤、房屋，或者更远的地方。它成了一条黑暗中最明亮也最干净的路。我又闭上眼睛，想象着 L 跟我正走在这一条光铺成的路上。要去哪里，我不知道，但一定很美好。少年们身处其间，永远不会感到恐惧与疲惫。

仿佛一觉醒来，听到远方传来一个声响，像骨节被按响的声音，世界换上了一身黑色礼服，一切开始变得严肃，变得沉重。曾经以为在教学楼刮风的天台对天空喊出的理想都会实现，后来发觉记忆的鸽群只衔着那阵近乎破音的喊叫，回旋在永远十七岁的黄昏。

在我上高中后，我再也没遇见 L。听父亲说，L 跟家人搬去外地了，到他亲戚家办的钢材厂干活，年纪轻轻要挣大钱。我嘴角只漏出一个"哦"，便回自己卧室去了。父亲不知道我将门关上的一刻，心里有多难受，自己也像是把童年的那扇门关上了，掩面而泣。这是小孩子才有的感情，大人是不会懂的。

在学校感到孤单时，我会走去楼顶，那里无限空旷，风把我吹得异常清醒。有时也见到一个忧郁的背影靠在护栏上，像一首年轻的诗晾在那里。他抬头望天，额前的刘海被风拨开，露出光洁的额头。这是小木，一个不爱说话的男生，在教学楼天台上见过几次之后，我们才开始聊天，当然是我先问候他的。我们经常谈到未来，毕竟这是在高中三年给予我们希望的两个字眼。我说我要上一个好大学，读个能赚钱的专业，老的时候开家不收费只收故事的民宿。小木说他以后要去一回东京，看看《你的名字》里泷和三叶相遇的地方。他是跟着父亲生活的，因为母亲在他很小的时候就离开这个家去东京了，再没回来过。他只知道母亲很高，嫁给父亲时才十九岁。

小木最后一次跟我谈起这个梦想时，我正在重庆的大学宿舍里听歌。吉田拓郎跟中岛美雪合作的歌曲，《给我一个永远的谎言》。他说自己在大学期间做兼职，存了一笔钱，要去东京了。我问，什么时候的航班。他说，就后天，很快就到了。语音里全是小木激动的声音。"我就要实现梦想了，你要替我开心！"他最后说的一句话一直在我脑中回荡。我能想到那一刻他的眼里一定充满光亮，关于过去，关于未来，他就要去找寻自己心中一直期待的答案了。但又有多少人明白，这光是要靠眼泪才绽放出来的，多少次，一个稚嫩的男孩生生忍住了奔涌而出的悲伤。

生活常将我们置于空欢喜的圈套里，并滞留下我们的叹息。当小木准备出发去机场的那个早晨，父亲看见了他手机上的航班信息，过往关于那个女人不堪的记忆冲刷男人的海岸，他无法再失去身边的一艘船。小木被父亲锁在家里的那一天，我的手机因掉入洗手池拿去修理，他打了十几遍电话过来，按下每一遍号码时，心情怎样，我不敢去想。事后开机，我才知道了一切。回拨过去，只听到他在说："我没去，不过没事了。"应该是所有眼泪都逃离身体后才会有这样云淡风轻的口吻。我不能安慰他什么，唯时间有这种能力。世界上确实有太多事情，我们始终无法感同身受。

刚读博那年的寒假，我从台湾回来。一次周末，约小木去我们以前的高中。他在政府机关已经工作两年，别人都在羡慕他，他却吐着苦水："每天都跟狗一样奔跑，然后气喘吁吁。"那天我们在操场上赛跑，不管输赢的那种，大家都在笑，像回到过去，好开心。出门前，他往背包里装了一瓶红酒和一些纸杯，我们跑到天台上，靠着从前的栏杆，干杯，傻笑。我问小木看到我开不开心，他点点头。随后，他说过段时间自己要结婚了，女孩是去年刚来单位上班的，正好双方家人都催得急，就想凑到一起生活。末尾他说了一句"你要替我开心"，随即将杯中的酒一饮而尽。

世界忽然安静下来，在他喉结滚动之后，能听见的也只剩下楼顶呼呼的风声了。我不知道究竟从什么时候开始，小木再也没和我聊过未来，好像有个贼从他身上偷走了这两个字。当然，还有很多事情，他都已经闭口不谈。

仅仅也只是过了几年，不止小木，我身边所有的少年都被现实驱赶到成人世界的大门前，包括我自己，也是。只要推开那扇门，我知道自己再也无法出来了，俗世的旋涡会将我卷入越来越困顿的境地，无力再往上游。我开始一次次面对餐桌上父母对我提出找对象结婚的诉求，我夹起菜蘸着沉默的酱醋，一口口扒进口中，快速吃完，离桌。剩下父母的一声叹息代替我坐在桌前。明明是世上离得最近的人，那一刻却有了最远的距离。

我常常在灯下与过去的时光重逢。我忽然想起那些夏天里的昆虫，它们不断撞向玻璃窗，一次次落下，又一次次爬起，继续撞击。多年之后，我终于明白了它们这样做的意义，而我也越来越像它们了。明知道在这世间做自己是一件无比艰难的事，却仍然一苇以航，凭着单薄的身躯和满腔热血与这个强大的世界周旋。也问过自己还能坚持多久，但在天真与美好的事物面前，我无法低头。少年们鲜活、真实，他们的生命如青青的枝蔓向着天空和时间的深处生长，我迷恋这样的姿态。

在现实将我说服进成人世界前，我想紧紧抱住少年的自己和在成长途中遇到的那些少年。他们将在我的记忆中永远自由地撒野，呐喊，歌唱，不用看这世界的脸色，只需面对自己内心，胸中盛开热烈坦诚的花朵，永远充满朝气，也充满爱，不会凋零，也不会老。

等再过几年，五年或许十年后，当我的同龄人都已经活得像他们昔日的父亲或母亲，而我身旁年轻的少年们也一一长大了。我想我还会不知疲倦地追求下去，用笔下的每一个字留住少年，留住生命最好的状态，在千万个明天，在遥远的未来，如同夸父对光的崇拜与向往。

那时，我还喜欢在星空下散步，在林间溪边席地而坐，跟朋友有一搭没一搭地聊天，喜欢什么，不喜欢什么，全由自己做主。耳边虫鸣声、流水声此起彼伏，抬头瞥见飞机在高空拖出长长的轨迹云，闭上眼听见的是风经过的声音。

睁开眼的那一刻，我一定又能看见你吧，我的少年。你身穿白衣，站在水边，一头清爽短发，眉峰如剑，挺拔鼻梁下说话的声音像风一样轻柔。

你笑着望向我，夏天好像永远也没有离开过。

你是不被时间带走的人，是我永远的少年。

我们不会遗忘，也不会告别。

那些夏天像青春一样回不来

那年六月，大学即将毕业，我在寝室收拾需要快递回家的衣物。黄昏风起，向阳的墙面金光闪闪，夹杂着楼外大树的葱葱树影，像作别的手摇摆。

衣柜里突然掉出一本开本略小的书，红色封面，写着书名《爱你就像爱生命》，王小波的作品，中信出版社版本。

我拾起来，往上面吹了几口气，尘埃四起，渐次落定。想起五月下旬的一天，收到快递通知，取了一个事先无人告知要寄来的包裹。包裹上寄件人信息模糊，唯一能看清的只是手机号末尾"4705"的数字。打开，我很惊讶，是书，《爱你就像爱生命》，但书里空无一个手写字。

那天，一个人走在夏天的路上，边走边翻着书，沿途的阳光透过叶间的缝隙将光斑打在书页上，身边人来人往。我没有注意他们，目光只停在书中王小波写给李银河的情书上，心想究竟是谁又将这份"情思"传递给我。

我起初怀疑是朋友 CC，但她却在电话里跟我说："你知道的，这阵子我都在忙着毕业论文答辩的事情，可没空买书送你。一定是喜欢你的人。"

"可是很奇怪，Ta 居然知道我阵子想看这本书。"我困惑不已。

CC 答道："这么默契啊？你是不是有在哪里提到对这本书的喜欢？"

我这才想起，自己在微信朋友圈上提过。

之后有次姐姐打电话过来，说她的宝贝儿子非常想我这个小舅舅，希望我快点回家。我说要等毕业证书拿到手。然后，她突然提起我中学时代的友人"花露水"阿鑫。

他是一个喜欢在夏天喷花露水的男生。每个夏夜晚自习，全班都会闻到他身上的花露水味道，一些男生觉得阿鑫很娘，给他取了这个绰号。

"我也不想喷，但我是 A 型血，皮肤又白，很招蚊子的。"阿鑫对我解释了几次。当时他没有什么朋友，在班上多半只跟我一个人说话。

姐姐说我这些年都像候鸟南来北往四处迁徙，阿鑫联系不上我，所以他一从外地回来就到家里要了我的微信号、手机号和学校地址。听到这，我的第一反应就是，书是阿鑫寄来的。

中学期间，我跟阿鑫都酷爱看书。

蝉鸣喧嚣的午后，我们在食堂吃过饭，便往图书馆里钻。我喜欢去中国现当代文学的书架前"捕猎"，他呢，比我有出息，飞奔到外国文学那边寻觅有意思的小说。我们那时总爱争辩一个问题："中国作家的小说跟外国作家的比起来，谁写得好？"

文学其实是个很主观的东西，仁者见仁，智者见智，但那时的我们都很倔强，谁也不让谁，非争得面红耳赤不可，但很快又和好如初，笑脸相迎。

高三时，时间对身旁多数人而言，都像是快用完的牙膏，非得用力挤，心里才舒服。每天深夜自习回来，简单洗漱一番便想睡下。但阿鑫常常发微信过来，对我念起他最近看的小说片段。

印象很深的一次，是在晴朗的夜空下，临睡前我爬上天台，呼吸着夜间微凉的空气。阿鑫在微信里朗读柏瑞尔·马卡姆的《夜航西飞》。

"一天晚上，我站在那里，注视一架飞机入侵群星的领地。它飞得很高，遮蔽了数颗星星。它拂动着星光，如同一只掠过烛火的手……在飞机寻找避风港的航线上，有成千只动物正悠闲散步，如同原木漂浮在漆黑的港口。但是入侵者在盘旋下降，姿态显出明确的急迫。它一圈又一圈地盘旋，倾斜低飞，它的声音在说：我知道自己在哪里，让我降落。"

那个夏夜星星很亮，听着阿鑫略带磁性的声音，此生仿佛也同书中主人公的旅程一样变得美好而漫长。我们远离纷争，没有痛苦，"梦想"也不再成为一个带有压力的词。内心是这般的空，亦是如此的静。

原以为阿鑫永远会是个温和的人。但在高考前一个月，我发觉他的脾气变得很怪，他先是在微信状态里写着十分低落、抑郁的心情，随后就跟我吐槽某某老师越来越无聊，上课就知道"喊口号"，某某同学天天坐在楼道里大声背诵跟傻子一样，这跟我之前认识的他有点不同。

我想应该是高考压力造成的。于是在一个深夜里，我静静在手机上打出"有些磨难是我们必须途经的，这样，你我才能成长得更好。不要怕，我始终和你并肩前行"这些字发给他，结果看见他回复的竟然是"去你妈的鸡汤"。

那个夜晚，我失眠了。

我想不通为什么他会这样对我。我关心他，安慰他，可最后得到的竟是他的一阵谩骂。过往与他玩过、疯过的时光瞬间烟消云散，原来人真的生来记仇，对方给予自己的千般好都抵不上他最后送来的一个坏。

我打算不理阿鑫了。

而他似乎意识到自己的问题。三天后，他主动联系我，说把我写的小诗拿给他表姐看，她表姐很喜欢，表扬了我。

虽然我无从辨别这件事的真假，但我真切感受到这段话的背后是他在"认错"，想与我恢复"邦交"。我平日虽有些敏感，但气量还是有的，很快原谅了他。

但我们之间不知道为何，已回不到当初的状态。

日常我们虽也聊天吃饭，但他的目光总有些飘忽，有很多心事，不再找我诉说，他借了一些新书，也不再同我分享。阿鑫在我眼中渐渐变得陌生，而我也清楚自己在他心上的疆域越来越小，那他的领土都给了谁？

是消耗身体和灵魂的漫长备考？是迷茫不确定的未来？是隐秘而倔强的青春？我不知道，也不想知道。只是偶尔看到阿鑫那张越来越不快乐几近崩塌的脸，我就不禁在心底发问。

高中最后一次收到阿鑫的信息是在高考前一周，他说自己迫切想去苏大，不想留在省内，待在这里十九年，已经够了。我说："看命运将你我安排，祝你如愿抵达心之所向。"

随后世事并不遂人心愿。阿鑫英语和数学出现塌方，去不了自己想去的苏大。那年盛夏末端，他在周遭同学的报喜声中，独自远行。家人起初反对，但最后见他情绪异常萎靡，关在家中形同困兽，便妥协，答应他一个人出去散心。

我是打电话到他家里时，才知道的。他母亲喷了几次电话听筒，好像有些难过，但让我放心，"是去苏州了，他大表姐在那边工作，可以照顾他，所以没事的。"

自此，我跟阿鑫之间空出一段很长的空白。

直到如今，他又出现了。

我在微信联系人里找了找，才知道自己的确曾通过一个叫"鑫之逆旅"的好友申请。随后，我与他聊天，他真的是阿鑫，那本神秘的《爱你就像爱生命》就是他看到我在朋友圈发表的状态后送来的。

故友的到来，仿佛让我顷刻间返回到那些年的青葱岁月。我们曾经骑过的车、借过的书、说过的话、吹过的风、抓过的蝉、偷看过的女生、做过的梦一时间涌上心头，像无数透明的丝线缠绑泪腺并紧紧拉住，倒向此刻现实的这一端。

这些年，自己笔下写过很多少年，就像阿鑫这样。他们身上存放着太多我所眷恋的昨日风尘，在夏天的记忆路途中闪闪发光，引领我在浮躁的岁月里得以向后，回望青春，内心澄明。

在家的这几日，听得最多的歌是《安河桥》。每次听到其中一句"我知道那些夏天就像青春一样回不来"时，不免又想到阿鑫出门远行的那个夏天。

他坐火车去了趟苏州，走到苏大的校门前，一个人哭了。烈日灼灼，一个少年脸上有发烫的忧伤。为了一个梦，我们都曾做过飞蛾，赴汤蹈火，在所不惜，但最后却事与愿违，捕风捉影一场空。

我问过阿鑫，后来去了哪里，做什么。他说，去了一个独立学院读了四年，然后跟我一样考研了，上了 F 大。

我感觉阿鑫变了很多，不再像过去那么倔强、偏执。他不再执意选择苏大，而且在日常阅读中，也不再对当下的中国文学反感，开始正视自己，懂得接受。

或许青春便是这样，经历了痛，受过了苦，才知道是自己低估了世界，其间的遗憾、彷徨、寂寞，都成为一个人成长必要的养分。当自己重新振作起来，梦仍青葱，如风自远方吹来，唤你前进，而我们眼前从不缺少路。

我们在微信上聊天，阿鑫说我一定没有读完他送的书。

我问他为什么会知道。他说，因为我没有发现书中第 95 页是被撕掉的。我问他这样做的原因。

他在微信上打了一行字："因为我想亲自告诉你上面的内容。"

"什么内容？"我问。

他发来一段语音：

"十分想念你。非常非常想。"

闪光的啫喱

　　不知还要过多久，自己才能学会忘记一些季节、一些名字和一些故事。

　　所有闪光的日子，像一枚枚银色的吊饰挂在时间细长的脖颈上。那些明亮如春的幻觉、被流水冲刷过一遍又一遍的少年，刻在阳光粉末般飘飞的黄昏中，如同一道最长的影子。

　　永远有一张少年的脸浮现在我的脑海里。他是我的朋友小夫。

　　我和小夫同桌时，是在初中。

　　他是个瘦得快散架的男生，戴着圆圆的眼镜，小眼睛，爱笑，却从不在陌生人面前笑。他喜欢做一些坏学生专干的事，迟到、早退、不做作业、缠着漂亮的女生说话、数学课上看自己偷偷租来的小说和漫画，似乎他打那时起就想"立志"加入被老师、家长严重唾弃的坏学生队伍。除此，他还喜欢做一堆其他奇怪的事情，放学路上捡各种形状的瓶子，到森林中收集不同草木的叶子，对着一个树洞说话，深夜里翻来覆去地用小霸王学习机打同一款"超级玛丽"。

那时，我在老师、父母的眼中还是个正儿八经的好学生，爱情没发芽，思想简单，像一瓶矿泉水，一直混在年段前十的圈子里。即使这样，我和小夫也可以聊很多话题，当然都跟人生、未来、理想没有丝毫关系，这些都是需要伟人去探讨的问题，而我们只是落在人间的两颗尘埃，在风中，朝上或者向下悠悠地飞着。我们说得最多的无疑是自己的运气怎么老不好、脸上的痘痘怎么会冒出这么多，或者是哪个歌手最近出的专辑很有感觉、哪个女生的身体好像一夜间膨胀了等等，彼此赞美最多的话是："我希望你快点儿长高，高到把校长办公室的屋顶捅破。"

那时，卡带机还没消失，电脑还是大脑袋，周杰伦还很年轻，唱着《七里香》美了好几季。男生们都学他用啫喱水在头发上耍帅，做各种造型。

在初二期中考最后一科结束的下午，我和小夫在学校里游荡。突然，小夫摸着头发，一脸坏笑地看着我。我知道他肯定在打什么鬼主意。他脸上充满叛逆而兴奋的光芒，说："我们一起去买啫喱水吧。"我说："好啊好啊！"这样没有一刻迟疑的回答自然让他吃惊："你可是个好学生呢，真的要和我去吗？""谁规定好学生就不能用啫喱水啦？"我回道。小夫傻傻地看着我，小眼睛睁得铜钱儿大。然后，我们朝校门口疯狂地跑起来。夏天的校园里，花草在和风中摇摆，阳光从一个树梢跳跃到另一个树梢，沿途的行人奇怪地看着我们，没有人知道我们为什么那么快乐。

我们从超市买回一瓶啫喱水，在宿舍楼顶刮风的天台上玩弄彼此的头发。我手中拿着的镜子仿佛一面照妖镜，照出了这个世界上最可爱的一群小妖：皮卡丘、赛亚人、音速小子，还有长鹿角的男孩。我们对着镜子傻笑，风吹起白色肥大的衬衫，黄昏的光线刺向我们的瞳孔。鸽群掠过头顶，留下一路脆亮的哨音，我们抬头望去，仿佛看到了无边天际的永远。

偌大的世界中，我们是两只充满了幻觉的虫子，从巨大的叶尖破茧，在一座青色的城池上飘荡。俯瞰城外，大地匍匐在我们的脚下，如同一群听话的羊。

第二天到来的时候，我和小夫都在头发上喷了大半瓶的啫喱水在校园里招摇过市，一副很拽的样子。这样的举动自然很危险。"天啊，他竟然也学坏学生那样打扮呢！""我没看错吧？""我们快点去告诉班主任，这回有好戏看了！"经过各个同学的激动报告，班主任自然把我们叫到办公室里"喝茶"了。他严词厉句絮叨一番，我们低头不语，头发依然竖得高高的，仿佛最倔强的少年。

后来，我们俩还是乖乖妥协在了班主任拨往家中的电话里。年少最伤不起的人有很多，老师、父母无疑是其中的突出代表。

我们狂欢无羁的时光，我们轻愁淡薄的岁月，被风吹走的啫喱泡沫，空气中飘散的香气，一阵阵，和往事一起并肩离开。

后来，我重新回归"好学生"的角色，讲文明，懂礼貌，不穿奇装异服，不抽烟喝酒，头发一年四季只保持夏天那样的平头，最长一根也在 3 厘米以内。

后来，小夫去了 B 中，我被保送进了 A 中，两所学校隔着一条小河，而我们却被这样短短的距离阻隔起来。我不再和他一起去超市、一起爬向宿舍楼的天台吹风。夕阳坠到哪里，似乎都和我们没有关系。

后来，我习惯一个人坐在教室里看着窗户上的侧影，想象还有一个人陪在自己身边。我不会寂寞，也不会孤单。

一直在怀念中的人永远不会忘记过去。那些闪光的日子、鸽群掠过的黄昏、明眸皓齿的少年，只会在回忆的河流中被浆洗得越来越新。

我知道，或许这辈子，自己也永远学不会遗忘这项本领，特别是对于那些充满了夏天味道的人和故事。它们像是世界上定型效果最好的啫喱水，紧紧黏住自己的内心，在时光深处，永远不会让心被风吹皱。

就像春天的花要跟春天说再见

在城市的地铁口，看见戴花头巾的阿婆在卖玉兰花，一串一串的玉兰别在竹筐上，在春日暖阳下更显得洁白。略鼻塞的自己，忽然之间被这一股香气打开了鼻腔，整个人从都市无精打采的氛围中清醒过来。

我从老人那里买过两串玉兰，鼻子再凑近一闻，清甜的香气如同糖浆洒落到鼻尖上，也才发觉春天其实已经来了好一阵子。

每个时节的花香都会唤醒我过往的记忆，那些随时间不断失散的人和事似乎也住进了花香当中，只要我想念了，闻一闻身旁的花，它们就一一出现了，还带着那时的笑容，那时的天真与美好。

每回读到《红楼梦》中史湘云因被宝玉罚酒而醉卧芍药

圃的情节时，都惊叹于曹雪芹对美的刻画。少女醉眠芳树下，半被落花埋，此时的人和花都是生命最美的状态，交相辉映，如梦如画。我也由此怀念起幼年时与朋友去家附近的公园、田垄摘野花的情景。

那时候可真美好啊，我们都是小孩子，不管男生女生都一样手牵手去玩耍，没有像大人那样非得在性别上做出明确区分。我们在一棵棵花树下奔跑，也摇醒了一朵朵正在春天做梦的花朵。

看着那些包裹紧紧的花骨朵在一夜之后绽放开了，我们就雀跃不已。有时也见着小小的蜂鸟前来采蜜，它们钻进一朵朵花当中汲取春天最甜蜜的部分。我们也摘来美人蕉，从花底吸食蜜糖似的汁水，吸完一朵是不过瘾的，很快，我们几个小家伙就忙成了蜜蜂，使劲把春天的味道吸到腹中。一个人的欲望在那时是如此干净。

也曾在学业繁忙的初三，下晚课之后，和L跑到操场边的花树下，站一会儿，看看月亮看看花，两个少年交换彼此的心事、烦恼。

那是一个个美好的夜晚，月亮挂在树梢，或许是弯月，或许是满月，都是好看的。我们在花间穿梭，这些刚刚被和风敲开花骨朵的栀子，在清澈皎洁的月光下，白得如大片的雪花，落在这茫茫的夜色中。而栀子花的香气又像从酿酒作坊里飘出的，甜到醉人。年少流逝的分秒都在这里悄悄发酵，酝酿成一壶壶青梅酒，远方与未来都放于其中。

我们也在被月色宠爱的夜里，摘下栀子花，悄悄闻着。花香像一条河流缓缓淌着，流过操场、食堂、教室、宿舍，流过背包、课本、试卷、下课铃声，流过年轻的面颊、飞扬的衬衫、一双双疲倦的眼睛，流过这一段无比漫长被囚禁的岁月，也流过我们的身体、一望无际的忧伤。

那时的 L 比我要辛苦，他一面努力准备着初三这一年的复习，一面还要应对父母亲每天在家中彼此发动的"战争"。但他的面庞却盛满了光，无论心情多糟糕，他在我面前总是微笑。

几乎每个夜晚，L 都来和我做伴，即便在晚风中一言不发。我们也很开心，因为那时父母很少在身旁陪伴我们，没有什么比深情厚谊、肝胆相照的朋友更珍贵。月光从开得繁茂的花瓣中漏下来，洒在他白净的鼻梁上，像一座雪山被照亮了。我趁他不注意，就摘下一朵栀子花别在他耳边。L 觉得我在逗他玩，便也折下一小枝插进我胸前校服的口袋里。我们开始互相追逐，两个人绕着花树跑了一圈又一圈，花落了一地，惹得昆虫也无好眠。这是年少无比诗意的时刻。

后来，我们都累了，坐在地上，我一边听戴花的他讲故事，说到激动处，他耳边的花都要滑落下来了，一边闻着花香和L身上的汗味。我感觉青春就像纸鸢在风中飘荡，初三无尽难挨的夜晚也变成了幸福的夜晚。

只是有一个夜晚，L没来。我跑到他的班级找他，也没看见那个熟悉的身影。值日的同学告诉我，L转学了。"怎么会，只剩一个学期就中考了啊？"我瞬间傻眼，诧异问着。那个同学告诉我："他爸妈离婚了，他要回他妈妈在的地方中考……"随后我明白，栀子树下不会再出现那个戴花的少年了，他再也不会来了。

月亮闭起了眼睛，夜显得黑沉沉的，整个世界一瞬间好像听不见谁的呼吸，也摸不到谁的脉搏。花恹恹地开着，我失魂落魄地走到操场边，仿佛丢失了一件心爱的玩具，闻到这春天的花香竟带着一丝苦涩。

我吸了一口，鼻子酸楚，不禁泪流满面。我跑向操场，一时间也不知道究竟是汗还是泪，湿了一路。接着又往经常跟L走的校园小道跑去，黑暗中不知自己被什么东西绊了一下，摔倒了，膝盖磕在沥青铺的路面上，渗出血来。我忍住哭泣，慢慢爬起来，在抬头一瞬间，多想有一只手伸来。它如月光一般白皙，沾着过往岁月的花香，没有任何年少的哀伤。握住它，我似乎就能握住整个春天。但最后，自己看到的只是一片茫茫无边的夜色。

十多年后，我回去，远远就望见旧操场翻修后的新模样，边上盖起了几栋外观洋气的宿舍楼。记忆中那几棵春夏时节开得异常热闹的花树不见了踪影，如我在时间里走丢的朋友。自己心头不免颤动，呆呆看了许久，学校高楼幢幢，鳞次栉比，我眼中却是一片空空荡荡。

街边的风吹动我的头发，也吹来记忆中的花香。我捧着两串白玉兰，觉得它们像是梦，贯穿了我年少所有的光阴。长大的自己站在某一段时光的出口，闻到这些香气，恍惚间，便看见从那里走出的故人旧物。他们已和花香融在一起，化不开了。我总是不断遇见，但我也清楚自己也在不断告别。

时间是一双既温柔又粗粝的手，将世间万物悄悄塑造。所有的悲欢，所有的舍与不舍，只要往漫长的岁月中一搁，便显得微不足道了。

我带着刚买来的玉兰花走入地铁，知道又一个花开的季节到了，而我再也不是小孩子，自己始终要告别过去，就像春天的花最后要跟春天说再见。

年少的水花永远荡漾

高二那年，我因肥胖问题总被我爸嘲笑。"别人读书越读越瘦，你倒好，越读越胖。"其实我知道他的言下之意，是在说我学习偷懒，没有努力付出。

那是我人生中一段尤为灰暗的日子，在高考决定未来的口号下，每个人都在绞尽脑汁学习着。十七岁的自己似乎整天都在暗夜里行路，用非常难看的姿态匍匐向前，偶尔停下，像条狗喘着气，对这世界无力反击，不断妥协，不断承受，只能任由身上的怨气悄悄沉淀为体重，作为一种反抗的方式。

但为了不让我爸继续用语言攻击我，我决定减肥。

我本想选择跑步，可那时是夏天，出门还没走几步路就大汗淋漓。我不喜欢流汗时全身咸湿的感觉，自己好像成了一条咸鱼在日光下被人翻晒。我想了想，有什么运动是流汗时自己也不会察觉到的呢，好像也只有游泳了。

我找到一个游泳池，在学校后门往北六百米左右的地方，四周被树木环抱，显得较为隐蔽。如果不是当地人，一般找不到这儿来。游泳池大概是九十年代所建，装修很简单，露天，只用矮墙和铁栏杆围起来，因为收费便宜的缘故，也没见有小孩子为了逃票而爬墙进去。为了躲避众人的目光，我会选择午饭后人少的时候来这里游泳。

当我面对空荡荡的游泳池时，整个人都异常兴奋，觉得这世界只有自己一个人了，长度三十米的水池瞬间成了一片专属于我的海洋，我可以尽情在里面游弋、玩耍。

水面上漂浮着明晃晃的阳光和一两片树叶。突然有张年轻的面孔冒出水面，他站起来，身形瘦削，全身在阳光下显得尤为白净。男孩摘下泳镜，甩了甩头，水面顿时激起无数涟漪。

"怎么突然多了个人？"我被吓到了，用手按着胸口。

"我一直都在这游啊，只是你没看见而已。"他解释道，随后好奇问我，"你为什么半天站在泳池边上，也不下来？"

我没回答他，尴尬地把目光转到别处，之后跳进水中，水花四处迸溅，像落进一块巨石似的。

"你是不是不会游啊，要不我教你吧？"他见我一直在水里进行"狗刨"，不禁笑起来，但很快止住笑声，看着我。

我很羡慕像他那样的男孩，有清秀的面容和矫捷的身姿，在午后的游泳池里如光一般闪耀，而我如此平凡、笨拙。我没吱声，不敢看他，拉下额头的泳镜，把头埋进水中。他这时游到了我身旁，我透过泳镜，看到他在水里朝我微笑。他应该是个好人，我在心里对自己说。

之后，我便跟阿明成了朋友，每回来这里，他都会耐心教我游泳。

我一直是个缓慢成长的人，学什么都慢，大概是过一周后，我才学会真正的游泳。

那天，阿明像平常一样站在水中，用手托着我在水面漂浮的身体。也许是怕辜负他的好意，我努力按照他说的做，四肢有节奏地划水，摊开又收拢，聚精会神目视着前方。阿明在旁边继续托着我，不到十秒钟，他突然松开了手，然后站在原地，看着我往前游去，他在后头大声冲我喊着："对，就是这样！你会了！你会了！"随后阿明也从后面游上来，追赶着我。

水池粼粼发光，一切恐惧就在一个瞬间消解。我一下子觉得水中的自己，是在跟随海上的鸥鸟一起扑打着双翅，我们向着远天飞去，向着未来飞去。夏天的游泳池就是一片海，那么辽阔，那么美。原来在这世上，人最大的敌人真的就是自己。

阿明告诉我，这个泳池最早是他爸带他来的。那时阿明还是个怕水的小男孩，他爸用尽各种招数诱他下水，都无果，最后只能来个狠招，把五岁的小家伙推到水里。阿明一直哭着，喝了一肚子的水。从那天起，阿明摆脱了对水的惧怕。之后他渐渐长大，一旦碰到难过的事情或者压力大的时候，他都一个人来这里游一会儿，把事情想明白了就回去。但有些事他永远也想不明白，比如大人的情感世界。

"曾经明明那么喜欢彼此，为什么现在看到对方就像仇人一样？"每次一讲起他父母的感情矛盾，他就有些忧郁，眼睛里装满蓝色的海水。

我无法对他说什么，只能在一旁静静倾听。有时见他在泳池边上长久发呆，就故意朝他拍水，拉他下水。我们在水里扑腾、玩闹，真想溅起的水花能冲刷掉身上太多的烦恼与无奈。我们还这么年轻，为什么现实要在我们的泳池里注入这么多悲伤的液体？

高考结束后的六月中旬，阿明的父母离婚了，他像一颗弹珠被弹进了一个很深的洞中。我见到他时，他已经不像过去那样喜欢跟人说话了，当初那个在泳池里带光的少年渐渐熄灭了自己身上的光。当我听到他说自己不久后要跟着妈妈去国外生活时，心里有个角落颤动了一下。"要走了"三个字，简简单单，却又在我们十八岁到来的夏天里惊天动地。

我望着阿明尚还留有一丝光亮的瞳孔，很想拥抱他，也想安慰他，但忍住了，迟迟没有行动。他似乎看出来了，嘴角瞬间露出从前那样的笑容，跟我说："时间很奇妙，一切烦恼都会过去的，我们能做的就是等待。"我知道此时的阿明已经有了一颗成熟的心。

我们最后一次来游泳池，是七月下旬，我拼尽力气拿到了一所北方大学的录取通知书，而高考成绩不佳的阿明已办好所有手续准备出国。我们傍晚时相约来到这里，却看见门前一张泳池整修的通知。两个人非常扫兴，耷拉着脑袋。我正准备往回走，阿明在身后叫住了我："别走，我有办法，快过来！"我转过身去，看见阿明已经溜到泳池的外墙边上。他高兴地朝我挥手，示意我可以爬墙进去。

"里边没人，水池里还有水，我们可以游！"他嘴角狡黠一笑，迅即蹬腿上墙，握住栏杆攀爬，身手非常敏捷，即将翻身时他停住，看着底下的我，轻轻问："你怕吗？"我抬头望着眼中的少年，回答："你在，我怎么会怕。"说完，两个人一时间都笑起来，那片笑声也点亮了从前的夏天。

顺利爬进墙内后，阿明提议要跟我好好地比一下，究竟谁游得快。我欣然答应。我们站在泳池边上，做好热身后，便一起潜入水中。

起初我和阿明一样匀速向前，随后我耍起小聪明，加快了四肢划动的节奏，往前冲去，阿明被我甩到后方，我很得意，但不久后身子就不听使唤了，我全身有些无力，逐渐瘫软。这时阿明加速了，很快赶超了我。我可不想前功尽弃，就憋着一股气，拖着酸痛的身体，拼命摆动手臂。阿明别过头来，对我喊："坚持，坚持下去，就要到了，快了！"

不知从哪一秒开始，全身肌肉的痛楚突然就无知无觉了，我开始游得分外轻松。而游在前头的阿明也不知是不是故意放慢了速度，不一会儿，我就跟他处于相同的位置。我们都使尽全力往终点冲去。"到了！"伴着阿明一句激动的叫喊，我们一同伸手触壁。两个人高兴极了，像小孩子那样拍击着水面，往彼此身上泼水。我一个转身，钻到水下，闭着眼睛，依然能感觉到太阳正在隐退的踪影、光和云朵的浮动，还有海风、白鸟、灯塔、礁石、浪花。它们都在我的脑中像鱼一样跃动，一切黑暗正逐渐被我们穿越。

那一年的盛夏漫长得似乎永无尽头，我们忍受所有的寂窦，忍耐所有的不愉快，在梦与现实交汇的地方寻找出口，那些自卑、沮丧、委屈，如同游泳途中呛到的水花，最终都被自己以成长的名义通通吞咽下去。为了抵达彼岸，我们挨过最艰难的时刻，奋力向前游去，心中都坚信当指尖触壁的一瞬间，自己一定会无比强大。

那年夏天过去后，我瘦了一圈，爸爸没再像曾经那样嘲笑我。我站在镜子前，仔仔细细打量了一遍自己：衣服穿在身上变得十分宽松，双手叉在腰上，发现腰线也有了弧度，胸口很结实，能见到略显方形的轮廓。我以为自己会为这一年多的努力而感动得哭起来，最后也只是平静面对自己，莞尔一笑，不禁想起了这一路陪伴在自己身旁的朋友阿明。

之后的夏天，我没有再见到阿明。曾经和他一起待过的游泳池也因城市建设而废弃了，有几次透过围墙缝隙往里看，池内已干涸，池底落着厚厚一层尘土，上面还长着荒草。我们的年华就这样布满了锈色。

我想念那些日光耀眼的日子，世界在蓝白色彩间晃动。炎热却不沉闷的午后，瘦削的少年们潜进水中，摆动着他们轻盈的身躯，用水来浸润自己，用水来保护自己。

蝉鸣声声中，年少的水花永远荡漾。

鲸鱼男孩

　　毕业以后的每年夏天，我都像活在大海中的游鱼，穿过一个又一个梦境的海峡，在回忆的潮水里辨认曾经。

　　被阳光晒得发烫的柏油路，在风中抖落笑声的绿树，一群单车少年飘扬的白衬衫，教室里疾速旋转的电风扇，还有窗外在蝉鸣中逐渐饱满起来的未来。在所有身影的背后，我却看见你，如同搁浅在岸上的鲸鱼，有着无法翻身的孤独。虽然我已摸不到你的脸，但你那张还如孩童的脸却在我的梦中越来越清晰。

　　小鲸，此刻，我站在二十五岁的路口，远远望着过去的夏天，像看到了黄昏时的洋面。日头渐渐坠入大洋，海湾荡漾着深情的水波，晚霞织锦，盛大绚烂。看这一场花火般迷人的黄昏，仿佛已经度过一生。我们坐在码头边上，听流浪歌手唱着李宗盛的歌："等你发现时间是贼了，它早已偷光你的选择。"年少无法懂得的道理，到后来逐渐明白时，我们都已不再年轻。于是有人唏嘘，有人沉默，有人离开。我手足无措，只留在原地。

小鲸，我们初相见，也是在黄昏吧。

难以忘记北碚的夏天。我从西大正门出来，左拐，顺着路就走到了梁实秋故居。已近黄昏，鸽群在空中回旋。初识梁实秋，是因为他的《雅舍小品》，来西大念书后，才知先生也曾在北碚生活，且居于西大边上。我坐在雅舍前的藤椅上，望着先生的雕像。而在这个异常安静的傍晚，你站在我身后，也跟我做着一样的事。在这个城市齿轮疯狂转动的年代，我们与周围追求未来前程的同龄人相比，显得那么孤独、愚笨、不思进取。但我们愿意这样，放慢自己的步子，只愿去往自己想去的地方。

所以，小鲸，我和你走到了一起，成为朋友，也成为这个世界的异类。

我怀念我们在一起的时光，像琥珀一样发出璀璨的光。我们在深夜的操场奔跑，累了，躺在草地上。月下霜寒露重，我们却都不觉凉意，心上始终热气腾腾。

到缙云山上的古寺游玩，桂花正香，我们坐在繁茂的树荫下念诗。你内心纯净，喜欢古典诗词，也爱和我讲佛道言辞。我则是把日常熟稔于心的外国诗歌读出来，与你分享。山风入怀，安宁自在，仿佛那个时候，那样的天地便是我一直在寻找的原乡。

我们也曾划过船，在湖心把船停下，收起桨，任流水带走船，带走我们。山峦寂静，荷叶田田，我们闭上眼睛，感知彼此与四周的气息。时光像一坛酒，我们饮过，醉意微醺。

我清楚地记得，在我去台北交换学习前，在缙云山上，我们像往常一样诵读各自喜欢的篇章段落。你背了《古诗十九首》中的一首《孟冬寒气至》："孟冬寒气至，北风何惨栗。愁多知夜长，仰观众星列。三五明月满，四五蟾兔缺。客从远方来，遗我一书札。上言长相思，下言久离别……"你没有背完，突然停住，哭了，说，真舍不得你走。我强撑着笑容，看着你，说，只是半年而已，到时回来会给你带很多岛上作家的书。你还是哭。

我知道你平常是不流泪的，为我这样伤心，只能说明你太在乎我这个朋友了。我心里既开心，又为你哭得像快失去亲人一样而难过。

那些年，我们都还像个孩子，总觉得毕业遥遥无期，以为生活还会如此绵延下去，时间不会改变什么。我们都是被孤独宠幸的人，它保护着我们的孩子气。

但此刻，我独坐孤灯下，而你在他乡，身不由己。我们输给现实，骨头里的倔强都被一一抽出，被填进的是妥协、失望、倦怠和不堪。

从岛上回来，我的大学时光仅剩一年，时间随即变成一根绷得紧紧的橡皮筋，拉着动物一样的我前行，一步步远离过去慢得仿佛静止的光阴。不断写论文，不断去面试，多少次午夜辗转难眠，翌日面对镜子，再也看不到那个微笑的自己。

许多次清晨醒来，我都希望自己还在岛上，走干净的路，看蔚蓝的海，即便只是成为一个兰屿岛上的渔人，我也愿意。因为我是离不开星辰大海、田野山林的人。只要远离这些，我就不舒服，像一个病人。光明道路、远大前程都不是能医治我内心痛楚的药。

小鲸，我知道，你会懂我，因为我们如此相似，但现在，为什么我们都在过着并不快乐的生活？我到台北后不久，你家里发生了一些变故，父亲身体垮掉了，母亲神经衰落，他们每日需靠药物维持正常状态。你一夜长大，开始真正成为男人，开始回避以前向往的生活投奔现实，去北京找工作。你逐渐成为一个太过用力活着的人。

　　我回来后，在学校见到你，人高了一点点，更显消瘦。你走上来问我在台湾过得好不好。我点点头，说很好。你说如果不是要回来赶毕业论文的话，你现在还在北京一家文化公司里实习。我听得有点难受，鼻子酸酸的。你倒是笑着说，我们都要试着跟过去再见。我又点点头，没有反驳你，因为你是我的朋友，我不能戳穿你的痛楚。

　　我也明白，未来的某天，当我离开了校园，我也会同你一样，摒弃当初的理想、向往的生活，回到同龄人的队伍中，与工作、婚姻、汽车、房产、人情世故打交道，渐渐丢失天真，成为被操纵表演的木偶。所有的棱角都将被磨圆，所有的特别都将成为平庸。星辰大海、田野山林都会被自己强制遗忘，趋近空白。

　　我也要跟它们再见，要跟它们告别。但在这一切还没到来之前，我仍然希望能和你一起看这世界，用我们孩子的眼睛。

　　一直记得我们在南滨路上骑车的情景，你放开我的手，让我学会独自骑行。在大路的尽头，是静静平躺的江面，像大地一块柔软的肌肤，大桥座座，沙鸥翔集。你说，如果以后彼此分开太想念对方了，就前往水边，水底有鲸，它会将我们的想念通过孤独的声波传给彼此，那将是我们重逢的时刻，也是一切故事开始的地方。

这样天真的约定，你现在没有忘吧？

小鲸，天涯海角，我们仍会相聚。热夏蝉鸣中有归家的信号，你会从遥远的海域飞来，踏着清风踩着草香，在多梦的夏夜，再潜入我深深却明亮的水潭，不走了。

想念你，我的鲸鱼男孩。

离开时，才知时光深情款款

在诸多与成长相关的必修课里，告别是我最难学习的一门课。

高考结束后的一个夏日清晨，接到前房东的电话，说在收拾我房间的时候，看到我落了一箱物品。我愣了半天，才在电话里回应他，下午去取。

公交车在我熟悉的那个站点停下，一下车就见到傍晚出校的学生，成群结队，赶往平时吃饭的商业街或者回家。在一瞬间突然意识到自己是真的毕业了，不用再穿着以前总嘲笑着说像蓝领工装的校服。在盛夏金黄丝线缝制的黄昏里，我发现这校服其实挺好看的，或者是因为那一张张纯真明朗的笑脸吧，我是不会再有了。

高二那年我搬出学生寝室，租住在学校附近。住处都是我爸托人联系的，起先住在一个杂物间里，不用交房租，后来有天房主不打招呼就往屋里放汽油瓶，我爸吓得赶紧帮我找了新住处，只是也没住多久，房子又被要要回去当婚房，我不得不再次搬家。那些日子，我爸可真累，像一个笨重的陀螺绕着学校周边打转。最后，我是跟着一群有同样复习环境需求的学生合租了一套三室一厅的公寓，自己那漂来漂去的高中租房史才因此做了了结。

小P和阿良是我的室友，我们仨挤在七十多平方米的房子里。原先这里只有两室，房东为招揽更多住户，强行把一个房间截成两间，中间用较厚的塑料板刷上白漆作为墙壁，隔音效果并不好，所幸三人都不打呼噜，所以也能从学校疲倦回来后睡个好觉。客厅外有个阳台，空间略显逼仄，正好够三个人站，看对面的远山。每回周六下午放学时，我们就在阳台上看太阳落山，享受入夜前最后一抹余晖洒在身上的感觉，好像照亮了之前所有暗淡的日子。

阿良说："听以前学长讲，大学可逍遥了，做什么都没人管，我到时就想在学校里创业，开个网店，我们有幸再做同学的话，一定要照顾一下我的生意哦！"小P率先笑出了声，回道："我没你那么大的志向，我只是想文化课考好一点，分数够我上喜欢的音乐专业，这样我就能正儿八经天天摸着吉他唱歌了。"

在我们要求下，小P会为我们弹唱。有时他唱 *Take Me to Your Heart*，有时唱汪峰的《春天里》和《怒放的生命》，歌声里流淌的都是青春年纪里的爱和梦想。当时我们每个人的信念是，再撑一撑，苦日子就能熬到头了，一切都会好的。

小P比我要感性，到了高三下学期，他在唱歌时总要好好看着我们，好像我们脸上装着提词器一样，等他唱到尾处，目光再次聚到我和阿良脸上时，便哽咽住了，不再往下唱。阿良受不了这样感伤的氛围，他一边说小P，一边又转向我，说："还不如就像潘潘这样装出一副'自闭'的样子，不爱跟人交流，起码不会让人难过。"我笑了起来，回道："我不自闭啦，我很爱你们的！"阿良跟小P瞬间被我这句肉麻话给逗乐了。于是我们定了个规矩，离开那天谁都不准哭。

其实想想高中这几年，自己确实忽视了跟身边许多人的联系。跟最亲近的父母也只是打个简短电话，报喜不报忧，以"我很好，你们放心啦"这句话结尾。日常专注在学业上，哪一科都想考好，便把自己置于一种仓皇的节奏里，度过漫长的每一天。因为那时，我不是特别清楚自己要去哪里，能去哪里，所以想着只要分考得高一些，自己就有选择的余地了，其他都不在乎。

在忙碌和困倦中，幸好有小P和阿良陪在身旁，我们总在课余说说笑笑，打打闹闹，也一起做梦，再紧张的日子也就被我们较为轻松地打发了。

高考前，学校开始放三天温书假，每个人都兴高采烈地搬走班级里垒得高高的书山，上一秒还拥堵的教室，下一秒变得空空荡荡，谁也不知道这场名为高考的战役过后，自己脸上是否还有现在的笑容，只知道此刻要让自己开心些。当天晚上，我们三个人从临近的超市买来啤酒、可乐，再到楼下的饭店打包一些卤菜，在客厅里、阳台上，大家都强忍着一种情绪，喝起来。谈这三年的每个瞬间、喜欢过的人、各种奇葩的事情，也各自揭对方的短，说心里话，末了便是前程似锦再见如故这样的一番赠言。

第二天，不胜酒力的我睡到很晚才醒来，走出卧室，发现小P已经走了，阿良正在收拾，看他样子也快要出发了。迷迷糊糊中，我从卧室里抱出一箱物件给他。我说这耳机带着吧，以后就不用天天开功放被人嫌弃了；说这些笔记本带走吧，是新的，都还没写过，到时候在大学创业就用它们记账；说刘慈欣的《三体》带上吧，很有想法的一套小说，无聊时候可以翻翻看；说天热，这瓶青柠汽水就在路上喝。阿良望着我诚恳的目光，不好意思拒绝，随即点点头。

说来也奇怪，本来应该先行离开的阿良，竟然磨蹭起来，说有东西落在了学校，要过去拿一下再回家。我东西不多，很快收拾好，在客厅等了一会儿，见阿良还没回来，这边又接到我妈催我回家吃饭的电话，我就没向阿良告别，走了。

考完最后一科英语的时候，落下那个夏天最大的一场雨。本来还想去见阿良和小P的我，只好狼狈地先跟家人坐上公交回去，当时心想来日方长，总有机会。夜里，我躺在床上，一边听着窗外雨声，一边想着往昔片段，三年的光阴竟然就这样流失了，不再来了，像一场梦。

我翻来覆去睡不着了，曾想过在高考的战场上，每个人都身披铠甲，挥舞金枪，踏过铁马冰河，躲过刀光剑影，最终抵达自己的璀璨之巅，成为一个超级英雄。可现实是每个人最值得纪念的青春也因此谢幕了，从战场归来的英雄们都在此时跟感伤过夜。此后天涯难逢海角，相聚并不容易，约好一起打闹、永不分离的我们不过是雨天里被溅起的水泡，风一吹来，各自离散。

眼眶就这样湿热起来，想着阿良跟小P现在是不是也躲在被窝里哭。小 P 那么感性，一定哭得很惨。阿良呢，那么要强的一个男孩，我从没见他哭过，好像这世上是没有什么事能让他动情的，除了赚钱吧。我想到这，带着泪痕的眼角突然笑起来。

又来到熟悉的地方，再也没有钥匙可以打开这套小公寓的门，我按了一下门铃，房东过来开了门。我走进去，看到他和家人正在收拾我们离开后的"军营"。散页的课本、习题册，东一张西一张落在客厅地板上，沙发边是谁忘了带走的一件衬衫，卫生间的洗脸台上已经积了一层污垢，而寝室里的每张床都像是被大风卷过一样。就是在这里，有过男孩们昼夜不息的拼搏，有朋友间彼此的关怀与陪伴。所有落在这里的尘埃，提醒着我，这是青春里最好的一段时光，也是生命中极其珍贵的部分。

从房东那里抱过箱子的时候，我发现这是自己当初留给阿良的，他竟然没有带走，又悄悄放到了我的房间。打开箱子的一刻，看见一张卡片，是阿良略显歪斜并不好看的字迹，我读着读着，才知道自己原来并不懂阿良，看似刚直的他其实是个温柔的男生。

卡片上写着两行："要带走的东西很多，也很重，我拿一瓶水吧，这些就不带了，你留着，像我们一直在那样。"

风是一位老朋友

我有一段极其漫长的岁月是在乡下度过的。

从出生到念高中前，乡村是我的全部世界，我走过最远的路莫过于去镇上的外婆家。

溪流环绕村庄，古桥座座。沿溪而走，闻得到路边人家晚饭的味道，昨天放了姜，今天是辣椒，鼻子记得清清楚楚。也听得见炒菜的声音，锅碗瓢盆相互碰撞，叮叮咚咚。即便还在路上走，却也像是回到了家。在这人间烟火里，自己丝毫感觉不到孤独。

常去父亲的果园看看，橄榄、龙眼、柚子一天天在生长，像被父亲喂得胖乎乎的婴孩；黄牛、山羊在园子外散步，它们步履悠缓，走走停停，跟午后老屋前坐着晒太阳的老人可真像。我从树梢上叶子飘动的痕迹看见风的形状，也见过大雨之后伏在竹竿上的蜻蜓微湿的翅膀，布鞋上常载着树叶、泥土回家，十几年过去了，我的身上带着永远也无法抹去的泥土味。

出生在传统农民家庭的我，十六岁前，还穿着哥哥留下的衣服，皮肤黝黑，出落得跟村子里的男孩一样。每天当我要出门时，母亲都会过来检查一遍我的着装。外套太过花哨，裤子有些肥大，里头穿的毛衣太薄，都得换。她再一瞅，发现我的头发也有些长了，要剪，到理发店请师傅剪个寸头。

当一个普普通通的我因学业成绩优秀而被保送进市里高中时，激动之余，心底却非常紧张，因为这是我从未见过的世界。

我很少再见到那些面色黝黑或泛黄的伙伴，身边出现的都是体格健康、非常自信的少年，微微一笑，这世界似乎充满光亮。在学校时，我们都穿统一的校服，没有人会盯着对方身上看，但一到节假日，他们立马换上一身潮流的服饰，阿迪达斯、耐克、杰克琼斯、李宁……而我呢，还穿着校服。有时周末也换上以前常穿的衣服，从宿舍出来，走在路上，他们一眼就能认出我是农村来的孩子。有几次被同学瞧见了，他们跟我打招呼的时候，用大人特有的目光将我扫视，这让我记忆犹新。

很长一段时间，我也不断跟自己说，不要在乎学习以外的声音，自己要清楚来市里读书的目的。但有回进教室的时候，耳边还是飘来了一句"真的，每次看他就像农民工进城……"他们在我进来后目光看向我，立即止住话语，我知道那句话说的正是自己。我没再瞧他们，只想认真听课，光照进来，也显得冰冷，带着一种失落的情绪，我度过了一个漫长的上午。

后来一个周末上午，母亲进城拜访亲戚路过学校，顺道来看我。女人总有一颗敏感细腻的心，似乎察觉到了我的不快乐，看了看四周的孩子，明白了什么。她很快给我买了件新衣服，我看到是阿迪达斯的牌子。但细细一看，夹克上阿迪达斯有个字母不对，"a"竟然变成了"o"。问了母亲一遍价格后，我确定她买的是山寨货，但我没有告诉她，依然听她的话穿上新衣服，在她眼前开心地转了几圈。

从小就明白，母亲与父亲都在为这个家辛苦奔波，平日付出了太多。家中经济来源有限，母亲能给我买新衣服，我已足够高兴。难过的是以为自己足够坚强，面对这些不太友善的目光，可以刀枪不入，没想到却依旧脆弱不堪，无法招架别人的冷嘲热讽，内心的一块高地崩塌着。

窗外停车场的篷布开始噗噗作响，待母亲走后，我往外看去，起风了。风吹着流云，吹着操场，吹着一棵棵樟树叶子摇摆，吹着一个个少年校服宽松的衣角。那一刻，我多想成为一阵风，没有形状，没有颜色，但存在着，在这茫茫天地间自由而行，永远不用在意谁的目光，那多好。

往后的日子，我每天只顾学习。一大清早推开宿舍的门，一个人去食堂吃饭，一个人做作业，一个人钻进图书馆里，逐渐远离人群，活得像一座孤岛，但我愿意成为这样的一座孤岛。

我期待有一阵风吹来，能将这座浮岛带到更远的海上。我想拥有歌里唱的那一双隐形的翅膀，飞上高空，成为风的孩子，远离陆地上的恶意与纷争，不再被注目，不再被捆绑。

我喜欢到图书馆的顶楼看书，打开一扇窗，风就灌进来，我离它是那么的近。它像是一个朋友，陪伴着我。我看不见它，却能感受到它。

那时还有个男孩，也时常出现在人迹罕至的顶楼，自己搬张椅子靠在有阳光的地方看书。许是彼此常见面的缘故，他也和我聊天，围绕的多半是书，从四大名著到拉美文学，曹雪芹、张爱玲、沈从文、钱钟书、雨果、博尔赫斯、卡尔维诺、马尔克斯——在我们口中登场，当然也会聊起未来想去的大学，想做的事情，以及现在的痛苦。

有一次，他跟我分享小说《小团圆》，里面有个人物叫"剑妮"，是个西北女生，到香港读书后，就攒了笔钱买了件像样的大衣，就此穿了个把月，舍不得脱。张爱玲这样形容衣服上的味道："不久，大衣上也发出深浓的蒜味，挂在衣钩上都闻得见，来源非常神秘。"男孩说："这样的味道怕是当事者也不想闻吧，一个人如果太在乎别人的目光而活着，他会失去更多。"

那年学校周围建起了众多商场、高楼，每天总能听见建筑工地传来机器的轰鸣声和铁器的敲打声。我们躲在图书馆最高的一层，看书，吹风，聊天，做作业，两个男孩像住在琥珀里，隔绝了外面吵嚷不休的世界。

高二时的盛夏，男孩突然从我的视线里消失了。起初一两天在老地点没见到他，以为是他有事临时没来，等了几天，确实见不到他的踪影。我才想起来，自己竟然都不知道他的名字，更别提他的联系方式，两个人只是依靠一种隐秘的默契来到这里。他是高三的学生吗？已经参加完高考离校了？还是他因为一些原因转校离开这里了？我全然不知。

很久没有造访的孤独再次袭来。我在那天的黄昏里坐了很久很久，学校里浓密的树荫连成一片绿色的海，在风中如波涛般翻涌着。又是一个起风的时刻，我想，他应该就是风的男孩吧，那么不经意地到来，又悄然离开，没有留下只言片语，只有记忆证明他曾来过。

高中毕业后，我进入大学，身旁开始有三五好友陪伴，但我仍喜欢黄昏时一个人待在天台上看书。家中环境改善很多，自己也接触了众多产品商标，没再买过山寨货。贫穷似乎穿上了一件像样的衣裳，没人再望见里头骨瘦如柴的日子。但我清楚，无论自己过上什么样的生活，身上始终都有乡下人的气味。逛超市时，自己仍会盯着商品的价格看半天，也会因为第二件五折的活动而买两根雪糕，最后一个人吃完。这种质朴的禀性，非常真实，我不再排斥。曾经扎进内心深处的刺，也早已拔出。

多年以后，我读到菲茨杰拉德的《了不起的盖茨比》，小说一开始是父亲给年纪尚轻的儿子一段忠告："当你每次想要对别人品头论足时，要记住，这世上不是谁都有你这么好的条件。"我想起那个曾陪我度过难熬时光的男孩，是不是他的父亲也曾这样告诫他，使他能有这么好的教养，与我这样卑微到尘埃里的学生交往。虽然我并不知道他是谁，但他确实已经是我心底一个珍贵的朋友，他用一缕暖光抚慰过我青春的伤口。

前两年母亲在收拾我卧室里的衣柜时，发现了那件她买给我的夹克，便兀自说着："当时特地花了一百多块给你买的，也没见你穿几次，丢了怪可惜的，要不送给别人吧……"

我在旁边整理着书柜，看了那夹克一眼，答道："妈，我想留着。"

母亲似懂非懂看着我，也不再说什么。

她离开后，我在房间里凝视着那件衣服，轻轻笑着。

一旁的窗户没关严实，风从缝隙里溜进来，像一个老朋友特地来看我。

等彩虹的人

去见 M 的那年冬天，玉龙雪山上已经积雪皑皑。我和他站在天台上望着远处的峰峦在黄昏中镀上一层金色的光，底下的江河缓慢流淌，如玉带似的绕着丽江这座千年古城。

我问 M，这两年在这里过得习惯吗？他点了点头，抽了根烟，烟雾像升腾而上的问号，一瞬间被风带走，消失得无影无踪。

"只是和玲常想起你。"他说。

"知道，所以这回就放下一些事来看看你俩。"我怕气氛伤感，便笑着说道。

M 把烟重重吸了一口，吐出万千往事，目光对准我，说："是啊，你来了，我跟玲都非常开心。但我们也清楚，你很快又要回去。那个地方真值得你待这么久吗？"

之后，两个人陷入长久的沉默中，只觉风吹在皮肤上，越来越冷了。

硕士毕业后，我来大学教书。M是后我一个学期来的，短发，微胖，目光如炬，人分外精神。在此前，他已跟恋人玲在西藏待了一年，从事日报记者的工作，因藏区高寒的气候、二人入不敷出的经济状况，以及被同事日常刁难的处境，他便跟玲决定离开那里。经人推荐，M来到了我工作的学校。

本以为在高校里，可以在平常教学外有更多时间来阅读、写作，但事与愿违。M既要管理部门下属的学生社团，又要频繁撰写各种新闻稿，逢着双休日，又得带学生外出采风，一周时间像块肥肉被现实切割得所剩无几。

"太累了，一点都不比我在拉萨轻松。"每周部门持续近两小时的例会后，我跟M走在重庆阴郁的天空下，他说了这一句后便狠狠抽着烟。我们看向前方，天色向晚，道路无比漫长。

半年后，M跟玲离开了山城，去了云南，租了当地村民的一间平房，加以改造，用来居家、专职写作，不看旁人脸色，没有高压负荷，生活单纯，日子渐慢。

我是个为自己理想而活的人，千百个日夜里，我也想像

M那样离开现在的境地，但现实却绊住我的脚踝。

我有一个人生梦想：到国外读博深造。一想到它，自己在工作上吃再多的苦，与领导相处中受再多的气，我都忍着。我明白如果自己一赌气走了，未来是会有一小段内心舒坦的日子，但更多时候要面对一个事实：自己为理想奔走的路途将变得分外崎岖，因为我还没有足以停下的底气和资本。

我从未将这些当面告诉朋友，想要等到彩虹的人，必须忍受电闪雷鸣下的恐慌、大雨如注中的击打。

离开老家前，我常去父亲的果园看看，果树都已长得壮实，龙眼、橄榄、蜜柚挂满树间。想起那一年村子封山，岩石不许开采，父亲无法再当石匠，赋闲在家，便上山种下株株果树。那年他二十九岁，未曾想生活的果实能够长成如今模样。他经历了这一路的风雨，而每回大雨后的彩虹也都被他等来了。

我七岁时，父亲带我去了山间的果园，遇雨。大雨如注，下了许久。我们躲在一个很大的山洞里，在靠近洞口且不被豪雨淋到的地方，父亲搬来两块石板，把大背包里的一口锅拿出来，架上去，再用之前捡拾的枝干、树叶生火，打火机一碰，噗，火苗长了出来，愈发苗壮。

　　我说爸爸真聪明。父亲一边煮面一边憨憨地笑着，然后问正上二年级的我，能不能背首老师教的诗。我先背了《咏鹅》，又背了李白的《静夜思》，都是老师日常教授熟烂的篇目。父亲想教我背首诗，唐代诗人王维的《山居秋暝》。

　　"空山新雨后，天气晚来秋，明月松间照，清泉石上流……"

　　我摇摇头，说这诗太长了，背不下来。

　　父亲眼珠子一转，说等我背会的时候天空就会出现彩虹的。

　　我那时非常相信父亲说的话，为了能看到彩虹，我开始努力背诵。

　　山洞外的雨也不知何时停了，父亲煮好了面，飘来阵阵香气。

　　"背好了没？"父亲问。

　　"还差一些。"我着急回道。

　　父亲笑出了声，"快过来吧！"

　　"是吃面吗，爸爸？"

　　"嗯，一边吃面，一边来……看彩虹啰！"

　　暴雨将山川清洗得尤为洁净，一轮虹从一个山头伸向另一座峰峦背后，如拱形的桥梁，在旖旎的水汽里，连接着现在与未来。我看着彩虹一截截渐次明朗，又见着它一点点消失，无比激动，我叫着："爸爸，爸爸！"而底下站着的，始终是我微笑的父亲。

那一轮虹，仿佛是一个男人与生活周旋的见证者。它环抱着失落的灵魂，环抱着昼夜之间生长的树木，给予这苦难的世间爱与希望。它也成了男人心中永不消逝的信仰所在。

这么多年过去了，依然记得高考前的那段时光，教学楼顶的天空总不晴朗，积雨云的面积不断扩大。整座校园仿佛锁在一个巨大、漆黑无比的山洞里。

我们整日面对同样的事物，课本、笔记、练习册、讲台、黑板、各科老师没有太多表情的脸，按照既定的路线、指令穿越隧道，寻找所谓的光明。

心绪动荡如坐过山车，常常会听到周围同学用课本猛砸桌子的声音。别过头，向窗外看去，附近的大楼已经高过教学楼。我们处在城市的阴影里，见不到一片完整的可以用"无边无际"形容的天空，振翅高飞，也无法越出。

教学楼前栽着一排樟树，起风时，叶子洋洋洒洒飘落，声响跟千百只鸟起飞时的动静无异，拂动这永不停息的世界。有一回我和 G 值日，清扫楼道上的落叶。

他停住手里的扫帚问我，声音这么好，为什么不去艺考，这样就不用像现在这么累。我说，那些只是爱好，不想以后靠那些生活。

G很有才华，他外貌清秀，吉他弹得很棒，每次开班会要表演节目时总少不了他的身影。他在绘画上也很有天赋，班级办画展时，教室展区就贴满他的素描、水彩和漫画作品。但因为家庭条件，他没有选择艺术专业。

我们一起扫地，满树叶子仍在摇摆，仿佛时刻会落下，大树像个淘气鬼，逗着我们玩。G走到楼道一侧，突然兴奋地叫住我，"快看，是彩虹呢！"

我沿着他纤长的手指看去，发现白墙上有一道彩虹的投影，那是从物理老师办公室投射出来的，应该是三棱镜的反光。

在青春中最困倦、疲乏的时刻，看见这样缤纷的色彩，我们都宛若孩童露出激动的神情。彩虹活在了我们的瞳孔中，带来历经沧桑后的美好，生活显得水灵，人生也变得好过很多。

岁月寂寥漫长，险滩重重。有人年少得志，有人大器晚成，终究都会途经生命的种种状态。愿你追星逐日行路一生，有足够耐心和毅力等来大雨淋漓后的荒野彩虹，踏遍山河，始终温柔。

海边的吉他

当你弹着吉他唱起那首歌，我似乎觉得我们可以沿着时光的旧址回去。风从那片海吹来，拂过我们的头发。

——题记

口中哼着发音不准的英文歌词，在海滨大道上骑着单车，阳光从云端倾泻下来，整条公路如同一条发光的带鱼。我和远一两个人向着长路的尽头骑去。

蔚蓝的海在我们的身旁抖动着自己巨大的身躯，风像从吹风机里出来一样刮得我们的头发一根根竖了起来。两旁沙地上的芒花在我们骑车路过的瞬间，如雪纷飞……

直到现在，这幅画面还在我脑中不时浮现，到了盛夏就好像冰块迅速在骄阳下融化，发出剧烈的动静。

　　今年五月，重庆多雨，整座城市像被一块湿布盖着，凉凉的，有时在街上都能看见行人穿着长袖走路。

　　我在宿舍一边听歌一边看书。这时远一打电话过来，说他奶奶去世了，他特地从学校请假回家，参加完奶奶的葬礼后，闲着无聊便想来看我。

　　远一自小父母离异，只跟着奶奶生活，性格放浪不羁。十三岁的时候他开始变成"杀马特"少年，头发挑染得像顶了个鸡毛掸子，牛仔裤上钻了几个洞，总是酷酷地背着他的吉他。由于在老师同学眼中没有丝毫存在感，他不用打掩护，不用爬围墙，便可以轻松逃课。好像全世界都达成默契要放弃他。

　　远一逃学后，不会像港片里的那些不良少年喜欢惹是生非，打群架或去抢小学生。他会背着吉他去街头表演，来赚取学费和生活费。我那时像大多数学习好的学生那样中规中矩，但心里还是很向往远一身上的那种自由。我经常去街上听他唱歌，他一般只唱英文歌，其次便是 Beyond 的。有一次他唱《喜欢你》这首歌时，整条街的小女生都跑过来，一边听一边犯花痴。私下里，我总笑他明明可以靠脸吃饭干吗还要这么努力卖唱。他不生气，反而乐呵呵地说，以后要是自己嗓子不行了人也长残了，就到我家门口要饭，那时可别把门关得忒紧。

远一是个奇怪的男生，他各科成绩都很糟糕，唯独英语出奇地好，加上有所特长，高中时选择艺考，后来让人大跌眼镜考上了上海的一所大学。仿佛世界就要关闭他的大门时他却努力把门打开。这个少年从未放弃过自己。身处魔都，按他的经济条件，我以为他会过得很拮据，没想到他励志得很，自己在外头带吉他辅导班，从最初的一个班到后来的三个班，累是累了点，但挖到了人生的第一桶金。

经济实现独立后，远一很少跟家里联系，因为奶奶去世的缘故，他才放下学习和兼职回了趟家。

回家后，远一不是看着奶奶的遗像就是面对父母那两张没有表情的脸。他感到窒息，一冲动便瞒着父母跳上火车来重庆看我。

挂断电话后，我带着复杂的情绪对着电脑发呆，凑巧网络音乐盒中此时放的歌曲是《三藩市》，少年时跟远一常听的那首。

《三藩市》，英文名叫 *San Francisco*，由 Scott McKenzie 演唱，是电影《阿甘正传》里的一首插曲。当初我是跟着远一一起看电影时学会这首歌的。当然我的英语不如他，我一唱起来，基本没人能听出是这歌。

很多时候远一总会热血地抱着吉他弹唱。有些歌如同人，越老反而越有味道，循着悠扬轻快、带着点乡村感觉的音乐遐想而去，我似乎来到了地中海气候的旧金山，灿烂的阳光、银色的公路，还有金门大桥、金门公园、九曲花街、旧金山唐人街、渔人码头。它们都一一闯进我的视野。

世界一点都不大，就在我们的左眼和右眼间。

在重庆北站出站口，我看见远一，人比以前高了一些，理着板寸头显得格外精神，穿着白色的衬衫，深蓝色的休闲裤，没有一点图案，清新干净，很森系。第一眼看到他，我以为是淘宝上的平面模特，觉得自己是不是认错人了，不敢走近，结果他跑过来，问我干吗傻站着也不和他打招呼。我说，我忘了戴眼镜。

我们坐轻轨，经过嘉陵江沿线时，车窗外雾气封锁了对岸的房屋，四周显得朦胧而空荡。重庆雾气很重，秋冬季节常常像被一块看不到边际的巨大纱布蒙住，人们身陷其中看不清别人，也迷失自己。

起雾的时候，我总想起黑塞的诗："在雾中散步真是奇妙，一木一石都很孤独，没有一棵树看到另一棵树，棵棵都很孤独。在雾中散步真是奇妙，人生就是孑然独处，没有一个人了解另一个人，人人都很孤独。"

远一一直看着窗外，目光清澈干净，就跟以前一样。他有时转头看我，笑了笑，想要说点什么，一时间又沉默了。

列车沿路放下一个个归家的期待，进入北碚地段时乘客愈发稀少，车厢剩下很多空位。列车就像一条空腹的曲鳝向海的终点疾速滑去。

云雾起伏，江水在轨道下缓慢流淌。钟摆一样固定的节奏里，星球经纬分明，交错编织。我昏昏欲睡，进入梦乡。

梦里，我们站在福州的海边，巨浪翻滚，船帆抖动，海水在身后触碰着礁石，港口忧伤地咬着指头，云不停哭泣，风不停行走。耳畔除了听到阵阵海涛声外，还有一段熟悉的旋律，"If you're going to San Francisco, Be sure to wear some flowers in your hair. If you're going to San Francisco, You're gonna meet some gentle people there……"，我听得很清楚，是《三藩市》，远一以前弹给我听的那首歌。循着歌声，我爬出梦的出口，猛地睁开眼，果然是远一抱着吉他边弹边唱着……

十三四岁的夏天似乎又回到我们眼前。在离家不远的海滨大道上，远一骑着一辆单车，另一只手又拎着一辆，来到我跟前。那时我还不会骑车，是远一教我的。也许是怕辜负了他的好意，我蹬上车后就按着远一说的做，聚精会神目视前方。他在后头扶着，不到十秒钟，就松开了手，然后跟在车后跑着，跑了一段也不跑了，只在后头大声冲我喊着："对，就是这么骑！你会了！你会了！"随后远一也骑上他的单车从后面追赶上来。

我一下子觉得自己是在跟随海上的鸥鸟一起扑打着双翅，向着远天飞去，夏天的海那么美。我跟远一一边开心地骑车，一边哼起了《三藩市》，直到暮色罩在海上。

海水粼粼发光，一切恐惧就在一个瞬间消解，好像纯度不高的铅笔拉出的线条，无论多长，都可以随手用一块时间的橡皮擦将其擦去，不留痕迹。

在这世上，我们最大的敌人一直是自己。

远一在重庆待了两天，其间，我带他去了解放碑、磁器口和南山。以前他是个喜欢热闹的人，喧嚣的街市、人流拥挤的广场都是他表演的舞台。他似乎是为这个旖旎旋转的世界而生的，不断发声，逐渐耀眼，像一颗在音乐中蹦跳的星。但是，现在的远一却仿佛变得异常安静，话也不多，像成熟的大人。

站在南山的观景台上俯瞰山城，雾蒙蒙一片。远一说他喜欢这样的世界，个体不易被世界窥视，而城市即便喧嚣，也在浓雾之下不易被人看到，心能安静下来。

我问："你是厌恶上海那样的大都市了？"

他摇摇头，笑了笑，说："一点都不讨厌啊，还准备大四毕业前在那里开家自己的吉他学校呢。"

我顿时惊觉现在的远一早已不是过去的"杀马特"少年了。

"其实我更想有一天能回到我们的海边，办一间小小的吉他社。"他靠在栏杆上说，略显忧郁，像颗洋葱。

"为什么？"我睁大眼睛问他。

"因为我觉得海边一定有很多像我以前那样的孩子，他们需要一个老师教他们怎样往前走，教他们用音乐化解成长路上的迷茫。不要觉得我这个想法有多伟大，我只是想着那些被世界遗弃的孩子，如果能聚在一起，互相认识，成为朋友，他们就不会感到孤独了，就像那时世界都快放弃我的时候，身旁还站着一个你。"

远一微笑的目光轻轻落在我的肩上。

远一走的那天，重庆还在下雨。

我因为有事，没有送他去火车站。我们在西大附近的轻轨天生站分开。

上车前，远一从行李箱中取出一本我送他的诗集，翻出一首《海边的吉他》，念起来，"他轻轻看向窗外，就望见那片海，宁静的白帆和往事，那些渐起的涛声，从前总是沿着海风，吹进耳朵里，现在那片海，孤单地站在他心头，每次只是在吉他响起的弦上，他才会听见，有人在喊，童年时，那个在海边奔跑的小名……"他说他喜欢这样的感觉，等回去后，有空就把它谱一下曲，编成歌。

我点点头。随后他哽咽住了，没再说话。

"远一，"我拍拍他的肩，脸上强装微笑却又带着浓重鼻音，说，"未来，我们都要加油啦，多多保重。"

他这下停止沉默，对我笑起来。

列车轰隆轰隆开进站里，远一随即上了车。我想跟上去，车门却在这时关上了。远一站在里头，背着吉他，隔着厚厚的玻璃窗朝我挥了挥手。他没有说再见。

因为我们还会再见，在那个吉他响起的海边，风会不断吹来，拂过我们的头发。

那时，我们走过的光阴都留在了弦上，变成一生少有的几首好歌。

少年心底睡着一颗星

　　高三时，总觉得日子像牲口关在铁栏窗里，是容易耗掉希望的。

　　身旁的同学都仿佛入夏在玻璃上撞累的蛾子，沉默整理自己残损的羽翼。抬头是高考倒计时，低头是"金星""曲一线"，还有《英语周报》。每个人都面无血色，苍白得如同一张搁在时间深处的旧照，落满叹息与尘埃。

　　而我这时竟然还在为学校的话剧社供稿，写脑洞很大的剧本，比如莎士比亚穿越到现代跟一个练体育的女生谈恋爱，比如男生一觉醒来发现这个世界又回到母系社会，比如一个人盗取另一个人的记忆取代对方生活，还比如一个没有性别界定的人可以一会儿变成女人一会儿变成男人去破各种案子。

晚晚常喝着奶茶或果汁，俯在雨天的走廊上对我说："最好别让你爸妈看到这些剧本。"我说："放心，我保密工作做得很好的，只会让他们觉得我都在认真复习。"晚晚把饮料笑喷出来，回道："我是担心你爸妈看到你写这么烂的东西会反胃，哈哈……"我嘴里喃喃着，生气地夺走她手中的饮品，却不小心打翻了，橙黄色的液体从透明的瓶口洒落而出，真像落大雨。我们俩站在盛夏充满奶茶味的走廊上，不知笑了多久。

跟晚晚认识是我高二的时候，当时我刚到话剧社。社里要排一场上海滩歌女的戏，对，就像《情深深雨濛濛》里演的那样，晚晚要打扮成依萍的样子在台上唱《小冤家》，但她巡视了一圈舞台后，发觉哪里似乎不对。"哦，是歌女，歌女太少了，这排场哪算什么百乐门啊，简直就是乡下卖艺的！我们演戏要演真一点，才对得起观众！"当时已经当上副社长的晚晚一本正经地说道。

"社里女的就这几个，你说我们要到哪里找嘛？！"另外一个副社长生气地拍了下桌子，想转身走掉，一只手被社长拉住。"要不就挑几个男的上去吧，反正今天只是彩排，过几天再招些女生进来。"社长抬了抬眼镜，随即目光扫向我前排的两个男生，"你，你，都过来。"我前面瞬间成了被拔光树的平地，晚晚的目光瞬间锁住我，"还有你！"我到社里的目的本来只是为了写剧本，没想到这下却成了晚晚的伴舞。

"小冤家，你干吗，像个傻瓜，我问话，为什么，你不回答，你说过，爱着我，是真是假……"在这首活泼俏皮的《上海滩》舞曲中，晚晚开心地边唱歌边甩着裙摆，而我四肢僵硬地摆动着，还真像个傻瓜。

此后每天我常被拉去话剧社改剧本或做群演，因为社里不像校乐团、舞蹈社那样人多，很快我就跟晚晚熟悉起来，看她排演，听她讲对角色的想法。她其实是个很简单的女生，就想一心一意做自己喜欢的事情，不管别人怎样看她，她都不在乎。那时她还留着长发，怕学校督导看到，就盘起来，偶尔会在我们面前把头发垂下来，如黑色瀑布一般倾泻。

有一天大雨中，我们坐在排练厅阶前，我问她："为什么不去艺考，以后做个职业演员？"晚晚笑了笑，说："没别的想法，就想把它当个爱好，以后也没什么压力，这不好吗？"我顿觉自己之前的问题太无知，这下也不知道要怎么回复她，索性不说话，只看着屋檐上的雨滴掉落下来，像在她黑色长发上滑滑梯。

高三的某一天，晚晚突然出现在我的教室外，扶着走廊的栏杆朝学校体育馆的方向看。等我放学后，她先是说："你们老师拖堂十五分钟了，对你们真是负责。"我苦笑着说："习以为常，喜欢的话，送你一打。"晚晚摆出拒绝的手势，之后她跟我说："知道吗，社里要排一场大戏啦，就在体育馆办，作为学校社团夏日会演的一部分，开心吗？"我竟然不敢相信像话剧社这样几个人小打小闹的社团有天也可以到容纳八百人的场馆里演出，瞬间喜出望外。

我想象着有天我能坐在礼堂前方观看由自己编剧的作品，台上主持人会大声念出我的名字，而我也在演出结束时隆重地走上舞台，镁光灯会在一瞬间将我照亮，我微微俯身，接受并感谢所有人的喝彩。这将是我青春中最期待也最难忘记的时刻。

但很快，我的梦就醒了。上学期期末考结束后，班主任将我妈叫到学校，苦口婆心地说："还有半年就高考了，你家孩子还在参加社团活动，这件事不知道你们知不知道。他成绩原先就属中上，是可以冲好大学那种，现在是关键时期，希望能配合我们，否则这孩子就晚了。"末尾的"晚了"不知道为什么听上去像"完了"。我咬紧嘴唇，又无力松开，我清楚接下来我将面对的道路，只是一切都未完成，我不甘心。

可自己又能怎么办？在老师眼里，在父母那里，在高考面前，所有的事都不值一提，所有的路都禁止通行。他们不会知道那时的我多么渴望能被一束光照亮。我想变成一颗星，被人看到，或许会被人认为是虚荣，但我无所谓。太普通太平凡的我面对暗淡的日子、漫长的雨季，这是我的一个出口。

可惜，无法再继续了。当母亲气冲冲回来没收了我藏在抽屉里的那些剧本，我像个从天梯上摔下的人，再也没有向上热望的力气了。当晚，我一个人蒙在被子里哭，有多难过、多伤心，只有自己明白，晚晚不会知道。

晚晚只会记得两天后我跑去找她的情形，以及跟她说的最后一句话。当我将凭记忆重新写好的会演剧本交给她时，她察觉到了我脸上复杂的神情，问我怎么了。我说自己以后都不能来了。晚晚当时正在教室里收拾课本，准备去排练厅，突然间她停下来，书包里没放好的物理课本滑落出来。"啪！"落地的声响像个巴掌不知道打在了谁的脸上。我不忍心看她难过的样子，就转身离开了。身后的晚晚不知道在那天中午透窗的阳光里站了多久。天空很亮，我的星星却掉入了深海。

话剧社大戏上演那天，我故意迟到，怕听到主持人报幕时念我的名字，一个选择逃离的人不该拥有名字。我躲在人群最后面，看着眼前的一切，曾经那么渴望此刻却这么刺眼的光束将舞台照亮。晚晚和新老社员们在台上全神贯注表演着。她那天穿着三套衣服，扮演了三个时空的女人，透过三个故事表达出"自由与宿命"的主题，向世界喊出自己的声音。社团会演由学校团委组织，场馆里坐满了高一高二的学生，可能是空间略显封闭，空调也不起作用，学生在这炎炎夏日里昏昏欲睡。

但舞台上的少女，此刻已将自己融入角色当中，她声音饱满、高亢，深情地念出一句句独白，半个小时的演出里她没有一丝懈怠，直到谢幕。她深深鞠躬，长发如黑色河流往下流淌，那么柔顺、飘逸的长发，顿时引来底下人群的注视。她一瞬间抬起头，脸上绽放出青春里最光亮的笑容。

我在最后排使劲鼓掌。晚晚突然说了一句话，是我原先的剧本里没有提及的。她举目四望了一会儿，或许是在找我吧，我心想。但她很快就把目光从人海中收回，说："谨以此戏献给所有曾经在热爱的世界面前逃跑的人……"顿了顿，又说，"和此刻即将逃跑的人。"我听到，想起曾经的憧憬如今已成泡影，我的星星没能升上高空，让人望见它的闪耀，它依旧在深海中，那么暗淡。层层伤感一瞬间浮上心头，我随即离开了体育馆。这也成了高中毕业前我和晚晚的最后一面。

风很快吹过了那年的夏天，吹过了所有的断壁残垣，光阴自此遁迹于遗忘之中。最后的少年还是迈着各自的脚步离开了十七岁、十八岁、十九岁，渐渐白发。怀着懊悔和羞愧，我无法正视自己的高中三年，也会在和从前的同学聊天时刻意避开一些人跟话题。但记忆中那个发光的少女还是有一天再次走进我的视线。

大一那年的寒假，在高中附近的公交站，我跟晚晚偶然相遇。兴许是剪了短发的缘故，她整个人看上去消瘦了一些，我们彼此寒暄了几句，耳边突然变得好安静，是她先打破沉默，提议去附近的奶茶店坐坐。一路上我们聊了很多高中毕业后的生活，零零碎碎的片段像三棱镜折射出五颜六色的光线。在这些光里，似乎我们都过得很快乐。

天空阴沉，半路上冬日的雨丝就飘下来，异常冰凉。我们停在一个商店门口，看着路上人影渐空，雨幕的另一边仿佛坐着高中时的我和晚晚。而此刻的我们真的有什么跟昨天不一样了。

我开着玩笑，问晚晚："到了大学女生都使劲留长发了，你倒奇怪，剪得这么短，刚刚差点没认出来。"晚晚突然笑起来，答道："短吗，其实已经比之前长了一些。"我有点蒙。晚晚的笑声依旧爽朗，跟我说："好羡慕你，考了一个还不错的大学，应该挺开心的吧？"

我转头认真看着眼前的女孩，很想告诉她，我现在其实并不开心，高中时待在话剧社的那些日子才让我开心，而她在那年盛夏的舞台上绽放的那个微笑是让我最羡慕的。我始终没有忘记在青春谢幕前，那些曾把她照亮的光，那么美丽，那么闪耀。雨声喧哗，我们的聊天断断续续，我终究没能将这些说出来。

也是后来才知道，高三夏天的演出是晚晚最后一次表演。她的母亲整理房间时无意间看到了那些剧本，严厉训斥了晚晚一顿，说她不务正业，浪费光阴，无论如何都要她放弃。最后是晚晚坚持了下来，告诉母亲只要演完这次自己就会认真备考，并立下"军令状"。母亲气急败坏，但随后也让了一步，答应了。

"那是我最后一次上台。我跟我妈说，演出结束后我会剪掉长发，不再表演，好好专心学习，让她放心。"重逢那天，在与她聊天的过程中，我才知道了很多事情。

"我其实去看了那次会演，所以谢幕时你说的'即将逃跑的人'，是你自己吗？"我问。

"嗯。"晚晚轻声应着，点点头，一脸云淡风轻的样子，仿佛那个夏天已经过去了很久。

阶前大雨依旧，几乎要淹没整座城市。我们仍困在雨中，说说笑笑，就跟当年坐在排练厅外面的屋檐下听着雨声一样。眼前有几个少年从学校里跑出，步子轻快，在湿冷的雨水中泛着热气与微光。

愿他们永远年轻，没有悲伤。

再见夏天，再见少年

　　毕业以后，感觉四季都像一个季节，日子显得尤为平静，似往深井中扔些沙砾也无涟漪泛起。而故人重逢，是岁月给我们最好的礼物。

　　跨出大学校门后，我和几个朋友都会选择六月大家都不忙的时候相聚，地点有时选在学校，有时会去海边。有一年，我们约在盛夏的鹭岛。一群人天南海北赶来，拖着行李箱大汗淋漓奔走在厦门街头。大家互看彼此狼狈的模样，一个个笑得像傻瓜。

　　大厨取笑我们几个大学毕业后迅速发福，脖子都快跟他一样粗了。当初我们给大厨起这个绰号，其实是他厨艺真的非常了得。从家常小炒到酒店菜肴，他的锅里总能倒出一盘美味的人间烟火。

　　会长还是喜欢在跟我们聊天间隙接打一个又一个电话，向对方布置并指挥各项任务。以前他是学校志愿者协会、新闻协会、摄影协会的会长，整天都是一副大忙人的模样，我们都不敢轻易找他出来玩。

　　所有人当中最沉默的依旧是歌手。他喜欢待在一旁看我们插科打诨，听我们说说笑笑。他很少发言，目光中却让人觉得他似乎知晓一切。每当他抱起吉他唱歌，全世界都会为他充满故事的嗓音响起掌声。歌手说，毕业后要去流浪，找点自由回来。

　　在中山路的一家酒店里，我们吃了晚饭。桌上菜肴是闽南一带特有的味道。我们问大厨菜品如何，他撇撇嘴，说没他平常做的合胃口。这倒是，作为一个西南娃子，从小泡在红油、辣椒、花椒里，没了这些，任何菜都不算是菜了。想起大学时在日租房里，大厨掌勺，要给我们弄一桌好菜。他加了大火，拎起锅翻炒着，辣椒、黄瓜、木耳、萝卜，像孩子在荡秋千一样快乐。可突然间"砰"的一声，把我们吓坏了，赶紧过来看看情况，发现是厨房的通风扇掉下楼了。大厨连忙跑下去，还不忘回头朝我们喊："关火，关火，要煳了！"多年之后，再说起这件事，大厨说他已经忘了，可我们都还帮他记得，偶尔也拿出这段经历在他面前翻炒。

后来的几个夏天，我们这四个人总是无法凑齐，老友欢聚一堂逐渐变成一件奢侈的事情。大厨毕业后回老家一中教书，担任课题组长，放假了也无法休息，三天两头出差调研，尝遍全国各地饭店佳肴。会长通过擅长的公务员考试进入县政府工作，天天加班整理烦琐材料、给领导写各种会议发言稿，他精明能干，深受上级喜欢，很快就开始指挥别人做事，当然他自己依然没得清闲。我唯一能见到的，只剩歌手了。这些年，他为了梦想，抱着一把吉他走南闯北，变得沧桑很多。

我跟歌手沿着漫长的海岸线走了一段路。炎夏时节，即便在夜晚的海边漫步，感觉生命仍很焦灼。歌手说他这条路走得十分艰难，能理解他的人很少，但他仍在坚持。"毕竟这是属于我自己的人生，不是他们的。"我听他说完这句话，竟有些热泪盈眶，看着他仍旧少年的眼眸，点点头，说："我理解的。"他苦笑了一下。随后我也忍不住，笑了。

前方的道路依旧漫长，海浪逐渐涌到靠近步道的地方，沿路海鸥将尾音拉得很长，听过去有些凄苦，路灯下照见一些湿漉漉的礁石、树枝、细碎的贝壳，还有不知是谁遗落后也不来寻觅的鞋子。它们安静地躺在这里，像这夜晚熟睡的光阴。

长大是一个不断接受现实风霜而熄灭内心幻想烛焰的过程。曾经以为永不结束的夏天，转眼间，已经一个接着一个过去。

我怀念那些在夜晚的天台上拎着酒瓶子碰撞的声响，我们闻过谁身上好闻的花露水味道，怀念榕树上如被阳光煮沸的声声蝉鸣，男生穿着短裤趿着拖鞋在楼道里奔跑的身影，怀念歌手抱着吉他在操场上为大家唱《理想》《恋恋风尘》的日子，没有人舍得转身走掉。还有好多关于夏天的记忆，那些悲伤、快乐或是无所适从的时刻，都从摇晃的可乐瓶中随泡沫溢出，丰盈我们的唇部。

六月毕业时，我等到朋友们一一离开后才走，是最后一个关上寝室门的人。我在逐渐空荡的校园里晃荡，仿佛在记忆中拾荒。待在宿舍的最后一个晚上，自己躺在床上，怎么也睡不着，知道那扇距离床边不到一米的门，等到天亮后我一关上，下回再将它打开的人绝对不再是我们几个。

天花板上有窗外车灯投射出的斑驳树影，耳畔传来一阵行李箱轮子在地上摩擦出的声音，想着应该是一群深夜赶火车或航班的毕业生。那个瞬间，我感觉自己是唯一剩下的人了，孤独、苦涩。过去的时光像不断折叠出的纸飞机，飞走了一架，又叠出一架，可它们再也没有返回起飞的机场。

那个夜晚，我第一次看到天亮的整个过程，黑色的夜空被远方的一缕光划开，世界慢慢变亮。我听见了自己的呼吸声，有些亢奋，有些期待，是梦想由心底发出的。

那一年，我们对象牙塔外的江湖充满渴盼，觉得一贫如洗却满怀理想的自己很快将成为又酷又有钱的大人，无论未来要面对什么样的处境，都会像期末考试那样逢凶化吉，想要有什么样的结果，最后都会是好的结果。

而时间很快就把真相推到我们面前，我们逐渐在现实世界里尘埃落定。我们曾经因彼此陪伴而形成的节奏，都在一个神秘的时间过后，被破坏殆尽，然后各自构筑新的节奏，不再有默契。自此如一尾鱼从大河之中被捞起放进一处狭小的池中，每个人都成了自己居住的城市中忙碌工作的普通人，为了活着本身，匆匆而沉默地走出夜晚的地铁口。

我开始理解路遥在《平凡的世界》里所说的话："在这个世界上，不是所有合理的和美好的都能按照自己的愿望存在或实现。"

稍微有空时，我一个人会走到家附近的学校逛逛。看到校园宣传板上一排学生的照片，个个面容皎洁，意气风发，没有承受岁月重压的模样，底下是属于他们的荣誉：三好学生、文明标兵、优秀学生干部……我想起多年前的一个下午，学校往宣传橱窗里贴着新一届"荣誉生风采"海报的场景，我刚好路过，瞥见自己的照片正被挂起，瞬间跑远了。那时青涩羞赧的少年，已逐渐消失在风里。

出校门时，正好遇到周末晚上返校自习的学生，即便在漆黑中，他们的面庞也会闪烁出光芒来。看着这么青春的身影，嘻嘻笑笑，打打闹闹，我似乎也回到了那个校徽总是别得歪歪斜斜、见到喜欢的人脸红心跳的十七岁。岁月在那时，面目如此温柔。

记起大学毕业前，我和会长在校门口告别的情景。夏日大雨势如破竹落下，会长用手机叫了的士到学校，我帮他提行李。他环视四周，告诉我这是他最后一次看这里了，马上就得奔机场赶回老家参加一场事业单位考试，没办法参加毕业典礼了。

司机在一旁可能等得有些不耐烦，按了一下喇叭。会长苦笑了一下，说："这就是我们以后要面对的生活了。"说完，他钻进车里。我轻轻为他关上车门，并对着车里的他挥了挥手。车启动了，他摇下车窗，又说了声："回头，到我那里玩，别忘了。"他的声音迅速被大雨淋得模糊。车远去了，淹没在阴沉的天色里。

青春只售单程票，我们坐上列车，从一个夏天出发，抵达各自的人生，无法再回头。

不是所有的离别都需用眼泪表示，不是所有的难忘都要用言语说出。那些关于夏天的记忆在人生的天幕中始终散发着璀璨的光，像花火在夜空绽放，瞬间天地如白昼，照亮我们爱过的昨天、拥抱过的人。

这是无法再来的青春里永远鲜活的部分。

再见，夏天；再见，一穿白衬衫就起风的少年。

心有少年，白衣胜雪

这么多年过去了，我才知道双脚是有记忆的，不知不觉间，自己竟然来到了以前读书的中学。

在校门前站了一会儿，保安还认得我，就放我进去。宣传栏上依旧贴着学校的各类通知、校领导参加活动的照片、学生的成绩排名，一切熟悉得仿佛没有变过，唯一变的仅是时间而已。

在宣传栏背后的操场上，有男生穿着宽松的白衬衣在踢球，很年轻的身影，仿佛跟光融在一起，灿烂，耀眼。夕阳在远处的山头如同一颗红透的果实往下坠，而那已变得遥远的十七岁此刻就在我的眼前，我成了一个透明的人看着这些仿佛永远活在春天、夏天里的少年，嘴角不由上扬。

如果日子就如此无尽蔓延下去，该多好，没有毕业，没有告别，没有走入成人生活的那些失落、忧愁、琐碎和庸常，让年轻的永远年轻，让闪光的永远闪光，该多好？

耳机里播放着一首歌，是伍佰的 *Last Dance*，浪子一般沧桑的声音在这一刻显得无比醉人。"所以暂时将你眼睛闭了起来，黑暗之中飘浮我的期待，平静脸孔映着缤纷色彩……"我一边听着歌，一边慢慢闭上眼，歌声似乎铺出了一条可以返回昨天的路，我只要沿着这条路走下去，就会看见朋友们原来一直都在。

那时大家都还在雨天奔跑，在海边唱歌，日落时分，余晖照亮了我们的脸庞，风中的衣角永远潇洒飘扬，所有的明媚不曾失去一丝一毫。每个人都还是那么完整、鲜活。

从脑海中检索出一张张光亮的面孔，不论熟悉的还是陌生的，都是那样稚嫩，那样美好。比如一个叫 H 的男生，我跟他并不熟络，但过了这么多年，还会记得他笑起来的时候嘴边有很深的酒窝，尤其是在男生们聊起游戏、女生的话题时，他一脸坏笑，酒窝显得格外深。

有一天 H 给我发来信息，他说自己在缅甸，正坐在一块空地上看日落。因为疫情缘故他滞留在那里，无法回去。这些年他娶妻生子，做过不少行当都一一失败，走南闯北，想寻求转机，无奈更多时候只剩自己一个人喝着闷酒。

我高中时性格极为内向，不爱与人说话，不太关注学习以外的事情。曾跟 H 做过一年同班同学，也与他挤过半年十二人间的学生宿舍，之后文理分班，甚少联系。

我们回忆了很多读书时的片段。他说："没想到这些年过去了，你真成了一名作家。"

我说："只是一个劲儿还在坚持罢了，也不知道在这个强大的物质世界面前自己还能这样多久。"

他笑了，说："你还是跟从前一样稚气。"

到了深夜，H 又发来一段语音，向我诉说这些年的难过和不堪，之后是一句"被困在这里好久了，我老婆还在等我给她物业费和水电费，我希望你能帮我"。

我随即给 H 转了一笔钱。我明白他此刻的艰难，毕竟高中毕业已有十年，在这十年间，慢慢地，许多人都不再有联系，即便往日关系再好，也无法逃过被时间遗忘的结局，何况是我这样处在 H 记忆边缘的人。他能记起我，我便能想到一切。

现实逼迫太多人作别往日的自己，曾经的意气风发也不知何时变成了低声下气，曾经的潇洒无畏成了现在的处处小心。

"宁愿我们都不曾抵达未来的此刻，时光一直停在十七八岁，那时每个人都那么快乐。"跟 H 说完这句话，手机突然黑屏，我才意识到刚刚忘了充电。

我们的青春和对这世界的爱，似乎也在不知不觉间被耗尽了，等发现时，已是东海逝波，恍然一梦。

疫情来临前的冬天，我结束了一段恋情。

在机场，朋友 L 冒着清早的冷风来送我。他知道我这段日子的困顿与煎熬，安慰我："人生是长途，路上总会遇见一些人，离开一些人。有些人对你的爱是减分制，有些人则是加分制。你要去把握那些真正值得你付出的人跟事情。"

"什么样的人，什么样的事，才算真正值得？"我问 L。

他没有回答，只对我笑笑，我们两个人这时都把目光转向落地窗外起起落落的飞机。

我在心里问自己：世界从什么时候开始变得这么复杂了？

其实爱是一件很容易的事情，相互喜欢，彼此有勇气一直坚持走下去。这是我十七岁时就有过的想法，像一棵树在生命中愈发茂盛地生长，到此刻都没有变。

只是后来遇到的人并不如意，给出的种种理由都让我不禁捧腹，而我当然不会放弃在爱的路上继续追星逐月。自己若是不能碰见一个深情的人，愿意和我一样带着只增不减的爱克服重重阻碍面对漫漫余生，我宁愿孤身一人。

起风了，天空上大朵大朵的云都向远处散去，像少年奔跑时轻盈干净的身影。操场上已无人影，剩下永远十七岁的往事随风晃荡。耳机里的 *Last Dance* 也播放到了最后："想问问你的心中，不愿面对的不懂，明天之后，不知道面前的你是否依然爱我……"

生命中不落的太阳永远属于年轻的眼睛。

想起毕业前的那天，我们在操场上拍照，一群人完完整整最后一次在一起的样子，阳光像是从少年身上扒下的白衣，晒在我们眼前，那么明晃晃，那么璀璨，我们都无法睁开眼睛似的对镜头微笑。

不知道是谁在喊："我们班主任帅不帅？"全班异口同声，分外响亮："帅！"三年的青春就此定格。曾有人给过的爱，曾流下的眼泪，曾借过某个人的习题集，曾相约在操场上奔跑的身影，曾在校园文艺演出上挥过的荧光棒、注视过的某张侧脸，就这样藏在了照片中，谁又能看到，谁又会知道，都只是笑笑。

人群散开后，我跟朋友去吃烧烤，牛肉、脆骨、鱿鱼、海带、鱼丸、面筋……点的都是以前吃过的那几样，但这一回我们竟然喝酒了。十几岁的年纪学着大人的样子干杯，又模仿他们的口气语重心长互诉衷肠，现在想想，是一幅又温暖又滑稽的画面。

夏日的潮湿与闷热，如多年前我们初见时那样爬上裤脚、衣袖、额头，只是当时世界没落下这么滂沱的雨水。我们几个男生肩并肩躲在篷布下，听着大雨冲刷出哗啦啦的声响。大家脸上都还笑着，不会想到筵席散后各自都将面对怎样的人生，只知那一刻彼此挨着靠着就是永恒，就是一辈子了。

如果能在歌声中回到那时，我一定会告诉这些面颊稚嫩的少年："珍惜此刻，再好好看一眼身旁的人吧。以后的我们会被俗事打扰，会为现实烦恼，不一定还能这样快乐了。"

但我也清楚，即便百般不舍，每个人依旧会明日天涯各奔东西。告别从来都不是一种选择，而是宿命，这是成长必须途经的道路。

余光里暮色已被夜晚稀释，天暗了下来，我的歌也听完了，而跟我一起走来的少年们，你们都还好吗？

此刻，大家是否在辛苦地奔波、守望、挣扎？还是和我一样正想念着黑暗到来前的那些时光：飘飞的衣角、夏天的汽水、教室里飞转的吊扇、落在课桌上的汗滴、谁的头发上柠檬的味道……

无论我们是否还会再见面，无论我们抬头看到的是不是同一片星空，都希望你们能好好地生活，勇敢地找到自己内心的所在。更重要的是，别忘记他，那个留在心中可能正在被自己遗忘的少年。

唤醒他，让曾经闪耀的一切继续闪耀，自在的继续自在，美好的事物终不会逝去。

从我们身边路过的人不会知道，有一片雪是春天送不走的。它在我们身上，也在我们心底，那是来自少年的你对这个世界最初的热爱。

心有少年，白衣胜雪。

第三辑　云来云去，一期一会

樱花少年。。。

你肩上的风。。。

梨花无言只顾白。。。

烟花渡口。。。

缘浅缘深，如溪如河

等我成为英雄那天。。。

你的喜欢，我会记得

你用校服的裙摆跟我说了声再见。。。。

想给你写封长长的信。。。

做你的歌颂者。。。

春风吹啊吹，花鸽子舞啊舞。。。。

爱过你，是春天的幻觉。。。。。

樱花少年

这几日，阳明山上的樱花开了。

看花的人好多，电视上每天总会有一两个台在报道。你知道的，我不会去人多的地方。我会等到人少的时候，虽然有可能只会看见它们的凋谢，但这一直是我的性格。

街上的小贩开始卖马蹄果，洗得很干净，装在竹筐里。也有上了年纪的阿婆戴着花头巾，蹲在地上卖山竹。山竹很坚硬，应该是最新鲜的。只是你不在，我就没有买。

我喜欢凤梨、提子和杧果。马蹄果和山竹是你喜欢吃的，带着山间土壤最清香的气息。

这个季节，白天温度适宜，到了晚上或是碰到雨天，感觉还是有些凉。

我一直是个神经很大条的人，对气温没有防备，不会及时加衣服。有几次打了喷嚏，都很担心会不会感冒生病，毕竟是在海峡东岸，外地人无法享受本岛的医保政策。我们只是买了学生保险，得了小病又不想去报销，所以一直以来都跟自己说，身体要健康，别生病。

日常也会进行体育锻炼，绕着东吴大学的操场跑上两三圈。旁边是篮球场，很多学生在打球，是一群清瘦的男生，穿着松松垮垮的运动套装，天冷的时候裤子里面还会套一条黑色紧身裤，腿变得好细好细。这样的打扮，我看了好几次才逐渐习惯。

到了四月下旬，我终于跑去阳明山看樱花了。周五，白天，虽然人也很多，但数量已无花刚开时那样壮观。绵延的花树，坠着冉冉的樱云，一排一排铺着，通向很远的地方。但因为来得有些晚了，很多樱花的颜色已不如之前好看，花瓣也脆弱起来，不禁风吹。

风一来，枝叶乱颤，樱花纷纷落地，堆砌如雪，好像破败的爱情，无可挽留地离开。我尽量看着地上，小心翼翼地行走，避开落地的樱花，素瓣凝香，真想它们能一直留住自己最美的容颜，真想你能看见。

我经常庆幸一件事，就是没有和你谈恋爱。

一直只是暗恋你，如樱花的颜色，你应该也知道。

你在鹭岛生活了六年，一切都很好，我也知道。

跟你做同桌，很开心，虽然不足一年，但记忆一直没有断过。你白皙的面庞、骨感的身体、经常学我说话的语气、作弄我并且得手时的奸笑，总被我反复铭记。

高二分开，你在七班，我在十二班，每天晚自习结束，特地跑到你班上去等你，有时怕别人问起，我就特地找个认识的男生，坐在他旁边，假装在等他。你应该知道，却每次故意比我先走，而且还是和其他男生，打打闹闹，离开。你不知道我为此难过了好几次。

后来，我也不等你了，换成在你走后，悄悄往你抽屉送东西：糖果、圆珠笔、笔记本，甚至连茶叶蛋都送过。

有一次听班上女生说原来我们学校附近的山上有种樱花，我就按着她给的路线跑到山上摘了好多回来，夹到书页里，压了好多天，然后放进一封信里给你。不知道你打开了没有，是不是看到了。

要跟你说的是，那不是樱花，是桃花。我们班上的那个女生不知道是不是想捉弄我，骗了我。

送信的那天晚上，惊心动魄，整座教学楼灯都灭了，天很黑，我带着一种恐惧感摸进你们班。后来保安来巡视，我的心都提到了嗓子眼，有生以来第一次钻进教室后面放扫帚畚箕的壁柜里，真怕自己的喜欢会连累你。

现在你可以把这些事情当成笑话来听，我会陪着你笑，一起笑十七岁时的我们。

那些被当作樱花的桃花，此刻还在吗？

在不在都不要紧，如果下次还能碰见你，我要给你真正的樱花，是从阿里山摘回来的。

阿里山在宝岛算是海拔较高的山了，所以山上的樱花开得要比岛上其他地方晚一些。

起初只是想去坐阿里山的小火车，感受一番复古的趣味。透过车窗，看见沿线的樱花开得繁盛如锦，风起，柔软的粉色花瓣便纷纷扬扬落到窗前，隔着玻璃贴着人们的脸颊滑下。一车的人在花树下兜兜转转，像迷路又不急着找出路的看花人。

世间的美，许多都生在这些细枝末节里，从里面抽芽，长成叶子，然后开花、结果，直至凋零，美经过了一轮又一轮，却始终不死。看着这些美得如梦一般缥缈的樱花轻轻坠下，有那么一瞬间，我觉得自己漂洋过海就是为了与它相遇。

在电影《陪安东尼度过漫长岁月》中，有一个叫小樱的女孩，是男主角安东尼的初恋，一直都在勇敢追求自己的情感和理想。我好喜欢她留着刚刚过肩的头发，撑着一把透明伞，脸上笑容绽放的样子。在东京满树绽放的樱花下，她对安东尼说："现在还不是最美的时候，花落的时候才最美。"

我把这个片段前后回顾了七八遍，每次一听，就好像看见满树樱花飘落，一个女孩正回眸对我笑。

如果记忆能够开花，我最想和你在一起，等它开，看它落。

你现在大学毕业，工作两年了，我们之间都很少联系。

最近一次和你说话，是自己在做《亲爱的，我们都将这样长大》这本书宣传图的时候，我把微博链接发给你，连要你转发的事都没提，只是希望你能看见我拍的图、写的话。没想到你竟然为我转发了，而你的上一条微博内容是一年前贴的。

即便这样，我也不敢多想，我深知我们之间只是同学一场，清水交情，没有太多交集，如戏散后，你往东，我往西，过往的岁月也只是我一厢情愿的相思。

你现在已经二十五岁了，一定比从前更优秀，所以是有对象的人了，对吧？

我还在学校里，一个人，愣头愣脑过着日子。一直以来都没有想过有天自己竟然会走到现在这个尴尬的年纪。

想起王安石的《示长安君》："少年离别意非轻，老去相逢亦怆情。"

不知道自己老去的那一天，可有幸再遇见你？

好想过白痴一样简单而天真的生活。

好想回到四五年前，我们刚刚上大学那会儿，寒假，在长乐城关。

你穿着很滑的黑色皮衣，脸上几颗青春痘，皮肤还是那么白。说完再见，我目送你上了拉拉车，车轰隆隆地开走了，你的身影越来越小，永远地成为我记忆中的线头，只要想起，一拉，就牵扯出所有与你有关的时光。

山上樱花开遍，多希望你在。

你肩上的风

春末夏初，桃园、新竹、苗栗等地油桐花开遍，被风摇下的瞬间，飘成了落地的雪。想起《倾城之恋》中白流苏名字的含义——"初夏满树白花，如覆霜盖雪。"

我走在苗栗不知名的山路上，风里尽是香气，桐花自由、随性地飞舞，我伸出手掌，接住了无数即刻要落下的梦。但我知这也是无用的，桐花终究是在逝去，无法留住。我喜欢这满山遍地的桐花，在最后无可挽留的一瞬用身体铺成白色的地毯、细长的河流。

世上自开自落的事物，在风里没有悲喜可言，我却被它们惊艳到了，并喜欢上了这些光阴的死者。它们其实比开在枝头时更令我心动，如此淡然、沉默、干净、美好，我甚至不忍踩踏，于是从石上走，绕过它们。

长久以来，我并不是一个细心的人。对于这些风中细小的事物，我常常没将它们放在心上，但这些花朵教会了我，去细心品味层层叠叠累积出的身影。它有我们需要懂得的爱与珍惜。

在兰屿，夜里，和 L 对着太平洋喝"Heineken"啤酒。海风一直吹，把我们的头发都吹得颤颤的。我一个人喝了两瓶，神志当然还很清醒，脑子没有断片，风吹来，只觉得脸有些烫。L 笑着，说我的脸红得像猴屁股。我也没饶他，说他的脸更红，像烂掉的苹果。

年少的岁月里，我们没有惊天动地的故事，平平常常，如同微风。有钱时大手大脚地消费，没钱时就一箱泡面加食堂免费汤勉强撑过一个月，风光或狼狈，我们都尝过，味道混在一起，就跟"Heineken"一样。

后来，酒喝光了，L 说我们一起来唱歌吧。我问什么歌。他说《太平洋的风》。随后胡德夫的这首歌在我们口中跑调着："最早的一件衣裳／最早的一片呼唤／最早的一个故乡／最早的一件往事／是太平洋的风徐徐吹来／吹过我所有的全部／裸裎赤子／呱呱落地的披风／丝丝若息／油油然的生机／吹过了多少人的脸颊／才吹上了我的／太平洋的风一直在吹……"

我是多么希望再给自己几年时间，不要急着长大，急着毕业，急着进社会，急着去陆地，朝九晚五，成为镜中厌恶的成人模样。

海风吹刮得越狠，我们的心越发空荡荡。

那天在高美湿地，天阴欲雨，风大，风车呼啦呼啦地旋转。前来玩水的人依旧很多，一拨走了，又来一拨，如同潮汐，多半是幼童、少年和青年情侣，赤足踩水，捉着小小的招潮蟹，又在回去前放生。我独自站在广阔的湿地中央，灰色的云层映在水中，水面不如晴天时艳丽，但我也不觉失落，心想能来便好，毕竟眼前这一切也不糟糕。

不远处的岸堤上，一群穿裙子的少女兴奋地走了下来，迈着细碎的步子。她们的花裙子被大风吹得摇摆起来，有种缥缈而婆娑的美。我走近她们，她们像移动的花朵，又在别处美美地开了。我看见其中有个女生穿着纯蓝色的裙子，脸很小，头发长长的，被风吹得很好看，好像你。

我走回岸堤，努力整理思绪，海风打耳，狠狠掀开记忆的帘幕。我又想起你。

有一年夏天，在鹭岛，我忘了带公寓的钥匙，室友PERRY又陪他的宝岛朋友玩去了，深夜未归，我只好叫你陪我。你穿着一条蓝色的裙子从宿舍出来，头发刚洗，空气中有淡淡的薄荷香味。

我们在离宿舍不远的一家饮品店里吹着空调看世界杯。其间我俩都只看着店里有点老旧的电视机，没有说什么话。十一点过后，每过半小时，我就催你一次，说别担心我，快回去吧，晚了宿舍大门就关了。你说没事，如果太迟回去，就叫宿管阿姨开门，最多被她说几句，没什么事的。

后来 PERRY 打电话过来，说他回来了。我看了看时间，已经凌晨两点，你竟然陪我到这么晚。出店门时，夜凉，海风刮来，你的头发和裙子都飘了起来。我用一只手抚了一下你额前被吹乱的发丝，一只手背在身后。你看着我，似乎希望我能把那只手伸过去，双手抱住你。但我没有，一脸迟疑。你说，好吧，我知道，天太热了。

我一直都是个不太主动的人，所以，到你选择离开，我也没有说什么。

之后每年到鹭岛，我都会一个人走到那家饮品店，但不敢走进去，怕看到我们坐过的桌子、那款点过的杧果冰、那台有雪花闪烁的电视机，就想起你。

刮风的时候，学校里一树一树的莲雾被吹得满地都是，还很青涩，只有顶端带着一点红。路上行人很多，没有人去捡，因为这些栽在路边的莲雾树平日无人照料，结的果实又小又酸，不好吃。

想起在西大读书时，深秋银杏金灿灿一片，风一吹，扇形黄叶便跟杏果一同坠落，在地面上堆叠。杏果，个头不及莲雾，但洗净后风干，煮炖，活血益脑，敛肺气，定喘嗽。

天气突变，冷风似乎把人从夏天带到秋天。出门前，我想找一件长袖——以前见你时穿的那件，我不知道自己为什么要带着它漂洋过海。

找到后，发现一颗扣子快要掉了，我从楼里的女生那里借来针线，想要自己缝。细线对准小小的针孔，要穿过去的一刻突然又偏了方向。我不肯放弃，又试了几次，终于刺到了自己的手。血滴急着跑出来，双眼有些红了。

我很笨，全世界都知道。

多希望你在，能为我缝一件衣服。

窗外，风推着风，叶子沙沙飘落，如急雨。路上没有人。

光阴恨长，见不到与你并肩尽头。

在风中，我们被吹回内心深处，旁观世界，想起那些容易被你我遗忘的事物。它们如伸缩的潮间带，在我们的脑海里潮涨潮退。浮光若梦，心上是自己道不明的悲欣交集。

只听见少年模样的你，站在光阴那头，一遍遍问我，是否还记得肩上的风……

梨花无言只顾白

春天一到，窗外便时常落雨，整座城市都被雨水困住。

清晨，我路过小区花园的时候，看到南墙边睡了一个冬天的紫藤又发新枝，枝轴上花蕾遍布，四周的瑞香、棣棠、三色堇、金盏菊都开花了。以前你在的时候，我不知道它们的名字，现在我能说出它们的名字了，你又不在，真有意思。

这个季节，傍晚出门，空气仍有些凉，植物冒着风寒，都战战兢兢长着，身上的绿略显脆弱。待日子暖和，它们的胆子才大起来，不管昼夜，竞相吐出憋了许久的颜色。

我一直是个不懂得照顾自己的人，大大咧咧，对早晚温差不太在意，等感觉冷的时候，才知身上衣物单薄，喷嚏打个不停。最近一次感冒，前后折腾了十天，才好起来。但一好，又不记事，真是坏毛病。但有一些事，我始终没有忘记。

在一个春天的午后，途经一处废弃的农舍，门外有棵梨树开满了花，朵朵都像是前世未曾消融的雪，堆在今生的枝丫上。因为手中相机已无电量，无法拍下它们，我便遗憾离开。但你知道，我不会放弃。

后来，又独自去见了那棵梨树，仿佛是带着见你一样的心情踽踽而行。

那日天色并不晴朗，走到半途，天阴欲雨，我迷失在荒村当中，抬头望去，墨色云雾自远天飘来，旋即选了一条路，不由加快了步子。路远林深，自己终究还是凭着好运气，赶在下雨前找到了花树。

满枝皆是如云如雪的梨花，铺得春天格外清白，人心也在这白里浸染着，好像所有的过去都可以省略，少年又踏春风来，衣襟沾满清清淡淡的忧喜。梨花花期很短，只隔了两天，就无当初那般绚烂景象，仿佛它们一瞬便将落尽一生。

雨还是跟来了，先是落下一两滴，随后风雨晦暝，世界变得混沌起来。

我打开伞，为低处的一簇花枝挡住雨水。你会看到吗？

看不到也没关系，让我替你看见。

我时常在心里感谢你，没有把我暗恋你这件事告诉别人，让它只成为我俩的秘密。它如梨花的颜色，在阳光下白到透明。

你在鹭岛工作、生活、骑车、看海，已经七年了。知道你性格开朗，能把一切安排妥当，所以在这七年里我从没担心过你。

与你同桌时，最喜欢的也是你的性格与心地，其次才是你的样子：白皙的肤色、清秀的眉眼、纤细的手指、假装生气时噘起的嘴。这些总被我反复识记，还有你嘴角当时频频洒出的笑声，仿佛能点亮我的未来。

高二分班后，我们不常碰见，但我天天都想见你，因此连累了别人，也害苦了自己。

找你班上一个同学做朋友，目的却是可以正大光明到你教室里，看你。有时仅仅是坐在班级后面，能看见你的背影，整个人就很开心，像得手的小偷一样窃喜。有时也会难过，见你不理睬我，只顾着跟其他男生聊天、打闹、一起回去，我就很伤心，整个人就像丢了魂一样，路都走不好。有几次夜里回去，我都摔了跟头，膝盖、手肘磕破，伤口很疼，我忍着，灰溜溜回了宿舍。这些你当然不知道，而我也不想你知道。

高三时，我从学校搬出，住在附近的小区里。有天，当我知道你跟我租在同一栋单元楼时，觉得上天太眷顾自己了。此后，我每天早上都要提早半小时起来，为的是在这腾出的半小时里等到你。我把电梯按到你在的楼层，电梯门快关上的瞬间，我又旋即按住，一遍又一遍，直到你出现。

也是通过别人了解了你的世界，知道你喜欢樱花、梨花这些小花朵。春天到来时，我就爬上学校后山，满山遍野寻找。山上花树绵延，莺莺燕燕，但极难看到一棵梨树。

实话告诉你，其实我以前也没见过梨树，只知花开为白，仅凭这点我就翻遍后山，终于在一处角落，看见了满树白花。我兴奋跑去，折下一枝最好看的，带回家。

是在你晚自习结束后，我摸黑到你班上，把花放到你的抽屉里。保安提着手电筒来巡查，我生平第一次钻到讲台底下，全身瑟缩着，心提到了嗓子眼，脑子里想着如果被抓到，即便被当作小偷，我也不能提起你。真怕自己的喜欢会给你带来麻烦。

我是个"花盲"，曾将桃花当作樱花送你，这次也一样犯傻。是到后来才知道那一晚自己"视死如归"送出的花并非梨花，而是李花。它们颜色相近，但梨花花瓣洁白丰润，花蕊颜色深，略带点红色，开到快谢时会变成胭脂红；而李花花瓣没有豁口，树皮也没有横纹，花蕊颜色较浅，花瓣、叶子都细细小小。你一定能够分辨出来，也一定在看到李花的那个清晨感到困惑，然后偷偷笑出了声。

我就是这样的一个男孩，又笨又傻，喜欢一个人只懂蛮力，不动脑筋。如果现在你知道当初这一场又一场的喜剧都是我主演的，会不会把肚子笑疼？

那些被当作梨花的李花早已在时间碾轧下不见了踪影，下次碰到你，我会给你一枝真正的梨花。它们此刻在阳光下盛放，风起，便飘落一些。偶尔落到我的肩上，像一个吻落在那里。

从我暗恋你的那刻算起，到现在，已经十年。高中毕业后，从没想过有一天自己还能与你再见。所以今年春节在航城公交站前碰到你的瞬间，我整个人如在梦里。

你我对望的刹那，目光已不像从前那样单纯、清澈。我们是两把原本串联在一起的钥匙，分开许久后又碰到一起，发出熟悉但生疏的声响。

你问我过得如何，我说好或不好似乎都与你没有关系，只点了点头。顿觉在你面前，我的羞赧仍与昨日相同。曾经日思夜想我们重逢的情景，会说什么话，自己应如何面对你，不断反复练习，但到现实里却一一失灵。我始终不是演员，无法在你面前从容表演。

面对你的转身离去，我能做的也只是站在原地目送你。

十年前，我暗恋你，但没有告诉你。十年后，依旧如此。我是一个你永远都无法喜欢起来的小男孩。

大学毕业后，我们都各自在烦冗的生活里兜转，在炎凉的人情中周旋。少年时，仿佛能与宇宙抵足同眠的赤子心日渐缩小。有过的时光，像山间流出的清水，淌过无人涉足的角落，喂养出一片湿润的青苔。

此后的一生，我们的时针被一双大手拨快，生命的城池里住满陌生的面孔。他们像云，也像是雨，快快地来，又匆匆地走。

加西亚·马尔克斯说："生命中曾经拥有的所有灿烂，终究都需要用寂寞来偿还。"

那时暗恋你，是我一个人的灿烂。而现在，我所拥有的也是一个人的寂寞。

如果时间允许自己再次选择，我一定不会选你作为心里第一个喜欢的人。那些惊心动魄的时刻，那些暗自哭泣的岁月，都希望与你无关。

可惜已不能。

一个人如果踏上了爱的单程旅途，便没有未来，也听不见回声。爱对他来说，是永远的朝露，是无言，是怀念。

是心上千树万树的梨花，悄然绽放，再也无法收拢的白。

烟花渡口

　　我常在零点过后变得异常清醒，像一头渡过忧伤河流的犀牛重新活了过来。

　　此时手中如果还有没处理完的事情，我也会搁置下来，熄灯，让整个房间浸入夜的海水。书架、台灯、衣橱、冰箱、跑鞋……身边所有的物品都在漂浮、沉没。我也成了一艘船，渐渐沉入深海。

　　在这坠向海底的过程中，我并不恐惧、躁动、失落或忧郁，心里反而充满了一种久违的回家的感觉，好像在这寂寂的夜中突然有了一条路，直抵我生命中无法回去的某处。那里有生活欢乐的肋骨扭摆、响动，有牛奶蜂蜜热气氤氲，有被风翻开并熟读的朝朝暮暮。

　　这段时间反复在读余华早期的作品《在细雨中呼喊》，

印象深刻的一个细节是苏宇把手搭在孙光林的肩上，跟他说："其实当时我想抱住的，是你的肩膀。"

大半夜，在泛黄的台灯下看到这一行，顿时觉得这夜更冷清了。身旁没有一个人，房间太过空旷。被褥凌乱堆于床上，起伏成山丘的模样。饮水机桶中的一个闷响，像暗中巨兽打出的饱嗝。

许多次午夜，只身站在窗前，问自己是否只是上帝衣角上的一粒沙。又常常设想在夜的丝绒幕布后面，是否灯火辉煌、高朋满座，所有人正期待我的上场；我一旦离开了这黑暗，是否还有饱满果实般的安全感；当我投入看客的视线，完成他们期待的表演，是否意味着对自我的离弃。

喜欢深夜审视自己的人，容易靠近内心的神明。正当我冥想间隙，窗外有人突然放起烟花，我看了看时间，已经零点二十三分。孤独的人在这样的时刻，感觉世界就像他一样孤独。这明明灭灭的烟花是一处渡口，沿着它望去，很快就看到了归船，载着年少的自己。

也是在一个容易孤独的年纪，除夕夜，我独自站在房顶看烟花。家人在屋内因日常琐事吵架。我避开他们来到房顶，在一声声巨响里努力忘记那些不愉快的画面，到了零点给你发了短信，只打出简简单单的"新年快乐"四个字，怕写多了，你不会回。

那个夜晚，烟花、爆竹像暴雨一样冲刷着我的耳朵。黑暗成为潮水，逐渐升高，淹没我的膝盖、胸膛、嘴巴，我伸出手，好想你能拉我一把。

你说，烟花绽放成灰烬并非一桩悲剧，在我们看不到的地方或许它们正在好好地活下去，成为泥土，长出花草。

那时你还在我身边，我们冒着凌晨的寒风爬上山顶，四周空气冷冽如刺，似乎是从未关严实的巨大冰箱中放出来的。我们战战兢兢点燃了第一筒花火，两个人像疯子一样手拉着手边叫边跳，你的发丝随风四散，我的衣领歪歪斜斜。黑暗归于沉寂的那一刻，我们拥抱在一起，脸上是此生难以忘记的笑颜。夜中潮湿而明亮的月，垂在我们的睫毛下。

可这一碗热汤终究还是在入口时凉了，时间在我们的眉尖都刷上一层风霜。我们花了那么多的力气与俗世对抗，最后只因距离作怪、我的一句过失、你的一言不合，至此分道扬镳，是不是太过可惜？

也曾午夜抵达你的城市，在机场附近陌生的酒店里等你到来，你未曾赴约。我想起很多你跟我相处的场景，拉我的手逛过的街、买过的零食、看过的电影、吃过的夜宵；很多次傍晚我们出来的时候，总有鸽子在头顶回旋。很奇怪，每次跟你在一起，总觉得天气都很好，即便是下雨天，也都成了好天气。

失眠的列车继续载我驶向凌晨空荡荡的腹部，我像颗融糖，任凭回忆消化，酸涩胃液沾染我、稀释我，从未有过的恶心，源自漫长的空虚。我走入浴室，洗完澡，用带着消毒剂味道的毛巾擦拭身体，也无法擦去之前的味道。

你走后，我开始观察超市里哪一款洗衣粉经常打折，开始区分菠菜和空心菜，开始掌握糖醋油盐在一道菜中所放的比例，开始一个人坐车去很远的地方购置家具，开始联系曾经觉得没有交集的人，并定期问候他们，渐渐活得充满市井气息。

一个人住在一座陌生城市的单身公寓里，零点过后，忽然听见烟花绽放的声响，急于奔向阳台去看，膝盖不小心撞到了床腿，额头也重重撞向了落地窗。离开你以后，我是个浑身带伤又愚笨的人，总犯相同的错误，感觉一生都好不了。

去洗手间，被磕到的伤口一碰水，嘴角抽搐了一下，真真切切感到了疼，就像你离去那天背影细瘦如刀，在我心上反复刻画，没有规整的线条和图案，只有痛的感觉和轮廓。

再也没人深夜为我倒好温热的牛奶。

再也没人在雨天给我送伞，并撑开。

再也没人抚平起风时的窗帘，跟我说没事。

再也没人在我看书时把切好的水果悄悄放在一旁。

再也没人……

我曾表现出的倔强是假的。

我曾装出的事不关己是假的。

我的坚强、我的决绝、我的毫不吝惜都是假的。

此刻的脆弱为真，孤独为真，对过往的执迷为真，只是你再也不会知道了。

世事繁杂，容易让人彼此疏离，你以此为借口，浇冷了光阴和焰火。天空偶尔扬起过去的灰烬，像迷途鸽子的羽毛，升起，飘落，消散。我爱你，这件事再也不会与人说起，你也不会，我知道。所以我们都各自安心。

曾经我们给予对方那么多的时间去饮一季的雨水，去养一盆靠爱滋养的花束，去看一场盛大的烟火。后来发现天空由璀璨复归沉寂后，我们失散了，暗中谁也没抓住彼此的手。我们当初不想在爱里走过场，最后却走得从容淡定，异常凛冽。

往昔匆匆，如无船可渡的汪洋，我们溺水，成为世情里相似的浪花，涤荡向前，决绝无情。

　　烟花落下，送我来到黑暗的怀中。人生中欢愉太短，多半时刻是在这长途、孤寂肉身与前程未来间对峙。该告别了，要再见了，一次次反复这样说，又一次次忘记。人总是这样不争气。

　　没有烟花燃放的夜里，黑暗如极速上涨的水流冲走身体内外的居所，我在微光中只看到你的长发，顺记忆的竹筏漂来，经过我等待的渡口，成全我的无望。即便这样，总有一些傻子仍保持着等待的姿态。

　　烟花碎片降落的过程，若黑色海洋中浮动的游鱼，有若隐若现的背，只是它们一翻身，便无法再翻回。时间给予我们太多深情去记忆过往，并不知烟花已冷却成灰，斯人再也不来。

　　记得那天最后一次看烟花，你的长发散溢在硝烟味道残存的空气里，我伸手抚去你发间夹杂的烟花碎片，像捡拾一个王朝废墟中的瓦砾。

　　一切都回不来了。

　　我忍住没有对你说再见。

缘浅缘深，如溪如河

天还未明，雾气弥漫。我在机场等待航班间隙买了杯热饮，是你喜欢喝的红茶。以前看着杯中茶色，整个人就感觉到暖，好像被人拥抱一般，现在心头还是会有这样的温度，但相比过去，已经疏淡很多，或许是因为你不在的缘故。

身边旅客逐渐多起来，灰色的大衣、略显蓬乱的头发、飘忽的眼神……脸上散发出刚洗完脸后洁面乳的味道。相比于其他时段的乘客，坐早班机和深夜航班的乘客要显得憔悴、窘迫、忧心忡忡。他们没有梳洗打扮的时间，像被推挤的棋子在棋盘的某一点上甫一落定，又即刻被掷于他方，没有一点可以商讨的余地。而我亦是其中一员。

机场外，是一望无际的野地，草木枯槁，远处一些建筑在逐渐亮起的日光里轮廓欲现。夜与昼交替的边缘，像混沌初开时的缩影，人陷入其境，不知吾心之乡，如同呆立梦中。

你发来一则短信："你要启程了吧，我来不了了，你自己好好看日出。以后，各自保重。"

独自面对这样一场日出，非我所愿。

曾有几次，我们爬凌晨的山峦，为看远方海上绮丽的日出，并肩而行，彼此依靠，在等来的红晕中雀跃欢呼，此生难忘。决然不会想到村上春树《1Q84》中的一幕场景，青豆一面聆听音乐，一面想象拂过波希米亚平原的悠缓的风，"当时，谁也不知道将来会发生什么。"

我们来到此刻。你应该刚从床上爬起，匆匆洗漱一番，把猫食放入盘中，自己咬块面包，换上皮鞋就出门了。你开车，在我们熟悉的马路上行驶，经过多少红绿灯，穿过多少街道，看见多少装潢风格相近的店铺，车水马龙，人潮涌动，你都如数家珍。生活仿佛一成不变，只是不知道是否有人注意到，你的副驾驶位置上已经没有人。

旧物存在的意义无非是提醒我们，过去不曾终结，它依旧在某个维度上进行。当我们在一个不经意的瞬间，以局外人的视角窥探那个维度上的吉光片羽，禁不住为曾经有过的时光潸然泪下。

"有多久没见你，以为你在哪里，原来就住在我心底，陪伴着我的呼吸。"

男女世情，都融在歌里，曾经不理解，现在知道了，却也晚了，真有意思。

近十岁的年龄沟壑，彼此对事物、人生及世界的感受截然不同。刚在一起时，双方有过天真的想象，以为爱能填补时间谷地，最后才知爱之无力，输得彻彻底底。

阅历、角度、个人好恶皆有出入，似两块总也不能嵌入彼此的拼图，附带着争吵、冷战，愈发无味的关系被丢入深渊，无法拾起。所以不要贪恋故事开始时的感觉，而疏忽了过程的艰辛。它美，亦虚妄。

缘分深浅，犹如溪河，终会分流，各自欢喜。

而我承认，分开后，自己仍然没有勇气舍弃有你的记忆。过往已是人去楼空后徒留的残垣断壁，一方无法重建、修复的旧址，所有与你度过的悲欢都葬在里头。你或许很快会忘记它，像昨夜饮酒千杯的人，醒来后又回归平静生活，记忆仿佛被抽取出来，翻晒于烈日下，挥发，渐少，几近消失。但我不能，我太恋旧。淡忘嫣红朝暮，于我而言，不是件容易的事，它甚至需要花费我余生的时间和力气。

你曾经手抄的书摘，我还放在行李箱里，偶尔拿出来翻看。瞥到兹比格涅夫·赫伯特的一句"如果失去废墟，我们就一无所有"。昨日的雷声不曾远去，心中仍有余响。

一日与你在深山中寻鹿，山路蜿蜒回环，半途忽遇天阴，随后雷鸣怆然，大雨瓢泼而下。我们在沿路寺庙的屋檐下躲雨，彼此紧挨。我的衬衫湿了，后背清晰可见，你抚弄着湿透的发丝，说我肩胛骨真好看，像座微型的山。呼吸，声声在耳。

阵雨很快过去，积雨云往远处山头飘去，空气清新而湿润。你站在原地并不打算走，我问你原因，你说喜欢看从屋檐落下的水滴，它们积攒到一定体积便朝低处坠下，那么晶莹透彻，果敢决绝，不顾一切。

你抬头看，我便低头瞧，瞧你沾着泥巴的裤脚，瞧你帆布鞋上的雨迹。山河壮阔都不及你低处的风景。那是你身上的一座岛屿，在森林草间隐没，在日出海上漂浮，作为我们所经路途的承载物，生长记忆与爱。

临行前一天，又温习了一遍山路，只身造访，发现景致与从前迥然不同。上次来，你在，是夏日；这次来，你不在，白霜覆上荒草，片片秋凉，不见人烟。陌寺像远离红尘的老者，安于此处。我站在屋檐下，望着周遭一切，清晰而绯红的夕阳沉入山腰，光线渐渐暗淡下去。起风，一群鹭鸶从泽间惊起，扑翅飞走。眼前大地，再无动静。

突然意识到自己孤独的处境，天地之间只有我一个人了，真够寂寞。但又极爱这荒凉的感觉，它让我感觉到自己仍活着。

准备往回走，低头发觉鞋尖已不干净，有水渍和尘土。

"有回忆的人，总是无法走太快。"

因为你年轻，我可以纵容你放肆，拥有自己的空间，甚至可以忍受你去爱更多人，犯错，然后向我保证下不为例。但，你的下次永远没有终点。而我不再年轻，面对你，已经精疲力竭。这世上有太多捆绑我们的绳索，怪我没有能力，将其一一斩断，索性就放你走，给你自由，这样谁都轻松些。

有过的深情，交给流水，几乎愚昧的天真，交还过去。云来云去，好自为之。

"尊敬的旅客，您乘坐的航班现在开始登机……"机场广播响起，旅人匆匆排队，像一个个机器部件进入管道，然后钻进飞机腹中。

手机关机前，最后一次给你发信息。你此刻应该正坐在办公室里，像往常一样冲一杯速溶咖啡，然后开始整理报表材料。对于我的离去，你毫不在意，这让我很放心。

飞机飞离跑道，在城市的上空划出长长的轨迹云，希望你不会看见。

"此生勿念。"

等我成为英雄那天

过了二十五岁，人很容易失去对爱情执着等待的耐心，碰不到喜欢的人，索性就顺从年龄的游说，嫁给物质和生活。爱一个人倒成了其次的事情。

说实话，我很感谢命运。在我即将放弃爱情的时候，它安排你来到我人生的舞台中央。我们相遇，如跳探戈，掌握的步履节奏旗鼓相当。

你身上寄居着一个孤独的幽灵，像夜里频频闪出白光的刀锋。我喜欢你笑的时候，天上的白云飘得很低，柠檬树上的叶子被光吻得明亮。很多时候我都觉得自己路过你世界的使命，是使幽灵晚一点慢一点伤害你、吞噬你。我相信我们的共同努力可以使它退出世界，你将时刻明媚，如太阳的女儿。

　　毕业前的这年冬天是我们的分水岭，爬过白雪覆盖的绵延山峦，我们就走到了青春渐逝的二十五岁。这一程，我走得分外小心，但还是不知道在哪个瞬间竟然把你丢了，而你，也终于丢下了我，在雪中另辟新路。

　　我们都轻视时间，小瞧现实，疏忽对方，只顾一个劲儿踩着脚下的路途前行，听不见彼此心底的声音。突然一次转身，已发现身后早已没有对方的身影，只剩天涯漠然与自己对望，云烟穿过了人间树梢。

　　我现在一个人住，从北碚来到合川，搬了新家，但房间里仍然散发着过去你在时的气味。

　　和你有关的物品：衣服、相框、枕头、台灯、明信片、杜拉斯的《情人》、夏目漱石的《我是猫》、空的香水瓶、只写了两三页的笔记本，甚至还有那瓶没有用完的家庭装沐浴露，我都带到了这里，像领着一个个小小的你来这儿。

　　我是个恋旧的人，即便努力学习收纳的能力，但面对你的所有，我却无力承接与贮藏，没有出息。

　　我时常在你喜欢的明信片背面，写些字句。未来，我想自己会给你写下很多信，虽然每一封你或许都无法看到，但我仍然愿意这样写，像自说自话，却乐此不疲。

　　一直记得鸽子钻出柠檬树的那个早晨，我为昨夜无意间打碎的一面镜子而苦恼。你走到我面前，对我说："你以后都不用再找镜子了，因为你是我，我也是你。我们是两面可以相互观照的镜子。"

　　所以此刻我写信，看着纸页上的一行行文字，你也是能看到，能感应到的，对吗？原谅我始终没有聪明过，依旧喜欢骗自己。

　　你离开后，我心上再没一个人来住，空荡荡的，前后涉足于此的是一个个寂静而悲伤的黎明与黄昏。

　　从前的记忆像一颗巨大透明的弹珠，在这些旧物陈列的房子里横冲直撞。我们最好和最坏的时光在这里，我们有过的不幸与努力也在这里。

　　我一直都不想承认一件事，那就是你太保护我了。我与你岁数相仿，但显然在你那里，我仍像个孩子。

　　你时常关心我，照顾我，为我温热粥，为我缝破衣，为我挡过秋霜与冬雪。你身体瘦弱，肩膀单薄，却为我改变太多。而我后知后觉，木讷，迟疑，某种意义上，已经失去了自我保护的能力，是不是要怪你把我惯成这样？

　　好像也和你谈过未来，异常坚定、眼神明亮地说，等我长大，我会保护你，照顾你，带你周游世界，吃遍美食，我要做你的英雄。你说，好啊，然后笑出了声。那个夜晚，我们在海边旅行，大风吹乱我们的头发，星辰斑斓，在不远的地方，有一座灯塔，是世界频闪的眼睛，可惜只有一只，另一只眼睛在哪里？你这里，或者我这里。

也想过在这夜中，如果我们中有一个人迷路了，最后一定可以找到彼此。

我相信这世间每一条道路都会把我带回你的身边，你始终是我的终点。

我们住过这世上的许多房间，有的大、有的小，有的高档、有的廉价。而这些无关紧要，重要的是，你在场。

十月，我们住在灵隐寺附近的茶园边上，天空很蓝，气温是 23 摄氏度。打开窗就会看见衣着朴素的采茶工，熟练地摘拾着梗上生长到一定周期的茶叶，神情专注。抵达季节的边缘，在一处陋室旁，我也想为你采摘雨后的新茶，泡上，端给你。

我们那时没有什么钱，但有爱，能抵世间千金。

身边的朋友经常替我们感到可惜，其实他们都太沉溺于别人的忧伤以获得凡庸生活中的快感，在自己杜撰的真相里自得其乐。我们在一起多久了，分开后是否还会想念对方？这些都是没有必要深究的问题，因为答案已无意义。

关于你的离开，我明白其中原因。很多人在一起并不为了要过一生，只是为了陪伴对方成长，到某一程，然后像完成使命一样，在某个时刻悄悄走开。时间、距离、性格、物质、身份的匹配度、情深缘浅，都是其次原因。

跨出学校大门，进入社会后，我们感情的列车到站了。每个人都需下车，做自己的事，为自己活，然后再于某天登上人生另一程的列车，遇见千万人，但身旁已是真真切切没有了你。

我们平和离开彼此的旅途，在七月将至前，放干内心深处的湖泊。为了让对方好过点，我们必须忍住悲伤，假装岁月风平，雨水未来。

你说我身上的孩子气太重，以后会吃亏的。确实，曾经在你面前做的种种事，说的种种话，都充满了我的天真、童稚和乖张。你欣赏我，谅解我，包容我，说这其实也是你喜欢我的原因之一。但喜欢是个容易过期的词，终于在许久过后，你洗掉了橙汁沾染的领口，擦干指甲上的颜料，干干净净走了。但毋庸置疑，你仍是个好人。

我的成长来得太慢，成为英雄是我的漫漫征程，你等不到就离开。说不恨你，有些违心。但很奇怪，我恨的并不是关于你离开这个动作，而是你走后我人生中留得太长的空白旅途。

一个人在房间里度过每分每秒，像度过了一生似的。

不要怪我无聊，我又找出你从前写给我的信件，还有信里夹带的干花、薄荷和贴纸，这些事物老实交代了你柔弱、童真的过去。于是我在想，你是什么时候变得如此刚强，如此周全，还是说仅仅是装出的成熟？

随之牺牲的，是你的笑容，你的理想主义、耐心和眼泪。真的，和你待久了，发现你已经都不会哭了，哪怕有时我故意气你，你都将难过、抱怨收起，不给我看了，呈现在我眼中的是你日渐平淡、没有线条起伏的脸。这就是成熟吗？如果是，那我真不想要。

时间过去这么久了，我仍是个男孩，在倔强的表象下，心地还是一片柔软潮湿的泽地。

曾跟自己说，你离开后，我面对生活，要更加勇敢些，像个男人，但每次翻起房间里的这些旧物，仍然会不争气地使着矫情劲儿想你。你说，有人会理解这样的感情吗？好吧，容我这样自言自语，反正还有时间可以浪费。

才看见你最后一次给我写的信，信里最后两行写的是："我始终爱你，即使有天分开，也不要怀疑我永远爱你。"以前我怎么都没看到？

那会儿自己在忙着找工作和应对毕业论文的事儿，竟然连看你信件的时间都没有，以为每一封都是跟过去一样的开头、结尾，唯一不同的是中间你所经历的日常琐事。看来我真不是个聪明的人，你离开，很对。

想说一点，以后给别人写信，不要轻易就签上"永远"这两个字。它会像绳索一样一直捆绑着收信人，比如此刻的我，还在想象着有一天你还会回来，还会来到我的身边。

我也因此无法释然，无法放手，像个陀螺在你走后原地打转，不曾停过。是不是很厉害？如果你知道了，真想你能对我的傻笑上半天。

有天晚上，我给学生放电影《大话西游之大圣娶亲》，全程我都没有像平常那样站在讲台上，而是站在教室后排，并且背对着屏幕。

之所以这样，是怕想到你。黑暗中，过去朝朝暮暮如电光火石扑来，而我无处可躲。

以前跟你在学校电影院看过这部片子，出来时，你模仿紫霞的口吻，笑着对我说："我的意中人是个盖世英雄，有天他会驾着七色祥云来娶我。"那天晚风轻轻吹来，我突然有了自己想要的未来——成为一个"盖世英雄"。

此后我认真努力做事，寻找机会改变现状，但兜兜转转仍然无法逃离平凡日常。

毕业后，从事的工作极其普通，整日安分守己，备课、上课、处理部门事务，像个物件被推向流水线，并反复进行同样的工序，没法呼风唤雨，无法改变世界。我成了庸庸碌碌社会中的一个平凡人。

"那你就好好等着我成为英雄那天。"那天夜里我回你的这句话，现在想起，真像颗投进深海的石子。

我还能捡起吗？

青春的鹅绒幕降下，才知道人生是——妥协、——放弃的过程。

我们丧尽力气，停驻在漫长马拉松的中途，双手撑着膝盖，气喘吁吁，像条狗。世俗、现实就在这时乘虚而入，占领我们的心灵，逼着理想退位，狼狈逃亡。我们屈服了，我们投降了。

也确定了一件事情：你等的英雄不是我。

想到某一天我们终老也难能再见一面，我就瞬间像患了伤风般难受，世上再无新鲜事可以触动我。我住在被时间凝固的琥珀内，你不来，我就出不去。

感谢我们路过彼此的世界，观看了各自的演出，很精彩的一出剧目，主题丰富：遗憾与悔恨，怀疑跟体谅，不舍和再见，贯穿始终的，却是爱。

说实话，我曾想过有天所有的障碍都已克服，我们走到人生尽头，并肩搀扶，自然白头，不用靠一场雪落。可惜了，现在只能把这些想象放在这里。后来人如果看到了，真想让年轻的他们代替我们笑，代替我们走，代替我做完一场英雄的梦。

你是美人，是江湖，是滚滚红尘，也是我想舍下刀剑、披起蓑衣的四季山林。

想在我们曾活过的地方再想一遍你，看傍晚雨停，夕阳又斜。

在被洗过的黄昏里，水滴从柠檬树上淌下，落到你的鼻尖，滑向时间的深处。

你的喜欢，我会记得

第一次写情书，是记忆中已被荒草覆盖的高中时代，十八岁。

情书里的内容，我也记不清了，唯一能够记住的，是用楷体字在信封上认认真真写下的收件人的名字。

青春少年时，很容易就会暗恋上一个人。可能是在某一天黄昏起风的时刻，对方正好从我家门口经过，夕阳的余晖打在她扬起的头发上，有了一抹乌金的色彩，特别好看。她的背影纤瘦，到了路的转角就消失了，远远望去，仿佛融到暮色里。我也因此记下了她路过我家的时间、穿过的衣服样式以及背上的书包颜色。

我曾数次站在虚掩的门里，透过门缝看她远去。偶尔被姐姐发现了，她凑到我耳边说："不是对人类不感兴趣吗？怎么老盯着这小姑娘看啊？"我吓了一跳，脸上羞涩，吞吞吐吐地说："我……我是看见有蜻蜓飞过，停在门前栽的马蹄莲上。"姐姐这下没说什么，只意味深长看了我一眼，笑着走开。那个女孩是像马蹄莲一样，温和素淡。除了校服外，她平常也只穿单色的衣服，上面没有幼稚的卡通图案或者傻傻的英文字母，也没有妖娆的花边。她家教或许很严，从来不会买路边的小吃，也不会在卖零食的便利店前停下半步。她总是一个人走路，我看着她，像看见了这世上另一颗孤独行走的星球。她一直向前走，马尾轻轻地一甩一甩，也从来没有回过头，发现我的存在。

这样的一个女生，仿佛周身充满着森林深处干净的气息，与那些喜欢在教室里化妆、大声说话、嗑瓜子的女生都不一样。后来文理分班，我们竟然在一个班上。于是我上课走神，常常会走到她那里。她爱用蓝色墨水写字，写在笔记本上的字体像风吹下的叶子被她捡起，整齐地排列在一行一行的黑色横线上。她每周做语文摘抄，摘录的句子、段落，都是很有哲理的那种。我利用担任语文课代表之便，逐字逐句都读过。

印象最深的，是她写过《西西弗神话》中的一段话："活着，带着世界赋予我们的裂痕去生活，去用残损的手掌抚平彼此的创痕，固执地迎向幸福。因为没有一种命运是对人的惩罚，而只要竭尽全力就应该是幸福的，拥抱当下的光明，不寄希望于空渺的乌托邦，振奋昂扬，因为生存本身就是对荒诞最有力的反抗。"

那时还是十几岁的年纪，会读法国作家阿尔贝·加缪小说的女孩就像来自外太空。而我或许是好奇心作祟，或许是荷尔蒙骚动的缘故，迫切希望自己能去她的世界看一看。

那年毕业前，我开始写情书。

夏天的周末下午，午后三点的阳光透过百叶窗折射进来，白墙上留下规整的灰色线条，就如同一张信纸，被时间书写着点点滴滴。我在姐姐的抽屉里找到了很多颜色素淡的信纸，一张张小心翼翼撕开。

夏夜，入窗的月光明亮皎洁，城市无风，略闷。我在台灯下一边擦汗，一边翻看着一些民国时期文人写给自己恋人的书信集，花了近半月的时间翻来覆去找了很多句子，再从中挑出自己喜欢的，在草稿纸上改了改，再一笔一画誊抄到信纸上，用蓝色的钢笔水。因为想得到完美的效果，所以信纸上不允许有任何差池，哪怕是一个标点写错了，都要强迫自己重新写起。其间，写坏了多少张纸，汲了多少次墨水，已不愿清算。这样认真的劲头是以往看书复习考试都不能及的。

　　夜夜的辛勤付出，终于得到了最后一封长达五页的情书。心想这足以感天动地。

　　写完最后一页的落款"有一朵云喜欢你很久很久"，我轻轻往未干的字上吹气，心里很开心，像吃了很多很多糖。

　　也曾想过像偶像剧里那样老套地把信件放到她的课桌里，或夹进她书中，也或者选择傍晚放学回家一道斜晖照在彼此身上这样明亮而隆重的时刻，把信给她，让多少个夏夜里纯情的念想得到她掌心的抚慰，也让自己看到她羞赧之后的微笑点头。但内心有只畏惧的兽，牢牢揪住我，让我放弃这些想法。最后情书送出的方式是，我只贴上一张 80 分的邮票，将它投向了那个呆板而沉默的绿色邮筒。

　　两天后，班长从班级信箱里取出"情书"，交到了她手里。看见她拿起信的瞬间，我的心提到了嗓子眼，并努力把冻住的头往一侧摆，不想让任何人发觉我的异样。但我在余光里看到她并没有拆信，只是愣了一会儿便把信放到了书包里，脸上表情非常平淡，好像她曾收过千万封相同的"情书"，不拆也知道里面的内容。我通红的脸，瞬间也冷了下来。

　　一周以后，我没有收到她任何的回复，写在信里的联络方式像一处自作多情的伤口，被展示着。我心疼，难过，想到自己半个月熬夜得来的成果，难道就这样石沉大海，付之一炬？又转念一想，她是不是回去后忘记看那封信了。不甘心的我决定亲自问问她。

那天她和几个同学负责值日清扫，我站在走廊上等她，内心紧张、慌乱，感觉自己成了一架钢琴，有千万只透明的手正将我激烈弹奏。和她一起做卫生的同学先走了，教室里只剩她一个，在摆弄着讲台上的粉笔和黑板擦。我等不及了，走进教室。

她抬起头，用手指勾了一下飘到眉间的发丝，看着我，眼睛里像是有泉流涌出。

"这么晚了，你怎么还不回去？"她微笑着，问我。

我瞬间说不出话了，只对她尴尬地傻笑了一下，在心里排演了几十遍跟她说话的场景、设想过的回应、理想中的"后来"，此刻都输得面目全非。

我多想跟她说起我写下的信、对她的情感，但直至她走后，在日光灯下空留一道很浅很浅的背影，我都没有勇气说出自己年少的心事。我看了一眼黑板上高考倒计时，从最初的三位数已经瘦成两位数，再过段时间就只剩一位数了，我能跟她说话的机会已少之又少。那一刻我咬了咬牙，冲出去，我想追上她。

闷夏，我满头大汗跑着，喘着粗气，终于来到她面前。

她有些诧异，看着我，很快从我的表情中读取到了她料想到的信息，表情恢复平日的淡然。

"信……信……那封用蓝色信封装的信，你看了吗？"我用力从口中挤出这些字。

她摇了摇头。

"你……你是……忘记看了吗？"我很想她能给出一个肯定的回答。

结果，她仍然摇了摇头。

我立即转过身，朝她的反方向跑。夏天真热，不知道是汗还是泪洒了一地，我眼前模糊一片。

业已逝去的时光，像夏蝉褪下的旧壳，落得满地都是，轻轻一踩便碎裂，发出酥脆的声响，也像我的心。原来努力想去喜欢一个人得到的结果仅仅是这样。所有的期待，所有的幻想，都化为此刻卑微的灰烬，落到何处都无人察觉，只有自己真真切切心痛不已。

我擦了擦湿润的眼角，撑着表情，忍住心中少年时代特有的崩溃，跟自己说，以后不准再做这样的蠢事了，绝对不会有第二次了。

高考前一周，高三学生陆陆续续把书搬回了家，曾经堆满书的课桌上顿时空空荡荡，如同告别的前奏。我在整理抽屉的时候，一封信掉落在地，我拾起一看，正是自己写给她的那封。完完整整，不曾被谁打开。

她是什么时候悄悄还给我的？我在脑海中检索不出一个答案。自从那次狼狈地转身之后，我再也没有和她说过话，平日里也躲开她。她是我一段不愿再触碰的记忆。

就在我把信放到书包里的那刻，我看到了信封背面一行清秀的字迹，是她写下的。

一瞬间，我的内心变得复杂起来，在教室里沉默站立许久。直到最后一个要走的同学过来，拍了拍我的肩膀，说"祝你考试顺利"，我才缓过神来。

那个夏天在我的青春里打上了一块烙印，有我最天真的浪漫，有我最隐秘的忐忑，有我铭记不忘的忧伤。有些人，你念念不忘，她亦有回响，而有些人却自此杳无音信、下落不明。她和这封信就这样永远定格在了我十几岁的世界里，没有回声。

我一直记得在信的背后，她写下的一行字是"谢谢你一直关注我，只是我真的不适合拆你的信。你的喜欢，我会记得"。

你用校服的裙摆跟我说了声再见

高中时，我常常一个人走夜路。

入夏时节，雨刚下过，我骑着单车一路飞驰，像骑在两个世界交汇的边缘。风一阵接一阵，像透明流苏般吹着人心，越来越舒服。

因为学校毗邻商业区，校外租房很贵，我就租到一栋较远的老居民楼里。房间异常简陋，一桌一椅一床一柜，一个人住真的刚刚好。记得看房那天，房东说这里向阳，但入住后我发现自己栽的绿植总是病恹恹的样子，生活欠了我，也欠了它。

然而，就是这样一处被阳光遗忘、终年阴冷潮湿的角落，我竟然也好端端住了两年。

通往公寓的路特别暗，路灯隔几天就跟闹鬼一样坏了。

我常常推着车摸黑回来，路上偶尔会有淘气的猫咪突然从角落里跳出，在我跟前闪过，把我吓得不行。

走到公寓下面，打开手机照亮钥匙孔，咔！门开了，这动静就好像暗中有人动了一下牙齿，然后对我说："欢迎你把自己送给我吃，那我就不客气了哦。"那扇被打开的门总有一种要吃人的架势。过道里有风刮来，飕飕地响。

我回到出租房，撑着眼帘复习到深夜。入睡前，定好早上六点的闹钟，却总怀疑自己没有定，半夜起来又看了一遍手机，像得了强迫症一样。

说实话，一直以来我都喜欢慢节奏的生活。

但到了高三，因为周围的人一夜间都跟被人下了蛊一样紧张起来，每个人都在拼老命往前跑，曾以为懒癌晚期没得治的我，竟然也不知不觉被带动了，成了跟他们一样奔波在三点一线上神经兮兮的人。

那阵子，班主任在晚自习结束后安排我们跑步，她自己先哈着嘴巴、撑着老腰回去睡觉了，然后派个性格直得不行、脑袋少了根筋的班长带我们跑。

班长估计是补脑液喝多了，亢奋得不行，在前头大声叫喊。那声音在夜色里鼓胀着，叫人真想找根针扎破这样的生活。

我感觉自己像一台机器，整天除了趴在床上睡觉，坐在教室听课，就是在不停地跑，像打了鸡血一样，最后一身疲惫地回家，第二天继续向着那个人人都说很近很明媚，可明明很漫长很漆黑的未来匍匐而去，茫然不堪，像被推进井中出不来了。

高考结束以后，每年六月快来时，我每晚都会做相同的梦。

梦见自己坐在一台转得快没力气、像要冒烟的电风扇下面，不停地做着一张空白的试卷，上面写了什么字记不清了，只知道自己不管怎样加快速度答题，都来不及做完它。

铃声响了，一个胖乎乎的长发女老师在前面拍着板子大声叫住我："时间到了，别做了！别做了！"

我努力写着，卷子还是空白的，写下一个字，消失一个字。我慌张极了，想大声喊叫，喉咙却始终动不了。

胖老师面目狰狞，冲过来，抢走我的考卷。

在她伸出圆白萝卜一样的手臂、夺过卷子的那一刻，我记得我哭了，而且还大声地在梦里喊着："还给我，还给我，我要念大学，我要念大学！"

最后是舍友推醒了我，问："你做噩梦了？"

我愣愣地点点头。

高考确实就是年少的一场噩梦，过去了多少个夜晚，它仍不时闯入梦乡，招魂似的让我回到曾经的日子，一遍遍温习。

真的，我怕。怕考试，怕结果，怕亲人失望，怕同学离开，怕很多事情都来不及完成就被人宣告结束，怕被这个世界否定、抛弃。

那些年，在黑暗的河流上，我无法安然垂钓睡眠中的鱼群。

常常一个人复习到凌晨，见过了城市最喧闹的时刻，也亲睹了它最为萧索寂静的模样。

有时会觉得自己一个人生活其实并不辛苦，辛苦的是怕自己等不到好的未来。

复习结束，关上台灯的一刻，窗外已有隐现的云霞，在天边织出一抹很淡的玫瑰红。

我站在夜与黎明的关卡，心想应该没有人会比我更清楚它们的色彩，这些生命蜕变的颜色。

曾经一度觉得永远也不会过去的时光，竟然就这么轻巧地流失于指尖。

春夏秋冬，有聚有散。

总有一群少年会站在时间深处，发出夏天的光亮，用被风吹起的校服，跟你说一声最坚定的再见。

想给你写封长长的信

秋天的时候，参加完哥哥的婚礼，我又回到了岛上。

飞机抵达的一刻，自己像从热闹的世界中抽身而出，又需要鼓足勇气面对孤独了。

这些年南北求学，一个人过着日子，布衣蔬食，清数梅雨，也呆望梅枝上的雪，生活布满灰色的安静。它们逐渐被时间砌成一堵墙，又一堵墙，围在我的前后左右。面对它们，我不想说话，即便说，也说不出什么，更甭提笑了。如果不是遇到你，我似乎都要忘记这个表情了。

你像是从我年少梦中走出的人，那么干净、清秀，面颊上总挂着似乎永远不会消失的笑容。我依然记得那天，在重庆夏天到来后的一场雨中，我从一楼电梯门出来，看到你站在门边，穿着格子衬衫、黑色短裤，脚上是一双白鞋，用手整理着湿漉漉的头发，每一滴从发梢滑落的雨水都发出亮光。身形偏瘦的你，脊背的线条在淋湿的衬衣下清晰浮现。我好奇地问你，雨落得这么大，为什么不带伞？你只答一句，习惯了。两个人彼此笑起来。

后来的我，在雨天，也不打伞了。跟你在满城风雨中跑着，我们尝遍了那个夏天山城所有的雨吧。知道市里的雨偏酸，山间的雨带甜，清晨的雨有些冷，午后的雨充满滚烫沥青被浇透的味道，异常焦灼。你总爱穿蓝黑相间的短袖，自己逗趣说，每次穿它出门，天都要下雨的。那你就一直穿着它吧，我们会像一辈子都住在雨中的人。雨水再大，冲刷下来，该淋湿的就湿透吧，想着身旁有你，都不怕了。

回岛上的学校几天了，这里好像终年都住在夏天里，每日的气温都在 23℃~27℃。以至于我从山城的夏天离开后来这里，日子仿佛从未发生变化似的。这样的感觉很奇妙，像你一直在身边，从未离开一样。

每天傍晚，我会去学校沙滩上看夕阳。赶在日落前来到西子湾，穿过拥挤的人潮，爬过堤坝，我跑到了路尽头的灯塔下。再往前一步，你知道是哪里吗？就是台湾海峡了。从那里看去，大海格外空旷，又如同墨色的丝绸那般柔软，在风的手中晃动着。我像一只船，又像海鸥，在这水天当中要朝海峡西岸奔去。有你的大陆是我分外思念的世界。

夕阳穿过云霞，洒在粼粼的海上，红黄蓝交织在一起，仿佛青春最绚烂的梦境。无论沿着哪个方向望去，下一秒，似乎都能浮现你的身影。我的嘴角一瞬间上扬了起来。

海风刮来，带着咸湿的气息，这些味道里藏着鱼和贝类的一生，我不知道有多少海洋的灵魂就这样穿过我们的身体。日头终于落下，坠入海中。风起得更大了，岸上年轻人的花衬衫都在飘舞。气温下降，有些冷了，想到在这样的时刻，如果你在身旁，我们也会矫情地拥抱，像冬天的动物一样取暖。

重庆很少有好天气，印象中总是太多阴沉的雨雾天，一入冬，要比南方的许多省份都要冷。在寒冷的夜中，你知道的，我喜欢看书，这个习惯从上小学后一直保持到现在，像喜欢你一样，戒不掉。

这段时间，自己又翻起张爱玲的《倾城之恋》，这也是你极其钟爱的小说。在故事的后半段，身穿绿雨衣的白流苏撑伞来到香港。范柳原来接她，说："最难风雨故人来。"顺道又说起白流苏的雨衣，像一只瓶，又注了一句："药瓶。"女人以为是男人的嘲讽，不知范柳原又附在她耳边说了一句："你是医我的药。"

没遇到你之前，我读这样的段落常常发怵，后来才发觉在爱面前，这些看似矫情的言辞都算是说得轻了。爱之深沉，爱之无边，是真的无法用言语捕获的。

R，你也是医我的药。来岛上读书的这三个月，我真觉得这句话并非一个男人哄女人时的甜言蜜语，它是我跟你分别后的心声。好几个夜晚，我绕着中山大学的操场跑了七八圈后，停下来，俯身，双手撑着膝盖，气喘吁吁，晕眩当中真希望看到你从夜色当中走来，带着星光步履轻缓而笃定地走向我。我会擦干所有的汗水，调整呼吸，迎向你。

因为哥哥结婚的缘故，我请假回了大陆。瞒着家人，第一站就飞往你在的重庆。这时的山城已至深秋，马路两旁的行道树在飒飒冷风中摇摆，落下金黄色的叶子，铺得满地都是。夜里，你陪我走到入住的酒店。

那时的深夜似乎成了白夜，我被一缕光芒照亮。你陪我走了很长很长的路，细心捡起我嘴边漏下的话语，并藏进自己心里，全然不知我是在没心没肺随口胡诌。你安静地听，没有丝毫的倦意，眼眶里落满当夜的星光。

想到这些片段，说心里不矫情，那都是假的，我天生感性，哭是常事，你已见怪不怪。时光层层叠叠将我围住，记忆中的路线，你的笑容，风里衬衣扬起的边角，都是这冷夜中从天空飘落的棉絮，洁白素净，盖在我身上。此刻的我早已睡在了阳光里，你说我会感到冷吗？别担心了。

一路上想着曾跟你沿江行偷偷幻想和你一起的将来："许多年以后，我们都老了，在一个安静的小镇生活。白天我打理民宿，看书写字，你出门买菜，回来烹煮，夜里约着两三个好友临水喝茶，晚风习习，吹拂我们的衣襟，如玉的月色铺满江面，也铺满我们的故事。春风沉醉，蝉声如雨，四季在我们的生命中平缓流逝。"

是啊，我只想跟你过这一生。哪怕光阴都虚度了，只要跟着你，我就是个拥有茫茫宇宙的人，生命就有永恒的光亮，一切都有意义。

后来，山城又落了些雨。回旅馆时脱下被秋雨打湿的卫衣，竟有银杏叶子两片三片飘到地板上，不免想到《红楼梦》中一日宝玉从外头讨回一枝红梅，之后在芦雪庵联句，黛玉执笔，对宝哥哥说："你念我写。"宝玉诗情泉涌，末了吟的一句为："槎枒谁惜诗肩瘦，衣上犹沾佛院苔。"而我的青春，沾到的都是你。

也想给你写信了，从清晨到日暮，要说的话太多太多了，一张，两张，三张，再多的信纸仿佛也写不完。

到超市买零食的时候，想给你寄一盒巧克力，不知道你现在是不是依然不太爱吃甜食。坐地铁的时候，跑上来一群高中生，就想问问你最近复习得怎样，累吗？吃得好吗？有时碰到周围的人问我是否有对象，我好想大声喊出你的名字，允许吗？可以吗？也不知道你此刻是否还身陷父母的情感危机之中，无论如何，可不要因为大人的事情而跟这个世界过不去哦。从数以万计的问题中提取出与你有关的片段，我要一点一点拼凑出你，虽然我手脚很笨，要花很多工夫，甚至被你嫌弃，但我愿意。

学校就在海边，起风的时候，海涛阵阵，如我不曾停息的告白。我就想给你写这样一封长长的信，觉得写完了，往风里一寄，就会送到你的身旁。虽然这一路要跨过千山万水，但大地就都知道了我的心意。

我们都是孤独的少年，坐在往事的院落看花。隔着时光厚实却又斑驳的城墙，你瘦薄的身影一直被我的记忆保护着。无论时间过去多久，我想你都应该是老样子，像被保存在密闭效果很好的旧匣子里，一打开，见你莞尔一笑，我便重回过去。少年的我们始终灿烂，如星辰烁烁，如繁花盛开。

信的最后，想用近日读到的南朝诗人江淹的两行诗作别。

"明月白露，光阴往来。与子之别，思心徘徊。"

R，我真想你了，在微雨的夏夜，在霜雪厚厚的冬日，在余生的每个时刻。

做你的歌颂者

这些日子，梦境是被清晨窗外的环卫工人扫光的。扫帚摩擦着地面，拖出一阵干裂略显刺耳的声响，我的梦像落叶一样被驱赶进簸箕里。

我才知道这个世界一直都处在变化当中，曾经以为会永远处在夏天的岛屿，终于也在十二月中旬迎来了低温的天气，时间不曾做出任何挽留，该落下的都在纷纷落着。

R，我想起有一年天冷的时候，你拉着我去海边的游乐园。大风凛冽，游乐园里依旧人满为患。娱乐项目有很多，你却只想坐摩天轮，我们一边排着长长的队，一边看远处一群玩滑板的少年，像风一样穿过人潮，面颊上有不羁的神情和仿佛永远都有的光芒，那么耀眼。

摩天轮舱内地板是透明的，能看清楚底下的世界，那片太过熟悉的陆地距离我们越来越远。你兴奋极了，在来到顶点的一刻，你喊起来，是因为触摸到天空了吗，还是因为恐惧，你以这样的激动做掩饰？我喜欢去拥抱这时的你，你便安静下来，盯着我的眼睛看，脸上笑着，看到了什么？想告诉你，我望见的是你瞳中的银河，那么清澈而本真的存在。

那一刻，世界无比寂静，远处有海浪声传来，还夹杂着鸥鸟的啼鸣，声声在耳。

耳边还时常响起那年雨天 KTV 里的歌曲。事先跟你约定好，你却迟迟没出现。我从欧美流行歌唱到了周杰伦的中国风，之后是梁静茹的失恋歌单，最后连你从前最爱的少年组合的歌都唱了一遍又一遍，才发现一个人在 KTV 唱歌可以这样漫长，时间在这里好像不值一提。后来，嗓子冒烟了，唱不下去了，我就躺在沙发上睡着了。

你推门进来时，我熟睡的丑态估计被你一览无余。你走到我跟前，蹲下来，轻轻抱住我，在我的耳边留下一个吻。那个吻就像一封道歉信寄往我心底，收到的那一刻，我醒来了，起身，当作没事人一样，说："来了啊，唱歌，唱歌！"你略显错愕，随后也对我笑起来。你知道，这就是我，在这个世界上独一无二的我，也用无与伦比的方式爱着你。

来岛上有些日子了，总想着此刻的山城是否已经步入深冬，你衣服有没有穿厚一些，开水有没有时常喝，晚上的被窝暖不暖和，还在为物理和数学成绩发愁吗？坐上台北美丽华摩天轮的时候，脑子里竟然冒出的都是这些问题，而窗外的好风景，因你不在，似乎也没多少心情看。

你一定不知道在我们离别之后，你就像活在平行时空里，我在远方也能感受到你的存在。穿着白鞋在校园里奔跑的你，闻到火锅味道兴奋不已的你，戴着耳机认真做英语听力的你，跟弟弟在江边公园打闹的你，因父母情感问题而蜷缩在角落里的你……我似乎时时刻刻都能看到你，很奇妙吧，可惜每当我想伸手触碰你的面庞时，你就化成了星星点点，在我的面前飘散，消失掉了。

回去的时候，已经是深夜，台北街头仍然霓虹闪烁，有很多骑机车的人掠过我身旁，带着生活给予的艰辛与疲惫归家。地铁站前面的广场上，只有零星的几个少年在玩滑板，一旁的长椅上坐着深夜打电话的女人，我望向她的时候，她正好掩面而泣，对着电话哭诉着。在这个复杂多变的世界，有太多人事我们无力安慰。我刷卡，走进地铁，或许是末班车，乘客很多，我站着一路上反复在听 Kris Allen 的 *Better With You*、Gnash 和 Olivia O'Brien 一起唱的 *I Hate U I Love U*，都是以前你在网上传给我的歌曲。有时自己只戴着一个耳机，想象另一个在你那里，你正靠着我，与我同行。脑海中突然想到一句话，不禁笑起来，不是老歌变动听了，而是我们有了故事。

在高雄，午后我沿着西子湾慢慢走，冬天的海滨浴场没几个人影，几个全身湿透的青年正拖着帆船上岸。身后的寿山葱郁苍翠，眼前的海峡蔚蓝辽阔，沙鸥自由穿梭在这山海间，留下一声接一声的长鸣，自然以它最真实的面容展现在我面前。而时间在这一刻，似乎停止了，变作一种看得见的东西，是礁石，是贝类，是灯塔，是细沙，都像是具象的时间，清晰摆放在我跟前。

想给你发段语音，录下涛声，录下鸥鸣，也录下一个人想念你的心跳声。我掏出手机，对着这世界，站了很久很久。你如果听见了，可以闭上双眼，这些声音会拼凑出岛屿的模样，你会看见一个在沙滩上写字的男孩。他想托冲刷上岸的海浪给恋人寄一封情书，哗——，浪冲过来了，哗——，信被收走了。沙滩恢复了它往日的样子，上面没留下一个字。男孩好想轻轻问他的恋人，你收到信了吗？

最近读了一些讲述民国文人趣事的书，提到沈从文也很会给自己喜欢的女孩子写情书。他当时追自己的学生张兆和，每天都给对方写信。张兆和不胜其扰，去找当时的校长胡适投诉。胡适早有耳闻，说道："我知道沈从文顽固地爱你！"张兆和立马回答："我顽固地不爱他！"但最后呢，两个人终成一世夫妻。

我也在想，如果你不嫌我打扰，我也每日给你写信，有时可能是首诗，有时许是篇短文，让你足够明白我的心意。也想过我们有天牵手走过人海山川的场景，不再畏惧这个世界的目光，大声地唱歌，开心地笑，如海子的诗句所写那样："你来人间一趟，你要看看太阳，和你的心上人，一起走在街上。"

一定可以实现的，我始终相信，你也要相信，知道吗？

你经常问我为什么喜欢旅行，我说我很享受那种在路上的感觉，自己像是云，又像是风，身无所系。末尾问你是否愿意跟我一起上路，你傻笑一下，点点头。

在没遇到你之前，我总是一个人旅行，像孤独的浪子。出发，在路上，一个人品尝被全世界抛弃的孤寂，也彻彻底底被一种清醒包裹。植物的清香、明亮的长窗、滴雨的屋檐、灯火阑珊但不孤楚的街道、寡言但爱笑的路人，陌生的地域织起生命某一程的长卷，安顿那些疼痛、虚无、捕风捉影的往日。所有不愿回想的遭际都变得微不足道，顷刻间化作尘埃，落下便不再起身。

现在呢，喜欢你就像旅行一样，在你那里，我可以忘却忧愁，抛下烦恼，不断确认脚下的路途，也清楚自己生来的意义，为了找寻理想，也为了找寻爱。我老爱看你对我微笑的那个瞬间，感觉这庸扰不堪的世界消失了，或者是你成为世界唯一的存在了，连我都是透明的。通向你的路，是我向往的远方，也是我的归途。

每周六的傍晚，是寄宿在学校的你归家的时候，我想象着你快速背上书包冲出校门、挤上公交车、跑回家、拿起手机看我发来信息的情景，我爱听你碎碎叨念这一周在学校生活的经历。到了周日下午，你便要返校，很多时候，我舍不得，傻傻的，又说不出一句话。你一边收拾着物品，一边跟我说："能再唱唱那首英文歌吗？"

500 Miles 是电影《醉乡民谣》里的歌曲，有一回我在KTV听朋友唱起，偷偷学会后，就唱给你听。你好像很喜欢，此后便时常让我唱，特别是在每次分别的时候。

If you miss the train I'm on,

You will know that I am gone,

You can hear the whistle blow a hundred miles,

A hundred miles, a hundred miles...

当口中哼出这段熟悉的旋律时，真开心你不在我面前，否则你又瞧见我流泪时难看的样子了。真想做你的歌颂者啊，不管多少个春夏、多少个晨昏都过去了，还能一直在你身旁唱着。

闭上眼，再睁开眼，你都在认真听着，我有时也会故意停下，望向你眼中的星河。

你轻轻笑起来的样子，可真好看。北风与雪都从这里走了，很远很远。

春风吹啊吹，花鸽子舞啊舞

早起时，看见窗沿上卧着一只蛾子，我轻轻触碰它，也没见着它蠕动。我知道它死了。

R，我突然想和你聊聊死亡，是不是很奇怪，在我们这么年轻的时候竟然聊一个这么沉重、严肃的话题。

我经常跟你说起我的故乡，一个福州沿海的小村庄，十六岁之前的记忆全像毛线一样缠绕在那里。村庄每天都发生着死亡事件，小到地上一只蚂蚁被踩死，大到一个人因为疾病、衰老或是意外而离开这个世界。

有一条流经村庄的河流，雨量少的时候便进入枯水期。沿河走着，会闻到一股刺鼻的气味，腥中带酸，像市场上一堆坏掉的鱼肉果蔬被堆放在河里。那时，幼年的我还没见过死亡，却先闻到了它的味道。

我该怎样描述这些过程而不让你感到害怕呢？

先说一个陌生人的身体吧。在夏季的村庄，人们纷纷跳入河中，想逃离被炙热笼罩的一切。我不喜欢在这个季节出门，并非怕晒，我喜欢这世间的每一缕阳光，纯澈，明亮。我是不愿死亡像一张张脸贴过来，覆盖我局部的生活。

每年夏季的某一天，如同昨日戏剧重演似的，我总会听到有人溺水的消息，多半是不识水域情况的外乡人。在龙潭边上，我见过一个被打捞上来的溺水者，非常年轻的身体，像根冻僵的冰棍，顷刻间成为众多目光关注的对象。他如冰一般慢慢融化，头发变得更黑，颧骨显得更高。你见过从冰箱冷冻层里拿出的食物吧，便是这样一种安静的死亡，这个男人结束了他与这世界所有复杂的关系。

再说说我离世的祖父吧，他的死也显得异常安静，像老去的鸽子睡在自己的窝中，我们无法再将他喊醒。我没看到他最后的样子，只知道那天快黄昏的时候，身旁的大人都从各地回来了，奔到楼上，不管是真心实意，还是虚情假意，反正都在哭。我没哭，或许是跟祖父并不熟，平时没住在一起。记忆中只记得他带我去过两次海边。他不怎么跟人说话，闷闷的，心里仿佛装了一片海。我被螃蟹夹住了手指，喊他，眼泪都下来了，他最后是否来帮我，我都记不清了。

此外，对他似乎并无多余的记忆。那天他彻底睡去了，我在楼下自顾自玩着，骑着儿童三轮车，转了几圈。附近的屋顶上停着一只家鸽，黑灰两色交织的羽毛，高昂的脖颈上点缀着几根翡羽，咕咕咕叫着，声音异常响亮。我跑过去，它飞起来，我追着它跑了很长时间，忘记了祖父去世这件事，天慢慢黑了。

后来死亡的模样在我眼前越来越清晰。亲眼瞧见村子里屠户杀猪的场景，凄厉的猪叫声唤来了微亮的天色，也看见一只鸭在母亲手里从挣扎到咽气的全过程……你有过这样的时刻吗？像个傻子，面对这个世界的鲜血淋漓，那么手足无措，又无可躲藏。

你说如果死神长得跟花鸽子一样，人们是不是也会开心地死掉。起码小孩子会这样想。以往人们对死神的印象都太刻板了，穿着黑色的衣服，披着黑色的斗篷，手中持着一把锋利闪光的镰刀，来到人身旁时，镰刀伸来，脖子一侧就莫名冷飕飕。老师怕大家上课睡着，就是这么吓我们的。你听到这些，一定会笑出声吧，毕竟你比同龄人都显成熟，幼稚的把戏总能被你一下识破。如果可以给死神写信，我要建议他换一套新的制服。他如果戴着面具，我真想揭下来的一刻，看见的是你的脸，这样，我愿意去死。

我知道死一直在靠近我们，如海德格尔先生说的那样，朝向死亡而存在。你会怎样表达这样的感受呢？像不像一个人一出生就从悬崖跳下？"这样看，人天生就是一出悲剧。"你一定会这样说。可我想说，遇见你以后，悲剧在我的世界里早已变成了喜剧，你呢，是不是也这样想？

以前对死无所谓，觉得都是命中注定之事。而现在呢，我真的不想死，支撑的动力全来自你，跟你在一起，对我很重要。死神也是需要为此让步的。

我知道，从小到大，你也经历过面对死亡的时刻。印象很深的一次，是你聊起当志工的哥哥带你去看他一个得了绝症的朋友的事情。你从来没有见过一个人那么空的眼神，"明明是活着的人，却好像看不到这个世界，而我似乎瞧见了从他眼睛里飘出的一种东西，他好绝望啊。"你一回来，就在电话里跟我说，我那时没有告诉你，其实你应该是看见死神了，那或许只是死亡到来前的一种感觉，却让人如此不寒而栗。

直到现在，我依旧喜欢看马路上的红绿灯明明灭灭，喜欢看人们匆匆而过的身影，喜欢看一杯开水冷掉后不再冒热气，喜欢看天上的云来来去去，喜欢看大雨过后地上的水洼逐渐变小、消失，世间万物都在它们应循的秩序里往来。你看一棵草长，一朵花开，一粒果熟，都在展示生命的诸多形态。死也是自然安排我们去完成的一环，之后呢？为灰烬，为空气，为风，为雨，我们也都成了这天地间动人的诗章。

记得史铁生先生曾说："一个人，出生了，这就不再是一个可以辩论的问题，而只是上帝交给他的一个事实；上帝在交给我们这件事的时候，已经顺便保证了它的结果，所以死是一件不必急于求成的事，死是一个必然会降临的节日。"

如果我们足够健康、没有意外地走向这个节日，我应该比你先到达，没办法，谁让我比你多走了十年的红尘路呢？每次跟你讨论这个问题的时候，你总不许我算这一道和年龄有关的数学题。"说不定我还走在你前头呢！"你有点生气地看了我一眼，然后假装不理我，空气里飘满的都是爱吧。

傻瓜，我绝对不允许你走在前面，只能是我在前方给你带路。命运若是足够善良，就安排我们一起抵达，但这样，真是亏待你了。

好好活着吧，无论以后你在什么地方，让我成为一阵和风，微微吹向你；让我变为一场小雪，悄悄下到你那里；天热时，就让我化作一场大雨，困住你。最后，再变成一道金边，要最闪耀的那种，镶在你抬头就能望到的每个地方。

R，我想用这一生照亮你啊，看着你往前走。沿途的春风吹啊吹，花鸽子都在快乐地跳舞。

我们一点点勇敢，一点点成长，脸上带着笑，身上带着光。

在桥上眺望满天星，在花间凝视一滴露，活在与你并肩的这一刻。

爱过你，是春天的幻觉

每到黄昏时分，这座城市总会起风，似乎有只巨鸟在人们看不到的地方用力扇动着翅膀。

呼呼——，耳畔是那样清晰的声响，但瞳孔中装着的世界仍同昨日一样普通，好像再过很久很久，自己所在的地方也不会发生什么变化。

挂在屋檐下的一对旧日铃铛，这段时间像多话的老人，在风中一个劲儿响着，要提醒我什么。或许我真是个善于遗忘的人，需要这些器物反复跟我说，你前两天做了什么，上个月在哪里，去年的自己又跟哪个人在一起。

"去年"，不知何时已变成一个想到就觉得遥远的词汇。或者说，是时间在我这里砌了一堵越来越厚的城墙，把我与昔日分隔得越来越远，觉得自己的生命近乎从昨日诞生，再远一些的时候于我而言都像是别人过的。

八月盛夏，与你在拉市海骑马、划船。清晨从云端降下的光束，午后突变而诡异的阴云，傍晚的大风，在夏日的记忆中抽丝筑茧，紧紧裹住我们相处的朝夕。风吹草动，翻云覆雨，群鸟纷飞嘶鸣，团圆离散，人生路途的预言都被自然书写殆尽。捆草归来的老人急于进屋，抖抖身上的雨滴。远处马帮正牵着游人与马匹从某一节茶马古道上走下，亦步亦趋。

我和你坐在一间彝族女人的茶室中，听她介绍高山上采来的毛尖、普洱。发黑的茶叶像是存放了多年，上面带着一些青色白色的霉斑，女人忙解释："是雪冻出的痕迹。"她眼睛清亮，但皮肤发皱，如亟待水分的草木。我与你都未到要吃茶度日的年纪，自然对茶叶本身无感，与她聊的都是旅游观光的事，是十足的过客。天很快黑了，雨声渐歇，孤独的人在远处的草海上撑着船归，喊着当地的歌谣，人烟稀少的群山湿地更显寂寞空旷。

坐在回城的面包车上，你提醒我这一趟旅行的花销与而后几日可能将面对的拮据生活，我感觉有风从窗户漏进来，像一张时间冷冰冰的面孔。我试图努力关上，你也帮我，却终究无果。司机说："关不紧的，已经坏了。"忽一阵风袭来，你发丝飞散，遮住我的视野。我无动于衷，镇静之下是几近溃败的巢穴。要真看不清未来，尚且年轻的我们是不是都会好受点？车在山间兜兜转转，盘山路漫长而无尽。夜更漆黑，狭窄的车厢似被一双大手拨弄的铁盒，车灯忽明忽暗。暗中与你面面相觑，觉得你是星辰，是宇宙。我始终握着你的手，好像你是陪我走向余生的人。

这时司机刹车。前方有一些山顶滚落的石块，体形较大，一车的人都下来将其推开。"下雨时常遇到，也有人命不好，被砸死。"司机说完，一车的人又扑回车里。后来在丽江古城，看地图上标识的路线，才觉察到拉市海实则不算远，只是那一夜格外长。

也想过，如果和你就这么死在异乡，好像也不算糟糕。那时的我，的的确确是这么想的。

在丽江安顿下来，住着一间很普通的青年旅舍，第一次跟那么多人挤在狭小的空间里。有背包客，有恋人，有驴友，我和你床位分散在房间两端，两个人都是言语疏淡的人，又恪守在自我隐蔽的规范里，我们之间是什么关系，有时彼此都说不清，何况他人，能做什么评议。租客之间极为客气，或者说是生疏、冷漠，微笑或是问候一句后，大都各行其是，很晚才入睡。

那一晚，我都在读外国诗歌，在汉娜·约翰森《东西的位置》末尾处停下："收音机里流出曼陀林的声音，房子下面是清晨车马的喧嚷，唉，打字机嘟嚷着，没有人再梦想飞翔。"默读完，看你，和这间旅舍里的其他人，分秒行进的时间似乎停止在此刻。一群没有未来语境的人，在笔记本上整理沿途拍摄的照片，戴着耳机听歌或者打游戏，在看书，在画画，在梳着长发，在睡觉……都在路上颠簸与平静的生活中感受自己的存在。昨天或者明天，似乎都已不再重要。

关灯。房间暗成黑夜，漆黑的浓度甚于窗外。寂静中，闻见远处巷中的犬吠，透着寒气，攀爬而来，有些骇人。之后坠入梦里，大片大片的空白，像雪覆盖着我。我是在雪山上吗？四下无人，我走几步感觉身体越来越轻，如同灵魂要飘起来。谁能拖住我，谁来拖住我。我的身体不断向上抽拔，我的脚尖要离开地面了。谁能来，谁快来。无人应答。我忍不住嘶喊着，这声音传遍梦里梦外。已近凌晨四点半，租客们在床上抖动着，直愣愣看我。我陷入一种难堪的处境，向四周赔不是。

在我的另一端，你关切地望着我。我回以微笑，表示无事。很多时候，你并不知道你的目光给予我的，是一根根扯不断的绳索，哪怕远隔千万里，我都会在这根绳索的另一端感知到你，清楚你在，我就对明天无憾。

第二夜，是在四方街，与你走散。一直以来，我都觉得你总会在我身旁，下一秒伸手，抓住的竟是别人对象的衣角，羞赧之余，迅即摸着口袋，才想起自己的手机还在你的包里，这下只能在茫茫人海中努力寻找你的身影。游人太多，隔断我们的视线，你往东，我向西，目光背道而驰。人们在琳琅满目的铺子前讨价还价，纵情自拍，酒吧里的伙计都跑出来招呼客人，我无暇去看，只愿尽早找到你。灯与人潮的长街，不知延伸到哪里。在半途，我返回，想着在哪里丢了你，自己就在哪里等你。

夜渐深，人海退去，很庆幸你来了。

我们没有解释太多，又走到一起，如同历经磨难，到最后也只是轻言几句，笑了起来，回去了。

那次重聚，觉得你应该就是我断不了的缘，此生的磨难或福祉也都会在彼此相融的影子里过去，但始料不及的事情太多。你在靠近春天的时候把屋前的雪扫光，换了新人住。融化的冰川没有只言片语，在阳光里消逝得干干净净。你悄悄斩断了自己这端的绳索。

因为去对岸交换学习的缘故，那段时间甚少与你联系。你也毫无暗示，旋即发展出新的情感。待我回来，你才跟我说清。好在你了解我的性格，不是那种太过忧郁感性的人，面对世界多是无动于衷，后知后觉。

我很干脆，同意你的撤出。你说我，真是天塌下来都不会哭的人。其实，我也想问你，我真的只是暂住过你心房的过客吗？十分确定，是。我翻过你所有空间里的日志，没有一篇提起我，哪怕只是用一个字母替代。我看过你朋友圈里的相册，没有一张有我的面孔，哪怕一个乱入的背影也全无。逝去的那些日子都抵不上一个在 KTV 陪你唱过几句歌的陌生人。

"同在一座城市，相处久了，便爱了。"

"那我……们就这样结束了……"

"嗯。"你在电话那头淡淡说着。

我们好像都在聊着事不关己的故事。

那我于你而言的意义，是什么？是一时寂寞的相伴，一场近乎幻觉的旅行，一个与你挥霍时间最后却隐去姓名与记忆的人……是吧，都是吧。

你曾予我信中写到的思慕是假，读我之书时感到的欣喜是假，在我生日时所赠的夜灯是假，每逢见面时咖啡杯中的爱心刮纹是假，我们一起收集的电影票根是假。你说的每一句，我记的每一句，假的，假的，是吧，都是吧。

我清楚，现在说这些，一枕槐安。所有已然逝去的在你那里，都是毫无意义的。但春风吹起屋檐下的铃铛，声音真真切切，亦是幻觉？是吧，是吧，一定是。我在如此真实地欺骗自己，时间久了，或许就相信了。

是在束河古镇，要了两串用五彩绳系着的铃铛。

铃铛有些旧，当时没细看就买下，把其中一串给你，后来你是忘了拿吗，还是不喜欢……它们如今挂在屋檐下，日晒雨淋，生了铁锈，丝毫无光，无风的时候便像一对沧桑的哑巴，与我对望。你不会难过，我知道。

在束河的那个傍晚，雨水刚过，我们疲惫而困倦，坐在木质的亭廊里，看渠中的流水缓缓而逝，时间似乎在推着万物无休止而寂静地前行。对面酒吧里有声线浑厚的歌手在弹唱当时随电影《后会无期》而火的一首歌，万晓利版本的《女儿情》。

你知道的，我一直很笨，记性并不好。但那天，歌手反复在唱这首歌，四周格外安静，你一个人躺在靠椅上小憩，也不跟我说话。我就记住了这些：

鸳鸯双栖蝶双飞

满园春色惹人醉

悄悄问圣僧

女儿美不美

女儿美不美

说什么王权富贵

怕什么戒律清规

只愿天长地久

与我意中人儿紧相随

爱恋伊

爱恋伊

愿今生常相随……

而如今，我爱过你这件事，好像是春天的幻觉。你或许没有出现过，我只是一个人在那年夏天去了云南。

但我的耳畔，为什么最近总在频繁地闪现一个声音："欸，好想问你呢，为什么就算天塌下来你都不会哭啊？"如此清晰，仿佛我把头转到任何一侧，就能立刻看到对方，与之四目交接。

"因为那时有你在。"没有对你说出口的话，很开心你现在也听不到。

本书收录文章获奖情况：

1.《远去的墨香》获第二十二届冰心儿童文学新作奖大奖

2.《树下的时光》获第二十五届冰心儿童文学新作奖佳作奖

3.《骨头里的钟声》获第五届扬子江年度青年散文诗人奖

4.《脸》获第七届全国大学生野草文学奖一等奖、福州市政府茉莉花文艺奖、入围《北京文学》2020年中国当代文学最新作品排行榜

5.《换季》获第十七届全国新概念作文大赛C组一等奖

7.《站在台风里的爸爸》《鼻尖上的普鲁斯特》获首届新蕾青春文学新星选拔赛全国总冠军

8.《翠色时光的惦念》获《人民文学》首届"90后"星生代文学创作大赛十佳人气作品奖

9.《衰老是列将到站的火车》获《人民文学》第四届全国高校征文散文奖

10.《亲爱的小猫》获第四届福建省启明儿童文学奖

    ……

本书收录文章入选教材、试卷情况：

1. 《我们的青春长着风的模样》入选 2014 年江苏省高中必修一《新语文读本》教材

2. 《曾是白马少年时》入选 2017 年贾平凹主编同名文集《曾是白马少年时》

3. 《来自星星的你》入选 2014 年人教版高一语文《寒假作业》现代文阅读试题

4. 《远去的墨香》入选 2014 年、2015 年吉林省中考语文模拟试卷现代文阅读试题

5. 《远去的墨香》入选 2017—2018 学年香港高中语文模拟试卷现代文阅读试题

6. 《萤火少年》入选 2018 年宁夏省中考语文模拟试卷现代文阅读试题

7. 《住在父亲的心上》入选 2019 年、2021 年云南省中考语文专题复习记叙文阅读试题

8. 《住在父亲的心上》入选 2019 年西南大学附属中学七年级下学期语文期末考现代文阅读试题

9. 《别让他们只跟神说话》入选 2019 年重庆一中高三上半学期语文考试现代文阅读试题

10.《住在父亲的心上》入选 2019—2020 学年人教部编版八年级语文上册第二单元质量检测现代文阅读试题

11.《年少的水花永远荡漾》入选 2020 年河南省普通高中招生考试语文模拟试卷现代文阅读试题

12.《年少的水花永远荡漾》入选 2020 年湖南省长沙市麓山国际实验学校初三月考语文现代文阅读试题

13.《住在父亲的心上》入选 2020 年安徽省初中学业水平模拟考试语文现代文阅读试题

　　……

出　品　人：许　永
责任编辑：许宗华
特邀编辑：张　洋
封面设计：刘晓昕
内文制作：百　朗
印制总监：蒋　波
发行总监：田峰峥

发　　　行：北京创美汇品图书有限公司
发行热线：010-59799930
投稿信箱：cmsdbj@163.com

官方微博

微信公众号